U0026980

經史百家雜鈔

四部備要

集部

中華書局據原刻本校刊

桐鄉陸費逵總勘

杭縣高時顯 吳汝霖輯校

杭縣丁輔之監造

經史百家雜鈔卷二十目錄

傳誌之屬下編一

故貝州司法參軍李君墓誌銘　毛穎傳

柳宗元襄陽丞趙君墓誌銘

經史百家雜鈔卷二十

湘鄉曾國藩纂

合肥李鴻章校刊

傳誌之屬下編一

蔡邕郭有道碑

先生諱泰字林宗太原界休人也其先出自有周王季之穆有虢叔者實有懿德文王咨焉建國命氏或謂之郭卽其後也先生誕應天衷聰睿明哲孝友溫恭仁篤慈惠夫其器量宏深姿度廣大浩浩焉汪汪焉奧乎不可測已若乃砥節厲行直道正辭貞固足以幹事隱括足以矯時遂考覽六經探綜圖緯周流華夏游集帝學收文武之將墜拯微言之未絕（以上學行高遠）于時纓緌之徒紳佩之士望形表而景附聆嘉聲而響和者猶百川之歸巨海鱗介之宗龜龍也爾乃潛隱衡門收朋勤誨童蒙賴焉用祛其蔽（以上多士歸附）州郡聞德虛已備禮莫之能致羣公休之遂辟司徒掾又舉有道皆以疾辭將蹈洪崖之遐迹紹巢由之絕軌翔區外以舒翼超天衢以高峙稟命不融享年四十有三以建甯二年正月

乙亥卒凡我四方同好之人永懷哀悼靡所置念乃相與推先生之德以圖不朽之事僉以爲先民既沒而德音猶存者亦賴之于紀述也今其如何而闕斯禮於是樹碑表墓昭銘景行俾芳烈奮乎百世令聞顯于無窮其辭曰

於休先生明德通玄純懿淑靈受之自天崇壯幽濬如山如淵禮樂是悅詩書是敦匪惟摭華乃尋厥根宮牆重仞允得其門懿乎其純確乎其操洋洋搢紳言觀其高棲遲泌丘善誘能教赫赫三事幾行其招委辭召貢保此清妙降年不永民斯悲悼爰勒茲銘摛其光耀嗟爾來世是則是效

蔡邕陳太丘碑

先生諱寔字仲弓潁川許人也含元精之和應期運之數兼資九德總修百行於鄉黨則恂恂焉彬彬焉善誘善導仁而愛人使夫少長咸安懷之其爲道也用行舍藏進退可度不徼訐以干時不遷貳以臨下四爲郡功曹五辟豫州六辟三府再辟大將軍宰聞喜半歲太丘一年德務中庸教敦不肅政以禮成化行有謐會遭黨事禁錮二十年樂天知命澹然自逸交不諂上愛不黷下見幾

而作不倦終日及文書赦宥時年已七十遂隱邱山懸車告老四門備禮閑心靜居大將軍何公司徒袁公前後招辟使人曉喻云欲特表便可入踐常伯超補三事紆佩金紫光國垂勳先生曰絕望已久飾巾待期而已皆遂不至宏農楊公東海陳公每在袞職羣寮賀之皆舉手曰潁川陳君命世絕倫大位未躋慙于文仲竊位之負故時人高其德重于公相之位也年八十有三中平三年八月丙子遭疾而終臨沒顧命留葬所卒時服素棺椁財周櫬喪事惟約用過乎儉羣公百寮莫不咨嗟巖藪知名失聲揮涕大將軍弔祠錫以嘉謚曰徵士陳君稟嶽瀆之精苞靈曜之純天不愸遺一老俾屏我王梁崩哲萎于時靡憲搢紳儒林論德謀績謚曰文範先生傳曰郁郁乎文哉書曰洪範九疇彝倫攸敘文爲德表範爲士則存誨沒號不亦宜乎三公遺令史祭以中牢刺史敬弔太守南陽曹府君命官作誄曰赫矣陳君命世是生含光醇德爲士作程資始既正守終又令奉禮終沒休矣清聲遺官屬掾吏前後赴會刊石作銘府丞與比縣會葬荀慈明韓元長等五百餘人緦麻設位哀以送之遠近會葬千人已

上河南尹种府君臨郡追歎功德述錄高行以爲遠近鮮能及之重部大掾以時成銘斯可謂存榮沒哀死而不朽者也乃作銘曰

峨峨崇嶽吐符降神於皇先生抱寶懷珍如何昊穹旣喪斯文微言圮絕來者曷聞交交黃鳥爰集于棘命不可贖哀何有極

蔡邕胡公碑銘

公諱廣字伯始南郡華容人也其先自嬀姓建國南土曰胡子春秋書焉列于諸侯公其後也考以德行純懿官至交阯都尉公寬裕仁愛覆載博大硏道知幾窮理盡性凡聖哲之遺教文武之未墜罔有不綜年二十七察孝廉除郎中尙書侍郎左丞尙書僕射內正機衡允釐其職文敏暢乎庶事密靜周乎樞機帝用嘉之遷濟陰太守公乃布愷悌宣柔嘉通神化導靈和揚惠風以養眞激清流以盪邪取忠肅於不言消奸宄於爪牙是以君子勤禮小人知恥鞠推息於官曹刑戮廢於朝市餘貨委於路衢餘種棲於畎畝遷汝南太守增修前業考績旣明入作司農實掌金穀之淵藪和均關石王府以充遂作司徒昭敷五

教進作太尉宣暢渾元人倫輯睦日月重光遭國不造帝祚無主援立孝桓以紹宗緒用首謀定策封安樂鄉侯戶邑之數加于羣公入錄機事聽納總已致位就第復拜司空敷土導川俾順其性功遂身退告疾固辭乃爲特進爰以休息又拜太常典司三禮敬恭禋祀神明嘉歆永世豐年聿懷多福復拜太尉尋申前業又以特進逍遙致位又拜太常遘疾不夷遜位歸爵還於舊都徵拜太中大夫延和末年聖主革正幸臣誅斃引公爲尚書令以二千石居官委以閫外之事釐改度量以新國家宏綱既整衰闕以補乃拜太僕車正馬閑六騶習馴遷太常司徒成宗晏駕推建聖嗣復封故邑與參機密寢疾告退復拜太傅錄尚書事于時春秋高矣繼親在堂朝夕定省不違子道旁無几杖言不稱老居喪致哀率禮不越其接下荅賓雖幼賤降等禮從謙厚尊而彌恭勞思萬機身勤心苦雖老萊子嬰兒其服方叔克壯其猷公旦納於台屋正考父俯而循禮曷以尚茲夫蒸蒸至孝德本也體和履忠行極也博聞周覽上通也勤勞王家茂功也用能十登三事篤受介祉亮皇業於六王嘉丕績於九有窮生人之

光寵。享黃耇之遐紀。蹈明德以保身。與福祿乎終始。年八十有二。建甯五年春壬戌薨于位。天子悼痛。贈策賜誄。謚曰文恭。如前傅之儀。而有加焉。禮也。故吏司徒許詡等。相與欽慕崧高蒸民之作。取言時計功之則。論集行迹。銘諸琬琰。

其詞曰。

伊漢元輔。時惟文恭。聰明叡哲。思心瘁容。畢力天機。帝休其庸。賦政于外。有邈其蹤。進作卿士。粵登上公。百揆時序。五典克從。萬邦黎獻。共惟時雍。勳烈既建。爵土乃封。七被三事。再作特進。宏唯幼沖。作傅以訓。赫赫猗公。邦家之鎮。澤被華夏。遺愛不諭。日與月與。齊光並運。存榮亡顯。沒而不泯。

蔡邕太傅文恭侯胡公碑

公諱廣。字伯始。交阯都尉之元子也。公應天淑靈。履性貞固。九德咸修。百行畢備。遭家不造。童而夙孤。上奉繼親。下慈弱弟。崎嶇儉約之中。以盡孝友之道。及至入學從訓。歷觀古今。生而知之。聞一覩十。兼以周覽六經。博總羣議。旁貫憲法。通識國典。年二十七。察孝廉。除郎中。尚書侍郎。尚書左丞。尚書僕射。幹練機事綢繆樞極忠亮唯允協于帝心智略周密冠于庶事遷濟陰太守其爲政也寬裕足以容衆和柔足以安物剛毅足以威暴體仁足以勸俗故禁不用刑勸不用賞其下望之如日月從之如影響思不可忘度不可革遺愛結于人心超無窮而垂則徵拜大司農遂作司徒遷太尉以援立之功封安樂鄉侯錄尚書事稱疾屢辭策賜就第復拜司空功成身退俾位特進又拜太尉復以特進致命休神又拜太尉遜位歸爵旋于舊土徵拜太中大夫尚書令太僕太常司徒永康之初以定策元功復封前邑錄尚書事疾病就第又授太傅參入機衡五蹈九列七統三事諒闇之際三據冢宰和神人於宗伯理水土於下台訓五品於司徒耀三辰於上階光弼六世歷載三十自漢興以來鼎臣元輔耋耉老成勳被萬方與國終始未有若公者焉春秋八十二建甯五年三月壬戌薨于位天子悼惜羣后傷懷詔五官中郎將任崇奉冊贈以太傅安樂鄉侯印綬拜室家子一人郎中賜東園祕器賜絲帛含斂之備中謁者董詡弔祠護喪錢布賻賜率禮有加賜謚曰文恭昭顯行迹四月丁酉葬于洛陽塋故吏濟陰池喜感

公之義。率慕黃鳥之哀。推尋雅意。彷徨舊土。休績丕烈。宜宣於此。乃樹石作頌。用揚德音。詞曰。

於皇上德。懿鑠孔純。大孝昭備。思順履信。膺期命世。保茲舊門。淵泉休茂。彪炳其文。爰贊天機。翼翼唯恭。夙夜出納。紹迹虞龍。賦政于外。神化元通。普被汝南越用熙雍。帝曰休哉。命公三事。乃耀柔嘉。式是百司。股肱元首。庶績咸治。二氣燮雍。五徵來備。勳格皇天。澤洽后土。封建南藩。受茲介祜。玉藻在冕。毳服艾輔駱車雕驂。四牡修扈。贊事上帝。祇祀宗祖。陟降盈虧。與時消息。既明且哲。保身遺則。同軌旦奭。光充區域。生榮死哀。流統罔極。

蔡邕楊公碑

公諱秉。字叔節。宏農華陰人。其先蓋周武王之穆。晉唐叔之後也。末葉以支子食邑於楊。因氏焉。周室既微。裔胄無緒。暨漢與。烈祖楊喜佐命征伐。封赤泉侯。嗣子業紱冕相繼。公之丕考。以忠蹇亮弼輔孝安。登司徒太尉。公承夙緒。世篤儒教。以歐陽尚書京氏易誨授。四方學者自遠而至。蓋踰三千。初辟司空。舉高第拜侍御史遷豫州兗州刺史任城相徵入勸講拜太中大夫左中郎將尚書出補右扶風留拜光祿大夫遭權嬖貴戚六年守靜外戚火燔乃遷太僕太卿公事絀位浹辰之閒俾位河南憤疾豪強見遘姦黨用嬰疾廢起家復拜太常遂陟三司沙汰虛宂料簡貞實抽援表達與之同蘭芳任鼎重從駕南巡爲朝碩德然知權過於寵私富侔國大臣苛察望變復還條表以聞啓導上怒其時所免州牧郡守五十餘人饕戾是黜英才是列善否有章京夏清肅在位七載年七十有四延熹八年五月丙戌薨朝廷惜焉寵賜有加公自奉嚴敕動遵禮度量材授任當官而行不爲義絀疾是苛政益固其守廚無宿肉器不鏤雕夙喪嬪儷妾不嬖御可謂立身無過之地正直淸儉該備者矣昔仲尼嘗垂三戒而公免焉故能匡朝盡直獻可去奸忠侔前後聲塞宇宙非黃中純白窮達一致其惡能立功立事敷聞于下昭升于上若茲巍巍者乎於是門人學徒相與刊石樹碑表勒鴻勳讚懿德傳億年於戲公唯嶽靈天挺德翼赤精氣絪縕仁哲生應台任作邦楨帝欽亮訪典刑道不惑迄有成光遐邇穆其清

蔡邕漢太尉楊公碑

公諱賜字伯猷宏農華陰人姬姓之國有楊侯者公其後也其在漢室赤泉侯佐高丞相翼宣威以威德光於前朝祖司徒考太尉繼蹟宰司咸有勛烈公承家崇軌受天醇素欽承奉構閑于伐柯烈風維變不易其趣文藝典籍尋道入奧操清行朗潛晦幽閑不答州郡之命辟大將軍府不得已而應之遷陳倉令公乃因是行退居廬公車特徵以病辭司空舉高第拜侍中越騎校尉帝篤先業將問故訓公以羣公之舉進授尚書於禁中遷少府光祿勳敬揆百事莫不時序庶尹知恤閭閻推清列作司空地平天成陰陽不忒公遂身避託疾告退又以光祿大夫受命司徒敬敷五品宣洽人倫燮和化理股肱耳目之任靡不克明及至太尉四時順動三光耀潤羣生豐遂太和交薄三作六卿五蹈三階受爵開國應位特進非威德休功假於天人孰能該備寵榮兼包令錫如公之至者乎公體資明哲長於知見凡所辟選升諸帝朝者莫非瑰才逸秀拜參諸佐惟我下流二三小臣穢損清風愧於前人乃糾合同寮各述所審紀公勳績

刊石立銘。以慰永懷。銘曰。

天降純嘏。篤生柔嘉。俾允祖考。光輔國家。三業在服。帝載用和。粵暨我公。尤執忠貞。在棟伊隆。於鼎斯甯。德被宇宙。華夏以清。受茲介福。履祚孔成。爲邑河渭。袞冕紱珽。以佐天子。祗事三靈。丕顯伊德。萬邦作程。爰銘爰贊。式昭懿聲。

蔡邕朱公叔墳前石碑

維漢二十一世。延熹六年。粵四月丁巳。忠文公益州太守朱君名穆。字公叔。卒於京師。其五月丙申。葬於宛邑北萬歲亭之陽。舊兆域之南。其孤野受顧命曰。古者不崇墳。不封墓。祭服雖三年。無不於寢。今則易之。吾不取也。爾其無拘於俗。無廢予誡。野欽率遺意。不敢有違。封墳三板。不起棟宇。乃作祠堂於邑中南陽舊里。備器鑄鼎。銘功載德。懼墳封彌久。夷於平壤。於是依德像緣雅則。設茲方石。鎮表靈域。用慰其孤罔極之懷。乃申詞曰。

歆惟忠文。時惟朱父。實天生德。丕承洪緒。彌綸典術。允迪聖矩。好是貞厲。疾彼強禦。斷剛若仇。柔亦不茹。仍用明夷。遘難受侮。帝曰休哉。朕嘉乃功。命汝納言。

允汝祖蹤。父拜稽首。翼翼惟恭。篤棐不忘。夙夜在公。昊天不弔。降茲殘殃。不遺一父。俾屏我皇。我皇悼心。錫詔孔傷。位以益州。贈之服章。用刊彝器。宣昭遺光。子子孫孫。永載寶藏。

蔡邕貞節先生范史雲碑

先生諱丹。字史雲。陳留外黃人。陶唐氏之後也。其在周室。有士會者。爲晉大夫以受范邑。遂以爲氏。漢文景之際。爰自南陽來家於成安。生惠。延熹二年。官至司農廷尉。君則其後也。君受天正性。志高行潔。在乎幼弱。固已藐然有烈節矣。時人未之或知。屈爲縣吏。亟從仕進。非其好也。退不可得。乃託死遁去。親戚莫知其謀。遂隱竄山中。涉五經。覽書傳。尤篤易與尙書。學立道通。久而後歸。遊集太學。知人審友。苟非其類。無所容納。介操所在。不顧貴賤。其在鄉黨也。事長惟敬。養稚惟愛。言行舉動。斯爲楷式。郡縣請召。未嘗屈節。其有備禮招延。虛己迓止。亦爲謀奏。盡其忠直。以處士舉孝廉。除郎中萊蕪長。未出京師。喪母行服。故事服闋。後還郎中。君遂不從州郡之政。凡其事君。過則弼之。闕則補之。通淸夷之路。塞邪枉之門。舉善不拘階次。黜惡不畏強禦。其事繁多。不可詳載。雅性謙儉。體勤能苦。不樂假借。與從事荷負徒行。人不堪勞。君不勝其逸。辟太尉府。俄而冠帶。或以羣黨見嫉。時政用受禁錮。君罹其罪。閉門靜居。九族中表。莫見其面。晚節禁寬。困於屢空。而性多檢括。不治產業。以爲卜筮之術。得因吉凶道治民情。以受薄償。且無咎累。乃鬻卦於梁宋之域。好事者覺之。應時輒去。禁既蠲除。太尉張公司徒崔公前後四辟。皆不就。仕不爲祿。故不牽於位。謀不苟合。故特立於時。是則君之所以立節明行。亦其所以後時失途也。年七十有四。中平二年四月卒。太尉張公。兗州劉君。陳留太守淳于君。外黃令劉君。僉有休命。使諸儒參按典禮。作誄著謚。曰貞節先生。昭其功行。錄記所履。謀於耆舊。刊石樹銘。光示來世。銘曰。

於顯貞節。天授懿度。誕茲明哲。允迪德譽。如淵之清。如玉之素。溷之不濁。涅之不汚。用行思忠。舍藏思固。伯夷是師。史鰌是慕。榮貧安賤。不慽窮迕。甘死善道。遺名之故。身沒譽存。休聲載路。

蔡邕袁滿來墓碑

茂德休行曰袁滿來太尉公之孫司徒公之子逸才淑姿實天所授聰遠通敏越齔在闕明習易學從誨如流百家衆氏遇目能識事不再舉問一及三具始知終情性周備夙有奇節孝智所生順而不驕篤友兄弟和而無忿氣決泉達無所凝滯雖冠帶之中士校材考行無以加焉允公族之殊異國家之輔佐衆律其器士嘉其良雖則童稚令聞芬芳降生不永年十有五四月壬寅遭疾而卒既苗而不穗凋殞華英嗚呼悲夫乃假碑旌於墓表嗟其傷矣唯以告哀

韓愈曹成王碑

王姓李氏諱臯字子蘭謚曰成其先王明以太宗子國曹絕復封傳五王至成王成王嗣封在玄宗世蓋於時年十七八紹爵三年而河南北兵作天下震擾王奉母太妃逃禍民伍得閒走蜀從天子天子念之自都水使者拜左領軍衛將軍轉貳國子祕書王生十年而失先王哭泣哀悲弔客不忍聞喪除痛刮磨豪習委己於學稍長重知人情急世之要恥一不通侍太妃從天子於蜀既孝

既忠。持官持身。內外斬斬。由是朝廷滋欲試之於民。以上奉母走蜀從君 上元元年。除溫州長史行刺史事。江東新刳於兵。郡旱饑。民交走死無弔。王及州。不解衣下令掊鎖擴門。悉棄倉實與民活。數十萬人。奏報。升秩少府。與平袁賊。仍徙祕書兼州別駕。部告無事。以上刺溫州 遷眞於衡。法成令修。治出張施。聲生勢長。觀察使噎媢不能出氣。誣以過犯。御史助之。貶潮州刺史。楊炎起道州。相德宗。還王於衡以直前謾。王之遭誣在理。念太妃老。將驚而戚。出則因服就辯。入則擁笏垂魚坦坦施施。卽貶於潮。以遷入賀。及是然後跪謝告實。初觀察使虐使將國良往戍界。良以武岡叛。戍衆萬人。斂兵荆黔洪桂伐之。二年尤張。於是以王帥湖南將五萬士。以討良爲事。王至則屏兵投良以書。中其忌諱。良羞畏乞降。狐鼠進退。王卽假爲使者。從一騎。踔五百里。抵良壁。鞭其門大呼。我曹王。來受良降。良今安在。良不得已。錯愕迎拜。盡降其軍。太妃薨。王棄部隨喪之河南葬。及荆被詔責。還會梁崇義反。王遂不敢辭以還。升秩散騎常侍。以上刺衡州遭誣受降喪母三事 明年李希烈反。還御史大夫。授節帥江西以討希烈。命至。王出止外舍。禁無以家事關我裒兵大選江州羣能著職王親教之搏力句卒嬴越之法曹誅五畀艦步二萬人以與賊遌嘬鋒蔡山踣之剜蘄之黃梅大鞣長平鏃廣濟掀蘄春撇蘄水摋黃岡筴漢陽行跐汊川還大膊蘄水界中披安三縣拔其州斬僞刺史標光之北山𨂝隨光化梏其州十抽一推救兵州東北屬鄉還開軍受降大小之戰三十有二取五州十九縣民老幼婦女不驚市賈不變田之果穀下無一跡加銀青光祿大夫工部尚書改戶部再換節臨荆及襄真食三百王之在兵天子西巡於梁希烈北取汴鄭東略宋圍陳西取汝薄東都王坐南方北向落其角距賊死咋不能入寸尺亡將卒十萬盡輸其南州以上帥江西討李希烈王而於帥荊襄事略之始政於溫終政於襄恆平物估賤斂貴出民用有經一吏軌民使令家聽戶視姦宄無所宿府中不聞急步疾呼治民用兵各有條次世傳爲法任馬彝將慎將鍔將潛偕盡其力能薨贈右僕射元和初以子道古在朝更贈太子太師以上總敘治民用兵道古進士司門郎刺利隨唐睦徽爲少宗正兼御史中丞以節督黔中朝京師改命觀察鄂岳蘄沔安黃提其師以伐蔡且行泣曰先王討蔡實取沔

蘄安黃寄惠未亡今余亦受命有事於蔡而四州適在吾封庶其有集先王薨。於今二十五年吾昆弟在而墓碑不刻無文其實有待子無用辭乃序而詩之

辭曰。

太支十三曹於弟季或亡或微曹始就事曹之祖王畏塞絶還零王黎公不聞僅存子父易封三王守名延延百載以有成王成王之作一自其躬文被明章武薦峻功蘇枯弱強齦其姦猖以報於宗以昭於王王亦有子處王之所唯舊之視蹶蹶陛陛實取實似刻詩其碑爲示無止

韓愈貞曜先生墓誌銘

唐元和九年歲在甲午八月己亥。貞曜先生孟氏卒。無子。其配鄭氏以告。愈走位哭。且召張籍會哭。明日使以錢如東都供葬事。諸嘗與往來者咸來哭弔韓氏。遂以書告興元尹故相餘慶。閏月樊宗師使來弔。告葬期。徵銘。愈哭曰。嗚呼。吾尚忍銘吾友也夫。興元人以幣如孟氏賻。且來商家事。樊子使來速銘。曰不則無以掩諸幽。乃序而銘之。以上敘弔賻雜事 先生諱郊。字東野。父庭玢。娶裴氏女。而

選爲崑山尉生先生及二季酆郢而卒先生生六七年端序則見長而愈騫涵而揉之內外完好色夷氣清可畏而親及其爲詩劌目鉥心刃迎縷解鉤章棘句掐擢胃腎神施鬼設閒見層出唯其大翫於詞而與世抹摋人皆劫劫我獨有餘（以上敘其人與詩）有以後時開先生者曰吾既擠而與之矣其猶足存耶年幾五十始以尊夫人之命來集京師從進士試既得即去閒四年又命來選爲溧陽尉迎侍溧上去尉二年而故相鄭公尹河南奏爲水陸運從事試協律郎親拜其母於門內母卒五年而鄭公以節領興元軍奏爲其軍參謀試大理評事（以上科第官階）挈其妻行之興元次於閿鄉暴疾卒年六十四買棺以斂以二人輿歸酆郢皆在江南十月庚申樊子合凡贈賻而葬之洛陽東其先人墓左以餘財附其家而供祀將葬張籍曰先生揭德振華於古有光賢者故事有易名況士哉如曰貞曜先生則姓名字行有載不待講說而明皆曰然遂用之（以上死葬私謚）初先生所與俱學同姓簡於世次爲叔父由給事中觀察浙東曰生吾不能舉死吾知恤其家（補敘孟簡）銘曰

於戲貞曜。維執不猗。維出不訾。維卒不施。以昌其詩。

韓愈南陽樊紹述墓誌銘

樊紹述既卒且葬。愈將銘之。從其家求書。得書號魁紀公者三十卷。曰樊子者又三十卷。春秋集傳十五卷。表牋狀策書序傳紀誌說論今文讚銘凡二百九十一篇。道路所遇及器物門里雜銘二百二十。賦十。詩七百一十九。曰多矣哉。古未嘗有也。然而必出於己。不襲蹈前人一言一句。又何其難也。必出入仁義。其富若生蓄萬物。必具海含地負。放恣橫縱。無所統紀。然而不煩於繩削而自合也。嗚呼紹述於斯術。其可謂至於斯極者矣。（以上著作之多）生而其家貴富。長而不有其藏一錢。妻子告不足。顧且笑曰。我道蓋是也。皆應曰。然。無不意滿。嘗以金部郎中告哀南方。還言某師不治。罷之。以此出爲緜州刺史。一年。徵拜左司郎中。又出刺絳州。緜絳之人至今皆曰。於我有德。以爲諫議大夫。命且下。遂病以卒。年若干。（以上居家居官）紹述諱宗師。父諱澤。嘗帥襄陽江陵。官至右僕射。贈某官。祖某官諱泳。自祖及紹述三世。皆以軍謀堪將帥策上第以進。（以上家世）紹述無所不

學於辭於聲天得也在衆若無能者嘗與觀樂問曰何如曰後當然已而果然以上知音

銘曰

惟古於詞必己出降而不能乃剽賊後皆指前公相襲從漢迄今用一律寥寥久哉莫覺屬神徂聖伏道絕塞既極乃通發紹述文從字順各識職有欲求之此其躅

韓愈試大理評事王君墓誌銘

君諱適姓王氏好讀書懷奇負氣不肯隨人後舉選見功業有道路可指取有名節可以戾契致困於無資地不能自出乃以干諸公貴人借助聲勢諸公貴人既志得皆樂熟軟媚耳目者不喜聞生語一見輒戒門以絕上初即位以四科募天下士君笑曰此非吾時耶即提所作書緣道歌吟趨直言試既至對語驚人不中第益困以上所如不遇久之聞金吾李將軍年少喜事可撼乃踏門告曰天下奇男子王適願見將軍白事一見語合意往來門下盧從史既節度昭義軍張甚奴視法度士欲聞無顧忌大語有以君生平告者即遣客鉤致君曰狂子

不足以共事立謝客李將軍由是待益厚奏爲其衞胄曹參軍充引駕仗判官盡用其言將軍遷帥鳳翔君隨往改試大理評事攝監察御史觀察判官櫛垢爬痒民獲蘇醒（以上從李將軍）居歲餘如有所不樂一旦載妻子入閿鄉南山不顧中書舍人王涯獨孤郁吏部郎中張惟素比部郎中韓愈日發書問訊顧不可強起不即薦明年九月疾病輿醫京師其月某日卒年四十四十一月某日即葬京城西南長安縣界中曾祖爽洪州武甯令祖徵右衞騎曹參軍父嵩蘇州崑山丞妻上谷侯氏處士高女（以上卒葬及家世）高固奇士自方阿衡太師世莫能用吾言再試吏再怒去發狂投江水初處士將嫁其女懲曰吾以齟齬窮一女憐之必嫁官人不以與凡子君曰吾求婦氏久矣惟此翁可人意且聞其女賢不可以失即謾謂媒嫗吾明經及第且選卽官人侯翁女幸嫁若能令翁許我請進百金爲嫗謝諾許白翁翁曰誠官人耶取文書來君計窮吐實嫗曰無苦翁大人不疑人欺我得一卷書麤若告身者我袖以往翁見未必取眎幸而聽我行其謀翁望見文書銜袖果信不疑曰足矣以女與王氏（以上取婦之奇）生三子一男二

女男三歲夭死長女嫁亳州永城尉姚侹其季始十歲銘曰

鼎也不可以柱車馬也不可使守閽佩玉長裾不利走趨秪繫其逢不繫巧愚不諧其須有銜不祛鑽石埋辭以列幽墟

韓愈給事中清河張君墓誌銘

張君名徹字某以進士累官至范陽府監察御史長慶元年今牛宰相爲御史中丞奏君名迹中御史選詔即以爲御史其府惜不敢留遣之而密奏幽州將父子繼續不廷選且久今新收臣又始至孤怯須強佐乃濟發半道有詔以君還之仍遷殿中侍御史加賜朱衣銀魚至數日軍亂怨其府從事盡殺之而囚其帥且相約張御史長者毋侮辱轢蹙我事毋庸殺置之帥所（以上在幽州值軍亂）居月餘聞有中貴人自京師至君謂其帥公無負此土人上使至可因請見自辯幸得脫免歸即推門求出守者以告其魁魁與其徒皆駭曰必張御史張御史忠義必爲其帥告此餘人不如遷之別館即與衆出君君出門罵衆曰汝何敢反前日吳元濟斬東市昨日李師道斬於軍中同惡者父母妻子皆屠死肉餧狗

鼠鴞鴟汝何敢反汝何敢反行且罵衆畏惡其言不忍聞且虞生變卽擊君以死君抵死口不絕罵衆皆曰義士義士或收瘞之以俟（以上遇害）事聞天子壯之贈給事中其友侯雲長佐鄆使請於其帥馬僕射爲之選於軍中得故與君相知張恭李元實者使以幣請之范陽范陽人義而歸之以聞詔所在給船轝傳歸其家賜錢物以葬長慶四年四月某日其妻子以君之喪葬於某州某所（以上歸葬）

君弟復亦進士佐汴宋得疾變易喪心驚惑不常君得閒卽自視衣褥薄厚節時其飲食而匕筯進養之禁其家無敢高語出聲醫餌之藥其物多空青雄黃諸奇怪物劑錢至十數萬營治勤劇皆自君手不假之人家貧妻子常有饑色（以上內行）

祖某某官父某某官妻韓氏禮部郎中某之孫汴州開封尉某之女於余爲叔父孫女君常從余學選於諸生而嫁與之孝順祇修羣女效其所爲男若干人曰某女子曰某（以上家世）銘曰

嗚呼徹也世慕顧以行子揭揭也噎喑以爲生子獨割也爲彼不清作玉雪也仁義以爲兵用不缺折也知死不失名得猛厲也自申於闇明莫之奪也我銘

以貞之不肖者之呾也

韓愈贈太尉許國公神道碑銘

韓姬姓以國氏其先有自潁川徙陽夏者其地於今爲陳之太康太康之韓其稱蓋久然自公始大著公諱宏公之父曰海爲人魁偉沈塞以武勇游仕許汴之閒寡言自可不與人交衆推以爲鉅人長者官至游擊將軍贈太師娶鄉邑劉氏女生公是爲齊國太夫人夫人之兄曰司徒玄佐有功建中貞元之閒爲宣武軍帥有汴宋亳潁四州之地兵士十萬人公少依舅氏讀書習騎射事親孝謹偘偘自將不縱爲子弟華靡遨放事出入敬恭軍中皆目之嘗一抵京師就明經試退曰此不足發名成業復去從舅氏學將兵數百人悉識其材鄙怯勇指付必堪其事司徒歎奇之士卒屬心諸老將皆自以爲不及司徒卒去爲宋南城將比六七歲汴軍連亂不定貞元十五年劉逸淮死軍中皆曰此軍司徒所樹必擇其骨肉爲士卒所慕賴者付之今見在人莫如韓甥且其功最大而材又俊卽柄授之而請命於天子天子以爲然遂自大理評事拜工部尚書

代逸淮爲宣武軍節度使。悉有其舅司徒之兵與地。衆果大悅。便之。（以上敘許公所以得鎮汴）當此時陳許帥曲環死。而吳少誠反。自將圍許。求援於逸淮。啗之以陳歸汴。使數輩在館。公悉驅出斬之。選卒三千人。會諸軍擊少誠。許下少誠失勢以走。河南無事。（以上拒蔡）公曰。自吾舅沒。五亂於汴者。吾苗薅而髮櫛之。幾盡。然不一揃刈不足令震駴。命劉鍔以其卒三百人待命於門。數之以數與於亂。自以爲功。并斬之以徇。血流波道。自是訖公之朝京師廿有一年。莫敢有讙呶叫號於城郭者。（以上治汴）李師古作言起事。屯兵於曹。以嚇滑帥。且告假道。公使謂曰。汝能越吾界而爲盜耶。有以相待。無爲空言。滑帥告急。公使謂曰。吾在此。公無恐。或告曰。翦棘夷道。兵且至矣。請備之。公曰。兵來不除道也。不爲應。師古詐窮變索。還延旋軍。（以上拒鄆）少誠以牛皮鞵材遺師古。師古以鹽資少誠。潛過公界。覺。皆留輸之庫。曰。此於法不得以私相餽。（以上拒蔡拒鄆）田宏正之開魏博。李師道使來告曰。我代與田氏約相保援。今宏正非其族。又首變兩河事。亦公之所惡。我將與成德合軍討之。敢告。公謂其使曰。我不知利害。知奉詔行事耳。若兵北過河。我卽東兵以取曹師道懼不敢動宏正以濟以上拒蔡誅吳元濟也命公都統諸軍曰無自行以遏北寇公請使子公武以兵萬三千人會討蔡下歸財與糧以濟諸軍卒禽蔡姦於是以公爲侍中而以公武爲鄜坊丹延節度使以上平蔡師道之誅公以兵東下進圍考城克之遂進迫曹曹寇乞降鄆部既平以上平鄆公曰吾無事於此其朝京師天子曰大臣不可以暑行其秋之待公曰君爲仁臣爲恭可矣遂行既至獻馬三千匹絹五十萬匹他錦紈綺纈又三萬金銀器千而汴之庫廄錢以貫數者尙百餘萬絹亦合百餘萬匹馬七千糧三百萬斛兵械多至不可數初公有汴承五亂之後掠賞之餘且斂且給恆無宿儲至是公私充塞至於露積不垣冊拜司徒兼中書令進見上殿拜跪給扶贊元經體不治細微天子敬之元和十五年今天子卽位公爲冢宰以上入京又除河中節度使在鎮三年以疾乞歸復拜司徒中書令病不能朝以長慶二年十二月三日薨於永崇里第年五十八天子爲之罷朝三日贈太尉賜布粟其葬物有司官給之京兆尹監護明年七月某日葬於萬年縣少陵原京城東南三十里楚國夫人翟氏祔子男

二人長曰肅元某官次曰公武某官肅元早死公之將薨公武暴病先卒公哀傷之月餘遂薨無子以公武子孫紹宗爲主後以上歸卒葬汴之南則蔡北則鄆二寇患公居閑爲己不利卑身佞辭求與公好薦女請昏使日月至既不可得則飛謀釣謗以閑染我公先事候情壞其機牙姦不得發王誅以成最功定次孰與高下以上總敘帥汴之功公子公武與公一時俱授弓鉞處藩爲將疆土相望公武以母憂去鎮公母弟充自金吾代將渭北公以司徒中書令治蒲於時弟充自鄭滑節度平宣武之亂以司空居汴自唐以來莫與爲比以上子弟同秉節鉞公之爲治嚴不爲煩止除害本不多教條與人必信吏得其職賦入無所漏失人安樂之在所以富公與人有畛域不爲戲狎人得一笑語重於金帛之賜其罪殺人不發聲色問法何如不自爲重輕故無敢犯者以上補敘瑣事其銘曰

在貞元世汴兵五猘將得其人衆乃一愒其人爲誰韓姓許公磔其梟狼養以雨風桑穀奮張厥壤大豐貞元元孫命正我宇公爲臣宗處得地所河流兩壖盜連爲羣雄唱雌和首尾一身公居其閑爲帝督姦察其嚬呻與其睨眴左顧

失視右顧而跽蔡先鄆鉏三年而墟槁乾四呼終莫敢濡常山幽都孰陪孰扶天施不留其討不逋許公預焉其賚何如悠悠四方既廣既長無有外事朝廷之治許公來朝車馬干戈相乎將乎威儀之多將則是矣相則三公釋師十萬歸居廟堂上之宅憂公讓太宰養安蒲坂萬邦絶等有弟有子提兵守藩一時三侯人莫敢扳生莫與榮殁莫與令刻文此碑以鴻厥慶

韓愈河南令張君墓誌銘

君諱署字某河閒人大父利貞有名玄宗世爲御史中丞舉彈無所避由是出爲陳留守領河南道採訪處置使數年卒官皇考諱郇以儒學進官至侍御史君方質有氣形貌魁碩長於文辭以進士舉博學宏辭爲校書郎自京兆武功尉拜監察御史爲幸臣所讒與同輩韓愈李方叔三人俱爲縣令南方三年逢恩俱徙掾江陵半歲邕管奏君爲判官改殿中侍御史不行（以上自校書至殿中侍御史凡七遷）拜京兆府司録諸曹白事不敢平面視共食公堂抑首促促就哺歠揖起趨去無敢闌語縣令丞尉畏如嚴京兆事以辦治京兆改鳳翔尹以節鎮京西請與

君俱改禮部員外郎。爲觀察使判官。帥他遷。君不樂久去京師。謝歸用前能拜三原令。歲餘。遷尙書刑部員外郎。守法爭議。棘棘不阿。（以上自京兆司錄至改刑部員外凡四遷）改虔州刺史。民俗相朋黨。不訴殺牛。牛以大耗。又多捕生鳥雀魚鼈。可食與不可食相買賣。時節脫放。期爲福祥。君視事一皆禁督立絕。使通經吏與諸生之旁大郡學鄉飲酒喪婚禮。張施講說。民吏觀聽。從化大喜。度支符州折民戶租歲徵緜六千屯。比郡承命惶怖。立期日。唯恐不及事被罪。君獨疏言治迫嶺下。民不識蠶桑。月餘。免符下。民相扶攜守州門叫讙爲賀。（以上虔州刺史）改澧州刺史。民稅出雜產物與錢。尙書有經數。觀察使牒州徵民錢倍經。君曰。刺史可爲法。不可貪官害民。留牒不肯從。竟以代罷。觀察使使劇吏案簿書十日。不得毫毛罪。改河南令。而河南尹適君平生所不好者。君年且老。當日日拜走仰望階下。不得已就官。數月。大不適。卽以病辭免。（以上澧州刺史河南令）公卿欲其一至京師。君以再不得意於守令。恨曰。義不可更辱。又奚爲於京師閒。竟閉門死。年六十。君娶河東柳氏女。二子。昇。奴胡。師將以某年某月某日葬某所。（以上卒葬子女）其兄將作少監昔請銘於右庶子韓愈。愈前與君爲御史。被讒。俱爲縣令南方者也。最爲知君。銘曰。

誰之不如。而不公卿。奚養之違。以不久生。唯其頎頎。以世厥聲。

韓愈柳子厚墓誌銘

子厚諱宗元。七世祖慶。爲拓跋魏侍中。封濟陰公。曾伯祖奭。爲唐宰相。與褚遂良韓瑗俱得罪武后。死高宗朝。皇考諱鎮。以事母棄太常博士。求爲縣令江南。其後以不能媚權貴失御史。權貴人死。乃復拜侍御史。號爲剛直。所與遊皆當世名人。以上父世子厚少精敏。無不通達。逮其父時。雖少年。已自成人。能取進士第。嶄然見頭角。衆謂柳氏有子矣。其後以博學宏詞授集賢殿正字。儁傑廉悍。議論證據今古。出入經史百子。踔厲風發。率常屈其座人。名聲大振。一時皆慕與之交。諸公要人。爭欲令出我門下。交口薦譽之。以上科第文學名譽貞元十九年。由藍田尉拜監察御史。順宗卽位。拜禮部員外郎。遇用事者得罪。例出爲刺史。未至。又例貶永州司馬。居閒益自刻苦。務記覽爲詞章。汎濫停蓄。爲深博無涯涘。而自肆於山水間。元和中，嘗例召至京師，又偕出爲刺史，而子厚得柳州。既至，歎曰：「是豈不足爲政耶？」因其土俗，爲設教禁，州人順賴。其俗以男女質錢，約不時贖，子本相侔，則沒爲奴婢。子厚與設方計，悉令贖歸。其尤貧力不能者，令書其傭，足相當，則使歸其質。觀察使下其法於他州，比一歲，免而歸者且千人。衡湘以南爲進士者，皆以子厚爲師。其經承子厚口講指畫爲文詞者，悉有法度可觀。以上官階政事 其召至京師而復爲刺史也，中山劉夢得禹錫亦在遣中，當詣播州。子厚泣曰：「播州非人所居，而夢得親在堂，吾不忍夢得之窮，無辭以白其大人，且萬無母子俱往理。」請於朝，將拜疏，願以柳易播，雖重得罪，死不恨。遇有以夢得事白上者，夢得於是改刺連州。嗚呼！士窮乃見節義。今夫平居里巷相慕悅，酒食遊戲相徵逐，詡詡強笑語以相取下，握手出肺肝相示，指天日涕泣，誓生死不相背負，真若可信；一旦臨小利害，僅如毛髮比，反眼若不相識。落陷穽，不一引手救，反擠之，又下石焉者，皆是也。此宜禽獸夷狄所不忍爲，而其人自視以爲得計。聞子厚之風，亦可以少愧矣。以上願以柳易播 子厚前時少年，勇於爲人，不自貴重顧藉謂功業可立就故坐廢退既退又無相知有氣力得位者推挽故卒死於窮裔材不爲世用道不行於時也使子厚在臺省時自持其身已能如司馬刺史時亦自不斥斥時有人力能舉之且必復用不窮然子厚斥不久窮不極雖有出於人其文學辭章必不能自力以致必傳於後如今無疑也雖使子厚得所願爲將相於一時以彼易此孰得孰失必有能辨之者以上因久斥極窮乃能自力於文學

子厚以元和十四年十一月八日卒年四十七以十五年七月十日歸葬萬年先人墓側子厚有子男二人長曰周六始四歲季曰周七子厚卒乃生女子二人皆幼其得歸葬也費皆出觀察使河東裴君行立行立有節概重然諾與子厚結交子厚亦爲之盡竟賴其力葬子厚於萬年之墓者舅弟盧遵遵涿人性謹順學問不厭自子厚之斥遵從而家焉逮其死不去既往葬子厚又將經紀其家庶幾有始終者銘曰

是惟子厚之室既固既安以利其嗣人

韓愈清邊郡王楊燕奇碑

公諱燕奇字燕奇宏農華陰人也大父知古祁州司倉烈考文誨天寶中實爲平盧衙前兵馬使位至特進檢校太子賓客封宏農郡開國伯世掌諸蕃互市恩信著明夷人慕之（以上家世）祿山之亂公年幾二十進言於其父曰大人守官宜不得去王室在難某其行矣其父爲之請於戎帥遂率諸將校之子弟各一人閒道趨闕變服詭行日倍百里天子嘉之特拜左金吾衛大將軍員外置賜勳上柱國（以上辭親從君）寶應二年春詔從僕射田公平劉展又從下河北大歷八年帥師納戎帥勉於滑州九年從朝於京師建中二年城汴州功勞居多三年從攻李希烈先登貞元二年從司徒劉公復汴州十二年與諸將執以城叛者歸之於京師事平授御史大夫食實封百戶賜繒綵有加十四年年六十一五月某日終於家自始命左金吾大將軍凡十五遷爲御史大夫職爲節度押衙右廂兵馬使兼馬軍先鋒兵馬使階爲特進勳爲上柱國爵爲清邊郡王食虛邑自三百戶至三千戶真食五百戶終焉（以上歷敘功績官階）公結髮從軍四十餘年敵攻無堅城守必完臨危蹈難歔欷感發乘機應會捷出神怪不畏義死不榮幸生故

其事君無疑行其事上無閒言以上總敘其賢初僕射田公其母隔於冀州公獨請往迎之經營賊城出入死地卒致其母田公德之約爲父子故公始姓田氏田公終而後復其族焉嗣子通王屬良禎以其年十月庚寅葬公於開封縣魯陵岡隴西郡夫人李氏附焉夫人清夷郡太守祐之孫漁陽郡長史獻之女柔嘉淑明先公而殂有男四人女三人後夫人河南郡夫人雍氏某官之孫某官之女有男一人女二人咸有至性純行夫人同仁均養親族不知異焉君子於是知楊公之德又行於家也以上敘家事銘曰

烈烈大夫逢時之虞感泣辭親從難於秦維茲爰始遂勤其事四十餘年或裨或專攻牢保危爵位已隮既明且慎終老無墮魯陵之岡蔡河在側烝烝孝子思顯勳績斲石於此式垂後嗣

韓愈唐故相權公墓碑

上之元和六年其相曰權公諱德輿字載之其本出自殷帝武丁武丁之子降封於權權江漢閒國也周衰入楚爲權氏楚滅徙秦而居天水略陽苻秦之王

中國。其臣有安邱公翼者。有大臣之言。後六世至平涼公文誕。爲唐上庸太守。荆州大都督長史。焯有聲烈。平涼曾孫諱倕。贈尚書禮部郎中。以藝學與蘇源明相善。卒官羽林軍錄事參軍。於公爲王父。郎中生贈太子太保諱皋。以忠孝致大名。去官。累以官徵不起。追謚貞孝。是實生公。（以上先世）公在相位三年。其後以吏部尚書授節鎭山南。年六十以薨。贈尚書左僕射。謚文公。（以上略敘公晚節謚法）公生三歲知變四聲。四歲能爲詩。七歲而貞孝公卒。來弔哭者見其顏色聲容。皆相謂權氏世有其人。及長好學。孝敬祥順。貞元八年。以前江西府監察御史徵拜博士。朝士以得人相慶。改左補闕。章奏不絕。譏排姦倖。與陽城爲助。轉起居舍人。遂知制誥。凡撰命詞九年。以類集爲五十卷。天下稱其能。十八年。以中書舍人典貢士。拜尚書禮部侍郎。薦士於公者。其言可信。不以其人布衣不用。卽不可信。雖大官勢人交言。一不以綴意。奏廣歲所取進士明經。在得人不以員拘。轉戶兵吏三曹侍郎。太子賓客。復爲兵部。遷太常卿。天下愈推爲鉅人長德。（以上歷官京師）時天子以爲宰相。宜參用道德人。因拜禮部尚書。同中書門下平章事。公既謝辭不許其所設張舉措必本於寬大以幾教化多所助與維匡調娛不失其正中於和節不爲聲章因善與賢不矜主己以吏部尚書留守東都東方諸帥有利病不能自請者公常與疏陳不以露布復拜太常轉刑部尚書考定新舊令式爲三十編舉可長用其在山南河南勤於選付治以和簡人以寧便以上爲宰相及在山南河南以疾求還十三年某月甲子道薨於洋之白草奏至天子痌傷爲之不御朝郎官致贈錫官居野處上下弔哭皆曰善人死矣其年某月日葬河南北山在貞孝東五里以上卒葬公由陪屬升列年除歲遷以至公宰人皆喜聞若己與有無忌嫉者于頔坐子殺人失位自囚親戚莫敢過門省顧朝莫敢言者公將留守東都爲上言曰頔之罪既貰不竟宜因賜寬詔上曰然公爲吾行諭之頔以不憂死前後考第進士及庭所策試士踵相躡爲宰相達官與公相先後其餘布處臺閣外府凡百餘人自始學至疾未病未嘗一日去書不觀公既以能爲文辭擅聲於朝多銘卿大夫功德然其爲家不視簿書未嘗問有亡費不待餘以上節敘數大事公娶清河崔氏女其父造嘗相德宗號爲名臣既葬其子監

察御史璩。纍然服喪來有請。乃作銘文曰。

權在商周。世無不存。滅楚徙秦。嬴劉之閒。甘泉始侯。以及安邱。詆訶浮屠。皇極之扶。貞孝之生。鳳鳥不至。爵位豈多。半塗以稅。壽考豈多。四十而逝。惟其不有以惠厥後。是生相君。爲朝德首。行世祖之文。世師之流。連六官。出入屏毗。無黨無讐。舉世莫疵。人所憚爲。公勇爲之。其所競馳。公絶不窺。孰克知之。德將在斯刻詩墓碑。以永厥垂。

韓愈殿中少監馬君墓誌銘

君諱繼祖。司徒贈太師北平莊武王之孫。少府監贈太子少傅諱暢之子。生四歲。以門功拜太子舍人。積三十四年。五轉而至殿中少監。年三十七以卒。有男八人。女二人。始余初冠。應進士貢在京師。窮不自存。以故人稚弟拜北平王於馬前。王問而憐之。因得見於安邑里第。王軫其寒飢。賜食與衣。召二子使爲之主。其季遇我特厚。少府監贈太子少傅者也。姆抱幼子立側。眉眼如畫。髮漆黑肌肉玉雪可念。殿中君也。當是時。見王於北亭。猶高山深林鉅谷。龍虎變化不測傑魁人也退見少傳翠竹碧梧鸞鵠停峙能守其業者也幼子娟好靜秀瑤環瑜珥蘭茁其芽稱其家兒也後四五年吾成進士去而東遊哭北平王於客舍後十五六年吾爲尙書都官郎分司東都而分府少傳卒哭之又十餘年至今哭少監焉嗚呼吾未耄老自始至今未四十年而哭其祖子孫三世於人世何如也人欲久不死而觀居此世者何也

韓愈國子司業竇公墓誌銘

國子司業竇公諱牟字某六代祖敬遠嘗封西河公大父同昌司馬比四代仍襲爵名同昌諱允生皇考諱叔向官至左拾遺溧水令贈工部尙書（以上先世）尙書於大歷初名能爲詩文及公爲文最長於詩孝謹厚重舉進士登第佐六府五公入遷至檢校虞部郎中元和五年真拜尙書虞部郎中轉洛陽令都官郎中澤州刺史以至司業年七十四長慶二年二月丙寅以疾卒其年八月某日葬河南偃師先公尙書之兆次（以上總敘歷官及卒葬）初公善事繼母家居未出學問於江東尙幼也名聲詞章行於京師人遲其至及公就進士且試其輩皆曰莫先竇

生於時公舅袁高爲給事中方有重名愛且賢公然實未嘗以干有司公一舉成名而東遇其黨必曰非我之才維吾舅之私（以上科名）其佐昭義軍也遇其將死公權代領以定其危後將盧從史重公不遺奏進官職公視從史益驕不遜僞疾經年舉歸東都從史卒敗死公不以覺微避去爲賢告人（以上佐昭義軍）公始佐崔大夫縱留守東都後佐留守司徒餘慶歷六府五公文武細麤不同自始及終於公無所悔望有彼此言者六府從事幾且百人有愿姦易險賢不肖不同公一接以和與信卒莫與公有怨嫌者其爲郎官令守慎法寬惠不刻教誨於國學也嚴以有禮扶善遏過益明上下之分以躬先之恂恂愷悌得師之道（以上爲府佐郎官守令司業各得其道）公一兄三弟常羣庠鞏常進士水部員外郎朗夔江撫四州刺史羣以處士徵自吏部郎中拜御史中丞出師黔容以卒庠三佐大府自奉先令爲登州刺史鞏亦進士以御史佐淄青府皆有材名公子三人長曰周餘好善學文能謹謹致孝述父之志曲而不黷次曰某曰某皆以進士貢女子三人（以上兄弟子姒）愈少公十九歲以童子得見於今四十年始以師視公而終以兄事焉

公待我一以朋友不以幼壯先後致異公可謂篤厚文行君子矣其銘曰

后緡竇逃閔腹子夏以再家竇爲氏聖愕旋河犢引比相嬰撥漢納孔軌後去觀津而家平陵遙遙厥緒夫子是承我敬其人我懷其德作詩孔哀質於幽刻

韓愈清河郡公房公墓碣銘

公諱啓字某河南人其大王父融王父琯仍父子爲宰相融相天后事遠不大傳琯相玄宗肅宗處艱難中與道進退薨贈太尉流聲於茲父乘仕至祕書少監贈太子詹事(以上先世)公胚胎前光生長食息不離典訓之內目擩耳染不學以能始爲鳳翔府參軍尚少人吏迎觀望見咸曰真房太尉家子孫也不敢弄以事轉同州澄城丞益自飾理同官憚伏衞晏使嶺南黜陟求佐得公擢摘良姦南土大喜還進昭應主簿裴胄領湖南表公爲佐拜監察御史部無遺事胄還江西又以節鎮江陵公一隨還佐胄累功進至刑部員外郎賜五品服副胄使事爲上介上聞其名徵拜虞部員外在省籍籍遷萬年令果辯撽絕(以上歷官)貞元末王叔文用事材公之爲舉以爲容州經略使拜御史中丞服佩視三品管有

嶺外十三州之地林蠻洞蜒守條死要不相漁劫稅節賦時公私有餘削衣貶食不立資遺以班親舊朋友爲義在容九年遷領桂州封清河郡公食邑三千戶以上經略容桂中人使授命書應待失禮客主違言徵貳太僕未至貶虔州長史而坐使者以疾卒官年五十九其子越能輯父事無失謹謹致孝既葬碣墓請銘

銘曰

房氏二相厥家以聞條葉被澤況公其孫公初爲吏亦以門庇佐使於南乃始已致既辨萬年命屏容服功緒卓殊坻獠循業維不順隨失署士資非公之怨銘以著之

韓愈尚書庫部郎中鄭君墓誌銘

君諱羣字宏之世爲滎陽人其祖於元魏時有假封襄城公者子孫因稱以自別曾祖匡時晉州霍邑令祖千壽彭州九隴丞父迪鄂州唐年令娶河南獨孤氏女以上先世生二子君其季也以進士選吏部考功所試判爲上等授正字自鄠縣尉拜監察御史佐鄂岳使裴均之爲江陵以殿中侍御史佐其軍均之徵也

遷虞部員外郎。均鎮襄陽。復以君爲襄府左司馬。刑部員外郎。副其支度使事。均卒。李夷簡代之。因以故職留君。歳餘。拜復州刺史。遷祠部郎中。會衢州無刺史。方選人。君願行。宰相卽以君應詔。治衢五年。復入爲庫部郎中。行及揚州。遇疾。居月餘。以長慶元年八月二十四日卒。春秋六十。卽以其年十一月二十二日。從葬於鄭州廣武原先人之墓次。（以上歷官卒葬）君天性和樂。居家事人。與待交遊。初持一心。未嘗變節。有所緩急曲直薄厚疏數也。不爲翕翕熱。亦不爲崖岸斬絶之行。俸祿入門。與其所過逢吹笙彈箏。飲酒舞歌。詼調醉呼。連日夜不厭。費盡不復顧問。或分挈以去。一無所愛惜。不爲後日毫髮計留也。遇其空無時。客至。清坐相看。或竟日不能設食。客主各自引退。亦不爲辭謝。與之遊者。自少及老。未嘗見其言色有若憂歎者。豈列禦寇莊周等所謂近於道者耶。其治官守身。又極謹愼。不挂於過差。去官而人民思之。身死而親故無所怨議。哭之皆哀。又可尚也。（以上性情治行）初娶吏部侍郎京兆韋肇女。生二女一男。長女嫁京兆韋詞。次嫁蘭陵蕭瓚。後娶河南少尹趙郡李則女。生一女二男。其餘男二人。女四人。

皆幼嗣子退思韋氏生也（以上妻子）銘曰

再鳴以文進塗闢佐三府治藹厥蹟郎官郡守愈著白洞然渾樸絶瑕譎甲子一終反玄宅

韓愈江南西道觀察使太原王公墓誌銘

公諱仲舒字宏中少孤奉其母居江南遊學有名貞元十年以賢良方正拜左拾遺改右補闕禮部考功吏部三員外郎貶連州司戶參軍改夔州司馬佐江陵使改祠部員外郎復除吏部員外郎遷職方郎中知制誥出爲峽州刺史遷廬州未至丁母憂服闋改婺州蘇州刺史（以上歷官中外）徵拜中書舍人既至謂人曰吾老不樂與少年治文書得一道有地六七郡爲之三年貧可富亂可治身安功立無愧於國家可也日日語人丞相聞問語驗即除江南西道觀察使兼御史中丞至則奏罷榷酒錢九千萬以其利與民又罷軍吏官債五千萬悉焚簿文書又出庫錢二千萬以丐貧民遭旱不能供稅者禁浮屠及老子爲僧道士不得於吾界內因山野立浮屠老子象以其誑丐漁利奪編民之產在官四年

數其蓄積錢餘於庫米餘於廩以上服闋後爲中書舍人江西觀察朝廷選公卿於外將徵以爲左丞吏部已用薛尚書代之矣長慶三年十一月十七日未命而薨年六十二天子爲之罷朝贈左散騎常侍遠近相弔以四年二月某日葬於河南某縣先塋之側以上卒葬公之爲拾遺朝退天子謂宰相曰第幾人非王某邪是時公方與陽城更疏論裴延齡詐妄士大夫重之爲考功吏部郎也下莫敢有欺犯之者非其人雖與同列未嘗比數收拾故遺讒而貶在制誥盡力直友人之屈不以權臣爲意又被讒而出元和初婺州大旱人餓死戶口亡十七八公居五年完富如初按劾羣吏奏其贓罪州部清整加賜金紫其在蘇州治稱第一以上歷官賢聲公所至輒先求人利害廢置所宜閉閤草奏又具爲科條與人吏約事備一旦張下民無不忭呌喜悅或初若小煩旬歲皆稱其便公所爲文章無世俗氣其所樹立殆不可學以上總敘治行文學曾祖諱玄暕比部員外郎祖諱景肅丹陽太守考諱政襄鄧等州防禦使鄂州採訪使贈工部尚書公先妣渤海李氏贈渤海郡太君公娶其舅女有子男七人初哲貞宏泰復迴初進士及第哲文學俱善其

餘幼也長女壻劉仁師高陵令次女壻李行修尚書刑部員外郎銘曰
氣銳而堅又剛以嚴哲人之常愛人盡己不倦以止乃吏之方與其友處順若
婦女何德之光墓之有石我最其迹萬世之藏

韓愈檢校尚書左僕射右龍武軍統軍劉公墓誌銘

公諱昌裔字光後本彭城人曾大父諱承慶朔州刺史大父巨敖好讀老子莊周書爲太原晉陽令再世宦北方樂其土俗遂著籍太原之陽曲曰自我爲此邑人可也何必彭城父訟贈右散騎常侍（以上先世）公少好學問始爲兒時重遲不戲恆若有所思念計畫及壯自試以開吐蕃說干邊將不售入三蜀從道士遊久之蜀人苦楊琳寇掠公單船往說琳感欷雖不即降約其徒不得爲虐琳降公常隨琳不去琳死脫身亡沈浮河朔之閒建中中曲環招起之爲環檄李納指摘切刻納悔恐動心恆魏皆疑惑氣懈環封奏其本德宗稱焉環之會下濮州戰白塔救甯陵襄邑擊李希烈陳州城下公常在軍閒環領陳許軍公因爲陳許從事以前後功勞累遷檢校兵部郎中御史中丞營田副使（以上從楊琳曲環）吳

少誠乘環喪引兵叩城留後上官說咨公以城守所以能擒誅叛將爲抗拒令敵人不得其便圍解拜陳州刺史韓全義敗引軍走陳州求入保公自城上揖謝全義曰公受命詣蔡何爲來陳公無恐賊必不敢至我城下明日領步騎十餘抵全義營全義驚喜迎拜歎息殊不敢以不見舍望公改授陳許軍司馬以上守陳州爲陳州刺史司馬上官說死拜金紫光祿大夫檢校工部尚書代說爲節度使命界上吏不得犯蔡州人曰俱天子人奚爲相傷少誠吏有來犯者捕得縛送曰妄稱彼人公宜自治之少誠慚其軍亦禁界上暴者兩界耕桑交跡吏不何問封彭城郡開國公就拜尚書右僕射以上爲陳州節度元和七年得疾視政不時八年五月涌水出他界過其地防穿不補沒邑屋流殺居人拜疏請去職即罷詔還京師即其日與使者俱西大熱旦暮馳不息疾大發左右手轡止之公不肯曰吾恐不得生謝天子上益遣使者勞問敕無亟行至則不得朝矣天子以爲恭即其家拜檢校左僕射右龍武軍統軍知軍事十一月某甲子薨年六十二上爲之一日不視朝贈潞州大都督命郎弔其家明年某月某甲子葬河南某縣某

鄉某原以上得罪還京及卒葬公不好音聲不大爲居宅於諸帥中獨然夫人邠國夫人武功蘇氏子四人嗣子光祿主簿縱學於樊宗師士大夫多稱之長子元一樸直忠厚便弓馬爲淮南軍衙門將次子景陽景長皆舉進士葬得日相與遣使者哭拜階上使來乞銘以上妻子銘曰

提將之符尸我一方配古侯公維德不爽我銘不亡後人之慶

韓愈司勳員外郎孔君墓誌銘

昭義節度盧從史有賢佐曰孔君諱戡字君勝從史爲不法君陰爭不從則於會肆言以折之從史羞面頸發赤抑首伏氣不敢出一語以對立爲君更令改章辭者前後累數十坐則與從史說古今君臣父子道順則受成福逆輒危辱誅死曰公當爲彼不得爲此從史常聳聽喘汗居五六歲益驕有悖語君爭無改悔色則悉引從事空一府往爭之從史雖羞退益甚君泣語其徒曰吾所爲止於是不能以有加矣遂以疾辭去臥東都之城東酒食伎樂之燕不與當是時天下以爲賢論士之宜在天子左右者皆曰孔君孔君云以上強諫盧從史而還洛會宰

相李公鎭揚州首奏起君君猶臥不應從史讀詔曰是固舍我而從人耶卽誣
奏君前在軍有某事上曰吾知之矣奏三上乃除君衞尉丞分司東都詔始下
門下給事中呂元膺封還詔書上使謂呂君曰吾豈不知哉也行用之矣明年
元和五年正月將浴臨汝之湯泉壬子至其縣食遂卒年五十七公卿大夫士
相弔於朝處士相弔於家君卒之九十六日詔縛從史送闕下數以違命流於
日南遂詔贈君尚書司勳員外郎蓋用嘗欲以命君者信其志其年八月甲申
從葬河南河陰之廣武原以上爲盧從史所誣奏得罪以死君於爲義若嗜欲勇不顧前後於
利與祿則畏避退處如怯夫然始舉進士第自金吾衞錄事爲大理評事佐昭
義軍軍帥死從史自其軍諸將代爲帥請君曰從史起此軍行伍中凡在幕府
唯公無分寸私公苟留唯公之所欲爲君不得已留一歲再奏自監察御史至
殿中侍御史從史初聽用其言得不敗後不聽信惡益聞君棄去遂敗以上敘歷官至
佐昭義軍著所以事盧從史之由祖某某官贈某官父某某官贈某官君始娶宏農楊氏女卒
又娶其舅宋州刺史京兆韋屺女皆有婦道凡生一男四女皆幼前夫人從葬

舅姑兆次卜人曰今茲歲未可以祔從卜人言不祔君母兄殁尚書兵部員外郎母弟戢殿中侍御史以文行稱朝廷（以上祖父妻子）將葬以韋夫人之弟前進士楚材之狀授愈曰請爲銘銘曰

允義孔君茲惟其藏更千萬年無敢壞傷

韓愈集賢院校理石君墓誌銘

君諱洪字濬川其先姓烏石蘭九代祖猛始從拓跋氏入夏居河南遂去烏與蘭獨姓石氏而官號大司空後七世至行褒官至易州刺史於君爲曾祖易州生婺州金華令諱懷一卒葬洛陽北山金華生君之考諱平爲太子家令葬金華墓東而尚書水部郎劉復爲之銘（以上先世）君生七年喪其母九年而喪其父能力學行去黃州錄事參軍則不仕而退處東都洛上十餘年行益修學益進交遊益附聲號聞四海故相國鄭公餘慶留守東都上言洪可付史筆李建拜御史崔周禎爲補闕皆舉以讓宣歙池之使與浙東使交牒署君從事河陽節度烏大夫重允聞以幣先走廬下故爲河陽得佐河陽軍吏治民寬考功奏從事

考君獨於天下爲第一元和六年詔下河南徵拜京兆昭應尉校理集賢御書以上出處仕宦明年六月甲午疾卒年四十二娶彭城劉氏女故相國晏之兄孫生男二人八歲曰壬四歲曰申女子二人顧言曰葬死所七月甲甲葬萬年白鹿原以上妻子卒葬既病謂其遊韓愈曰子以吾銘銘曰

生之艱成之又艱若有以爲而止於斯

韓愈李元賓墓銘

李觀字元賓其先隴西人也始來自江之東年二十四舉進士三年登上第又舉博學宏辭得太子校書一年年二十九客死於京師既斂之三日友人博陵崔宏禮葬之於國東門之外七里鄉曰慶義原曰嵩原友人韓愈書石以誌之

辭曰

已虖元賓壽也者吾不知其所慕夭也者吾不知其所惡生而不淑孰謂其壽死而不朽孰謂之夭已虖元賓才高乎當世而行出乎古人已虖元賓竟何爲哉竟何爲哉

韓愈施先生墓銘

貞元十八年十月十一日太學博士施先生士丐卒其寮太原郭伉買石誌其墓昌黎韓愈爲之辭曰先生明毛鄭詩通春秋左氏傳善講說朝之賢士大夫從而執經考疑者繼於門太學生習毛鄭詩春秋左氏傳者皆其弟子貴遊之子弟時先生之說二經來太學帖帖坐諸生下恐不卒得聞先生死二經生喪其師仕於學者亡其朋故自賢士大夫老師宿儒新進小生聞先生之死哭泣相弔歸衣服貨財（以上明二經及死時事）先生年六十九在太學者十九年由四門助教爲太學助教由助教爲博士太學秩滿當去諸生輒拜疏乞留或留或還凡十九年不離太學（以上在太學之久）祖曰旭袁州宜春尉父曰婼豪州定遠丞妻曰太原王氏先先生卒子曰友直明州鄮縣主簿曰友諒太廟齋郎（以上祖父妻子）系曰

先生之祖氏自施父其後施常事孔子以彰譬爲博士延爲太尉太尉之孫始爲吳人曰然曰續亦載其迹先生之與公車是召纂序前聞於光有曜古聖人言其旨密微箋注紛羅顛倒是非聞先生講論如客得歸卑讓肫肫出言孔揚

今其死矣誰嗣爲宗縣曰萬年原曰神禾高四尺者先生墓耶

韓愈唐河中府法曹張君墓碣銘

有女奴抱嬰兒來致其主夫人之語曰妾張圓之妻劉也妾夫常語妾云吾常獲私於夫子且曰夫子天下之名能文辭者凡所言必傳世行後今妾不幸夫逢盜死途中將以日月葬妾重哀其生志不就恐死遂沈泯敢以其稚子汴見先生將賜之銘是其死不爲辱而名永長存所以蓋覆其遺允子若孫且死萬一能有知將不悼其不幸於土中矣又曰妾夫在嶺南時嘗疾病泣語曰吾志非不如古人吾才豈不如今人而至於是而死於是邪爾若吾哀必求夫子銘是爾與吾不朽也（以上述張劉氏語）愈既哭弔辭遂敘次其族世名字事始終而銘曰君字直之祖讙父孝新皆爲官汴宋閒君嘗讀書爲文辭有氣有吏才嘗感激欲自奮拔樹功名以見世初舉進士再不第因去事宣武軍節度使得官至監察御史坐事貶嶺南再遷至河中府法曹參軍攝虞鄉令有能名進攝河東令又有名遂署河東從事絳州闕刺史攝絳州事能聞朝廷（以上科第官階）元和四年秋

有事適東方既還八月壬辰死於汴城西雙邱年四十有七明年二月日葬河南偃師妻彭城人世有衣冠祖好順泗州刺史父泳卒蘄州别駕女四人男一人嬰兒汴也（以上卒葬敍祖父妻子）是爲銘

韓愈扶風郡夫人墓誌銘

夫人姓盧氏范陽人亳州城父丞序之孫吉州刺史徹之女嫁扶風馬氏爲司徒侍中莊武公之冢婦少府監西平郡王贈工部尚書之夫人初司徒與其配陳國夫人元氏惟宗廟之尊重繼序之不易賢其子之才求婦之可與齊者內外親戚曰盧某舊門承守不失其初其子女聞教訓有幽閑之德爲公子擇婦宜莫如盧氏媒者曰然卜者曰祥夫人適年若干入門而媪御皆喜旣饋而公姑交賀克受成福母有多子爲婦爲母莫不法式天資仁恕左右媵侍常蒙假與顏色人人莫不自在杖婢使數未嘗過二三雖有不懌未嘗見聲氣元和五年尚書薨夫人哭泣成疾後二年亦薨年四十有六九年正月癸酉祔於其夫之封長子殿中丞繼祖孝友以類葬有日言曰吾父友惟韓丈人視諸孤其往

乞銘以其狀來愈讀曰嘗聞乃公言然吾宜銘銘曰陰幽坤從維德之恆出爲辨強乃匪婦能淑哉夫人夙有多譽來嬪大家不介母父有事賓祭酒食祇飭協於尊章畏我侍側及嗣內事亦莫有施齊其躬心小大順之夫先其歸其室有卭合葬有銘壼彝是佽

韓愈河南府法曹參軍盧君夫人墓誌銘

夫人姓苗氏諱某字某上黨人曾大父襲夔贈禮部尚書大父殆庶贈太子太師父如蘭仕至太子司議郎汝州司馬夫人年若干嫁河南法曹盧府君諱貽有文章德行其族世所謂甲乙者先夫人卒夫人生能配其賢歿能守其法男二人於陵渾女三人皆嫁爲士妻貞元十九年四月四日卒於東都敦化里年六十有九其年七月某日祔於法曹府君墓在洛陽龍門山其季女壻昌黎韓愈爲之誌其辭曰

赫赫苗宗族茂位尊或毗於王或貳於藩是生夫人載穆令聞爰初在家孝友惠純乃及於行克媲德門肅其爲禮裕其爲仁法曹之終諸子實幼煢煢其哀

介介其守。循道不違。厥聲彌劭。三女有從。二男知教。閭里歎息。母婦思效。歲時之嘉。嫁者來甯。累累外孫。有攜有嬰。扶牀坐膝。嬉戲讙爭。既壽而康。既備而成。不歉於約。不矜於盈。伊昔淑哲。或圖或書。嗟咨夫人。孰與爲儔。刻銘寘墓。以贊碩休。

韓愈女挐壙銘

女挐。韓愈退之第四女也。慧而早死。愈之爲少秋官。言佛夷鬼。其法亂治。梁武事之。卒有侯景之敗。可一掃刮絕去。不宜使爛漫。天子謂其言不祥。斥之潮州漢南海揭揚之地。愈既行。有司以罪人家不可留京師。迫遣之。女挐年十二。病在席。既驚痛與其父訣。又輿致走道。撼頓失食飲節。死於商南層峯驛。即瘞道南山下。五年。愈爲京兆。始令子弟與其姆易棺衾。歸女挐之骨於河南之河陽韓氏墓葬之。女挐死當元和十四年二月二日。其發而歸。在長慶三年十月之四日。其葬在十一月之十一日。銘曰。

汝宗葬於是。汝安歸之。惟永甯。

韓愈贈太傅董公行狀

曾祖仁琬皇任梁州博士祖大禮皇贈右散騎常侍父伯良皇贈尚書左僕射

公諱晉字混成河中虞鄉萬歲里人少以明經上第先皇帝居原州公在原州宰相以公善爲文任翰林之選聞召見拜祕書省校書郎入翰林爲學士三年出入左右天子以爲謹愿賜緋魚袋累升爲衞尉寺丞出翰林以疾辭拜汾州司馬崔圓爲揚州詔以公爲圓節度判官攝殿中侍御史以軍事如京師朝天子識之拜殿中侍御史內供奉由殿中爲侍御史入尚書省爲主客員外郎由主客爲祠部郎中（以上科第歷官）先皇帝時兵部侍郎李涵如回紇立可敦詔公兼侍御史賜紫金魚袋爲涵判官回紇之人來曰唐之復土疆取回紇力焉約我爲市馬既入而歸我賄不足我於使人乎取之涵懼不敢對視公公與之言曰我之復土疆爾信有力焉吾非無馬而與爾爲市爲賜不既多乎爾之馬歲至吾數皮而歸貲邊吏請致詰也天子念爾有勞故下詔禁侵犯諸戎畏我大國之

爾與也莫敢校焉爾之父子寗而畜馬蕃者非我誰使之於是其衆皆環公拜既又相率南面序拜皆兩擧手曰不敢復有意大國自回紇歸拜司勳郎中未嘗言回紇之事（以上副使回紇）遷祕書少監歷太府太常二寺亞卿爲左金吾衞將軍今上卽位以大行皇帝山陵出財賦拜太府卿由太府爲左散騎常侍兼御史中丞知臺事三司使選擢才俊有威風始公爲金吾未盡一月拜太府九日又爲中丞朝夕入議事於是宰相請以公爲華州刺史拜華州刺史潼關防禦鎭國軍使朱泚之亂加御史大夫詔至於上所又拜國子祭酒兼御史大夫宣慰恆州於是朱滔自范陽以回紇之師助亂人大恐公既至恆州恆州卽日奉詔出兵與滔戰大破走之還至河中（以上再敍歷官出兵破朱滔）李懷光反上如梁州懷光所率皆朔方兵公知其謀與朱泚合也患之造懷光言曰公之功天下無與敵公之過未有聞於人某至上所言公之情上寬明將無不赦宥焉乃能爲朱泚臣乎彼爲臣而背其君苟得志於公何有且公既爲太尉矣彼雖寵公何以加此彼不能事君能以臣事公乎公能事彼而有不能事君乎彼知天下之怒朝夕

戮死者也故求其同罪而與之比公何所利焉公之敵彼有餘力不如明告之
絕而起兵襲取之清宮而迎天子庶人服而請罪有司雖有大過猶將揜焉如
公則誰敢議語已懷光拜曰天賜公活懷光之命喜且泣公亦泣則又語其將
卒如語懷光者將卒呼曰天賜公活吾三軍之命拜且泣公亦泣故懷光卒不
與朱泚當是時懷光幾不反公氣仁語若不能出口及當事乃更疏亮捷給其
詞忠其容貌溫然故有言於人無不信（以上說李懷光）明年上復京師拜左金吾衞大
將軍由大金吾爲尚書左丞又爲太常卿由太常拜門下侍郎平章事在宰相
位凡五年所奏於上前者皆二帝三王之道由秦漢以降未嘗言退歸未嘗言
所言於上者於人子弟有私問者公曰宰相所職繫天下天下安危宰相之能
與否可見欲知宰相之能與否如此視之其可凡所謀議於上前者不足道也
故其事卒不聞以疾病辭於上前者不記退以表辭者八方許之拜禮部尚書
制曰事上盡大臣之節又曰一心奉公於是天下知公之有言於上也初公爲
宰相時五月朔會朝天子在位公卿百執事在廷侍中贊百僚賀中書侍郎平

章事。實參攝中書令。當傳詔。疾作不能事。凡將大朝會。當事者既受命。皆先日習儀。於時未有詔。公卿相顧。公逡巡進北面言曰。攝中書令臣某病不能事。臣請代某事。於是南面宣致詔辭。事已復位。進退甚詳。(以上爲相)爲禮部四年。拜兵部尚書。入謝。上語問曰。晏復有入謝者。上喜曰。董某疾且損矣。出語人曰。董公且復相。既二日。拜東都留守。判東都尚書省事。充東都畿汝州都防禦使。兼御史大夫。仍爲兵部尚書。由留守未盡五月。拜檢校尚書左僕射。同中書門下平章事。汴州刺史。宣武軍節度副大使。知節度事。管內支度營田汴宋亳頴等州觀察處置等使。(以上以東都留守授節度汴州之任)汴州自大歷來多兵事。劉玄佐益其師至十萬。玄佐死。子士甯代之。畋遊無度。其將李萬榮乘其畋也逐之。萬榮爲節度一年。其將韓惟清張彥林作亂。求殺萬榮不克。三年。萬榮病風昏不知事。其子乃復欲爲士甯之故。監軍使俱文珍與其將鄧惟恭執之。歸京師。而萬榮死。詔未至。惟恭權軍事。公既受命。遂行。劉宗經韋宏景韓愈實從。不以兵衛。及鄭州。逆者不至。鄭州人爲公懼。或勸公止以待。有自汴州出者。言於公曰。不可入。公不對遂行宿圃田明日食中牟逆者至宿八角明日惟恭及諸將至遂逆以入及郛三軍緣道讙聲庶人壯者呼老者泣婦人啼遂入以居初玄佐死吳湊代之及鞏聞亂歸士甯萬榮皆自爲而後命軍士將以爲常故惟恭亦有志以公之速也不及謀遂出逆既而私其人觀公之所爲以告曰公無爲惟恭喜知公之無害己也委心焉進見公者退皆曰公仁人也聞公言者皆曰公仁人也環以相告故大和（以上速入汴州不以兵衞）初玄佐遇軍士厚士甯懼復加厚焉至萬榮如士甯志及韓張亂又加厚以懷之至於惟恭每加厚焉故士卒驕不能禦則置腹心之士幕於公庭廡下挾弓執劒以須日出而入前者去日入而出後者至寒暑時至則加勞賜酒肉公至之明日皆罷之貞元十二年七月也（以上罷庭廡弓劒之士）八月上命汝州刺史陸長源爲御史大夫行軍司馬楊凝自左司郎中爲檢校吏部郎中觀察判官杜倫自前殿中侍御史爲檢校工部員外郎節度判官孟叔度自殿中侍御史爲檢校金部員外郎支度營田判官職事修人俗化嘉禾生白鵲集蒼烏來巢嘉瓜同蔕聯實四方至者歸以告其帥小大威懷有所疑輒

使來問。有交惡者。公與平之。以上治汴僚佐效驗累請朝不許。及有疾。又請之。且曰。人心易動。軍旅多虞。及臣之生。計不先定。至於他日。事或難期。猶不許。十五年二月三日。薨於位。上三日罷朝。贈太傅。使吏部員外郞楊於陵來祭。弔其子。贈布帛米有加。公之將薨也。命其子三日斂。既斂而行。於行之四日。汴州亂。故君子以公爲知人。公之薨也。汴州人歌之曰。濁流洋洋。有闢其郛。闐道讙呼。公來之初。今公之歸。公在喪車。又歌曰。公既來。止東人以完。今公歿矣。人誰與安。以上薨汴始公爲華州。亦有惠愛。人思之。公居處恭。無妾媵。不飲酒。不諂笑。好惡無所偏與。友人交泊如也。未嘗言兵。有問者。曰吾志於教化。享年七十六。階累升爲金紫光祿大夫。勳累升爲上柱國。爵累升爲隴西郡開國公。娶南陽張氏夫人。後娶京兆韋氏夫人。皆先公終。四子。全道。溪。全素。澥。全道全素皆上所賜名。全道爲秘書省著作郞。溪爲秘書省秘書郞。全素爲大理評事。澥爲太常寺太祝。皆善士有學行。以上遺德及妻子謹具歷官行事狀。伏請牒考功。幷牒太常議所謚。牒史館請垂編錄。謹狀。

韓愈監察御史衛府君墓誌銘

君諱某字某中書舍人御史中丞諱某之子贈太子洗馬諱某之孫家世習儒
學辭章昆弟三人俱傳父祖業從進士舉君獨不與俗爲事樂弛置自便父中
丞薨既三年與其弟中行別曰若既克自敬勤及先人存趾美進士續聞成宗
唯服任遂功爲孝子在不怠我恨已不及假令今得不足自貰我聞南方多水
銀丹砂雜他奇藥爊爲黃金可餌以不死今於若丐我我即去遂踰嶺阨南出
藥貴不可得以干容帥帥且曰若能從事於我可一日具許之得藥試如方不
效曰方良是我治之未至耳留三年藥終不能爲黃金而佐帥政成以功再遷
監察御史帥還于桂從之帥坐事免君攝其治歷三時夷人稱便新帥將奏功
君捨去南海馬大夫使謂君曰幸尚可成兩濟其利君雖益厭然不能無萬一
冀至南海未幾竟死年五十三子曰某元和十年十二月某日歸葬河南某縣
某鄉某村祔先塋於時中行爲尚書兵部郎號名人而與余善請銘銘曰
嗟惟君篤所信要無有弊精神以弃餘賈於人脫外累自貴珍訊來世述墓文

韓愈尚書左丞孔公墓誌銘

孔子之後三十八世有孫曰戣字君嚴事唐爲尚書左丞年七十三三上書去官天子以爲禮部尚書祿之終身而不敢煩以政吏部侍郎韓愈常賢其能謂曰公尚壯上三留奚去之果曰吾敢要君吾年至一宜去吾爲左丞不能進退郎官惟相之爲二宜去愈又曰古之老於鄉者將自佚非自苦閭井田宅具在親戚之不仕與倦而歸者不在東阡在北陌可杖屨來往也今異於是公誰與居且公雖貴而無留資何恃而歸曰吾負二宜去尚奚顧子言愈面歎曰公於是乎賢遠於人明日奏疏曰臣與孔戣同在南省數與相見戣爲人守節清苦論議正平年纔七十筋力耳目未覺衰老憂國忘家用意至到如戣輩在朝不過三數人陛下不宜苟順其求不留自助也不報以上敘其致仕明年長慶四年正月己未公年七十四告薨於家贈兵部尚書公始以進士佐三府官至殿中侍御史元和元年以大理正徵累遷江州刺史諫議大夫事有害於正者無所不言加皇太子侍讀改給事中言京兆尹阿縱罪人詔奪京兆尹三月之俸權知尚

書右丞明年拜右丞改華州刺史明州歲貢海蟲淡菜蛤蚶可食之屬自海抵京師道路水陸遞夫積功歲爲四十三萬六千人奏疏罷之下郵令笞外按小兒繫御史獄公上疏理之詔釋下郵令而以華州刺史爲大理卿以上敘官階而及華州刺史政蹟十二年自國子祭酒拜御史大夫嶺南節度等使約以取足境內諸州負錢至二百萬悉放不收蕃舶之至泊步有下碇之稅始至有閱貨之燕犀珠磊落賄及僕隸公皆罷之絕海之商有死於吾地者官藏其貨滿三月無妻子之請者盡沒有之公曰海道以年計往復何月之拘苟有驗者悉推與之無算遠近厚守宰俸而嚴其法嶺南以口爲貨其荒阻處父子相縛爲奴公一禁之有隨公吏得無名兒蓄不言官有訟者公召殺之山谷諸黃世自聚爲豪觀吏厚薄緩急或叛或從容桂二管利其虜掠請合兵討之冀一有功有所指取當是時天子以武定淮西河南北用事者以破諸黃爲類向意助之公屢言遠人急之則惜性命相屯聚爲寇緩之則自相怨恨而散此禽獸耳但可自計利害不足與論是非天子入先言遂斂兵江西岳鄂湖南嶺南會容桂之吏以討之被

霧露毒相枕藉死百無一還安南乘勢殺都護李象古桂將裴行立容將楊旻皆無功數月自死嶺南囂然祠部歲下廣州祭南海廟廟入海口爲州者皆憚之不自奉事常稱疾命從事自代唯公歲常自行官吏刻石爲詩美之（以上嶺南節度任內善政六事）十五年還尚書吏部侍郎公之北歸不載南物奴婢之籍不增一人長慶元年改右散騎常侍二年而爲尚書左丞曾祖諱務本滄州東光令祖諱如珪海州司戶參軍贈尚書工部郎中皇考諱岑父祕書省著作佐郎贈尚書左僕射公夫人京兆韋氏父种大理評事有四子長曰温質四門博士遵孺遵憲温裕皆明經女子長嫁中書舍人平陽路隋其季者幼公之昆弟五人載戡戢戳公於次爲第二公之薨戢自湖南入爲少府監其年八月甲申戢與公子葬公於河南河陰廣武原先公僕射墓左（以上先世及妻子兄弟）銘曰

孔世卅八吾見其孫白而長身寡笑與言其尚類也莫與之倫德則多有請考於文

韓愈故貝州司法參軍李君墓誌銘

貞元十七年九月丁卯。隴西李翺。合葬其皇祖考貝州司法參軍楚金皇祖妣清河崔氏夫人於汴州開封縣某里。昌黎韓愈紀其世著其德行以識其葬。其世曰。由梁武昭王六世至司空。司空之後二世爲刺史清淵侯。由侯至於貝州。凡五世。其德行曰。事其兄如事其父。其行不敢有出焉。其夫人事其姒如事其姑。其於家不敢有專焉。其在貝州。其刺史不悅於民。將去官。民相率讙譁手瓦石胥其出擊之。刺史匿不敢出。州縣吏由別駕已下不敢禁。司法君奮曰。是何敢爾。屬小吏百餘人。持兵仗以出。立木而署之曰。刺史出。民有敢觀者殺之。木下民聞。皆驚相告散去。後刺史至加擢任。貝州由是大理。其葬曰。翺既遷貝州君之喪於貝州。殯於開封。遂遷夫人之喪於楚州。八月辛亥。至於開封。壙於丁已。墳於九月辛酉。窆於丁卯。人謂李氏世家也。侯之後五世仕不遂。蘊必發。其起而大乎。四十年而其兄之子衡始至戶部侍郎。君之子四人。官又卑。翺其孫也。有道而甚文。固於是乎在。

韓愈毛穎傳

毛穎者。中山人也。其先明眎。佐禹治東方土。養萬物有功。因封於卯地。死為十二神。嘗曰。吾子孫神明之後。不可與物同。當吐而生。已而果然。明眎八世孫䨲。世傳當殷時居中山。得神僊之術。能匿光使物。竊姮娥騎蟾蜍入月。其後代遂隱不仕云。居東郭者曰㕙。狡而善走。與韓盧爭能。盧不及。盧怒。與宋鵲謀而殺之。醢其家。秦始皇時。蒙將軍恬南伐楚。次中山。將大獵以懼楚。召左右庶長與軍尉。以連山筮之。得天與人文之兆。筮者賀曰。今日之獲。不角不牙。衣褐之徒。缺口而長鬚。八竅而趺居。獨取其髦。簡牘是資。天下同其書。秦其遂兼諸侯乎。遂獵。圍毛氏之族。拔其豪。載穎而歸。獻俘於章臺宮。聚其族而加束縛焉。秦皇帝使恬賜之湯沐。而封諸管城。號曰管城子。日見親寵任事。穎為人彊記而便敏。自結繩之代。以及秦事。無不纂錄。陰陽卜筮占相醫方族氏山經地志字書圖畫九流百家天人之書。及至浮圖老子外國之說。皆所詳悉。又通於當代之務。官府簿書。市井貨錢注記。惟上所使。自秦皇帝及太子扶蘇胡亥丞相斯中車府令高。下及國人。無不愛重。又善隨人意。正直邪曲巧拙。一隨其人。雖見廢棄終默不洩惟不喜武士然見請亦時往累拜中書令與上益狎上嘗呼爲中書君上親決事以衡石自程雖宮人不得立左右獨穎與執燭者常侍上休方罷穎與絳人陳玄宏農陶泓及會稽褚先生友善相推致其出處必偕上召穎三人者不待詔輒俱往上未嘗怪焉後因進見上將有任使拂拭之因免冠謝上見其髮禿又所摹畫不能稱上意上嘻笑曰中書君老而禿不任吾用吾嘗謂君中書君今不中書耶對曰臣所謂盡心者因不復召歸封邑終於管城其子孫甚多散處中國夷狄皆冒管城惟居中山者能繼父祖業

太史公曰毛氏有兩族其一姬姓文王之子封於毛所謂魯衛毛聃者也戰國時有毛公毛遂獨中山之族不知其本所出子孫最爲蕃昌春秋之成見絕於孔子而非其罪及蒙將軍拔中山之豪始皇封諸管城世遂有名而姬姓之毛無聞穎始以俘見卒見任使秦之滅諸侯穎與有功賞不酬勞以老見疏秦真少恩哉

柳宗元襄陽丞趙君墓誌銘

貞元十八年月日天水趙公矜年四十二客死於柳州官爲斂葬於城北之野
元和十三年孤來章始壯自襄州徒行求其葬不得徵書而名其人皆死無能
知者來章日哭於野凡十九日惟人事之窮則庶於卜筮五月甲辰卜秦誗兆
之曰金食其墨而火以貴其墓直丑在道之右南有貴神冢土是守乙巳於野
宜遇西人深目而髯其得實因七日發之乃覯其神明日求諸野有叟荷杖而
東者問之曰是故趙丞兒耶吾爲曹信是邇吾墓噫今則夷矣直社之北二百
舉武吾爲子藴焉辛亥啓土有木焉發之緋衣緅衾凡自家之物皆在州之人
皆爲出涕誠來章之孝神付是叟以與龜偶不然其協焉如此哉六月某日就
道月日葬於汝州龍城縣期城之原夫人河南源氏先沒而祔之矜之父曰漸
南鄭尉祖曰倩之鄆州司馬曾祖曰弘安金紫光祿大夫國子祭酒始矜由明
經爲舞陽主簿蔡帥反犯難來歸擢授襄城主簿賜緋魚袋後爲襄陽丞其墓
自曾祖以下皆族以位時宗元刺柳用相其事哀而旌之以銘銘曰
誗也挈之信也藴之有朱其紱神具列之懇懇來章神實恫汝錫之老叟告以

兆語。靈其鼓舞。從而父祖。孝斯有終。福宜是與。百越蓁蓁。羈鬼相望。有子而孝。獨歸故鄉。渿盈其銘。旌爾勿忘。

經史百家雜鈔卷二十

經史百家雜鈔卷二十一目錄

傳誌之屬下編二

珍倣宋版印

經史百家雜鈔卷二十一

湘鄉曾國藩纂　　合肥李鴻章校刊

傳誌之屬下編二

歐陽修資政殿學士文正范公神道碑銘

皇祐四年五月甲子資政殿學士尚書戶部侍郎汝南文正公薨於徐州以其年十有二月壬申葬於河南尹樊里之萬安山下公諱仲淹字希文五代之際世家蘇州事吳越太宗皇帝時吳越獻其地公之皇考從錢俶朝京師後爲武甯軍掌書記以卒公生二歲而孤母夫人貧無依再適長山朱氏旣長知其世家感泣去之南都入學舍掃一室晝夜講誦其起居飲食人所不堪而公自刻益苦居五年大通六經之旨爲文章論說必本於仁義祥符八年舉進士禮部選第一遂中乙科爲廣德軍司理參軍始歸迎其母以養及公旣貴天子贈公曾祖蘇州糧科判官諱夢齡爲太保祖祕書監諱贊時爲太傅考諱墉爲太師妣謝氏爲吳國夫人（以上先世及孤寒科第）公少有大節於富貴貧賤毀譽歡戚不一動

其心而慨然有志於天下常自誦曰士當先天下之憂而憂後天下之樂而樂也其事上遇人一以自信不擇利害爲趨舍其所有爲必盡其方曰爲之自我者當如是其成與否有不在我者雖聖賢不能必吾豈苟哉（以上大節）天聖中晏丞相薦公文學以大理寺丞爲祕閣校理以言事忤章獻太后旨通判河中府久之上記其忠召拜右司諫當太后臨朝聽政時以至日大會前殿上將率百官爲壽有司已具公上疏言天子無北面且開後世弱人主以彊母后之漸其事遂已又上書請還政天子不報及太后崩言事者希旨多求太后時事欲深治之公獨以謂太后受託先帝保佑聖躬始終十年未見過失宜掩其小故以全大德初太后有遺命立楊太妃代爲太后公諫曰太后母號也自古無代立者由是罷其册命是歲大旱蝗奉使安撫東南使還會郭皇后廢率諫官御史伏閤爭不能得貶知睦州又徙蘇州歲餘卽拜禮部員外郞天章閣待制召還益論時政闕失而大臣權倖多忌惡之（以上諫章獻太后楊太妃郭皇后事）居數月以公知開封府開封素號難治公治有聲事日益簡暇則益以古今治亂安危爲上開說又

爲百官圖以獻曰任人各以其材而百職修堯舜之治不過此也因指其遷進遲速次序曰如此而可以爲公可以爲私亦不可以不察由是呂丞相怒至交論上前公求對辯語切坐落職知饒州明年呂公亦罷公徙潤州又徙越州（以上與呂公不和而敗）而趙元昊反河西上復召相呂公乃以公爲陝西經略安撫副使遷龍圖閣直學士是時新失大將延州危公請自守鄜延扞賊乃知延州元昊遣人遺書以求和公以謂無事請和難信且書有僭號不可以聞乃自爲書告以逆順成敗之說甚辯坐擅復書奪一官知耀州未逾月徙知慶州既而四路置帥以公爲環慶路經略安撫招討使兵馬都部署累遷諫議大夫樞密直學士公爲將務持重不急近功小利於延州築青澗城墾營田復承平永平廢寨熟羌歸業者數萬戶於慶州城大順以據要害又城細腰胡蘆於是明珠滅臧等大族皆去賊爲中國用自邊制久墮至兵與將常不相識公始分延州兵爲六將訓練齊整諸路皆用以爲法公之所在賊不敢犯人或疑公見敵應變爲如何至其城大順也一旦引兵出諸將不知所向軍至柔遠始號令告其地處使

往築城至於版築之用大小畢具而軍中初不知賊以騎三萬來爭公戒諸將戰而賊走追勿過河已而賊果走追者不渡而河外果有伏賊失計乃引去於是諸將皆服公爲不可及公待將吏必使畏法而愛己所得賜賚皆以上意分賜諸將使自爲謝諸蕃質子縱其出入無一人逃者蕃酋來見召之臥內屏人徹衞與語不疑公居三歲士勇邊實恩信大洽乃決策謀取橫山復靈武而元昊數遣使稱臣請和上亦召公歸矣初西人籍爲鄉兵者十數萬既而黥以爲軍惟公所部但刺其手公去兵罷獨得復爲民其於兩路既得熟羌爲用使以守邊因徙屯兵就食內地而紓西人饋輓之勞其所設施去而人德之與守其法不敢變者至今尤多(以上經略西夏) 自公坐呂公貶羣士大夫各持二公曲直呂公患之凡直公者皆指爲黨或坐竄逐及呂公復相公亦再起被用於是二公驩然相約戮力平賊天下之士皆以此多二公然朋黨之論遂起而不能止上既賢公可大用故卒置羣議而用之(以上與呂公復合) 慶曆三年春召爲樞密副使五讓不許乃就道既至數月以爲參知政事每進見必以太平責之公數曰上之用

我者至矣。然事有先後，而革弊於久安，非朝夕可也。既而上再賜手詔，趣使條天下事，又開天章閣，召見賜坐，授以紙筆，使疏於前。公惶恐避席，始退而條列時所宜先者十數事上之。其詔天下興學，取士先德行，不專文辭，革磨勘例遷以別能否，減任子之數而除濫官，用農桑考課守宰等事，方施行，而磨勘、任子之法，僥倖之人皆不便，因相與騰口，而嫉公者亦幸外有言，喜爲之佐佑。會邊奏有警，公卽請行。（以上參知政事）乃以公爲河東陝西宣撫使。至則上書願復守邊，卽拜資政殿學士、知邠州，兼陝西四路安撫使。其知政事纔一歲而罷，有司悉奏罷公前所施行而復其故。言者遂以危事中之，賴上察其忠，不聽。是時夏人已稱臣，公因以疾請鄧州。守鄧三歲，求知杭州，又徙青州。公益病，又求知潁州，肩舁至徐，遂不起，享年六十有四。（以上再出帥陝幷守四州）方公之病，上賜藥存問；既薨，輟朝一日。以其遺表無所請，使就問其家所欲，贈以兵部尚書，所以哀䘏之甚厚。公爲人外和內剛，樂善汎愛。喪其母時尙貧，終身非賓客食不重肉，臨財好施，意豁如也。及退而視其私，妻子僅給衣食。其爲政，所至民多立祠畫像。其行己臨事自山林處士里閭田野之人外至夷狄莫不知其名字而樂道其事者甚衆及其世次官爵誌於墓譜於家藏於有司者皆不論著著其係天下國家之大者亦公之志也與（以上總述其盛德善政）銘曰

范於吳越世實陪臣俶納山川及其士民范始來北中閱幾息公奮自躬與時偕逢事有罪功言有違從豈公必能天子用公其艱其勞一其初終夏童跳邊乘吏怠安帝命公往問彼驕頑有不聽順鋤其穴根公居三年怯勇墮完兒憐獸擾卒俾來臣夏人在廷其事方議帝趣公來以就予治公拜稽首茲惟艱哉初匪其難在其終之羣言營營卒壞于成匪惡其成惟公是傾不傾不危天子之明存有顯榮歿有贈諡藏其子孫寵及後世惟百有位可勸無怠

歐陽修胡先生墓表

先生諱瑗字翼之姓胡氏其上世爲陵州人後爲泰州如皋人先生爲人師言行而身化之使誠明者達昏愚者勵而頑傲者革故其爲法嚴而信爲道久而尊師道廢久矣自景祐明道以來學者有師惟先生暨泰山孫明復石守道三

人而先生之徒最盛其在湖州之學弟子去來常數百人各以其經轉相傳授其教學之法最備行之數年東南之士莫不以仁義禮樂爲學慶曆四年天子開天章閣與大臣講天下事始慨然詔州縣皆立學於是建太學於京師而有司請下湖州取先生之法以爲太學法至今著爲令後十餘年先生始來居太學學者自遠而至太學不能容取旁官署以爲學舍禮部貢舉歲所得士先生弟子十常居四五其高第者知名當時或取甲科居顯仕其餘散在四方隨其人賢愚皆循循雅飭其言談舉止遇之不問可知爲先生弟子其學者相與稱先生不問可知爲胡公也先生初以白衣見天子論樂拜祕書省校書郎辟丹州軍事推官改密州觀察推官丁父憂去職服除爲保甯軍節度推官遂居湖學召爲諸王宮教授以疾免已而以太子中舍致仕遷殿中丞於家皇祐中驛召至京師議樂復以爲大理評事兼太常寺主簿又以疾辭歲餘爲光祿寺丞國子監直講迺居太學遷大理寺丞賜緋衣銀魚嘉祐元年遷太子中允充天章閣侍講仍居太學已而病不能朝天子數遣使者存問又以太常博士致仕

東歸之日。太學之諸生。與朝廷賢士大夫送之東門。執弟子禮。路人嗟歎以爲榮。以四年六月六日卒於杭州。享年六十有七。以明年十月五日。葬於烏程何山之原。其世次官邑與其行事。莆陽蔡君謨具誌於幽堂。嗚呼先生之德在乎人。不待表而見於後世。然非此無以慰學者之思。乃揭於其墓之原。

歐陽修河南府司錄張君墓表

故大理寺丞河南府司錄張君。諱汝士。字堯夫。開封襄邑人也。明道二年八月壬寅。以疾卒于官。享年三十有七。卒之七日。葬洛陽北邙山下。其友人河南尹師魯誌其墓。而廬陵歐陽修爲之銘。以其葬之速也。不能刻石。乃得金谷古甎。命太原王顧以丹爲隸書。納于壙中。嘉祐二年某月某日。其子吉甫山甫改葬君於伊闕之教忠鄉積慶里。君之始葬北邙也。吉甫纔數歲。而山甫始生。余及送者相與臨穴視窆。且封哭而去。今年春。余主試天下貢士。而山甫以進士試禮部。乃來告以將改葬其先君。因出銘以示余。蓋君之卒距今二十有五年矣。初天聖明道之間。錢文僖公守河南。公王家子。特以文學仕至貴顯。所至多招集文士而河南吏屬適皆當時賢材知名士。故其幕府號爲天下之盛。君其一人也。文僖公善待士。未嘗責以吏職。而河南又多名山水。竹林茂樹奇花怪石。其平臺清池上下。荒墟草莽之閒。余得日從賢人長者賦詩飲酒以爲樂。而君爲人靜默修潔。常坐府治事。省文書。尤盡心於獄訟。初以辟爲其府推官。既罷。又辟司錄。河南人多賴之。而守尹屢薦其材。君亦工書。喜爲詩。閒則從余遊。其語言簡而有意。飲酒終日不亂。雖醉未嘗頹墮。與之居者莫不服其德。故師魯誌之曰。飭身臨事。余嘗愧堯夫。堯夫不余愧也。始君之葬。皆以其地不善。又葬速。其禮不備。君夫人崔氏有賢行。能教其子。而二子孝謹。克自樹立。卒能改葬君如吉卜。君其可謂有後矣。自君卒後。文僖公得罪。貶死漢東。吏屬亦各引去。今師魯死且十餘年。王顧者死亦六七年。其送君而臨穴者。及與君同府而遊者。十蓋八九死矣。其幸而在者。不老則病且衰。如予是也。嗚呼。盛衰生死之際。未始不如是。是豈足道哉。惟爲善者能有後。而託於文字者可以無窮。故於其改葬也。書以遺其子。俾碣于墓。且以寫余之思焉。吉甫今爲大理寺丞。知緱氏

縣山甫始以進士賜出身云

歐陽修徂徠石先生墓誌銘

徂徠先生姓石氏名介字守道兖州奉符人也徂徠魯東山而先生非隱者也其仕嘗位於朝矣魯之人不稱其官而稱其德以爲徂徠魯之望先生魯人之所尊故因其所居山以配其有德之稱曰徂徠先生者魯人之志也先生貌厚而氣完學篤而志大雖在畎畝不忘天下之憂以謂時無不可爲爲之無不至不在其位則行其言吾言用功利施於天下不必出乎己吾言不用雖獲禍咎至死而不悔其遇事發憤作爲文章極陳古今治亂成敗以指切當世賢愚善惡是是非非無所諱忌世俗頗駭其言由是謗議喧然而小人尤嫉惡之相與出力必擠之死先生安然不惑不變曰吾道固如是吾勇過孟賁矣不幸遇疾以卒既卒而姦人有欲以奇禍中傷大臣者猶指先生以起事謂其詐死而北走契丹矣請發棺以驗賴天子仁聖察其誣得不發棺而保全其妻子（以上譯舉其志事言論及其死後奇禍）先生世爲農家父諱丙始以仕進官至太常博士先生年二十六

舉進士甲科爲鄆州觀察推官南京留守推官御史臺辟主簿未至以上書論赦罷不召秩滿遷某軍節度掌書記代其父官於蜀爲嘉州軍事判官丁內外艱去官垢面跣足躬耕徂徠之下葬其五世未葬者七十喪服除召入國子監直講（以上敘科第至國子監直講）是時兵討元昊久無功海內重困天子奮然思欲振起威德而進退二三大臣增置諫官御史所以求治之意甚銳先生躍然喜曰此盛事也雅頌吾職其可已乎乃作慶曆聖德詩以褒貶大臣分別邪正累數百言詩出太山孫明復曰子禍始於此矣明復先生之師友也其後所謂姦人作奇禍者乃詩之所斥也（以上慶曆聖德詩）先生自閑居徂徠後官於南京常以經術教授及在太學益以師道自居門人弟子從之者甚衆太學之興自先生始其所爲文章曰某集者若干卷曰某集者若干卷其斥佛老時文則有怪說中國論曰去此三者然後可以有爲其戒姦臣宦女則有唐鑑曰吾非爲一世監也其餘喜怒哀樂必見於文其辭博辯雄偉而憂思深遠其爲言曰學者學爲仁義也惟忠能忘其身惟篤於自信者乃可以力行也以是行於己亦以是教於人所

謂堯舜禹湯文武周公孔子孟軻揚雄韓愈氏者未嘗一日不誦於口思與天下之士皆爲周孔之徒以致其君爲堯舜之君民爲堯舜之民亦未嘗一日少忘於心至其違世驚衆人或笑之則曰吾非狂癡者也是以君子察其行而信其言推其用心而哀其志（以上箸述教人風旨）及先生直講歲餘杜祁公薦之天子拜太子中允今丞相韓公又薦之乃直集賢院又歲餘始去太學通判濮州方待次於徂徠以慶曆五年七月某日卒於家享年四十有一友人廬陵歐陽修哭之以詩以謂待彼謗燄熄然後先生之道明矣先生既沒妻子凍餒不自勝今丞相韓公與河南富公分俸買田以活之後二十一年其家始克葬先生於某所（以上直講後歷官及卒葬）將葬其子師訥與其門人姜潛杜默徐遁等來告曰謗燄熄矣可以發先生之光矣敢請銘某曰吾詩不云乎子道自能久也何必吾銘遁等曰雖然魯人之欲也乃爲之銘曰

徂徠之巖巖與子之德兮魯人之所瞻汶水之湯湯與子之道兮逾遠而彌長道之難行兮孔孟亦云其遑遑一世之屯兮萬世之光曰吾不有命兮安在夫

桓魋與臧倉。自古聖賢皆然。今噫子雖毀其何傷。

歐陽修孫明復先生墓誌銘

先生諱復。字明復。姓孫氏。晉州平陽人也。少舉進士不中。退居泰山之陽。學春秋。著尊王發微。魯多學者。其尤賢而有道者石介。自介而下。皆以弟子事之。先生年逾四十。家貧不娶。李丞相迪將以其弟之女妻之。先生疑焉。介與羣弟子進曰。公卿不下士久矣。今丞相不以先生貧賤而欲託以子。是高先生之行義也。先生宜因以成丞相之賢名。於是乃許。孔給事道輔爲人剛直嚴重。不妄與人。聞先生之風。就見之。介執杖屨侍左右。先生坐則立。升降拜則扶之。及其往謝也亦然。魯人既素高此兩人。由是始識師弟子之禮。莫不歎嗟之。而李丞相孔給事亦以此見稱於士大夫。（以上著其絶學高風）其後介爲學官。語于朝曰。先生非隱者也。欲仕而未得其方也。慶歷二年。樞密副使范仲淹資政殿學士富弼言其道德經術宜在朝廷。召拜校書郎國子監直講。嘗召見邇英閣說詩。將以爲侍講。而嫉之者言其講說多異先儒。遂止。七年。徐州人孔直溫以狂謀捕治。索其家得詩有先生姓名坐貶監處州商稅徙泗州又徙知河南府長水縣簽署應天府判官公事通判陵州翰林學士趙槪等十餘人上言孫某行為世法經為人師不宜棄之遠方乃復為國子監直講（以上出處）居三歲以嘉祐二年七月二十四日以疾卒於家享年六十有六官至殿中丞先生在太學時為大理評事天子臨幸賜以緋衣銀魚及聞其喪惻然予其家錢十萬而公卿大夫朋友太學之諸生相與弔哭賻治其喪於是以其年十月二十七日葬先生於鄆州須城縣盧泉鄉之北扈原（以上卒葬）先生治春秋不惑傳注不為曲說以亂經其言簡易明於諸侯大夫功罪以考時之盛衰而推見王道之治亂得於經之本義為多方其病時樞密使韓琦言之天子選書吏給紙筆命其門人祖無擇就其家得其書十有五篇錄之藏於祕閣（以上專表其有功春秋）先生一子大年尚幼銘曰

聖既歿經更戰焚逃藏脫亂僅傳存衆說乘之汩其原怪迂百出雜僞眞後生牽卑習前聞有欲患之寡攻羣往往止燎以膏薪有勇夫子闢浮雲刮磨蔽蝕相吐吞日月卒復光破昏博哉功利無窮垠有考其不在斯文

歐陽修太常博士尹君墓誌銘

君諱源字子漸姓尹氏與其弟洙師魯俱有名於當世其論議文章博學彊記皆有以過人而師魯好辯果於有為子漸為人剛簡不矜飾能自晦藏與人居久而莫知至其一有所發則人必驚伏其視世事若不干其意已而推其情偽計其成敗後多如其言其性不能容常人而善與人交久而益篤自天聖明道之閒予與其兄弟交其得於子漸者如此（以上狀其性情器識）其曾祖諱誼贈光祿少卿祖諱文化官至都官郎中贈刑部侍郎父諱仲宣官至虞部員外郎贈工部郎中子漸初以祖蔭補三班借職稍遷左班殿直天聖八年舉進士及第為奉禮郎累遷太常博士歷知芮城河陽二縣簽署孟州判官事又知新鄭縣通判涇州慶州知懷州以慶曆五年三月十四日卒於官（以上先世及歷官卒日）趙元昊寇邊圍定州堡大將葛懷敏發涇原兵救之君遺懷敏書曰賊舉其國而來其利不在城堡而兵法有不得而救者且吾軍畏法見敵必赴而不計利害此其所以數敗也宜駐兵瓦亭見利而後動懷敏不能用其言遂以敗死劉渙知滄州杖一

卒不服渙命斬之以聞坐專殺降知密州君上書爲渙論直得復知滄州范文正公常薦君材可以居館閣召試不用遂知懷州至期月大治(以上在官事蹟)是時天子用范文正公與今觀文殿學士富公武康軍節度使韓公欲更置天下事而權倖小人不便三公皆罷去而師魯與時賢士多被誣枉得罪君歎息憂悲發憤以謂生可厭而死可樂也往往被酒哀歌泣下朋友皆竊怪之已而以疾卒享年五十至和元年十有二月十三日其子材葬君於河南府壽安縣甘泉鄉龍瀾里其平時所爲文章六十篇皆行于世男四人曰材植機杼(以上感憤卒葬)嗚呼師魯常勞其智於事物而卒蹈憂患以窮死若子漸者曠然不有累其心而無所屈其志然其壽考亦以不長豈其所謂短長得失者皆非此之謂歟其所以然者不可得而知歟(以上與師魯互勘與篇首相應)銘曰

有韞于中不以施一憤樂死其如歸豈其志之將衰不然世果可嫉其如斯

歐陽修尹師魯墓誌銘

師魯河南人姓尹氏諱洙然天下之士識與不識皆稱之曰師魯蓋其名重當

世而世之知師魯者或推其文學或高其議論或多其材能至其忠義之節處窮達臨禍福無愧於古君子則天下之稱師魯者未必盡知之師魯爲文章簡而有法博學彊記通知古今長於春秋其與人言是是非非務窮盡道理乃已不爲苟止而妄隨而人亦罕能過也遇事無難易而勇於敢爲其所以見稱於世者亦所以取嫉於人故其卒窮以死（以上志節文學）師魯少舉進士及第爲絳州正平縣主簿河南府戸曹參軍邵武軍判官舉書判拔萃遷山南東道掌書記知伊陽縣王文康公薦其才召試充館閣校勘遷太子中允天章閣待制范公貶饒州諫官御史不肯言師魯上書言仲淹臣之師友願得俱貶貶監郢州酒稅又徙唐州遭父喪服除復得太子中允知河南縣趙元昊反陝西用兵大將葛懷敏奏起爲經略判官師魯雖用懷敏辟而尤爲經略使韓公所深知其後諸將敗于好水韓公降知秦州師魯亦徙通判濠州久之韓公奏得通判秦州遷知涇州又知渭州兼涇原路經略部署坐城水洛與邊將異議徙知晉州又知潞州爲政有惠愛潞州人至今思之累遷官至起居舍人直龍圖閣（以上歷官）師魯

當天下無事時獨喜論兵爲敘燕息戍二篇行于世自西兵起凡五六歲未嘗不在其閑故其論議益精密而於西事尤習其詳其爲兵制之說述戰守勝敗之要盡當今之利害又欲訓士兵代戍卒以減邊用爲禦戎長久之策皆未及施爲而元昊臣西兵解嚴師魯亦去而得罪矣然則天下之稱師魯者於其材能亦未必盡知之也（以上論兵材略）初師魯在渭州將吏有違其節度者欲按軍法斬之而不果其後吏至京師上書訟師魯以公使錢貸部將貶崇信軍節度副使徙監均州酒稅得疾無醫藥舁至南陽求醫疾革憑几而坐顧稚子在前無甚憐之色與賓客言終不及其私享年四十有六以卒（以上叙貶官病卒）師魯娶張氏某縣君有兄源字子漸亦以文學知名前一歲卒師魯凡十年閒三貶官喪其父又喪其兄有子四人連喪其三女一適人亦卒而其身終以貶死一子三歲四女未嫁家無餘貲客其喪于南陽不能歸平生故人無遠邇皆往賻之然後妻子得以其柩歸河南以某年某月某日葬于先塋之次（以上叙兄弟妻子）余與師魯兄弟交嘗銘其父之墓矣故不復次其世家焉銘曰

藏之深固之密石可朽銘不滅

歐陽修梅聖俞墓誌銘

嘉祐五年京師大疫四月乙亥聖俞得疾臥城東汴陽坊明日朝之賢士大夫往問疾者騶呼屬路不絕城東之人市者廢行者不得往來咸驚顧相語曰茲坊所居大人誰耶何致客之多也居八日癸未聖俞卒於是賢士大夫又走弔哭如前日益多而其尤親且舊者相與聚而謀其後事自丞相以下皆有以賻卹其家粵六月甲申其孤增載其柩南歸以明年正月丁丑葬於宣州陽城鎮雙歸山（以上病歿卒葬）聖俞字也其名堯臣姓梅氏宣州宣城人也自其家世頗能詩而從父詢以仕顯至聖俞遂以詩聞自武夫貴戚童兒野叟皆能道其名字雖妄愚人不能知詩義者直曰此世所貴也吾能得之用以自矜故求者日踵門而聖俞詩遂行天下其初喜爲清麗閒肆平淡久則涵演深遠閒亦琢刻以出巧怪然氣完力餘益老以勁其應於人者多故辭非一體至於他文章皆可喜非如唐諸子號詩人者僻固而狹陋也聖俞爲人仁厚樂易未嘗忤於物至其

窮愁感憤。有所罵譏笑謔。一發於詩。然用以爲驩而不怨懟。可謂君子者也。以上工詩
初在河南。王文康公見其文。歎曰。二百年無此作矣。其後大臣屢薦宜在館
閣。嘗一召試。賜進士出身。餘輒不報。嘉祐元年。翰林學士趙槩等十餘人列言
于朝。曰梅某經行修明。願得留與國子諸生講論道德。作爲雅頌以歌詠聖化。
乃得國子監直講。三年冬。祫于太廟。御史中丞韓絳言天子且親祠。當更制樂
章。以薦祖考。惟梅某爲宜。亦不報。聖俞初以從父廕補太廟齋郎。歷桐城河南
河陽三縣主簿。以德興縣令知建德縣。又知襄城縣。監湖州鹽稅。簽署忠武鎮
安兩軍節度判官。監永濟倉。國子監直講。累官至尙書都官員外郎。嘗奏其所
撰唐載二十六卷。多補正舊史闕繆。乃命編修唐書。書成未奏而卒。享年五十
有九。以上仕官歷合曾祖諱遠。祖諱邈。皆不仕。父諱讓。太子中舍致仕。贈職方郎中。母
曰仙遊縣太君束氏。又曰清河縣太君張氏。初娶謝氏。封南陽縣君。再娶刁氏
封某縣君。子男五人。曰增。曰墀。曰坰。曰龜兒。一早卒。女二人。長適太廟齋郎薛
通。次尙幼。以上先世子姓聖俞學長於毛詩。爲小傳二十卷。其文集四十卷。注孫子十

三篇。余嘗論其詩曰。世謂詩人少達而多窮。蓋非詩能窮人。殆窮者而後工也。聖俞以爲知言。以上敘其著作而歸重於詩銘曰。

不戚其窮。不困其鳴。不躓于艱。不履于傾。養其和平。以發厥聲。震越渾鍠。衆聽以驚。不揚其清。以播其英。以成其名。以告諸冥。

歐陽修湖州長史蘇君墓誌銘

故湖州長史蘇君有賢妻杜氏。自君之喪。布衣蔬食居數歲。提君之孤子。斂其平生文章。走南京。號泣于其父曰。吾夫屈於生。猶可伸於死。其父太子太師以告於予。予爲集次其文而序之。以著君之大節與其所以屈伸得失。以深誚世之君子當爲國家樂育賢材者。且悲君之不幸。其妻卜以嘉祐元年十月某日葬君于潤州丹徒縣義里鄉檀山里石門村。又號泣于其父曰。吾夫屈於人間。猶可伸於地下。於是杜公及君之子泌。皆以書來乞銘以葬。以上敘其妻先求集序後求墓銘

君諱舜欽。字子美。其上世居蜀。後徙開封。爲開封人。自君之祖諱易簡。以文章有名太宗時。承旨翰林爲學士。參知政事。官至禮部侍郎。父諱耆。官至工部郎

中直集賢院君少以父廕補太廟齋郎調滎陽尉非所好也已而鎖其廳去舉進士中第改光祿寺主簿知蒙城縣丁父憂服除知長垣縣遷大理評事監在京樓店務以上先世官階君狀貌奇偉慷慨有大志少好古工爲文章所至皆有善政官于京師位雖卑數上疏論朝廷大事敢道人之所難言范文正公薦君召試得集賢校理自元昊反兵出無功而天下殆於久安尤困兵事天子奮然用三四大臣欲盡革衆弊以紓民於是時范文正公與今富丞相多所設施而小人不便顧人主方信用思有以撼動未得其根以君文正公之所薦而宰相杜公壻也乃以事中君坐監進奏院祠神奏用市故紙錢會客爲自盜除名君名重天下所會客皆一時賢俊悉坐貶逐然後中君者喜曰吾一舉網盡之矣以上得罪之由其後三四大臣繼罷去天下事卒不復施爲君攜妻子居蘇州買水石作滄浪亭日益讀書大涵肆於六經而時發其憤悶于詩歌至其所激往往驚絕又喜行草書皆可愛故其雖短章醉墨落筆爭爲人所傳天下之士聞其名而慕見其所傳而喜往揖其貌而竦聽其論而驚以服久與其居而不能捨以去也

以上罷官後著作文字居數年復得湖州長史慶曆八年十二月某日以疾卒于蘇州享年四十有一君先娶鄭氏後娶杜氏三子長曰泌將作監主簿次曰液曰激二女長適前進士趙紘次尚幼以上病卒家屬初君得罪時以奏用錢爲盜無敢辯其冤者自君卒後天子感悟凡被逐之臣復召用皆顯列于朝而至今無復爲君言者宜其欲求伸於地下也宜予述其得罪以死之詳而使後世知其有以也既又長言以爲之辭庶幾幷寫予之所以哀君者其辭曰

謂爲無力兮孰擊而去之謂爲有力兮胡不反子之歸豈彼能兮此不爲善百譽而不進兮一毀終世以顛隮荒孰問兮杳難知嗟子之中兮有韞而無施文章發耀兮星日光輝雖冥冥以掩恨兮宜昭昭以永垂

歐陽修石曼卿墓表

曼卿諱延年姓石氏其上世爲幽州人幽州入于契丹其祖自成始以其族閒走南歸天子嘉其來將祿之不可乃家于宋州之宋城父諱補之官至太常博士幽燕俗勁武而曼卿少亦以氣自豪讀書不治章句獨慕古人奇節偉行非

常之功視世俗屑屑無足動其意者自顧不合於時乃一混於酒然好劇飲大醉頹然自放由是益與時不合而人之從其遊者皆知愛曼卿落落可奇而不知其才之有以用也（以上渾舉其氣節材略）年四十八康定二年二月四日以太子中允祕閣校理卒于京師曼卿少舉進士不第真宗推恩三舉進士皆補奉職曼卿初不肯就張文節公素奇之謂曰母老乃擇祿耶曼卿矍然起就之遷殿直久之改太常寺太祝知濟州金鄉縣歎曰此亦可以爲政也縣有治聲通判乾甯軍丁母永安縣君李氏憂服除通判永靜軍皆有能名充館閣校勘累遷大理寺丞通判海州還爲校理（以上官階）莊獻明肅太后臨朝曼卿上書請還政天子其後太后崩范諷以言見幸引嘗言太后事者遽得顯官欲引曼卿曼卿固止之乃已自契丹通中國德明盡有河南而臣屬遂務休兵養息天下晏然內外弛武三十餘年曼卿上書言十事不報已而元昊反西方用兵始思其言召見稍用其說籍河北河東陝西之民得鄉兵數十萬曼卿奉使籍兵河東還稱旨賜緋衣銀魚天子方思盡其才而且病矣（以上兩言大事後皆稍見用）既而聞邊將有欲以鄉

兵捍賊者笑曰此得吾麤也夫不教之兵勇怯相雜若怯者見敵而動則勇者亦率而潰矣今或不暇教不若募其敢行者則人人皆勝兵也其視世事蔑若不足爲及聽其施設之方雖精思深慮不能過也狀貌偉然喜酒自豪若不可繩以法度退而質其平生趣舍大節無一悖於理者遇人無賢愚皆盡忻懽及可否天下是非善惡當其意者無幾人以上因論兵而述其外貌有不能盡其心迹者三事其爲文章勁健稱其意氣有子濟滋天子聞其喪官其一子使祿其家旣卒之三十七日葬于太淸之先塋其友歐陽修表於其墓曰

嗚呼曼卿甯自混以爲高不少屈以合世可謂自重之士矣士之所負者愈大則其自顧也愈重自顧愈重則其合愈難然欲與共大事立奇功非得難合自重之士不可爲也古之魁雄之人未始不負高世之志故甯或毀身汚迹卒困於無聞或老且死而幸一遇猶克少施於世若曼卿者非徒與世難合而不克少有所施亦其不幸不得至乎中壽其命也夫其可哀也夫

歐陽修瀧岡阡表

嗚呼惟我皇考崇公卜吉於瀧岡之六十年其子修始克表於其阡非敢緩也蓋有待也修不幸生四歲而孤太夫人守節自誓居貧自力於衣食以長以教俾至於成人太夫人告之曰汝父爲吏廉而好施與喜賓客其俸祿雖薄常不使有餘曰毋以是爲我累故其亡也無一瓦之覆一壠之植以庇而爲生吾何恃而能自守邪吾於汝父知其一二以有待於汝也自吾爲汝家婦不及事吾姑然知汝父之能養也汝孤而幼吾不能知汝之必有立然知汝父之必將有後也吾之始歸也汝父免於母喪方逾年歲時祭祀則必涕泣曰祭而豐不如養之薄也閒御酒食則又涕泣曰昔常不足而今有餘其何及也吾始一二見之以爲新免於喪適然耳既而其後常然至其終身未嘗不然吾雖不及事姑而以此知汝父之能養也汝父爲吏嘗夜燭治官書屢廢而歎吾問之則曰此死獄也我求其生不得爾吾曰生可求乎曰求其生而不得則死者與我皆無恨也矧求而有得耶以其有得則知不求而死者有恨也夫常求其生猶失之死而世常求其死也回顧乳者抱汝而立於旁因指而歎曰術者謂我歲行在

戌將死使其言然吾不及見兒之立也後當以我語告之其平居教他子弟常用此語吾耳熟焉故能詳也其施於外事吾不能知其居于家無所矜飾而所爲如此是眞發於中者耶嗚呼其心厚於仁者耶此吾知汝父之必將有後也汝其勉之夫養不必豐要於孝利雖不得溥於物要其心之厚於仁吾不能教汝此汝父之志也修泣而志之不敢忘以上太夫人述崇公之盛德遺訓先公少孤力學咸平三年進士及第爲道州判官泗縣二州推官又爲泰州判官享年五十有九葬沙溪之瀧岡以上崇公科第官階卒葬太夫人姓鄭氏考諱德儀世爲江南名族太夫人恭儉仁愛而有禮初封福昌縣太君進封樂安安康彭城三郡太君自其家少微時治其家以儉約其後常不使過之曰吾兒不能苟合於世儉薄所以居患難也其後修貶夷陵太夫人言笑自若曰汝家故貧賤也吾處之有素矣汝能安之吾亦安矣以上太夫人盛德遺訓自先公之亡二十年修始得祿而養又十有二年列官于朝始得贈封其親又十年修爲龍圖閣直學士尙書吏部郎中留守南京太夫人以疾終於官舍享年七十有二又八年修以非才入副樞密遂參政事

又七年而罷自登二府天子推恩褒其三世蓋自嘉祐以來逢國大慶必加寵錫皇曾祖府君累贈金紫光祿大夫太師中書令曾祖妣累封楚國太夫人皇祖府君累贈金紫光祿大夫太師中書令兼尚書令祖妣累封吳國太夫人皇考崇公累贈金紫光祿大夫太師中書令兼尚書令皇妣累封越國太夫人今上初郊皇考賜爵爲崇國公太夫人進號魏國（以上自敘祿位親得爵封）於是小子修泣而言曰嗚呼爲善無不報而遲速有時此理之常也惟我祖考積善成德宜享其隆雖不克有於其躬而賜爵受封顯榮褒大實有三朝之錫命是足以表見於後世而庇賴其子孫矣乃列其世譜具刻于碑既又載我皇考崇公之遺訓太夫人之所以教而有待於修者並揭于阡俾知夫小子修之德薄能鮮遭時竊位而幸全大節不辱其先者其來有自（以上著立表之意）

王安石泰州海陵縣主簿許君墓誌銘

君諱平字秉之姓許氏余嘗譜其世家所謂今泰州海陵縣主簿者也君既與兄元相友愛稱天下而自少卓犖不羈善辯說與其兄俱以智略爲當世大人

所器寶元時朝廷開方略之選以招天下異能之士而陝西大帥范文正公鄭文肅公爭以君所爲書以薦於是得召試爲太廟齋郎已而選泰州海陵縣主簿貴人多薦君有大才可試以事不宜棄之州縣君亦常慨然自許欲有所爲然終不得一用其智能以卒噫其可哀也已士固有離世異俗獨行其意罵譏笑侮困辱而不悔彼皆無衆人之求而有所待於後世者也其齟齬固宜若夫智謀功名之士窺時俯仰以赴勢物之會而輒不遇者乃亦不可勝數辨足以移萬物而窮於用說之時謀足以奪三軍而辱於右武之國此又何說哉嗟乎彼有所待而不悔者其知之矣君年五十九以嘉祐某年某月某甲子葬真州之揚子縣甘露鄉某所之原夫人李氏子男瓌不仕璋真州司戶參軍琦太廟齋郎琳進士女子五人已嫁二人進士周奉先泰州泰興令陶舜元銘曰

有拔而起之莫擠而止之嗚呼許君而已於斯誰或使之

王安石王深父墓誌銘

吾友深父書足以致其言言足以遂其志志欲以聖人之道爲己任蓋非至於

命弗止也故不爲小廉曲謹以投衆人耳目而取舍進退去就必度於仁義世皆稱其學問文章行治然眞知其人者不多而多見謂迂闊不足趣時合變嗟乎是乃所以爲深父也令深父而有以合乎彼則必無以同乎此矣嘗獨以謂天之生夫人也殆將以壽考成其才使有待而後顯以施澤於天下或者誘其言以明先王之道覺後世之民嗚呼孰以爲道不任於天德不酬於人而今死矣甚哉聖人君子之難知也以孟軻之聖而弟子所願止於管仲晏嬰況餘人乎至於揚雄尤當世之所賤簡其爲門人者一侯芭而已芭稱雄書以爲勝周易易不可勝也芭尙不爲知雄者而人皆曰古之人生無所遇合至其沒久而後世莫不知若軻雄者其沒皆過千歲讀其書知其意者甚少則後世所謂知者未必眞也夫此兩人以老而終幸能箸書書具在然尙如此嗟乎深父其智雖能知軻其於爲雄雖幾可以無愧然其志未就其書未具而旣早死豈特無所遇於今又將無所傳於後天之生夫人也而命之如此蓋非余所能知也深父諱回本河南王氏其後自光州之固始遷福州之侯官爲侯官人者三世曾

祖諱某某官祖諱某某官考諱某尙書兵部員外郎兵部葬頴州之汝陰故今爲汝陰人深父嘗以進士補亳州衞真縣主簿歲餘自免去有勸之仕者輒辭以養母其卒以治平二年七月二十八日年四十三於是朝廷用薦者以爲某軍節度推官知陳州南頓縣事書下而深父死矣夫人曾氏先若干日卒子男一人某女二人皆尙幼諸弟以某年某月某日葬深父某縣某鄉某里以曾氏祔銘曰

嗚呼深父維德之仔肩以迪祖武厥艱荒遐力必踐取莫吾知庸亦莫吾侮神則尙反歸形此土

王安石建安章君墓誌銘

君諱友直姓章氏少則卓越自放不羈不肯求選舉然有高節大度過人之材其族人郇公爲宰相欲奏而官之非其好不就也自江淮之上海嶺之閒以至京師無不遊將相大人豪傑之士以至閭巷庸人小子皆與之交際未嘗有所忤莫不得其歡心卒然以是非利害加之而莫能見其喜慍視其心若不知富

貴貧賤之可以擇而取也頹然而已矣昔列禦寇莊周當文武末世哀天下之
士沈於得喪陷於毀譽離性命之情而自託於人僞以爭須臾之欲故其所稱
述多所謂天之君子若君者似之矣君讀書通大指尤善相人然諱其術不多
爲人道之知音樂書畫弈棊皆以知名於一時皇祐中近臣言君文章善篆有
旨召試君辭焉於是太學篆石經又言君善篆與李斯陽冰相上下又召君君
即往經成除試將作監主簿不就也嘉祐七年十一月甲子以疾卒於京師年
五十七娶辛氏生二男存孺爲進士五女子其長嫁常州晉陵縣主簿侍其瑋
早卒瑋又娶其中女次適蘇州吳縣黃元二人未嫁君家建安者五世其先則
豫章人也君曾祖考諱某佐江南李氏爲建州軍事推官祖考諱某皇著作佐
郎贈工部尚書考諱某京兆府節度判官君以某年某月某甲子葬潤州丹陽
縣金山之東園銘曰

弗績弗雕弗跂以爲高俯以狎於野仰以遊於朝中則有實視銘其昭

王安石祕閣校理丁君墓誌銘

朝奉郎尚書司封員外郎充祕閣校理新差通判永州軍州兼管內勸農事上輕車都尉賜緋魚袋晉陵丁君卒臨川王某曰噫吾僚也方吾少時輔我以仁義者乃發哭弔其孤祭焉而許以銘越三月君壻以狀至乃敘銘赴其葬以上敘作銘之由敘曰君諱寶臣字元珍少與其兄宗臣皆以文行稱鄉里號爲二丁景祐中皆以進士起家君爲峽州軍事判官與廬陵歐陽公遊相好也又爲淮南節度掌書記或誣富人以博州將貴人也猜而專吏莫敢議君獨力爭正其獄又爲杭州觀察判官用舉者兼州學教授又用舉者遷太子中允知越州剡縣蓋其始至流大姓一人而縣遂治卒除弊興利甚衆人至今言之於是再遷爲太常博士移知端州儂智高反攻至其治所君出戰能有所捕斬然卒不勝乃與其州人皆去而避之坐免一官徙黃州以上敘歷官至端州失守免一官會恩除太常丞監湖州酒又以大臣有解舉者還博士就差知越州諸暨縣其治諸暨如剡越人滋以君爲循吏也英宗即位以尚書屯田員外郎編校祕閣書籍遂爲校理同知太常禮院君質直自守接上下以恕雖貧困未嘗言利於朋友故舊無所不盡

故其不幸廢退則人莫不憐少進也則皆為之喜居無何御史論君嘗廢矣不當復用遂出通判永州世皆以咎言者謂為不宜(以上再敘歷官又坐前事論罷)夫歐未嘗教之卒臨不可守之城以戰虎狼百倍之賊議今之法則獨可守死爾論古之道則有不去以死有去之以生吏方操法以責士則君之流離窮困幾至老死尚以得罪於言者亦其理也君以治平三年待闕於常州於是再遷尚書司封員外郎以四年四月四日卒年五十八有文集四十卷明年二月二十九日葬於武進縣懷德北鄉郭莊之原(以上敘卒葬)君曾祖諱輝祖諱諒皆弗仕考諱東之贈尚書工部侍郎夫人饒氏封晉陵縣君前死子男隅太廟齋郎除隮為進士其季恩兒尚幼女嫁祕書省著作佐郎集賢校理同縣胡宗愈其季未嫁嫁胡氏者亦又死矣(以上先世子女)銘曰

文於辭為達行於德為充道於古為可命於今為窮嗚呼已矣卜此新宮

王安石臨川王君墓誌銘

孔子論天子諸侯卿大夫士庶人之孝固有等矣至其以事親為始而能竭吾

才則自聖人至於士其可以無憾焉一也余叔父諱師錫字某少孤則致孝於其母憂悲愉樂不主於己以其母而已學於他州凡被服飲食玩好之物苟可以愜吾母而力能有之者皆聚以歸雖甚勞窘終不廢豐其母以及其昆弟姑姊妹不敢愛其力之所能得約其身以及其妻子不敢慊其意之所欲爲其外行則自鄉黨鄰里及其嘗所與遊之人莫不得其歡心其不幸而蚤死也則莫不爲之悲傷歎息夫其所以事親能如此雖有不至其亦可以無憾矣自庠序聘舉之法壞而國論不及乎閨門之隱士之務本者常詘於浮華淺薄之材故余叔父之卒年三十七數以進士試於有司而猶不得祿賜以寬一日之養焉而世之論士也以苟難爲賢而余叔父之孝又未有以過古之中制也以故世之稱其行者亦少焉蓋以叔父自爲則由外至者吾無意於其閼可也自君子之在勢者觀之使爲善者不得職而無以成名則中材何以勉焉悲夫叔父娶朱氏子男一人某女子一人皆尚幼其葬也以至和四年祔於真州某縣某鄉銅山之原皇考諫議公之兆爲銘銘曰

天孰為之窮孰為之為吾能為已矣無悲

王安石廣西轉運使蘇君墓誌銘

慶曆五年河北都轉運使龍圖閣直學士信都歐陽修以言事切直為權貴人所怒因其孤甥女子有獄誣以姦利事天子使三司戶部判官太常博士武功蘇君與中貴人雜治當是時權貴人連內外諸怨惡修者為惡言欲傾修銳甚天下洶洶必修不能自脫蘇君卒白上曰修無罪言者誣之耳於是權貴人大怒誣君以不直絀使為殿中丞泰州監稅然天子遂寤言者不得意而修等皆無恙蘇君以此名聞天下嗟乎以忠為不忠而誅不當於有罪人主之大戒然古之陷此者相隨屬以有左右之讒而無如蘇君之救是以卒至於敗亡而不寤然則蘇君一動其功於天下豈小也哉蘇君既出逐權貴人更用事凡五年之閒再赦而君六徙東西南北水陸奔走輒萬里其心恬然無有怨悔遇事彊果未嘗少屈蓋孔子所謂剛者殆蘇君矣(以上直歐陽公之獄)君又嘗通判陝府當葛懷敏之敗邊告急樞密使使取道路戍還之卒再戍儀渭於是延州還者千人至

陝聞再戍大怨卽讙聚謀爲變吏白閉城城中無一人敢出君徐以一騎出卒閉諭慰止之而以便宜還使者戍卒喜曰微蘇君吾不得生陝人曰微蘇君吾其掠死矣以上還延州卒不令再戍有令刺陝西之民以爲兵敢亡者死旣而亡者得有司治之以死君輒縱去而言上曰令民以死者爲事不集也事集矣而亡者猶不赦恐其衆相聚而爲盜惟朝廷幸哀憐愚民使得自反天子以君言爲然而三十州之亡者皆不死以上縱民兵之亡者得不死其後知坊州州稅賦之無歸者里正代爲之輸歲弊大家數十君鉤治使歸其主坊人不憂爲里正自蘇君始也以上治坊州惠及里正

蘇君諱安世字夢得其先武功人後徙蜀蜀亡歸家於京師今開封人也曾大考諱進之率府副率大考諱繼殷直考諱咸熙贈都官郎中君以進士起家三十二年其卒年五十九爲廣西轉運使而官止於屯田員外郎者以君十五年不求磨勘也君娶南陽郭氏又娶清河張氏爲清河縣君子四人台文永州推官祥文太廟齋郎炳文試將作監主簿彥文未仕女子五人適進士會稽江崧單州魚臺縣尉江山趙揚三人尙幼君旣卒之三年嘉祐二年十月庚午

其子葬君揚州之江都東興甯鄉馬坊村以上官贈先世妻子卒葬而太常博士知常州軍州事臨川王安石爲之銘曰

皇有四極周綏以福使維蘇君奠我南服亢亢蘇君不圓其方不晦其明君子之剛其枉在人我得吾直誰懟誰慍祇天之役日月有邱其下冥冥昭君無窮安石之銘

王安石金溪吳君墓誌銘

君和易罕言外如其中言未嘗極人過失至論前世善惡其國家存亡治亂成敗所繇甚可聽也嘗所讀書甚衆尤好古而學其辭其辭又能盡其議論年四十三四以進士試於有司而卒困於無所就其葬也以皇祐六年某月日撫州之金溪縣歸德鄉石廩之原在其舍南五里當是時公母夫人既老而子世隆世範皆尚幼三女子其一蚤卒其二皆未嫁云嗚呼以君之有與夫世之貴富而名聞天下者計焉其獨歉彼邪然而不得祿以行其意以祭以養以遺其子孫以卒此其士友之所以悲也夫學者將以盡其性盡性而命可知也知命矣

於君之不得意其又何悲邪銘曰

蕃君名字彥弼氏吳其先自姬出以儒起家世冕黻獨成之難幽以折厥銘維甥訂君實

王安石曾公夫人萬年太君黃氏墓誌銘

夫人江甯黃氏兼侍御史知永安場諱某之子南豐曾氏贈尚書水部員外郎諱某之婦贈諫議大夫諱某之妻凡受縣君封者四蕭山江夏遂昌雒陽受縣太君封者二會稽萬年男子四女子三以慶曆四年某月日卒於撫州壽九十有二明年某月葬於南豐之某地夫人十四歲無母事永安府君至孝修家事有法二十三歲歸曾氏不及舅水部府君之養以事永安之孝事姑陳留縣君以治父母之家治夫家事姑之黨稱其所以事姑之禮事夫與夫之黨若嚴上然眎子慈眎子之黨若子然每自戒不處白人善否有問之曰順爲正婦道也吾勤此而已處白人善否靡靡然爲聰明非婦人宜也以此爲女與婦其傳而至於沒與爲女婦時弗差也故內外親無老幼疏近無智不能尊者皆愛輩者

皆附卑者皆慕之爲女婦在其前者多自歎不及後來者皆曰可矜法也其言色在視聽則皆得所欲其離別則涕洟不能捨有疾皆憂及喪來弔哭皆哀有餘於戲夫人之德如是是宜有銘者銘曰

女子之德煦頤愉愉教隳弗行婦妾乘夫趨爲亢厲勵之顓愚猗嗟夫人惟德之經媚于族姻柔色淑聲其究女初不傾不盈誰疑不信來監于銘

王安石給事中孔公墓誌銘

宋故朝請大夫給事中知鄆州軍州事兼管內河隄勸農同羣牧使上護軍魯郡開國侯食邑一千六百戶實封二百戶賜紫金魚袋孔公者尚書工部侍郎贈尚書吏部侍郎諱勖之子兗州曲阜縣令襲封文宣公贈兵部尚書諱仁玉之孫兗州泗水縣主簿諱光嗣之曾孫而孔子之四十五世孫也（以上先世）其仕當今天子天聖寶元之閒以剛毅諒直名聞天下嘗知諫院矣上書請明肅太后歸政天子而廷奏樞密使曹利用尚御藥羅崇勳罪狀當是時崇勳操權利與士大夫爲市而利用悍強不遜內外憚之嘗爲御史中丞矣皇后郭氏廢引諫

官御史伏閤以爭。又求見上。皆不許。而固爭之。得罪。然後已。蓋公事君之大節如此。此其所以名聞天下。而士大夫多以公不終於大位。爲天下惜者也。（以上諫爭大節三事）公諱道輔。字原魯。初以進士釋褐。補甯州軍事推官。年少耳。然斷獄議事已能使老吏憚驚。遂遷大理寺丞。知兗州仙源縣事。又有能名。其後嘗直史館待制龍圖閣。判三司理欠憑由司。登聞檢院。吏部流內銓。糺察在京刑獄。知許徐兗鄆泰五州。留守南京。而兗鄆御史中丞。皆再至。所至官治。數以爭職不阿。或絀或遷。而公持一節以終身。蓋未嘗自絀也。（以上歷官）其在兗州也。近臣有獻詩百篇者。執政請除龍圖閣直學士。上曰。是詩雖多。不如孔道輔一言。乃以公爲龍圖閣直學士。於是人度公爲上所思。且不久於外矣。未幾果復召以爲中丞。而宰相使人說公稍折節以待遷。公乃告以不能。於是人又度公且不得久居中。而公果出。初開封府吏馮士元坐獄。語連大臣數人。故移其獄御史。御史劾士元罪止於杖。又多更赦。公見上。上固怪士元以小吏與大臣交私。汚朝廷。而所坐如此。而執政又以謂公爲大臣道地。故出知鄆州。（以上再爲中丞再知鄆州之由兩事）公以寶元二年如鄆道得疾以十二月壬申卒於滑州之韋城驛享年五十四其後詔追復郭皇后位號而近臣有爲上言公明肅太后時事者上亦記公平生所爲故特贈公尙書工部侍郞公夫人金城郡君尙氏尙書都官員外郞諱賓之女生二男子曰淘今爲尙書屯田員外郞曰宗翰今爲太常博士皆有行治世其家累贈公金紫光祿大夫尙書兵部侍郞而以嘉祐七年十月壬寅葬公孔子墓之西南百步（以上妻子卒葬）公廉於財樂振施遇故人子恩厚尤篤而尤不好鬼神禨祥事在甯州道士治眞武像有蛇穿其前數出近人人傳以爲神州將欲視驗以聞故率其屬往拜之而蛇果出公卽舉笏擊蛇殺之自州將以下皆大驚已而又皆大服公由此始知名然余觀公數處朝廷大議視禍福無所擇其智勇有過人者勝一蛇之妖何足道哉世多以此稱公者故余亦不得而略也

（以上甯州擊蛇）銘曰

展也孔公維志之求行有險夷不改其輈權彊所忌讒詔所讐考終厥位寵祿優優維皇好直是錫公休序行納銘爲識諸幽

王安石兵部員外郎馬君墓誌銘

馬君諱遵。字仲塗。世家饒州之樂平。舉進士。自禮部至於廷。書其等皆第一。守祕書省校書郎。知洪州之奉新縣。移知康州。當是時天子更置大臣。欲有所爲。求才能之士。以察諸路。而君自大理寺丞除太子中允福建路轉運判官。以憂不赴。憂除知開封縣。爲江淮荊湖兩浙制置發運判官。於是君爲太常博士。朝廷方尊寵其使事。以監六路。乃以君爲監察御史。又以爲殿中侍御史。遂爲副使。已而還之臺。以爲言事御史。至則彈宰相之爲不法者。宰相用此罷。而君亦以此出知宣州。至宣州一日。移京東路轉運使。又還臺爲右司諫知諫院。又爲尚書禮部員外郎。兼侍御史知雜事。同判流內銓。數言時政多聽用。以上劉氏官階始君讀書。卽以文辭辨麗稱天下。及出仕。所至號爲辦治。論議條鬯。人反覆之而不能窮。平居頹然若與人無所諧。及遇事有所建。則必得其所守。開封常以權豪請託不可治。客至有所請。君輒善遇之。無所拒。客退。視其事一斷以法。居久之。人知君之不可以私屬也。縣遂無事。及爲諫官御史。又能如此。於是士大夫歎曰。馬君之智。蓋能時其柔剛以有爲也。以上居官剛柔悉協嘉祐二年。君以疾求罷職以出。至五六。乃以爲尚書吏部員外郎。直龍圖閣。猶不許其出。某月某甲子。君卒。年四十七。天子以其子某官某爲某官。又官其兄子持國某官。夫人某縣君鄭氏。以某年某月某甲子葬君信州之弋陽縣歸仁鄉褭沙之原。以上卒葬妻子君故與余善。余嘗愛其智略。以爲今士大夫多不能。如惜其不得盡用。亦其不幸早世。不終於富貴也。然世方懲尚賢任智之弊。而操成法以一天下之士。則君雖壽考且終於富貴。其所蓄亦豈能盡用哉。嗚呼可悲也已。以上交誼歎銘之由既葬。夫人與其家人謀。而使持國來以請。曰。願有紀也。使君爲死而不朽。乃爲之論次而繫之以辭曰。

歸以才能兮又予以時。投之遠塗兮使驟而馳。前無禦者兮後有推之。忽稅不駕兮其然奚爲。哀哀煢婦兮孰慰其思。墓門有石兮書以余辭。

王安石僊居縣太君魏氏墓誌銘

臨川王某曰。俗之壞久矣。自學士大夫多不能終其節。況女子乎。當是時。僊居縣太君魏氏。抱數歲之孤。專屋而閑居。躬爲桑麻以取衣食。窮苦困阨久矣。而無變志。卒就其子以能有家。受封於朝。而爲里賢母。嗚呼。其可銘也。於其葬爲序而銘焉。序曰。魏氏其先江甯人。太君之曾祖諱某。光祿寺卿。祖諱某。池州刺史。考諱某。太子諭德。皆江南李氏時也。李氏國除。而諭德易名居中。退居於常州。以太君爲賢而選所嫁。得江陰沈君諱某。曰此可以與吾女矣。於是時太君年十九。歸沈氏。歸十年。生兩子。而沈君以進士甲科爲廣德軍判官以卒。太君親以詩論語孝經教兩子。兩子就外學。時數歲耳。則已能誦此三經矣。其後子迥爲進士。子遘爲殿中丞知連州軍州。而太君年六十有四以終於州之正寢。時皇祐二年六月庚辰也。嘉祐二年十二月庚申。兩子葬太君江陰申港之西懷仁里。於是遘爲太常博士通判建州軍州事。而沈君贈官至太常博士。銘曰。山朝於蹻。其下惟谷。纘我博士。夫人之淑。其淑維何。博士其家。二子翼翼。葽跗其華。詵詵諸孫。其實其葩。孰云其昌。其始萌芽。皇有顯報。曰維在後。碩大蕃衍。封牲以告。視銘考施。夫人之效。

歸有光歸府君墓誌銘

府君姓歸氏諱椿字天秀大父諱仁父諱祚母徐氏嘉靖十五年正月初八日卒年七十一娶曹氏父諱永太母高氏嘉靖十年三月十九日卒年六十八子男三雷霆電女一適錢操孫男五諫縣學生謨訓皆國學生讓幼女三曾孫男六以嘉靖二十六年十二月庚申日合葬於馬涇實濱涇(以上祖父妻子孫曾卒葬)按歸氏出春秋胡子後滅於楚其子孫在吳世爲吳中著姓至唐宣公乃世貴顯封爵官序具載唐史宋湖州判官罕仁居太倉其別子居常熟之白茆居白茆已數世矣由湖州而下差以昭穆府君我曾大父城武公兄弟行也(以上叙其世譜屬之遠近)府君初爲農已乃延禮師儒教訓諸孫彬彬向文學矣府君少時亦嘗學書後棄之夫婦晨夜力作白茆在江海之壖高仰瘠鹵浦水時浚時淤無善田府君相水遠近通溪置閘用以灌溉其始居民鮮少茅舍歷落數家而已府君長身古貌爲人倜儻好施舍田又日墾人稍稍就居之遂爲廬舍市肆如邑居云晚年諸子悉用其法其治數千畝如數十畝役屬百人如數人吳中多利水田府君

家獨以旱田諸富室爭逐肥美府君選取其磽者曰顧吾力可不可田無不可耕者人以此服府君之精（以上力田之精）蓋古之王者之於田功勤矣下至保介田畯遂師遂大夫縣正里宰司稼設官用人如是悉也漢二千石遣令長三老力田及里父老善田者受田器學耕種養苗狀時趙過蔡癸之徒皆以好農爲大官今天下田獨江南治耳中原數千里三代畎畝澮之迹未有復也議者又欲放前元海口萬戶之法治京師瀕海萑葦之田以省漕壯國本其事行之實便而久不行豈不以任事者難其人邪或往往歎事功之不立謂世無其人若府君豈非世之所須也（以上敍農功爲國大計）銘曰

昔在顓頊曰惟我祖緜緜汝頼蠶於荊楚迄唐而昌嗚玉接武湖州來東海魚爲伍亦有別子居白茆浦曠然江海寂無煙火孰生聚之府君之撫府君頎頎才無不可實眲晦之終古瀉鹵黍稷薿薿有萬斯畝曷不虎符藏於茲土

歸有光寒花葬誌

婢魏孺人媵也嘉靖丁酉五月四日死葬虎邱事我而不卒命也夫婢初媵時

年十歲垂雙鬟曳深綠布裳一日天寒爇火煑菊薺熟婢削之盈甌余入自外取食之婢持去不與魏孺人笑之孺人每令婢倚几旁飯即飯目眶冉冉動孺人又持余以爲笑回思是時奄忽便已十年吁可悲也已

歸有光通議大夫都察院左副都御史李公行狀

曾祖茂祖聰贈通議大夫都察院左副都御史父玉贈承德郎吏部驗封司主事再贈奉政大夫吏部驗封司郎中三贈通議大夫都察院左副都御史

公諱憲卿字廉甫世居蘇州崑山之羅巷村以耕農爲業通議始入居縣城獨生公一子令從博士學山陰蕭御史鳴鳳奇其姿貌曰是子他日必貴吾無事閱其卷矣先輩吳中英有知人鑑每稱之以爲瑚璉之器公雅自修飭好交名俊視庸輩不屑也舉應天鄉試試禮部不第丁通議憂服闋再試中式賜進士出身明年選南京吏部驗封司主事歷遷郎中吏在司者莫不懷其恩居九年冢宰鄭聞公奉新宋公皆當世名卿咸賞識之以上科甲及官南京吏部陞江西布政司左參議江右田土不相懸而稅入多寡殊絕如南昌新建二縣僅百里多山湖稅

糧十六萬。廣信縣六。贛州縣十。糧皆六萬。南安四縣糧二萬。三郡二十縣之糧。不及兩縣。巡撫傅都御史議均之。公在糧儲道。爲法均派折束。最爲簡易。蓋國初以次削平僭僞。田賦往往因其舊貫。論者謂蘇州田不及淮安半。而吳賦十倍淮陰。松江二縣糧。與畿內八府百十七縣埒。其不均如此。吳郡異時嘗均田。而均止於一郡。且破壞兩稅。陰有增羨。民病之。不若江右之善。而惜不及行也。以上官江西司道均南新二縣田稅陞山東按察司副使兵備臨清。先是虜薄京城。又數聲言從井陘口入掠臨清。臨清綰漕道。商賈所湊。人情恇懼。公處之晏然。或爲公地欲移任。公曰。詎至於此。境上屯兵數萬。調度有方。虜亦竟不至。師尚詔反河南。至五河兵敗散。獨與數騎走莘縣。擒獲之。在鎭三年。商民稱其簡靜。甌甯李尙書自吏部罷還。所過頗懈慢。公勞送禮有加。李公甚喜。歎曰。李君非世人情。吾因以是識其人。以上官山東臨清會召還。即日薦陞湖廣布政司右參政。景王封在漢東。未之國。詔命德安造王府。公董其役。又以承天修祾恩殿。陞河南按察司按察使。受命四月。尋擢巡撫湖廣右僉都御史。奏水災乞蠲貸。親行鄂渚雲夢閒拊循之東南用兵禦日本軍府檄至調保靖容美桑植麻寮鎮溪大剌土兵三萬二千所過牢廩無缺公因奏土司各有分守兵不可多調且無益徒糜糧廩其後土兵還輒掠內地人口公檄所至搜閱悉送歸鄉里顯陵大水衝壞二紅門黃河便橋而故邸龍飛慶雲宮殿多隳撓奏加修理建立元祐宮碑亭以上官湖廣河南及巡撫湖廣事是時奉天殿災敕命大臣開府江陵總督湖廣川貴採辦大木工部劉侍郎方受命以憂去上特旨陞公左副都御史代其任先是天子稽古制建九廟而西苑穆清之居歲有興造頗寫蜀荊之材公至則近水無復峻幹乃行巴庸僰道轉荊岳至東南川往來督責鉤之荒裔中於是萬山之木稍出以上開府江陵督採湖廣川貴大木然帝室紫宮舊制瓌瑰於永樂金柱圍長終不能合公奏言臣督率郎中張國珍李佑副使張正和盧孝達各該守巡參政游震得副使周鎬僉事于錦先後深入永順卯峒梭梭江參政徐霈僉事崔都入容美副使黃宗器入施州金峒參政靳學顏入永甯逈東蘭州儒溪副使劉斯潔入黎州天全建昌董策入烏蒙參政繆文龍入播州真州酉陽僉事吳仲禮入永甯逈西落洪

班鳩井鎮雄程嗣功入龍州。參政張定入銅仁省溪。參議王重光入赤水猴峒。僉事顧炳入思南潮底。汪集入永甯順崖。而湖廣巡撫右僉都御史趙炳然。巡按御史吳百朋。各先後親歷荆岳辰常。四川巡撫右副都御史黃光昇。歷敘馬重夔。巡按御史郭民敬歷邛雅貴州巡撫右副都御史高翀歷思石鎮黎。巡按御史朱賢歷永甯赤水。臣自趨涪州。六月上瀘敘。而巨材所生。必於深林窮壑崇岡絕箐人迹不到之地。經數百年而後至合抱。又鮮不空灌。昔尚書宋禮及近時尚書樊繼祖。侍郎潘鑑。採得逾尋丈者數株而已。今三省見採丈圍以上楠杉二千餘。丈四五以上亦一百一十七。視前亦已超絕矣。第所派長巨非常故圍圓難合。臣奉命初恐搜索未徧。今則深入窮搜。知不可得。而先年營建亦必別有所處。伏望皇上敕下該部計議。量材取用。庶臣等悉心採辦。而大工早集矣。以上奏言採木已多而長巨尚不合所派之數請量材取用 上允其奏。命求其次者。其後木亦益出自江淮至於京師。簰筏相接。而天子猶以皇祖時殿災後十年始成。今未六七載欲待得巨材。故殿建未有期。而西工驟興。漕下之木多取以爲用。三省吏民暴露三年無有休息期大臣以爲言天子亦自憐之將作大匠又能規削膠附極般爾之巧而見材度已足用公懇乞與工罷採以休荊蜀民使者相望於道詞旨甚哀而工部大臣力任其事天子從之考卜興工有日矣（以上言木爲西工所奪又數次懇奏而後罷採）其後漕數比先所下多有奇羨凡得木一萬一千二百八十九章公上最推功於三巡撫下至小官莫不錄其勞今不載獨載其所奏兩司涉歷採取之地曰四川守巡督儒溪之木播州之木建昌天全之木鎮雄烏蒙之木龍州闌州之木湖廣督容美之木施州之木永順卯峒之木靖州之木及督行湖南購木於九嶷荊南購木於陝西階州武昌漢陽黃州購木於施州永順貴州則於赤水猴峒思南潮底永甯順崖其南出雲南金沙江云（以上錄其所奏採取之地）大抵荊楚雖廣山木少採伐險遠必俟雨水而出而施州石坡亂灘迂迴千里貴陽窮險山嶺深峭由川辰大河以達城陵磯蜀山懸隔千里排巖批谷灘急漩險經時歷月始達會河而吏民冒犯瘴毒林木蒙籠與虺蛇虎豹錯行萬人邪許推輓崩萃鳥獸哀鳴震天岌地蓋出入百蠻之中窮南紀之地其艱如此故附著之

俾後有考焉以上敍採木之艱昔稱雍州南山檀柘而天水隴西多材木故叢臺阿房建章朝陽之作皆因其所有金源氏營汴新宮採青峯山巨木猶以爲漢唐之所不能致公乃獲之山童木遁之時發天地之藏助成國家億萬年之丕圖其勤至矣以上敍李公之勤是歲冬徵還內臺明年考察天下官已而病作請告病益侵乞還鄉天子許之行至東平安山驛而薨嘉靖四十一年四月乙亥也年五十有七公仕宦二十餘年未嘗一日居家山東獲賊湖廣營建東南平倭累有白金文綺之賜而提督採運之擢旨從中下蓋上所自簡也祖考妣皆受誥贈母杜氏封太淑人所之官必迎養世以爲榮公事太淑人孝謹每巡行日遣人問安還輒拜堂下太淑人茹素公跽以請者數太淑人不得已爲之進羞膳平生未嘗言人過其所敬愛與之甚親至其所不屑然亦無所假借在江陵有所使吏遲至公問其故言方食市肆中又無馬騎故事臺所使吏廩食與馬爲荆州奪之公曰彼少年欲立名耳竟不復問周太僕還自滇南公不出候蓋不知也周公鄉里前輩以禮相責誚公置酒仲宣樓深自遜謝而已爲人美姿容自少

衣服鮮好及貴益稱其志至京師大學士嚴公迎謂之曰公不獨才望逾人丰采亦足羽儀朝廷矣所居官廉潔不苟採辦銀無慮數百萬先時堆積堂中公絕不使入臺門箒貯荊州府募召商胡賞購過當人皆懷之故總督三年地窮邊裔而民庶不驚以是爲難是歲奉天殿文武樓告成上製名曰皇極殿門曰皇極門而西宮亦不日而就天子方加恩臣下敘任事者之勞績而公不逮矣以上補敘居官雜事娶顧氏封淑人子男五延植國子生延節延芳延英延實縣學生女四適孟紹顏管夢周王世訓其一尚幼孫男七世彥官生世良世顯世達餘未名孫女六余與公少相知諸子來請撰述因就其家得所遺文字參以所見聞稍加論次上之史館謹狀

歸有光先妣事略

先妣周孺人弘治元年二月十一日生年十六來歸踰年生女淑靜淑靜者大姊也期而生有光又期而生女子殤一人期而不育者一人又踰年生有尚姙十二月踰年生淑順一歲又生有功有功之生也孺人比乳他子加健然數顰

蹙顧諸婢曰吾爲多子苦老嫗以杯水盛二螺進曰飲此後姙不數矣孺人舉之盡喑不能言正德八年五月二十三日孺人卒諸兒見家人泣則隨之泣然猶以爲母寢也傷哉於是家人延畫工畫出二子命之曰鼻以上畫有光鼻以下畫大姊以二子肖母也孺人諱桂外曾祖諱明外祖諱行太學生母何氏世居吳家橋去縣城東南三十里由千墩浦而南直橋並小港以東居人環聚盡周氏也外祖與其三兄皆以貲雄敦尚簡實與人姁姁說村中語見子弟甥姪無不愛孺人之吳家橋則治木緜入城則緝纑燈火熒熒每至夜分外祖不二日使人問遺孺人不憂米鹽乃勞苦若不謀夕冬月鑪火炭屑使婢子爲團累累暴階下室靡棄物家無閒人兒女大者攀衣小者乳抱手中紉綴不輟戶內灑然遇僮奴有恩雖至箠楚皆不忍有後言吳家橋歲致魚蟹餅餌率人人得食家中人聞吳家橋人至皆喜有光七歲與從兄有嘉入學每陰風細雨從兄輒留有光意戀戀不得留也孺人中夜覺寢促有光暗誦孝經卽熟讀無一字齟齬乃喜孺人卒母何孺人亦卒周氏家有羊狗之痾舅母卒四姨歸顧氏又

卒死三十人而定惟外祖與二舅存孺人死十一年大姊歸王三接孺人所許聘者也十二年有光補學官弟子十六年而有婦孺人所聘者也期而抱女撫愛之益念孺人中夜與其婦泣追惟一二彷彿如昨餘則茫然矣世乃有無母之人天乎痛哉

歸有光歸氏二孝子傳

歸氏二孝子予既列之家乘矣以其行之卓而身微賤獨其宗親鄰里知之於是思以廣其傳焉孝子諱鉞字汝威早喪母父更娶後妻生子孝子由是失愛父提孝子輒索大杖與之曰毋徒手傷乃力也家貧食不足以贍炊將熟即譏誚罪過孝子父大怒逐之於是母子得以飽食孝子數困匍匐道中比歸父母相與言曰有子不居家在外作賊耳又復杖之屢瀕於死方孝子依依戶外欲入不敢俯首竊淚下鄰里莫不憐也父卒母獨與其子居孝子擯不見因販鹽市中時私其弟問母飲食致甘鮮焉正德庚午大饑母不能自活孝子往涕泣奉迎母內自慚終感孝子誠懇從之孝子得食先母弟而己有飢色弟尋死終

身怡然孝子少飢餓面黃而體瘠小族人呼爲菜大人嘉靖壬辰孝子鉞無疾而卒孝子既老且死終不言其後母事也繡字華伯孝子之族子亦販鹽以養母己又坐市舍中賣麻與弟紋緯友愛無閒緯以事坐繫華伯力爲營救緯又不自檢犯者數四華伯所轉賣者計常終歲無他故才給蔬食一經吏卒過門輒耗終始無慍容華伯妻朱氏每製衣必三襲令兄弟均平曰二叔無室豈可使君獨被完潔耶叔某亡妻有遺子撫愛之如己出然華伯人見之以爲市人也

贊曰二孝子出沒市販之閒生平不識詩書而能以純懿之行自飭於無人之地遭罹屯變無恆產以自潤而不困折斯亦難矣華伯夫婦如鼓瑟汝威卒變頑嚚考其終皆有以自達由是言之士之獨行而憂寡和者視此可愧也

歸有光陶節婦傳

陶節婦方氏崑山人陶子舸之妻歸陶氏期年而子舸死婦悲哀欲自經或責以姑在因俛默久之遂不復言死而事姑曰謹姑亦寡居同處一室夜則同衾

而寢姑婦相憐甚然欲死其夫不能一日忘也爲子舸卜葬地名清水灣術者言其不利婦曰清水名美何爲不可以葬時夫弟之西山買石議獨爲子舸穴婦即自買甎穴其旁已而姑病痢六十餘日晝夜不去側時尚秋暑穢不可聞常取中裙廁牏自浣灑之家人有顧而吐婦曰果臭耶吾日在側誠不自覺然聞病人溺臭可得生因自喜及姑病日殆度不可起先悲哭不食者五日姑死含殮畢先是子舸兄弟三人仲弟子舫亦前死尚有少弟於是諸婦在喪次子舫妻言姑亡不知所以爲身計婦曰吾與若易處耳獨小嬸與叔主祭持陶氏門戶歲月遙遙不可知此可念也因相向悲泣頃之入室屑金和水服之不死欲投井井口隘不能下夜二鼓呼小婢隨行至舍西給婢還自投水水淺乍沈乍浮月明中婢從草間望見之既死家人得其屍以面沒水色如生兩手持茭根牢甚不可解婦年十八嫁子舸十九喪夫事姑九年而與其姑同日死卒葬之清水灣在縣南千墩浦上

贊曰婦以從夫爲義假令節婦遂從子舸死而世猶將賢之獨濡忍以俟其母

之終。其誠孝概之於古人何媿哉。初婦父玉岡爲蘄水令。將之官。時子舸已病。卜嫁之大吉。遂歸焉。人特以婦爲不幸。卒其所成。爲門戶之光。豈非所謂吉祥者耶。

經史百家雜鈔卷二十一

經史百家雜鈔卷二十二目錄

敘記之屬一

經史百家雜鈔卷二十二

湘鄉曾國藩纂　　合肥李鴻章校刊

敘記之屬一

書金縢

既克商二年王有疾弗豫二公曰我其爲王穆卜周公曰未可以戚我先王未可戚我先王周公勸二公勿卜將私爲卜而禱也公乃自以爲功爲三壇同墠爲壇於南方北面周公立焉植璧秉珪乃告太王王季文王史乃冊祝曰惟爾元孫某遘厲虐疾若爾三王是有丕子之責于天以旦代某之身予仁若考能多材多藝能事鬼神乃元孫不若旦多材多藝不能事鬼神乃命于帝庭敷佑四方用能定爾子孫于下地四方之民罔不祗畏乃命于帝庭四句言武王命于上帝能定國安民也嗚呼無墜天之降寶命我先王亦永有依歸今我卽命于元龜爾之許我我其以璧與珪歸俟爾命爾不許我我乃屏璧與珪乃卜三龜一習吉啓籥見書乃幷是吉公曰體王其罔害予小子新命于三王惟永終是圖茲攸俟能念予一人公歸乃納冊於金縢之匱

中王翼日乃瘳武王既喪管叔及其羣弟乃流言於國曰公將不利于孺子周公乃告二公曰我之弗辟辟讀氏王辟位我無以告我先王周公居東二年居東之近郊則罪人斯得周公辟位之時不知流言之所自起也二年以後乃知其出於管蔡故曰斯得于後公乃爲詩以貽王名之曰鴟鴞鴟鴞勸王與師討管蔡之詩也王亦未敢誚公王見鴟鴞之詩尚未信公但亦未誚公耳秋大熟未穫天大雷電以風禾盡偃大木斯拔邦人大恐王與大夫盡弁以啓金縢之書乃得周公所自以爲功代武王之說二公及王乃問諸史與百執事對曰信噫公命我勿敢言王執書以泣曰其勿穆卜昔公勤勞王家惟予沖人弗及知今天動威以彰周公之德惟朕小子其新迎我國家禮亦宜之王出郊天乃雨反風禾則盡起二公命邦人凡大木所偃盡起而築之歲則大熟

書顧命

惟四月哉生魄王不懌甲子王乃洮頮水相被冕服憑玉几乃同召太保奭芮伯彤伯畢公衞侯毛公師氏虎臣百尹御事王曰嗚呼疾大漸惟幾病日臻既彌留恐不獲誓言嗣茲予審訓命汝昔君文王武王宣重光奠麗陳教則肄肄

不違。用克達殷集大命。在後之侗。敬迓天威。嗣守文武大訓。無敢昏逾。今天降疾。殆弗興弗悟。爾尚明時朕言。用敬保元子釗。弘濟于艱難。柔遠能邇。安勸小大庶邦。思夫人自亂于威儀。爾無以釗冒貢于非幾。茲既受命還。出綴衣于庭。越翼日乙丑。王崩。太保命仲桓南宮毛。俾爰齊侯呂伋。以二干戈虎賁百人逆子釗於南門之外。延入翼室。恤宅宗。丁卯。命作冊度。越七日癸酉。伯相命士須材。狄設黼扆綴衣。牖間南嚮。敷重篾席。黼純。華玉仍几。西序東嚮。敷重底席。綴純。文貝仍几。東序西嚮。敷重豐席。畫純。雕玉仍几。西夾南嚮。敷重筍席。玄紛純。漆仍几。越玉五重。陳寶。赤刀大訓。弘璧琬琰。在西序。大玉夷玉天球河圖。在東序。胤之舞衣大貝鼖鼓。在西房。兌之戈和之弓垂之竹矢。在東房。大輅在賓階面。綴輅在阼階面。先輅在左塾之前。次輅在右塾之前。二人雀弁。執惠。立于畢門之內。四人綦弁。執戈上刃。夾兩階戺。一人冕執劉。立于東堂。一人冕執鉞。立于西堂。一人冕執戣。立于東垂。一人冕執瞿。立于西垂。一人冕執銳。立于側階。王麻冕黼裳。由賓階隮。卿士邦君麻冕蟻裳。入即位。太保太史太宗。皆麻冕彤

裳太保承介圭上宗奉同瑁由阼階隮太史秉書由賓階隮御王册命曰皇后
憑玉几道揚末命命汝嗣訓臨君周邦率循大卞燮和天下用答揚文武之光
訓王再拜興答曰眇眇予末小子其能而亂四方以敬忌天威乃受同瑁王三
宿三祭三咤上宗曰饗太保受同降盥以異同秉璋以酢授宗人同拜王答拜
太保受同祭嚌宅授宗人同拜王答拜太保降收諸侯出廟門俟王出在應門
之內太保率西方諸侯入應門左畢公率東方諸侯入應門右皆布乘黃朱賓
稱奉圭兼幣曰一二臣衛敢執壤奠皆再拜稽首王義嗣德答拜太保暨芮伯
咸進相揖皆再拜稽首曰敢敬告天子皇天改大邦殷之命惟周文武誕受羑
若克恤西土惟新陟王畢協賞罰戡定厥功用敷遺後人休今王敬之哉張皇
六師無壞我高祖寡命王若曰庶邦侯甸男衛惟予一人釗報誥昔君文武丕
平富不務咎底至齊信用昭明于天下則亦有熊羆之士不二心之臣保乂王
家用端命于上帝皇天用訓厥道付畀四方乃命建侯樹屏在我後之人今予
一二伯父尚胥暨顧綏爾先公之臣服于先王雖爾身在外乃心罔不在王室

用奉恤厥若無遺鞠子羞羣公既皆聽命相揖趨出王釋冕反喪服

左傳齊魯長勺之戰

莊公十年春齊師伐我公將戰曹劌請見其鄉人曰肉食者謀之又何閒焉劌曰肉食者鄙未能遠謀乃入見問何以戰公曰衣食所安弗敢專也必以分人對曰小惠未徧民弗從也公曰犧牲玉帛弗敢加也必以信對曰小信未孚神弗福也公曰小大之獄雖不能察必以情對曰忠之屬也可以一戰戰則請從公與之乘戰于長勺公將鼓之劌曰未可齊人三鼓劌曰可矣齊師敗績公將馳之劌曰未可下視其轍登軾而望之曰可矣遂逐齊師既克公問其故對曰夫戰勇氣也一鼓作氣再而衰三而竭彼竭我盈故克之夫大國難測也懼有伏焉吾視其轍亂望其旗靡故逐之

左傳秦晉韓之戰

晉侯之入也秦穆姬屬賈君焉且曰盡納羣公子晉侯烝於賈君又不納羣公子是以穆姬怨之晉侯許賂中大夫既而皆背之賂秦伯以河外列城五東盡

虢略。南及華山。內及解梁城。既而不與。晉饑。秦輸之粟。秦饑。晉閉之糴。故秦伯伐晉。以上秦伐晉之由 卜徒父筮之。吉。涉河。侯車敗。詰之。對曰。乃大吉也。三敗必獲晉君。其卦遇蠱。曰千乘三去。三去之餘。獲其雄狐。夫狐蠱。必其君也。蠱之貞。風也。其悔。山也。歲云秋矣。我落其實而取其材。所以克也。實落材亡。不敗何待。以上卜徒父之筮 三敗。及韓。晉侯謂慶鄭曰。寇深矣。若之何。對曰。君實深之。可若何。公曰。不孫。卜右。慶鄭吉。弗使。步揚御戎。家僕徒為右。乘小駟。鄭入也。慶鄭曰。古者大事。必乘其產。生其水土。而知其人心。安其教訓。而服習其道。唯所納之。無不如志。今乘異產以從戎事。及懼而變。將與人易。亂氣狡憤。陰血周作。張脈僨興。外彊中乾。進退不可。周旋不能。君必悔之。弗聽。以上慶鄭不孫之詞 九月。晉侯逆秦師。使韓簡視師。復曰。師少於我。鬭士倍我。公曰。何故。對曰。出因其資。入用其寵。饑食其粟。三施而無報。是以來也。今又擊之。我怠秦奮。倍猶未也。公曰。一夫不可狃。況國乎。遂使請戰。曰。寡人不佞。能合其眾而不能離也。君若不還。無所逃命。秦伯使公孫枝對曰。君之未入。寡人懼之。入而未定列。猶吾憂也。苟列定矣。敢不承命。

韓簡退曰吾幸而得囚（以上韓簡視師）壬戌戰于韓原晉戎馬還濘而止公號慶鄭慶鄭曰愎諫違卜固敗是求又何逃焉遂去之梁由靡御韓簡虢射爲右輅秦伯將止之鄭以救公誤之遂失秦伯秦獲晉侯以歸（以上韓原戰事）晉大夫反首拔舍從之秦伯使辭焉曰二三子何其慼也寡人之從君而西也亦晉之妖夢是踐豈敢以至晉大夫三拜稽首曰君履后土而戴皇天皇天后土實聞君之言羣臣敢在下風穆姬聞晉侯將至以太子罃弘與女簡璧登臺而履薪焉使以免服衰絰逆且告曰上天降災使我兩君匪以玉帛相見而以興戎若晉君朝以入則婢子夕以死夕以入則朝以死唯君裁之乃舍諸靈臺（以上獲晉侯後情事）大夫請以入公曰獲晉侯以厚歸也既而喪歸焉用之大夫其何有焉且晉人慼憂以重我天地以要我不圖晉憂重其怒也我食吾言背天地也重怒難任背天不祥必歸晉君公子縶曰不如殺之無聚慝焉子桑曰歸之而質其太子必得大成晉未可滅而殺其君祇以成惡且史佚有言曰無始禍無怙亂無重怒重怒難任陵人不祥乃許晉平（以上秦君臣謀處晉侯之法）晉侯使郤乞告瑕呂飴甥且召之子金

教之言曰朝國人而以君命賞且告之曰孤雖歸辱社稷矣其卜貳圉也衆皆哭晉於是乎作爰田呂甥曰君亡之不恤而羣臣是憂惠之至也將若君何衆曰何爲而可對曰征繕以輔孺子諸侯聞之喪君有君羣臣輯睦甲兵益多好我者勸惡我者懼庶有益乎衆悅晉於是乎作州兵以上晉臣謀歸君之法

初晉獻公筮嫁伯姬於秦遇歸妹之睽史蘇占之曰不吉其繇曰士刲羊亦無衁也女承筐亦無貺也西鄰責言不可償也歸妹之睽猶無相也震之離亦離之震爲雷爲火爲嬴敗姬車說其輹火焚其旗不利行師敗于宗丘歸妹睽孤寇張之弧姪其從姑六年其逋逃歸其國而棄其家明年其死於高梁之虛及惠公在秦曰先君若從史蘇之占吾不及此夫韓簡侍曰龜象也筮數也物生而後有象象而後有滋滋而後有數先君之敗德及可數乎史蘇是占勿從何益詩曰下民之孽匪降自天僔沓背憎職競由人以上惠公韓簡論昔年卜筮

十月晉陰飴甥會秦伯盟于王城秦伯曰晉國和乎對曰不和小人恥失其君而悼喪其親不憚征繕以立圉也曰必報讎甯事戎狄君子愛其君而知其罪不憚征繕以待秦命曰必

報德有死無二以此不和秦伯曰國謂君何對曰小人慼謂之不免君子恕以爲必歸小人曰我毒秦秦豈歸君君子曰我知罪矣秦必歸君貳而執之服而舍之德莫厚焉刑莫威焉服者懷德貳者畏刑此一役也秦可以霸納而不定廢而不立以德爲怨秦不其然（以上呂甥說秦伯歸君）秦伯曰是吾心也改館晉侯饋七牢焉蛾析謂慶鄭曰盍行乎對曰陷君於敗敗而不死又使失刑非人臣也臣而不臣行將焉入十一月晉侯歸丁丑殺慶鄭而後入是歲晉又饑秦伯又餼之粟曰吾怨其君而矜其民且吾聞唐叔之封也箕子曰其後必大晉其庸可冀乎姑樹德焉以待能者於是秦始征晉河東置官司焉

左傳晉公子重耳之亡

晉公子重耳之及於難也晉人伐諸蒲城蒲城人欲戰重耳不可曰保君父之命而享其生祿於是乎得人有人而校罪莫大焉吾其奔也遂奔狄從者狐偃趙衰顛頡魏武子司空季子狄人伐廧咎如獲其二女叔隗季隗納諸公子公子取季隗生伯儵叔劉以叔隗妻趙衰生盾將適齊謂季隗曰待我二十五年

不來而後嫁對曰我二十五年矣又如是而嫁則就木焉請待子處狄十二年而行(以上處狄)過衞衞文公不禮焉出於五鹿乞食於野人野人與之塊公子怒欲鞭之子犯曰天賜也稽首受而載之(以上過衞)及齊齊桓公妻之有馬二十乘公子安之從者以爲不可將行謀於桑下蠶妾在其上以告姜氏姜氏殺之而謂公子曰子有四方之志其聞之者吾殺之矣公子曰無之姜曰行也懷與安實敗名公子不可姜與子犯謀醉而遣之醒以戈逐子犯(以上安齊)及曹曹共公聞其駢脅欲觀其裸浴薄而觀之僖負羈之妻曰吾觀晉公子之從者皆足以相國若以相夫子必反其國反其國必得志於諸侯得志於諸侯而誅無禮曹其首也子盍蚤自貳焉乃饋盤飧寘璧焉公子受飧反璧(以上過曹)及宋宋襄公贈之以馬二十乘(以上過宋)及鄭鄭文公亦不禮焉叔詹諫曰臣聞天之所啓人弗及也晉公子有三焉天其或者將建諸君其禮焉男女同姓其生不蕃晉公子姬出也而至於今一也離外之患而天不靖晉國殆將啓之二也有三士足以上人而從之三也晉鄭同儕其過子弟固將禮焉況天之所啓乎弗聽(以上過鄭)及楚楚子饗

之曰公子若反晉國則何以報不穀對曰子女玉帛則君有之羽毛齒革則君地生焉其波及晉國者君之餘也其何以報君曰雖然何以報我對曰若以君之靈得反晉國晉楚治兵遇於中原其辟君三舍若不獲命其左執鞭弭右屬櫜鞬以與君周旋子玉請殺之楚子曰晉公子廣而儉文而有禮其從者肅而寬忠而能力晉侯無親外內惡之吾聞姬姓唐叔之後其後衰者也其將由晉公子乎天將興之誰能廢之違天必有大咎乃送諸秦以上過楚秦伯納女五人懷嬴與焉奉匜沃盥既而揮之怒曰秦晉匹也何以卑我公子懼降服而囚他日公享之子犯曰吾不如衰之文也請使衰從公子賦河水公賦六月趙衰曰重耳拜賜公子降拜稽首公降一級而辭焉衰曰君稱所以佐天子者命重耳重耳敢不拜以上居秦僖公二十四年春王正月秦伯納之不書不告入也及河子犯以璧授公子曰臣負羈紲從君巡於天下臣之罪甚多矣臣猶知之而況君乎請由此亡公子曰所不與舅氏同心者有如白水投其璧於河濟河圍令狐入桑泉取臼衰二月甲午晉師軍于廬柳秦伯使公子縶如晉師師退軍于郇辛

丑狐偃及秦晉之大夫盟于郇壬寅公子入于晉師丙午入于曲沃丁未朝于武宮戊申使殺懷公于高梁不書亦不告也以上秦伯納晉侯正文呂郤畏偪將焚公宮而弑晉侯寺人披請見公使讓之且辭焉曰蒲城之役君命一宿女即至其後余從狄君以田渭濱女爲惠公來求殺余命女三宿女中宿至雖有君命何其速也夫袪猶在女其行乎對曰臣謂君之入也其知之矣若猶未也又將及難君命無二古之制也除君之惡唯力是視蒲人狄人余何有焉今君即位其無蒲狄乎齊桓公置射鉤而使管仲相君若易之何辱命焉行者甚衆豈唯刑臣公見之以難告三月晉侯潛會秦伯于王城己丑晦公宮火瑕甥郤芮不獲公乃如河上秦伯誘而殺之以上呂郤焚宮之難晉侯逆夫人嬴氏以歸秦伯送衛於晉三千人實紀綱之僕以上逆秦嬴初晉侯之豎頭須守藏者也其出也竊藏以逃盡用以求納之及入求見公辭焉以沐謂僕人曰沐則心覆心覆則圖反宜吾不得見也居者爲社稷之守行者爲羈紲之僕其亦可也何必罪居者國君而讎匹夫懼者甚衆矣僕人以告公遽見之以上見頭須狄人歸季隗于晉而請其二子文

公妻趙衰生原同屏括樓嬰趙姬請逆盾與其母子餘辭姬曰得寵而忘舊何以使人必逆之固請許之來以盾爲才固請于公以爲嫡子而使其三子下之以叔隗爲內子而己下之以上歸二隗

晉侯賞從亡者介之推不言祿祿亦弗及推曰獻公之子九人唯君在矣惠懷無親外內棄之天未絕晉必將有主主晉祀者非君而誰天實置之而二三子以爲己力不亦誣乎竊人之財猶謂之盜況貪天之功以爲己力乎下義其罪上賞其姦上下相蒙難與處矣其母曰盍亦求之以死誰懟對曰尤而效之罪又甚焉且出怨言不食其食其母曰亦使知之若何對曰言身之文也身將隱焉用文之是求顯也其母曰能如是乎與女偕隱遂隱而死晉侯求之不獲以緜上爲之田曰以志吾過且旌善人以上介之推避隱

左傳晉楚城濮之戰

楚子將圍宋使子文治兵於睽終朝而畢不戮一人子玉復治兵於蔿終日而畢鞭七人貫三人耳國老皆賀子文子文飲之酒蔿賈尚幼後至不賀子文問

之對曰不知所賀子之傳政於子玉曰以靖國也靖諸內而敗諸外所獲幾何子玉之敗子之舉也舉以敗國將何賀焉子玉剛而無禮不可以治民過三百乘其不能以入矣苟入而賀何後之有以上蔿賈策子玉之敗冬楚子及諸侯圍宋宋公孫固如晉告急先軫曰報施救患取威定霸於是乎在矣狐偃曰楚始得曹而新昏于衛若伐曹衛楚必救之則齊宋免矣以上謀救宋於是乎蒐于被廬作三軍謀元帥趙衰曰郤縠可臣亟聞其言矣說禮樂而敦詩書詩書義之府也禮樂德之則也德義利之本也夏書曰賦納以言明試以功車服以庸君其試之乃使郤縠將中軍郤溱佐之使狐偃將上軍讓於狐毛而佐之命趙衰為卿讓於欒枝先軫使欒枝將下軍先軫佐之荀林父御戎魏犨為右以上大蒐謀帥晉侯始入而教其民二年欲用之子犯曰民未知義未安其居於是乎出定襄王入務利民民懷生矣將用之子犯曰民未知信未宣其用於是乎伐原以示之信民易資者不求豐焉明徵其辭公曰可矣乎子犯曰民未知禮未生其共於是乎大蒐以示之禮作執秩以正其官民聽不惑而後用之出穀戍釋宋圍一戰而霸

文之教也（以上因大蒐而進叙前事兼及後效）二十八年春晉侯將伐曹假道于衛衛人弗許還自南河濟侵曹伐衛正月戊申取五鹿二月晉郤穀卒原軫將中軍胥臣佐下軍上德也晉侯齊侯盟于斂盂衛侯請盟晉人弗許衛侯欲與楚國人不欲故出其君以說于晉衛侯出居于襄牛（以上衛持兩端欲附於晉）公子買戍衛楚人救衛不克公懼於晉殺子叢以說焉謂楚人曰不卒戍也（以上魯持兩端不敢戍衛）晉侯圍曹門焉多死曹人尸諸城上晉侯患之聽輿人之謀曰稱舍於墓師遷焉曹人兇懼爲其所得者棺而出之因其兇也而攻之三月丙午入曹數之以其不用僖負羈而乘軒者三百人也且曰獻狀令無入僖負羈之宮而免其族報施也魏犨顛頡怒曰勞之不圖報於何有爇僖負羈氏魏犨傷于胸公欲殺之而愛其材使問且視之病將殺之魏犨束胸見使者曰以君之靈不有寧也距躍三百曲踊三百乃舍之殺顛頡以徇于師立舟之僑以爲戎右（以上晉師破曹）宋人使門尹般如晉師告急公曰宋人告急舍之則絕告楚不許我欲戰矣齊秦未可若之何先軫曰使宋舍我而賂齊秦藉之告楚我執曹君而分曹衛之田以賜宋人楚愛曹

衛必不許也喜賂怒頑能無戰乎公說執曹伯分曹衛之田以畀宋人以上晉謀激齊秦使來會戰楚子入居于申使申叔去穀使子玉去宋曰無從晉師晉侯在外十九年矣而果得晉國險阻艱難備嘗之矣民之情僞盡知之矣天假之年而除其害天之所置其可廢乎軍志曰允當則歸又曰知難而退又曰有德不可敵此三志者晉之謂矣子玉使伯棼請戰曰非敢必有功也願以間執讒慝之口王怒少與之師唯西廣東宮與若敖之六卒實從之以上楚君欲退臣欲戰子玉使宛春告於晉師曰請復衛侯而封曹臣亦釋宋之圍子犯曰子玉無禮哉君取一臣取二不可失矣先軫曰子與之定人之謂禮楚一言而定三國我一言而亡之我則無禮何以戰乎不許楚言是棄宋也救而棄之謂諸侯何楚有三施我有三怨怨讎已多將何以戰不如私許復曹衛以攜之執宛春以怒楚既戰而後圖之公說乃拘宛春於衛且私許復曹衛曹衛告絕於楚以上私許復曹衛以說三國子玉怒從晉師晉師退軍吏曰以君辟臣辱也且楚師老矣何故退子犯曰師直爲壯曲爲老豈在久乎微楚之惠不及此退三舍辟之所以報也背惠食言以亢其

雖我曲楚直其衆素飽不可謂老我退而楚還我將何求若其不還君退臣犯曲在彼矣退三舍楚衆欲止子玉不可（以上晉退三舍避楚）夏四月戊辰晉侯宋公齊國歸父崔天秦小子憖次于城濮楚師背酅而舍晉侯患之聽輿人之誦曰原田每每舍其舊而新是謀公疑焉子犯曰戰也戰而捷必得諸侯若其不捷表裏山河必無害也公曰若楚惠何欒貞子曰漢陽諸姬楚實盡之思小惠而忘大恥不如戰也晉侯夢與楚子搏楚子伏己而盬其腦是以懼子犯曰吉我得天楚伏其罪吾且柔之矣（以上晉君臣論戰事）子玉使鬬勃請戰曰請與君之士戲君馮軾而觀之得臣與寓目焉晉侯使欒枝對曰寡君聞命矣楚君之惠未之敢忘是以在此爲大夫退其敢當君乎既不獲命矣敢煩大夫謂二三子戒爾車乘敬爾君事詰朝將見（以上子玉致師）晉車七百乘韅靷鞅靽晉侯登有莘之虛以觀師曰少長有禮其可用也遂伐其木以益其兵己巳晉師陳于莘北胥臣以下軍之佐當陳蔡子玉以若敖之六卒將中軍曰今日必無晉矣子西將左子上將右胥臣蒙馬以虎皮先犯陳蔡陳蔡奔楚右師潰狐毛設二旆而退之欒枝使輿

曳柴而僞遁。楚師馳之。原軫郤溱以中軍公族橫擊之。狐毛狐偃以上軍夾攻子西。楚左師潰。楚師敗績。子玉收其卒而止。故不敗。晉師三日館穀。及癸酉而還。以上城濮戰事正文甲午至于衡雍。作王宮于踐土。鄉役之三月。鄭伯如楚致其師。爲楚師既敗而懼。使子人九行成于晉。晉欒枝入盟鄭伯。五月丙午。晉侯及鄭伯盟于衡雍。以上晉鄭盟丁未。獻楚俘于王。駟介百乘。徒兵千。鄭伯傅王。用平禮也。己酉。王享醴。命晉侯宥。王命尹氏及王子虎內史叔興父策命晉侯爲侯伯。賜之大輅之服。戎輅之服。彤弓一。彤矢百。玈弓矢千。秬鬯一卣。虎賁三百人。曰王謂叔父。敬服王命。以綏四國。糾逖王慝。晉侯三辭。從命。曰重耳敢再拜稽首。奉揚天子之丕顯休命。受策以出。出入三覲。以上獻俘于王衛侯聞楚師敗。懼。出奔楚。遂適陳。使元咺奉叔父以受盟。癸亥。王子虎盟諸侯于王庭。要言曰。皆獎王室。無相害也。有渝此盟。明神殛之。俾隊其師。無克祚國。及而玄孫。無有老幼。君子謂是盟也信。謂晉於是役也。能以德攻。以上踐土之盟初。楚子玉自爲瓊弁玉纓。未之服也。先戰。夢河神謂己曰。畀余。余賜女孟諸之麋。弗致也。大心與子西使榮黃諫。弗聽。榮季曰。死而利國。猶或爲之。況瓊玉乎。是糞土也。而可以濟師。將何愛焉。弗聽。出告二子曰。非神敗令尹。令尹其不勤民。實自敗也。既敗。王使謂之曰。大夫若入。其若申息之老何。子西孫伯曰。得臣將死。二臣止之曰。君其將以爲戮。及連穀而死。晉侯聞之。而後喜可知也。曰。莫余毒也已。蔿呂臣實爲令尹。奉己而已。不在民矣。以上子玉之死

左傳秦晉殽之戰

僖公三十二年冬。晉文公卒。庚辰。將殯于曲沃。出絳。柩有聲如牛。卜偃使大夫拜。曰。君命大事。將有西師過軼我。擊之。必大捷焉。杞子自鄭使告于秦曰。鄭人使我掌其北門之管。若潛師以來。國可得也。穆公訪諸蹇叔。蹇叔曰。勞師以襲遠。非所聞也。師勞力竭。遠主備之。無乃不可乎。師之所爲。鄭必知之。勤而無所必有悖心。且行千里。其誰不知。公辭焉。召孟明西乞白乙。使出師於東門之外。蹇叔哭之曰。孟子。吾見師之出。而不見其入也。公使謂之曰。爾何知。中壽。爾墓之木拱矣。蹇叔之子與師。哭而送之曰。晉人禦師必於殽。殽有二陵焉。其南陵

夏后皐之墓也。其北陵。文王之所辟風雨也。必死是閒。余收爾骨焉。秦師遂東。
三十三年春。秦師過周北門。左右免冑而下。超乘者三百乘。王孫滿尚幼。觀之。言於王曰。秦師輕而無禮。必敗。輕則寡謀。無禮則脫。入險而脫。又不能謀。能無敗乎。及滑。鄭商人弦高將市於周。遇之。以乘韋先牛十二犒師。曰。寡君聞吾子將步師出於敝邑。敢犒從者。不腆敝邑。爲從者之淹。居則具一日之積。行則備一夕之衛。且使遽告于鄭。鄭穆公使視客館。則束載厲兵秣馬矣。使皇武子辭焉。曰。吾子淹久於敝邑。唯是脯資餼牽竭矣。爲吾子之將行也。鄭之有原圃。猶秦之有具囿也。吾子取其麋鹿以閒敝邑。若何。杞子奔齊。逢孫揚孫奔宋。孟明曰。鄭有備矣。不可冀也。攻之不克。圍之不繼。吾其還也。滅滑而還。晉原軫曰。秦違蹇叔而以貪勤民。天奉我也。奉不可失。敵不可縱。縱敵患生。違天不祥。必伐秦師。欒枝曰。未報秦施而伐其師。其爲死君乎。先軫曰。秦不哀吾喪而伐吾同姓。秦則無禮。何施之爲。吾聞之。一日縱敵。數世之患也。謀及子孫。可謂死君乎。遂發命。遽興姜戎。子墨衰絰。梁弘御戎。萊駒爲右。夏四月辛巳。敗秦師于殽。獲百里孟明視西乞術白乙丙以歸遂墨以葬文公晉於是始墨文嬴請三帥曰彼實構吾二君寡君若得而食之不厭君何辱討焉使歸就戮于秦以逞寡君之志若何公許之先軫朝問秦囚公曰夫人請之吾舍之矣先軫怒曰武夫力而拘諸原婦人暫而免諸國墮軍實而長寇讎亡無日矣不顧而唾公使陽處父追之及諸河則在舟中矣釋左驂以公命贈孟明孟明稽首曰君之惠不以纍臣釁鼓使歸就戮于秦寡君之以爲戮死且不朽若從君惠而免之三年將拜君賜秦伯素服郊次鄉師而哭曰孤違蹇叔以辱二三子孤之罪也不替孟明孤之過也大夫何罪且吾不以一眚掩大德

左傳晉楚邲之戰

厲之役鄭伯逃歸自是楚未得志焉鄭既受盟于辰陵又徼事于晉十二年春楚子圍鄭旬有七日鄭人卜行成不吉卜臨于大宮且巷出車吉國人大臨守陴者皆哭楚子退師鄭人修城進復圍之三月克之入自皇門至于逵路鄭伯肉袒牽羊以逆曰孤不天不能事君使君懷怒以及敝邑孤之罪也敢不唯命

是聽。其俘諸江南以實海濱。亦唯命。其翦以賜諸侯。使臣妾之亦唯命若惠顧前好。徼福於厲宣桓武。不泯其社稷。使改事君夷於九縣。君之惠也。孤之願也非所敢望也。敢布腹心。君實圖之。左右曰不可許也。得國無赦。王曰其君能下人・必能信用其民矣・庸可幾乎・退三十里而許之平・潘尪入盟・子良出質・以上楚克鄭

夏六月・晉師救鄭・荀林父將中軍・先縠佐之・士會將上軍・郤克佐之・趙朔將下軍・欒書佐之・趙括趙嬰齊爲中軍大夫・鞏朔韓穿爲上軍大夫・荀首趙同爲下軍大夫・韓厥爲司馬・以上晉救鄭諸將

及河・聞鄭既及楚平・桓子欲還・曰無及於鄭而勦民・焉用之・楚歸而動・不後・隨武子曰善・會聞用師・觀釁而動・德刑政事典禮不易・不可敵也・不爲是征・楚軍討鄭・怒其貳而哀其卑・叛而伐之・服而舍之・德刑成矣。伐叛刑也・柔服德也・二者立矣・昔歲入陳・今茲入鄭・民不罷勞・君無怨讟・政有經矣。荆尸而舉・商農工賈不敗其業・而卒乘輯睦・事不奸矣。蔿敖爲宰・擇楚國之令典・軍行右轅・左追蓐・前茅慮無・中權・後勁・百官象物而動・軍政不戒而備・能用典矣。其君之舉也・內姓選於親・外姓選於舊・舉不失德・賞不失

勞老有加惠旅有施舍君子小人物有服章貴有常尊賤有等威禮不逆矣德立刑行政成事時典從禮順若之何敵之見可而進知難而退軍之善政也兼弱攻昧武之善經也子姑整軍而經武乎猶有弱而昧者何必楚仲虺有言曰取亂侮亡兼弱也汋曰於鑠王師遵養時晦耆昧也武曰無競惟烈撫弱耆昧以務烈所可也（以上桓子士會不欲伐楚）彘子曰不可晉所以霸師武臣力也今失諸侯不可謂力有敵而不從不可謂武由我失霸不如死且成師以出聞敵彊而退非夫也命為軍帥而卒以非夫唯羣子能我弗為也以中軍佐濟知莊子曰此師殆哉周易有之在師之臨曰師出以律否臧凶執事順成為臧逆為否衆散為弱川壅為澤有律以如己也故曰律否臧且律竭也盈而以竭夭且不整所以凶也不行之謂臨有帥而不從臨孰甚焉此之謂矣果遇必敗彘子尸之雖免而歸必有大咎韓獻子謂桓子曰彘子以偏師陷子罪大矣子為元帥師不用命誰之罪也失屬亡師為罪已重不如進也事之不捷惡有所分與其專罪六人同之不猶愈乎師遂濟（以上彘子先濟晉師皆濟）楚子北師次于郔沈尹將中軍子重將

左子反將右將飲馬於河而歸聞晉師既濟王欲還嬖人伍參欲戰令尹孫叔敖弗欲曰昔歲入陳今茲入鄭不無事矣戰而不捷參之肉其足食乎參曰若事之捷孫叔爲無謀矣不捷參之肉將在晉軍可得食乎令尹南轅反旆伍參言於王曰晉之從政者新未能行令其佐先縠剛愎不仁未肯用命其三帥者專行不獲聽而無上衆誰適從此行也晉師必敗且君而逃臣若社稷何王病之告令尹改乘轅而北之次于管以待之（以上楚君臣商應否避晉）晉師在敖鄗之閒鄭皇戌使如晉師曰鄭之從楚社稷之故也未有貳心楚師驟勝而驕其師老矣而不設備子擊之鄭師爲承楚師必敗彘子曰敗楚服鄭於此在矣必許之欒武子曰楚自克庸以來其君無日不討國人而訓之于民生之不易禍至之無日戒懼之不可以怠在軍無日不討軍實而申儆之于勝之不可保紂之百克而卒無後訓之以若敖蚡冒篳路藍縷以啓山林箴之曰民生在勤勤則不匱不可謂驕先大夫子犯有言曰師直爲壯曲爲老我則不德而徼怨于楚我曲楚直不可謂老其君之戎分爲二廣廣有一卒卒偏之兩右廣初駕數及日中左

則受之以至于昏內官序當其夜以待不虞不可謂無備子良鄭之良也師叔楚之崇也師叔入盟子良在楚楚鄭親矣來勸我戰我克則來不克遂往以我卜也鄭不可從趙括趙同曰率師以來唯敵是求克敵得屬又何俟必從彘子知季曰原屏咎之徒也趙莊子曰欒伯善哉實其言必長晉國（以上晉諸臣酬對鄭使）楚少宰如晉師曰寡君少遭閔凶不能文聞二先君之出入此行也將鄭是訓定豈敢求罪于晉二三子無淹久隨季對曰昔平王命我先君文侯曰與鄭夾輔周室無廢王命今鄭不率寡君使羣臣問諸鄭豈敢辱候人敢拜君命之辱彘子以爲諂使趙括從而更之曰行人失辭寡君使羣臣遷大國之迹於鄭曰無辟敵羣臣無所逃命（以上晉諸臣酬對楚使）楚子又使求成于晉晉人許之盟有日矣楚許伯御樂伯攝叔爲右以致晉師許伯曰吾聞致師者御靡旌摩壘而還樂伯曰吾聞致師者左射以菆代御執轡御下兩馬掉鞅而還攝叔曰吾聞致師者右入壘折馘執俘而還皆行其所聞而復晉人逐之左右角之樂伯左射馬而右射人角不能進矢一而已麋興於前射麋麗龜晉鮑癸當其後使攝叔奉麋

獻焉曰以歲之非時獻禽之未至敢膳諸從者鮑癸止之曰其左善射其右有辭君子也既免（以上楚人致晉師）晉魏錡求公族未得而怒欲敗晉師請致師弗許請使許之遂往請戰而還楚潘黨逐之及熒澤見六麋射一麋以顧獻曰子有軍事獸人無乃不給於鮮敢獻於從者叔黨命去之趙旃求卿未得且怒於失楚之致師者請挑戰弗許請召盟許之與魏錡皆命而往（以上晉人如楚致師）郤獻子曰二憾往矣弗備必敗彘子曰鄭人勸戰弗敢從也楚人求成弗能好也師無成命多備何爲士季曰備之善若二子怒楚楚人乘我喪師無日矣不如備之楚之無惡除備而盟何損於好若以惡來有備不敗且雖諸侯相見軍衞不徹警也彘子不可士季使鞏朔韓穿帥七覆于敖前故上軍不敗趙嬰齊使其徒先具舟於河故敗而先濟（以上晉諸帥號令不一）潘黨既逐魏錡趙旃夜至於楚軍席於軍門之外使其徒入之楚子爲乘廣三十乘分爲左右右廣雞鳴而駕日中而說左則受之日入而說許偃御右廣養由基爲右彭名御左廣屈蕩爲右乙卯王乘左廣以逐趙旃趙旃棄車而走林屈蕩搏之得其甲裳晉人懼二子之怒楚師

也使軘車逆之潘黨望其塵使騁而告曰晉師至矣楚人亦懼王之入晉軍也遂出陳孫叔曰進之寧我薄人無人薄我詩云元戎十乘以先啓行先人也軍志曰先人有奪人之心薄之也遂疾進師車馳卒奔乘晉軍桓子不知所爲鼓於軍中曰先濟者有賞中軍下軍爭舟舟中之指可掬也晉師右移上軍未動工尹齊將右拒卒以逐下軍楚子使唐狡與蔡鳩居告唐惠侯曰不穀不德而貪以遇大敵不穀之罪也然楚不克君之羞也敢藉君靈以濟楚師使潘黨率游闕四十乘從唐侯以爲左拒以從上軍駒伯曰待諸乎隨季曰楚師方壯若萃於我吾師必盡不如收而去之分謗生民不亦可乎殿其卒而退不敗（以上戰事正文中軍下軍敗上軍不敗）王見右廣將從之乘屈蕩戶之曰君以此始亦必以終自是楚之乘廣先左晉人或以廣隊不能進楚人惎之脫扃少進馬還又惎之拔旆投衡乃出顧曰吾不如大國之數奔也趙旃以其良馬二濟其兄與叔父以他馬反遇敵不能去棄車而走林逢大夫與其二子乘謂其二子無顧顧曰趙傁在後怒之使下指木曰尸女於是授趙旃綏以免明日以表尸之皆重獲在木下

楚熊負羈囚知罃知莊子以其族反之廚武子御下軍之士多從之每射抽矢
菆納諸廚子之房廚子怒曰非子之求而蒲之愛董澤之蒲可勝既乎知季曰
不以人子吾子其可得乎吾不可以苟射故也射連尹襄老獲之遂載其尸射
公子穀臣囚之以二者還及昏楚師軍於邲晉之餘師不能軍宵濟亦終夜有
聲以上雜敘戰時細事五端丙辰楚重至於邲遂次于衡雍潘黨曰君盍築武軍而收晉尸
以爲京觀臣聞克敵必示子孫以無忘武功楚子曰非爾所知也夫文止戈爲
武武王克商作頌曰載戢干戈載櫜弓矢我求懿德肆于時夏允王保之又作
武其卒章曰耆定爾功其三曰鋪時繹思我徂惟求定其六曰綏萬邦屢豐年
夫武禁暴戢兵保大定功安民和衆豐財者也故使子孫無忘其章今我使二
國暴骨暴矣觀兵以威諸侯兵不戢矣暴而不戢安能保大猶有晉在焉得定
功所違民欲猶多民何安焉無德而強爭諸侯何以和衆利人之幾而安人之
亂以爲己榮何以豐財武有七德我無一焉何以示子孫其爲先君宮告成事
而已武非吾功也古者明王伐不敬取其鯨鯢而封之以爲大戮於是乎有京

觀以懲淫慝今罪無所而民皆盡忠以死君命又何以爲京觀乎祀于河作先君宮告成事而還以上楚不築京觀是役也鄭石制實入楚師將以分鄭而立公子魚臣辛未鄭殺僕叔及子服君子曰史佚所謂毋怙亂者謂是類也詩曰亂離瘼矣奚其適歸歸於怙亂者也夫以上追敘鄭之胥人鄭伯許男如楚秋晉師歸桓子請死晉侯欲許之士貞子諫曰不可城濮之役晉師三日穀文公猶有憂色左右曰有喜而憂如有憂而喜乎公曰得臣猶在憂未歇也困獸猶鬬況國相乎及楚殺子玉公喜而後可知也曰莫余毒也已是晉再克而楚再敗也楚是以再世不競今天或者大警晉也而又殺林父以重楚勝其無乃久不競乎林父之事君也進思盡忠退思補過社稷之衛也若之何殺之夫其敗也如日月之食焉何損於明晉侯使復其位以上晉不殺桓子

左傳齊晉鞌之戰

衛侯使孫良夫石稷甯相向禽將侵齊與齊師遇石子欲還孫子曰不可以師伐人遇其師而還將謂君何若知不能則如無出今既遇矣不如戰也石成子

曰師敗矣子不少須衆懼盡子喪師徒何以復命皆不對又曰子國卿也隕子
辱矣子以衆退我此乃止且告車來甚衆齊師乃止次于鞫居新築人仲叔于
奚救孫桓子桓子是以免既衛人賞之以邑辭請曲縣繁纓以朝許之仲尼聞
之曰惜也不如多與之邑唯器與名不可以假人君之所司也名以出信信以
守器器以藏禮禮以行義義以生利利以平民政之大節也若以假人與人政
也政亡則國家從之弗可止也已（以上齊衛新築之戰）孫桓子還於新築不入遂如晉乞
師臧宣叔亦如晉乞師皆主郤獻子晉侯許之七百乘郤子曰此城濮之賦也
有先君之明與先大夫之肅故捷克於先大夫無能爲役請八百乘許之郤克
將中軍士燮將上軍欒書將下軍韓厥爲司馬以救魯衛臧宣叔逆晉師且道
之季文子帥師會之及衛地韓獻子將斬人郤獻子馳將救之至則既斬之矣
郤子使速以徇告其僕曰吾以分謗也（以上魯衛乞晉師伐齊）師從齊師于莘六月壬申
師至于靡笄之下齊侯使請戰曰子以君師辱於敝邑不腆敝賦詰朝請見對
曰晉與魯衛兄弟也來告曰大國朝夕釋憾於敝邑之地寡君不忍使羣臣請

于大國。無令輿師淹於君地。能進不能退。君無所辱命。齊侯曰。大夫之許。寡人之願也。若其不許。亦將見也。齊高固入晉師。桀石以投人。禽之而乘其車。繫桑木焉。以徇齊壘。曰。欲勇者。賈余餘勇。以上齊師之驕癸酉。師陳于鞌。邴夏御齊侯。逢丑父為右。晉解張御郤克。鄭丘緩為右。齊侯曰。余姑翦滅此而朝食。不介馬而馳之。郤克傷於矢。流血及屨。未絕鼓音。曰。余病矣。張侯曰。自始合而矢貫余手及肘。余折以御。左輪朱殷。豈敢言病。吾子忍之。緩曰。自始合。苟有險。余必下推車。子豈識之。然子病矣。張侯曰。師之耳目。在吾旗鼓。進退從之。此車一人殿之。可以集事。若之何其以病敗君之大事也。擐甲執兵。固即死也。病未及死。吾子勉之。左并轡。右援枹而鼓。馬逸不能止。師從之。齊師敗績。逐之三周華不注。以上合戰

時中軍之勇韓厥夢子輿謂己曰。且辟左右。故中御而從齊侯。邴夏曰。射其御者。君子也。公曰。謂之君子而射之。非禮也。射其左。越于車下。射其右。斃于車中。綦毋張喪車。從韓厥曰。請寓乘。從左右。皆肘之。使立於後。韓厥俛定其右。逢丑父與公易位。將及華泉。驂絓於木而止。丑父寢於轏中。蛇出於其下。以肱擊之。傷而

匿之故不能推車而及韓厥執縶馬前再拜稽首奉觴加璧以進曰寡君使羣臣爲魯衛請曰無令輿師陷入君地下臣不幸屬當戎行無所逃隱且懼奔辟而忝兩君臣辱戎士敢告不敏攝官承乏丑父使公下如華泉取飲鄭周父御佐車宛茷爲右載齊侯以免韓厥獻丑父郤獻子將戮之呼曰自今無有代其君任患者有一於此將爲戮乎郤子曰人不難以死免其君我戮之不祥赦之以勸事君者乃免之（以上韓厥獲逢丑父）齊侯免求丑父三入三出每出齊師以帥退入于狄卒狄卒皆抽戈楯冒之以入于衛師衛師免之遂自徐關入齊侯見保者曰勉之齊師敗矣辟女子女子曰君免乎曰免矣曰銳司徒免乎曰免矣曰苟君與吾父免矣可若何乃奔齊侯以爲有禮既而問之辟司徒之妻也予之石窌（以上齊侯返國）晉師從齊師入自丘輿擊馬陘齊侯使賓媚人賂以紀甗玉磬與地不可則聽客之所爲賓媚人致賂晉人不可曰必以蕭同叔子爲質而使齊之封內盡東其畝對曰蕭同叔子非他寡君之母也若以匹敵則亦晉君之母也吾子布大命於諸侯而曰必質其母以爲信其若王命何且是以不孝令也詩

曰孝子不匱永錫爾類若以不孝令於諸侯其無乃非德類也乎先王疆理天下物土之宜而布其利故詩曰我疆我理南東其畝今吾子疆理諸侯而曰盡東其畝而已唯吾子戎車是利無顧土宜其無乃非先王之命也乎反先王則不義何以爲盟主其晉實有闕四王之王也樹德而濟同欲焉五伯之霸也勤而撫之以役王命今吾子求合諸侯以逞無疆之欲詩曰布政優優百祿是遒子實不優而棄百祿諸侯何害焉不然寡君之命使臣則有辭矣曰子以君師辱於敝邑不腆敝賦以犒從者畏君之震師徒橈敗吾子惠徼齊國之福不泯其社稷使繼舊好唯是先君之敝器土地不敢愛子又不許請收合餘燼背城借一敝邑之幸亦云從也況其不幸敢不唯命是聽魯衛諫曰齊疾我矣其死亡者皆親暱也子若不許讎我必甚唯子則又何求子得其國寶我亦得地而紓於難其榮多矣齊晉亦唯天所授豈必晉晉人許之對曰羣臣帥賦輿以爲魯衛請若苟有以藉口而復於寡君君之惠也敢不唯命是聽（以上晉許齊平）禽鄭自師逆公秋七月晉師及齊國佐盟于爰婁使齊人歸我汶陽之田公會晉師于

上卿賜三帥先路三命之服司馬司空輿帥候正亞旅皆受一命之服

左傳晉楚鄢陵之戰

晉侯將伐鄭范文子曰若逞吾願諸侯皆叛晉可以逞若唯鄭叛晉國之憂可立俟也欒武子曰不可以當吾世而失諸侯必伐鄭乃興師欒書將中軍士燮佐之郤錡將上軍荀偃佐之韓厥將下軍郤至佐新軍荀罃居守郤犨如衛遂如齊皆乞師焉欒黶來乞師孟獻子曰有勝矣十六年夏四月戊寅晉師起以上晉師之興鄭人聞有晉師使告於楚姚句耳與往楚子救鄭司馬將中軍令尹將左右尹子辛將右過申子反入見申叔時曰師其何如對曰德刑詳義禮信戰之器也德以施惠刑以正邪詳以事神義以建利禮以順時信以守物民生厚而德正用利而事節時順而物成上下和睦周旋不逆求無不具各知其極故詩曰立我烝民莫匪爾極是以神降之福時無災害民生敦厖和同以聽莫不盡力以從上命致死以補其闕此戰之所由克也今楚內棄其民而外絕其好瀆齊盟而食話言奸時以動而疲民以逞民不知信進退罪也人恤所底其誰致

死。子其勉之。吾不復見子矣。姚句耳先歸。子駟問焉。對曰。其行速。過險而不整。速則失志。不整喪列。志失列喪。將何以戰。楚懼不可用也。（以上楚鄭諸臣料楚必敗）五月。晉師濟河。聞楚師將至。范文子欲反。曰。我僞逃楚。可以紓憂。夫合諸侯。非吾所能也。以遺能者。我若羣臣輯睦以事君。多矣。武子曰。不可。六月。晉楚遇於鄢陵。范文子不欲戰。郤至曰。韓之戰。惠公不振旅。箕之役。先軫不反命。邲之師。荀伯不復從。皆晉之恥也。子亦見先君之事矣。今我辟楚。又益恥也。文子曰。吾先君之亟戰也有故。秦狄齊楚皆彊。不盡力。子孫將弱。今三彊服矣。敵楚而已。唯聖人能內外無患。自非聖人。外寧必有內憂。盍釋楚以爲外懼乎。（以上范文子不欲戰）甲午晦。楚晨壓晉軍而陳。軍吏患之。范匄趨進。曰。塞井夷竈。陳於軍中。而疏行首。晉楚唯天所授。何患焉。文子執戈逐之。曰。國之存亡。天也。童子何知焉。欒書曰。楚師輕窕。固壘而待之。三日必退。退而擊之。必獲勝焉。郤至曰。楚有六閒。不可失也。其二卿相惡。王卒以舊。鄭陳而不整。蠻軍而不陳。陳不違晦。在陳而囂。合而加囂。各顧其後。莫有鬭心。舊不必良。以犯天忌。我必克之。楚子登巢車。以望晉軍。

子重使太宰伯州犂侍於王後。王曰。騁而左右何也。曰。召軍吏也。皆聚於中軍矣。曰。合謀也。張幕矣。曰。虔卜於先君也。徹幕矣。曰。將發命也。甚囂且塵上矣。曰。將塞井夷竈而爲行也。皆乘矣。左右執兵而下矣。曰。聽誓也。戰乎。曰。未可知也。乘而左右皆下矣。曰。戰禱也。伯州犂以公卒告王。苗賁皇在晉侯之側。亦以王卒告。皆曰。國士在。且厚。不可當也。苗賁皇言於晉侯曰。楚之良在其中軍王族而已。請分良以擊其左右。而三軍萃於王卒。必大敗之。公筮之。史曰。吉。其卦遇復。曰。南國蹙。射其元王。中厥目。國蹙王傷。不敗何待。公從之。以上晉楚叙料敵情有淖於前。乃皆左右相違於淖。步毅御晉厲公。欒鍼爲右。彭名御楚共王。潘黨爲右。石首御鄭成公。唐苟爲右。欒范以其族夾公行。陷於淖。欒書將載晉侯。鍼曰。書退。國有大任。焉得專之。且侵官。冒也。失官。慢也。離局。姦也。有三罪焉。不可犯也。乃掀公以出於淖。癸巳。潘尫之黨與養由基蹲甲而射之。徹七札焉。以示王曰。君有二臣如此。何憂於戰。王怒曰。大辱國。詰朝爾射。死藝。呂錡夢射月。中之。退入於泥。占之曰。姬姓。日也。異姓。月也。必楚王也。射而中之。退入於泥。亦必死矣。及戰射共王中目王召養由基與之兩矢使射呂錡中項伏弢以一矢復命郤至三遇楚子之卒見楚子必下免冑而趨風楚子使工尹襄問之以弓曰方事之殷也有韎韋之跗注君子也識見不穀而趨無乃傷乎郤至見客免冑承命曰君之外臣至從寡君之戎事以君之靈閒蒙甲冑不敢拜命敢告不寧君命之辱爲事之故敢肅使者三肅使者而退晉韓厥從鄭伯其御杜溷羅曰速從之其御屢顧不在馬可及也韓厥曰不可以再辱國君乃止郤至從鄭伯其右茀翰胡曰諜輅之余從之乘而俘以下郤至曰傷國君有刑亦止石首曰衛懿公唯不去其旗是以敗於熒乃內旌於弢中唐苟謂石首曰子在君側敗者壹大我不如子子以君免我請止乃死楚師薄於險叔山冉謂養由基曰雖君有命爲國故子必射乃射再發盡殪叔山冉搏人以投中車折軾晉師乃止囚楚公子茷欒鍼見子重之旌請曰楚人謂夫旌子重之麾也彼其子重也日臣之使於楚也子重問晉國之勇臣對曰好以衆整曰又何如臣對曰好以暇今兩國治戎行人不使不可謂整臨事而食言不可謂暇請攝飲焉公許之使行人執

榼承飲造於子重曰寡君乏使使鍼御持矛是以不得犒從者使某攝飲子重曰夫子嘗與吾言於楚必是故也不亦識乎受而飲之免使者而復鼓旦而戰見星未已以上戰時雜事子反命軍吏察夷傷補卒乘繕甲兵展車馬雞鳴而食唯命是聽晉人患之苗賁皇徇曰蒐乘補卒秣馬利兵修陳固列蓐食申禱明日復戰乃逸楚囚王聞之召子反謀穀陽豎獻飲於子反子反醉而不能見王曰天敗楚也夫余不可以待乃宵遁以上晉楚勝負未分因子反醉而楚王遁晉入楚軍三日穀范文子立於戎馬之前曰君幼諸臣不佞何以及此君其戒之周書曰惟命不于常有德之謂楚師還及瑕王使謂子反曰先大夫之覆師徒者君不在子無以爲過不穀之罪也子反再拜稽首曰君賜臣死死且不朽臣之卒實奔臣之罪也子重使謂子反曰初隕師徒者而亦聞之矣盍圖之對曰雖微先大夫有之大夫命側側敢不義側亡君師敢忘其死王使止之弗及而卒

左傳晉入齊平陰之戰

十八年秋齊侯伐我北鄙中行獻子將伐齊夢與厲公訟弗勝公以戈擊之首

隊於前跪而戴之奉之以走見梗陽之巫皋他日見諸道與之言同巫曰今茲主必死若有事於東方則可以逞獻子許諾晉侯伐齊將濟河獻子以朱絲繫玉二瑴而禱曰齊環怙恃其險負其衆庶棄好背盟陵虐神主曾臣彪將率諸侯以討焉其官臣偃實先後之苟捷有功無作神羞官臣偃無敢復濟唯爾有神裁之沈玉而濟以上荀偃志伐齊冬十月會於魯濟尋溴梁之言同伐齊齊侯禦諸平陰塹防門而守之廣里夙沙衛曰不能戰莫如守險弗聽諸侯之士門焉齊人多死范宣子告析文子曰吾知子敢匿情乎魯人莒人皆請以車千乘自其鄉入既許之矣若入君必失國子盍圖之子家以告公公恐晏嬰聞之曰君固無勇而又聞是弗能久矣齊侯登巫山以望晉師晉人使司馬斥山澤之險雖所不至必旆而疏陳之使乘車者左實右僞以旆先輿曳柴而從之齊侯見之畏其衆也乃脫歸丙寅晦齊師夜遁以上齊畏晉聲而遁師曠告晉侯曰鳥烏之聲樂齊師其遁邢伯告中行伯曰有班馬之聲齊師其遁叔向告晉侯曰城上有烏齊師其遁十一月丁卯朔入平陰遂從齊師夙沙衛連大車以塞隧而殿殖綽

郭最曰子殿國師齊之辱也子姑先乎乃代之殿衛殺馬於隘以塞道晉州綽及之射殖綽中肩兩矢夾脰曰止將爲三軍獲不止將取其衷顧曰爲私誓州綽曰有如日乃弛弓而自後縛之其右具丙亦舍兵而縛郭最皆衿甲面縛坐于中軍之鼓下晉人欲逐歸者魯衛請攻險己卯荀偃士匄以中軍克京茲乙酉魏絳欒盈以下軍克邿趙武韓起以上軍圍盧弗克（以上晉師進奔略地）十二月戊戌及秦周伐雍門之萩范鞅門于雍門其御追喜以戈殺犬于門中孟莊子斬其楢以爲公琴己亥焚雍門及西郭南郭劉難士弱率諸侯之師焚申池之竹木壬寅焚東郭北郭范鞅門於揚門州綽門於東閭左驂迫還於東門中以枚數闔齊侯駕將走郵棠太子與郭榮扣馬曰師速而疾略也將退矣君何懼焉且社稷之主不可以輕輕則失衆君必待之將犯之太子抽劍斷鞅乃止甲辰東侵及濰南及沂（以上晉攻齊城）

左傳宋之盟

宋向戌善於趙文子又善於令尹子木欲弭諸侯之兵以爲名如晉告趙孟趙

孟謀於諸大夫韓宣子曰兵民之殘也財用之蠹小國之大菑也將或弭之雖曰不可必將許之弗許楚將許之以召諸侯則我失爲盟主矣晉人許之如楚楚亦許之如齊齊人難之陳文子曰晉楚許之我焉得已且人曰弭兵而我弗許則固攜吾民矣將焉用之齊人許之告於秦秦亦許之皆告於小國爲會於宋以上諸侯許向戌弭兵之請 五月甲辰晉趙武至於宋丙午鄭良霄至六月丁未朔宋人享趙文子叔向爲介司馬置折俎禮也仲尼使舉是禮也以爲多文辭以上宋享趙孟

戊申叔孫豹齊慶封陳須無衞石惡至甲寅晉荀盈從趙武至丙辰邾悼公至壬戌楚公子黑肱先至成言於晉丁卯宋向戌如陳從子木成言於楚戊辰滕成公至子木謂向戌請晉楚之從交相見也庚午向戌復於趙孟趙孟曰晉楚齊秦匹也晉之不能於齊猶楚之不能於秦也楚君若能使秦君辱於敝邑寡君敢不固請於齊壬申左師復言於子木國藩按復白也上文云復於趙孟此當云復於子木言字疑衍 子木使馹謁諸王王曰釋齊秦他國請相見也秋七月戊寅左師至是夜也趙孟及子晳盟以齊言庚辰子木至自陳陳孔奐蔡公孫歸生至曹許之大夫皆至以

藩爲軍。晉楚各處其偏。(以上諸侯皆至)伯夙謂趙孟曰。楚氛甚惡。懼難。趙孟曰。吾左還

入於宋。若我何。辛巳。將盟於宋西門之外。楚人衷甲。伯州犂曰。合諸侯之師以

爲不信。無乃不可乎。夫諸侯望信於楚。是以來服。若不信。是棄其所以服諸侯

也。固請釋甲。子木曰。晉楚無信久矣。事利而已。苟得志焉。焉用有信。大宰退告

人曰。令尹將死矣。不及三年。求逞志而棄信。志將逞乎。志以發言。言以出信。信

以立志。參以定之。信亡。何以及三。趙孟患楚衷甲。以告叔向。叔向曰。何害也。匹

夫一爲不信。猶不可。單斃其死。若合諸侯之卿。以爲不信。必不捷矣。食言者不

病。非子之患也。夫以信召人。而以僭濟之。必莫之與也。安能害我。且吾因宋以

守病。則夫能致死。與宋致死。雖倍焉可也。子何懼焉。又不及是。曰弭兵以召諸

侯。而稱兵以害我。吾庸多矣。非所患也。(以上楚人衷甲)季武子使謂叔孫以公命曰。視

邾滕。既而衞人請邾。宋人請滕。皆不與盟。叔孫曰。邾滕。人之私也。我。列國也。何

故視之。宋衞。吾匹也。乃盟。故不書其族。言違命也。(以上魯視宋衞)晉楚爭先。晉人曰。晉

固爲諸侯盟主。未有先晉者也。楚人曰。子言晉楚匹也。若晉常先。是楚弱也。且

晉楚狎主諸侯之盟也久矣豈專在晉叔向謂趙孟曰諸侯歸晉之德只非歸其尸盟也子務德無爭先且諸侯盟小國固必有尸盟者楚爲晉細不亦可乎乃先楚人書先晉晉有信也（以上晉楚爭先）壬午宋公兼享晉楚之大夫趙孟爲客子木與之言弗能對使叔向侍言焉子木亦不能對也乙酉宋公及諸侯之大夫盟于蒙門之外子木問於趙孟曰范武子之德何如對曰夫子之家事治言於晉國無隱情其祝史陳信於鬼神無愧辭子木歸以語王王曰尚矣哉能歆神人宜其光輔五君以爲盟主也子木又語王曰宜晉之伯也有叔向以佐其卿楚無以當之不可與爭晉荀盈遂如楚涖盟（以上重盟）鄭伯享趙孟于垂隴子展伯有子西子產子太叔二子石從趙孟曰七子從君以寵武也請皆賦以卒君貺武亦以觀七子之志子展賦草蟲趙孟曰善哉民之主也抑武也不足以當之伯有賦鶉之賁賁趙孟曰牀笫之言不踰閾況在野乎非使人之所得聞也子西賦黍苗之四章趙孟曰寡君在武何能焉子產賦隰桑趙孟曰武請受其卒章子太叔賦野有蔓草趙孟曰吾子之惠也印段賦蟋蟀趙孟曰善哉保家之

主也。吾有望矣。公孫段賦桑扈。趙孟曰。匪交匪敖。福將焉往。若保是言也。欲辭福祿得乎。卒享。文子告叔向曰。伯有將爲戮矣。詩以言志。志誣其上。而公怨之。以爲賓榮。其能久乎。幸而後亡。叔向曰。然。已侈。所謂不及五稔者。夫子之謂矣。文子曰。其餘皆數世之主也。子展其後亡者也。在上不忘降。印氏其次也。樂而不荒。樂以安民。不淫以使之。後亡。不亦可乎。（以上鄭伯享趙孟）

宋左師請賞。曰。請免死之邑。公與之邑六十。以示子罕。子罕曰。凡諸侯小國。晉楚所以兵威之。畏而後上下慈和。慈和而後能安靖其國家。以事大國。所以存也。無威則驕。驕則亂生。亂生必滅。所以亡也。天生五材。民並用之。廢一不可。誰能去兵。兵之設久矣。所以威不軌而昭文德也。聖人以興。亂人以廢。廢興存亡。昏明之術。皆兵之由也。而子求去之。不亦誣乎。以誣道蔽諸侯。罪莫大焉。縱無大討。而又求賞。無厭之甚也。削而投之。左師辭邑。向氏欲攻司城。左師曰。我將亡。夫子存我。德莫大焉。又可攻乎。君子曰。彼己之子。邦之司直。樂喜之謂乎。何以恤我。我其收之。向戌之謂乎。（以上向戌不賞）

左傳晉魏舒敗無終之戰

晉中行穆子敗無終及羣狄于太原。崇卒也。將戰。魏舒曰。彼徒我車。所遇又阨。以什共車。必克。困諸阨。又克。請皆卒。自我始。乃毀車以爲行。五乘爲三伍。荀吳之嬖人不肯卽卒。斬以徇。爲五陳以相離。兩於前。伍於後。專爲右角。參爲左角。偏爲前拒。以誘之。翟人笑之。未陳而薄之。大敗之。

左傳叔孫穆子之難

初穆子去叔孫氏。及庚宗。遇婦人。使私爲食而宿焉。問其行。告之故。哭而送之。適齊。娶於國氏。生孟丙仲壬。夢天壓己。弗勝。顧而見人。黑而上僂。深目而豭喙。號之曰牛。助余。乃勝之。旦而皆召其徒。無之。且曰志之。及宣伯奔齊。饋之。宣伯曰。魯以先子之故。將存吾宗。必召女。召女何如。對曰。願之久矣。魯人召之。不告而歸。既立。所宿庚宗之婦人。獻以雉。問其姓。對曰。余子長矣。能奉雉而從我矣。召而見之。則所夢也。未問其名。號之曰牛。曰唯。皆召其徒使視之。遂使爲豎。有寵。長使爲政。以上豎牛有寵公孫明知叔孫於齊。歸未逆國姜。子明取之。故怒其子。長而後使逆之田於邱蕕遂遇疾焉豎牛欲亂其室而有之強與孟盟不可叔孫爲孟鐘曰爾未際饗大夫以落之既具使豎牛請曰入弗謁出命之曰及賓至聞鐘聲牛曰孟有北婦人之客怒將往牛止之賓出使拘而殺諸外牛又強與仲盟不可仲與公御萊書觀於公公與之環使牛入示之入不示出命佩之牛謂叔孫見仲而何叔孫曰何爲曰不見既自見矣公與之環而佩之矣遂逐之奔齊（以上豎牛殺孟逐仲）疾急命召仲牛許而不召杜洩見告之飢渴授之戈對曰求之而至又何去焉豎牛曰夫子疾病不欲見人使寘饋于个而退牛弗進則置虛命徹十二月癸丑叔孫不食乙卯卒牛立昭子而相之（以上穆子餓死）公使杜洩葬叔孫豎牛賂叔仲昭子與南遺使惡杜洩於季孫而去之杜洩將以路葬且盡卿禮南遺謂季孫曰叔孫未乘路葬焉用之且冢卿無路介卿以葬不亦左乎季孫曰然使杜洩舍路不可曰夫子受命於朝而聘於王王思舊勳而賜之路復命而致之君君不敢逆王命而復賜之使三官書之吾子爲司徒實書名夫子爲司馬與工正書服孟孫爲司空以書勳今死而弗以是棄君命也書在公府

而弗以是廢三官也若命服生弗敢服死又不以將焉用之乃使以葬季孫謀去中軍豎牛曰夫子固欲去之五年春王正月舍中軍卑公室也毀中軍于施氏成諸臧氏初作中軍三分公室而各有其一季氏盡征之叔孫氏臣其子弟孟氏取其半焉及其舍之也四分公室季氏擇二二子各一皆盡征之而貢于公以書使杜洩告於殯曰子固欲毀中軍既毀之矣故告杜洩曰夫子唯不欲毀也故盟諸僖閎詛諸五父之衢受其書而投之帥士而哭之叔仲子謂季孫曰帶受命於子叔孫曰葬鮮者自西門季孫命杜洩杜洩曰卿喪自朝魯禮也吾子爲國政未改禮而又遷之羣臣懼死不敢自也既葬而行以上杜洩忠於叔孫氏仲至自齊季孫欲立之南遺曰叔孫氏厚則季氏薄彼實家亂子勿與知不亦可乎南遺使國人助豎牛以攻諸大庫之庭司宮射之中目而死豎牛取東鄙三十邑以與南遺昭子卽位朝其家衆曰豎牛禍叔孫氏使亂大從殺適立庶又披其邑將以赦罪罪莫大焉必速殺之豎牛懼奔齊孟仲之子殺諸塞關之外投其首於甯風之棘上仲尼曰叔孫昭子之不勞不可能也周任有言曰爲政

者不賞私勞不罰私怨詩云有覺德行四國順之（以上昭子殺豎牛）

左傳楚靈王乾谿之難

楚子狩于州來次于潁尾使蕩侯潘子司馬督囂尹午陵尹喜帥師圍徐以懼吳楚子次于乾谿以爲之援雨雪王皮冠秦復陶翠被豹舄執鞭以出僕析父從右尹子革夕王見之去冠被舍鞭與之語曰昔我先王熊繹與呂伋王孫牟燮父禽父並事康王四國皆有分我獨無有今吾使人於周求鼎以爲分王其與我乎對曰與君王哉昔我先王熊繹辟在荆山篳路藍縷以處草莽跋涉山林以事天子唯是桃弧棘矢以共禦王事齊王舅也晉及魯衛王母弟也楚是以無分而彼皆有今周與四國服事君王將唯命是從豈其愛鼎王曰昔我皇祖伯父昆吾舊許是宅今鄭人貪賴其田而不我與我若求之其與我乎對曰與君王哉周不愛鼎鄭敢愛田王曰昔諸侯遠我而畏晉今我大城陳蔡不羹賦皆千乘子與有勞焉諸侯其畏我乎對曰畏君王哉是四國者專足畏也又加之以楚敢不畏君王哉工尹路請曰君王命剝圭以爲鏚柲敢請命王入視

之析父謂子革吾子楚國之望也今與王言如響國其若之何子革曰摩厲以須王出吾刃將斬矣王出復語左史倚相趨過王曰是良史也子善視之是能讀三墳五典八索九邱對曰臣嘗問焉昔穆王欲肆其心周行天下將皆必有車轍馬迹焉祭公謀父作祈招之詩以止王心王是以獲沒於祗宮臣問其詩而不知也若問遠焉其焉能知之王曰子能乎對曰能其詩曰祈招之愔愔式昭德音思我王度式如玉式如金形民之力而無醉飽之心王揖而入饋不食寢不寐數日不能自克以及於難仲尼曰古也有志克己復禮仁也信善哉楚靈王若能如是豈其辱於乾谿以上子革折靈王之侈心

楚子之為令尹也殺大司馬薳掩而取其室及卽位奪薳居田遷許而質許圍蔡洧有寵於王王之滅蔡也其父死焉王使與於守而行申之會越大夫戮焉王奪鬭韋龜中犨又奪成然邑而使為郊尹蔓成然故事蔡公故薳氏之族及薳居許圍蔡洧蔓成然皆王所不禮也因羣喪職之族啓越大夫常壽過作亂圍固城克息舟城而居之以上四族及羣喪職者謀作亂觀起之死也其子從在蔡事朝吳曰今不封蔡蔡不封矣我請試之以

蔡公之命召子干子晳及郊而告之情強與之盟入襲蔡蔡公將食見之而逃觀從使子干食坎用牲加書而速行已徇於蔡曰蔡公召二子將納之與之盟而遣之矣將師而從之蔡人聚將執之辭曰失賊成軍而殺余何益乃釋之朝吳曰二三子若能死亡則如違之以待所濟若求安定則如與之以濟所欲且違上何適而可衆曰與之乃奉蔡公召二子而盟于鄧依陳蔡人以國楚公子比公子黑肱公子棄疾蔓成然蔡朝吳帥陳蔡不羹許葉之師因四族之徒以入楚以上觀從朝吳挾蔡公召子干子晳成軍入楚及郊陳蔡欲爲名故請爲武軍蔡公知之曰欲速且役病矣請藩而已乃藩爲軍蔡公使須務牟與史猈先入因正僕人殺大子祿及公子罷敵公子比爲王公子黑肱爲令尹次于魚陂公子棄疾爲司馬先除王宮使觀從從師于乾谿而遂告之且曰先歸復所後者劓師及訾梁而潰以上先定楚宮次破散乾谿之師王聞羣公子之死也自投於車下曰人之愛其子也亦如余乎侍者曰甚焉小人老而無子知擠於溝壑矣王曰余殺人子多矣能無及此乎右尹子革曰請待於郊以聽國人王曰衆怒不可犯也曰若入於大都而乞

師於諸侯王曰皆叛矣曰若亡於諸侯以聽大國之圖君也王曰大福不再祇
取辱焉然丹乃歸于楚王沿夏將欲入鄢芋尹無宇之子申亥曰吾父再奸王
命王弗誅惠孰大焉君不可忍惠不可棄吾其從王乃求王遇諸棘闈以歸夏
五月癸亥王縊於芋尹申亥氏申亥以其二女殉而葬之以上靈王自乾谿歸鄢中途縊死觀
從謂子干曰不殺棄疾雖得國猶受禍也子干曰余不忍也子玉曰人將忍子
吾不忍俟也乃行國每夜駭曰王入矣乙卯夜棄疾使周走而呼曰王至矣國
人大驚使蔓成然走告子干子皙曰王至矣國人殺君司馬將來矣君若早自
圖也可以無辱眾怒如水火焉不可為謀又有呼而走至者曰眾至矣二子皆
自殺丙辰棄疾即位名曰熊居葬子干于訾實訾敖以上子干子皙死平王立殺囚衣之王
服而流諸漢乃取而葬之以靖國人使子旗為令尹楚師還自徐吳人敗諸豫
章獲其五帥平王封陳蔡復遷邑致羣賂施舍寬民宥罪舉職召觀從王曰唯
爾所欲對曰臣之先佐開卜乃使為卜尹使枝如子躬聘于鄭且致犨櫟之田
事畢弗致鄭人請曰聞諸道路將命寡君以犨櫟敢請命對曰臣未聞命既復

王問犨櫟降服而對曰臣過失命未之致也王執其手曰子毋勤姑歸不穀有事其告子也他年芋尹申亥以王柩告乃改葬之（以上平王即位新政）初靈王卜曰余尚得天下不吉投龜詬天而呼曰是區區者而不余畀余必自取之民患王之無厭也故從亂如歸初共王無冢適有寵子五人無適立焉乃大有事於羣望而祈曰請神擇於五人者使主社稷乃徧以璧見於羣望曰當璧而拜者神所立也誰敢違之既乃與巴姬密埋璧於太室之庭使五人齊而長入拜康王跨之靈王肘加焉子干子晳皆遠之平王弱抱而入再拜皆厭紐鬬韋龜屬成然焉且曰棄禮違命楚其危哉（以上埋璧之事）子干歸韓宣子問於叔向曰子干其濟乎對曰難宣子曰同惡相求如市賈焉何難對曰無與同好誰與同惡取國有五難有寵而無人一也有人而無主二也有主而無謀三也有謀而無民四也有民而無德五也子干在晉十三年矣晉楚之從不聞達者可謂無人族盡親叛可謂無主無釁而動可謂無謀爲羈終世可謂無民亡無愛徵可謂無德王虐而不忌楚君子干涉五難以弒舊君誰能濟之有楚國者其棄疾乎君陳蔡城外

釁焉苛慝不作盜賊伏隱私欲不違民無怨心先神命之國民信之羋姓有亂必季實立楚之常也獲神一也有民二也令德三也寵貴四也居常五也有五利以去五難誰能害之子干之官則右尹也數其貴寵則庶子也以神所命則又遠之其貴亡矣其寵棄矣民無懷焉國無與焉將何以立宣子曰齊桓晉文不亦是乎對曰齊桓衞姬之子也有寵於僖有鮑叔牙賓須無隰朋以爲輔佐有莒衞以爲外主有國高以爲內主從善如流下善齊肅不藏賄不從欲施舍不倦求善不厭是以有國不亦宜乎我先君文公狐季姬之子也有寵於獻好學而不貳生十七年有士五人有先大夫子餘子犯以爲腹心有魏犨賈佗以爲股肱有齊宋秦楚以爲外主有欒郤狐先以爲內主亡十九年守志彌篤惠懷棄民民從而與之獻無異親民無異望天方相晉將何以代文此二君者異於子干共有寵子國有奧主無施於民無援於外去晉而不送歸楚而不逆何以冀國（以上叔向論子干不能得國）

左傳吳楚雞父之戰

吳人伐州來楚薳越帥師及諸侯之師奔命救州來吳人禦諸鍾離子瑕卒楚師熸吳公子光曰諸侯從於楚者衆而皆小國也畏楚而不獲已是以來吾聞之曰作事威克其愛雖小必濟胡沈之君幼而狂陳大夫齧壯而頑頓與許蔡疾楚政楚令尹死其師熸帥賤多寵政令不壹七國同役而不同心帥賤而不能整無大威命楚可敗也若分師先以犯胡沈與陳必先奔三國敗諸侯之師乃搖心矣諸侯乖亂楚必大奔請先者去備薄威後者敦陳整旅吳子從之戊辰晦戰于雞父吳子以罪人三千先犯胡沈與陳三國爭之吳爲三軍以繫於後中軍從王光帥右掩餘帥左吳之罪人或奔或止三國亂吳師擊之三國敗獲胡沈之君及陳大夫舍胡沈之囚使奔許與蔡頓曰吾君死矣師譟而從之三國奔楚師大奔書曰胡子髡沈子逞滅獲陳夏齧君臣之辭也不言戰楚未陳也

左傳魯昭公乾侯之難

季公若之姊爲小邾夫人生宋元夫人生子以妻季平子昭子如宋聘且逆之

公若從謂曹氏勿與魯將逐之曹氏告公公告樂祁樂祁曰與之如是魯君必出政在季氏三世矣魯君喪政四公矣無民而能逞其志者未之有也國君是以鎮撫其民詩曰人之云亡心之憂矣魯君失民矣焉得逞其志靖以待命猶可動必憂（以上公若以魯將逐季平子告宋）有鸜鵒來巢書所無也師己曰異哉吾聞文成之世童謠有之曰鸜之鵒之公出辱之鸜鵒之羽公在外野往饋之馬鸜鵒跦跦公在乾侯徵褰與襦鸜鵒之巢遠哉遙遙裯父喪勞宋父以驕鸜鵒鸜鵒往歌來哭童謠有是今鸜鵒來巢其將及乎（以上鸜鵒之兆）初季公鳥娶妻於齊鮑文子生甲公鳥死季公亥與公思展與公鳥之臣申夜姑相其室及季姒與饔人檀通而懼乃使其妾抶己以示秦遄之妻曰公若欲使余余不可而抶余又訴於公甫曰展與夜姑將要余秦姬以告公之公之與公甫告平子平子拘展於卞而執夜姑將殺之公若泣而哀之曰殺是是余殺也將爲之請平子使豎勿內日中不得請有司逆命公之使速殺之故公若怨平子季郈之雞鬭季氏介其雞郈氏爲之金距平子怒益宮於郈氏且讓之故郈昭伯亦怨平子臧昭伯之從

弟會爲讒於臧氏而逃於季氏臧氏執旃平子怒拘臧氏老將禘於襄公萬者二人其衆萬於季氏臧孫曰此之謂不能庸先君之廟大夫遂怨平子 以上臧孫怨平子 公若獻弓於公爲且與之出射於外而謀去季氏公爲告公果公賁公果公賁使侍人僚柤告公公寢將以戈擊之乃走公曰執之亦無命也懼而不出數月不見公不怒又使言公執戈以懼之乃走又使言公曰非小人之所及也公果自言公以告臧孫臧孫以難告郈孫郈孫以可勸告子家懿伯懿伯曰讒人以君徼幸事若不克君受其名不可爲也舍民數世以求克事不可必也且政在焉其難圖也公退之辭曰臣與聞命矣言若洩臣不獲死乃館於公 以上公爲等謀逐季氏 叔孫昭子如闞公居於長府九月戊戌伐季氏殺公之于門遂入之平子登臺而請曰君不察臣之辠使有司討臣以干戈臣請待於沂上以察罪弗許請囚于費弗許請以五乘亡弗許子家子曰君其許之政自之出久矣隱民多取食焉爲之徒者衆矣日入慝作弗可知也衆怒不可蓄也蓄而弗治將薀薀蓄民將生心生心同求將合君必悔之弗聽郈孫曰必殺之 以上公伐季氏 徒 公使郈孫

逆孟懿子叔孫氏之司馬鬷戾言於其衆曰若之何莫對又曰我家臣也不敢知國凡有季氏與無於我孰利皆曰無季氏是無叔孫氏也鬷戾曰然則救諸帥徒以往陷西北隅以入公徒釋甲執冰而踞遂逐之孟氏使登西北隅以望季氏見叔孫氏之旌以告孟氏執郈昭伯殺之于南門之西遂伐公徒（以上孟孫叔孫救季氏）子家子曰諸臣僞劫君者而負罪以出君止意如之事君也不敢不改公曰余不忍也與臧孫如墓謀遂行己亥公孫于齊次于陽州齊侯將唁公于平陰公先至于野井齊侯曰寡人之罪也使有司待于平陰爲近故也書曰公孫于齊次于陽州齊侯唁公于野井禮也將求於人則先下之禮之善物也齊侯曰自莒疆以西請致千社以待君命寡人將帥敝賦以從執事唯命是聽君之憂寡人之憂也公喜子家子曰天祿不再天若胙君不過周公以魯足矣失魯而以千社爲臣誰與之立且齊君無信不如早之晉弗從（以上公孫於齊）臧昭伯率從者將盟載書曰戮力壹心好惡同之信罪之有無繾綣從公無通外內以公命示子家子子家子曰如此吾不可以盟羈也不佞不能與二三子同心而以爲

皆有罪。或欲通外內且欲去君。二三子好亡而惡定。焉可同也。陷君於難。罪孰大焉。通外內而去君。君將速入。弗通何爲。而何守焉。乃不與盟。（以上子家子不與盟）昭子自闞歸。見平子。平子稽顙曰。子若我何。昭子曰。人誰不死。子以逐君成名。子孫不忘。不亦傷乎。將若子何。平子曰。苟使意如得改事君。所謂生死而肉骨也。昭子從公于齊。與公言。子家子命適公館者執之。公與昭子言於幄內。曰將安衆而納公。公徒將殺昭子。伏諸道。左師展告公。公使昭子自鑄歸。平子有異志。冬十月辛酉。昭子齊於其寢。使祝宗祈死。戊辰卒。左師展將以公乘馬而歸。公徒執之。（以上叔孫昭子將納公）十一月。宋元公將爲公故如晉。夢太子欒卽位於廟。己與平公服而相之。旦召六卿。公曰。寡人不佞。不能事父兄。以爲二三子憂。寡人之罪也。若以羣子之靈。獲保首領以歿。惟是楄柎所以藉幹者。請無及先君。仲幾對曰。君若以社稷之故。私降昵宴。羣臣弗敢知。若夫宋國之法。死生之度。先君有命矣。羣臣以死守之。弗敢失隊。臣之失職。常刑不赦。臣不忍其死。君命祇辱。宋公遂行。己亥。卒于曲棘。（以上宋元公謀納公不果而卒）初。臧昭伯如晉。臧會竊其寶龜僂句。以卜爲信與僭僭吉臧氏老將如晉問會請往昭伯問家故盡對及內子與母弟叔孫則不對再三問不對歸及郊會逆問又如初至次於外而察之皆無之執而戮之逸奔郈郈魴假使爲賈正焉計於季氏臧氏使五人以戈楯伏諸桐汝之閭會出逐之反奔執諸季氏中門之外平子怒曰何故以兵入吾門拘臧氏老季臧有惡及昭伯從公平子立臧會會曰僂句不余欺也（以上進敘季臧相惡之由即此年秋所敘爲讒於臧氏而逃於季氏也）二十六年夏齊侯將納公命無受魯貨申豐從女賈以幣錦二兩縛一如瑱適齊師謂子猶之人高齮能貨子猶爲高氏後粟五千庾高齮以錦示子猶子猶欲之齮曰魯人買之百兩一布以道之不通先入幣財子猶受之言於齊侯曰羣臣不盡力于魯君者非不能事君也然據有異焉宋元公爲魯君如晉卒于曲棘叔孫昭子求納其君無疾而死不知天之棄魯邪抑魯君有罪於鬼神故及此也君若待於曲棘使羣臣從魯君以卜焉若可師有濟也君而繼之兹無敵矣若其無成君無辱焉齊侯從之（以上齊侯欲納公因梁邱據受貨而不親往）使公子鉏帥師從公成大夫公孫朝謂平子曰有都以衞國也請我受師許之

請納質弗許曰信女足矣告于齊師曰孟氏魯之敝室也用成已甚弗能忍也請息肩于齊齊師圍成成人伐齊師之飲馬于淄者曰將以厭衆魯成備而後告曰不勝衆（以上公子朝詐降以緩齊圍成之師）師及齊師戰于炊鼻齊子淵捷從洩聲子射之中楯瓦繇朐汰輈七入者三寸聲子射其馬斬鞅殪改駕人以為鬷戾也而助之子車曰齊人也將擊子車子車射之殪其御曰又之子車曰衆可懼也而不可怒也子囊帶從野洩叱之洩曰軍無私怒報乃私也將亢子又叱之亦叱之冉豎射陳武子中手失弓而罵以告平子曰有君子白皙鬒鬚眉甚口平子曰必子彊也毋乃亢諸對曰謂之君子何敢亢之林雍羞為顏鳴右下苑何忌取其耳顏鳴去之苑子之御曰視下顧苑子刜林雍斷其足鑋而乘於他車以歸顏鳴三入齊師呼曰林雍乘（以上季氏之徒與齊師戰齊師兒戲魯人致死力於季氏）

二十七年秋會於扈令戍周且謀納公也宋衛皆利納公固請之范獻子取貨於季孫謂司城子梁與北宮貞子曰季孫未知其罪而君伐之請囚請亡於是乎不獲君又弗克而自出也夫豈無備而能出君乎季氏之復天救之也休公徒之怒而啓叔孫氏

之心不然豈其伐人而說甲執冰以游叔孫氏懼禍之濫而自同於季氏天之道也魯君守齊三年而無成季氏甚得其民淮夷與之有十年之備有齊楚之援有天之贊有民之助有堅守之心有列國之權而弗敢宣也事君如在國故鞅以爲難二子皆圖國者也而欲納魯君鞅之願也請從二子以圍魯無成死之二子懼皆辭乃辭小國而以難復（以上士鞅納季氏之貨不願納魯君）孟懿子陽虎伐鄆鄆人將戰子家子曰天命不慆久矣使君亡者必此衆也天既禍之而自福也不亦難乎猶有鬼神此必敗也嗚呼爲無望也夫其死於此乎公使子家子如晉公徒敗于且知（以上魯君以鄆衆與孟孫季孫戰不克）冬公如齊齊侯請饗之子家子曰朝夕立於其朝又何饗焉其飲酒也乃飲酒使宰獻而請安子仲之子曰重爲齊侯夫人曰請使重見子家子乃以君出（以上齊侯饗公將見夫人以狎公）二十八年春公如晉將如乾侯子家子曰有求於人而即其安人孰矜之其造于竟弗聽使請逆於晉晉人曰天禍魯國君淹恤在外君亦不使一个辱在寡人而即安於甥舅其亦使逆君使公復于竟而後逆之二十九年春公至自乾侯處于鄆齊侯使高張來唁

公稱主君。子家子曰。齊卑君矣。君祇辱焉。公如乾侯。以上齊高張唁公卑君平子每歲賈馬。具從者之衣屨而歸之于乾侯。公執歸馬者賣之。乃不歸馬。衞侯來獻其乘馬曰啓服。塹而死。公將爲之櫝。子家子曰。從者病矣。請以食之。乃以帷裹之。公賜公衍羔裘。使獻龍輔於齊侯。遂入羔裘。齊侯喜。與之陽穀。公衍公爲之生也。其母偕出。公衍先生。公爲之母曰。相與偕出。請相與偕告。三日公爲生。其母先以告。公爲爲兄。公私喜於陽穀。而思於魯。曰。務人爲此禍也。且後生而爲兄。其誣也久矣。乃黜之。而以公衍爲太子。三十一年春王正月。公在乾侯。言不能外內也。晉侯將以師納公。范獻子曰。若召季孫而不來。則信不臣矣。然後伐之。若何。晉人召季孫。獻子使私焉。曰。子必來。我受其無咎。季孫意如會晉荀躒于適歷。荀躒曰。寡君使躒謂吾子。何故出君。有君不事。周有常刑。子其圖之。季孫練冠麻衣跣行。伏而對曰。事君。臣之所不得也。敢逃刑命。君若以臣爲有罪。請囚于費。以待君之察也。亦惟君。若以先臣之故。不絕季氏。而賜之死。若弗殺弗亡。君之惠也。死且不朽。若得從君而歸。則固臣之願也。敢有異心。夏四月。季孫從知伯如乾侯子家子曰君與之歸一慚之不忍而終身慚乎公曰諾衆曰在一言矣君必逐之荀躒以晉侯之命唁公且曰寡君使躒以君命討於意如意如不敢逃死君其入也公曰君惠顧先君之好施及亡人將使歸糞除宗祧以事君則不能見夫人已所能見夫人者有如河荀躒掩耳而走曰寡君其罪之恐敢與知魯國之難臣請復於寡君退而謂季孫君怒未怠子姑歸祭子家子曰君以一乘入于魯師季孫必與君歸公欲從之衆從者脅公不得歸以上季孫至乾侯公爲衆所挾不得歸 三十二年春王正月公在乾侯言不能外內又不能用其人也十二月公疾徧賜大夫大夫不受賜子家子雙琥一環一璧輕服受之大夫皆受其賜己未公薨子家子反賜於府人曰吾不敢逆君命也大夫皆反其賜書曰公薨于乾侯言失其所也公薨于乾侯 趙簡子問於史墨曰季氏出其君而民服焉諸侯與之君死於外而莫之或罪也對曰物生有兩有三有五有陪貳故天有三辰地有五行體有左右各有妃耦王有公諸侯有卿皆有貳也天生季氏以貳魯侯爲日久矣民之服焉不亦宜乎魯君世從其失季氏世修其勤民忘君矣

雖死於外。其誰矜之。社稷無常奉。君臣無常位。自古以然。故詩曰。高岸爲谷。深谷爲陵。三后之姓。於今爲庶。主所知也。在易卦雷乘乾曰大壯。天之道也。昔成季友。桓之季也。文姜之愛子也。始震而卜。卜人謁之曰。生有嘉聞。其名曰友。爲公室輔。及生。如卜人之言。有文在其手曰友。遂以名之。既而有大功於魯。受費以爲上卿。至於文子武子。世增其業。不廢舊績。魯文公薨。而東門遂殺適立庶。魯君於是乎失國。政在季氏。於此君也四公矣。民不知君。何以得國。是以爲君。慎器與名。不可以假人。定公元年夏。叔孫成子逆公之喪于乾侯。季孫曰。子家子亟言於我。未嘗不中吾志也。吾欲與之從政。子必止之。且聽命焉。子家子不見叔孫。易幾而哭。叔孫請見子家子。子家子辭曰。羈未得見而從君以出。君不命而薨。羈不敢見。叔孫使告之曰。公衍公爲實使羣臣不得事君。若公子宋主社稷。則羣臣之願也。凡從君出而可以入者。將唯子是聽。子家氏未有後。季孫願與子從政。此皆季孫之願也。使不敢以告。對曰。若立君。則有卿士大夫與守龜在。羈弗敢知。若從君者。則貌而出者入可也。寇而出者行可也。若羈也則君知其出也而未知其入也羈將逃也喪及壞隤公子宋先入從公者皆自壞隤反六月癸亥公之喪至自乾侯戊辰公卽位（以上公之喪至自乾侯子家及從公者皆出奔）季孫使役如闞公氏將溝焉榮駕鵝曰生不能事死又離之以自旌也縱子忍之後必或恥之乃止季孫問於榮駕鵝曰吾欲爲君謚使子孫知之對曰生弗能事死又惡之以自信也將焉用之乃止秋七月癸巳葬昭公於墓道南孔子之爲司寇也溝而合諸墓（以上葬昭公將溝其北域）昭公出故季平子禱于煬公九月立煬宮

左傳吳楚柏舉之戰

沈人不會於召陵晉人使蔡伐之夏蔡滅沈秋楚爲沈故圍蔡伍員爲吳行人以謀楚楚之殺郤宛也伯氏之族出伯州犂之孫嚭爲吳太宰以謀楚楚自昭王卽位無歲不有吳師蔡侯因之以其子乾與其大夫之子爲質於吳冬蔡侯吳子唐侯伐楚舍舟於淮汭自豫章與楚夾漢左司馬戌謂子常曰子沿漢而與之上下我悉方城外以毀其舟還塞大隧直轅冥阨子濟漢而伐之我自後擊之必大敗之既謀而行（以上司馬戌與子常定謀）武城黑謂子常曰吳用木也我用革也

不可久也不如速戰史皇謂子常楚人惡子而好司馬若司馬毀吳舟於淮塞城口而入是獨克吳也子必速戰不然不免乃濟漢而陳自小別至於大別三戰子常知不可欲奔史皇曰安求其事難而逃之將何所入子必死之初罪必盡說（以上子常爽約）十一月庚午二師陳于柏舉闔廬之弟夫概王晨請於闔廬曰楚瓦不仁其臣莫有死志先伐之其卒必奔而後大師繼之必克弗許夫概王曰所謂臣義而行不待命者其此之謂也今日我死楚可入也以其屬五千先擊子常之卒子常之卒奔楚師亂吳師大敗之子常奔鄭史皇以其乘廣死吳從楚師及清發將擊之夫概王曰困獸猶鬬況人乎若知不免而致死必敗我若使先濟者知免後者慕之蔑有鬬心矣半濟而後可擊也從之又敗之楚人爲食吳人及之奔食而從之敗諸雍澨五戰及郢己卯楚子取其妹季芈畀我以出涉雎鍼尹固與王同舟王使執燧象以奔吳師庚辰吳入郢以班處宮子山處令尹之宮夫概王欲攻之懼而去之夫概王入之（以上楚師之敗）左司馬戌及息而還敗吳師于雍澨傷初司馬臣闔廬故恥爲禽焉謂其臣曰誰能免吾首吳句

卑曰臣賤可乎司馬曰我實失子可哉三戰皆傷曰吾不可用也已句卑布裳剄而裹之藏其身而以其首免（以上司馬戌之忠勇）楚子涉睢濟江入於雲中王寢盜攻之以戈擊王王孫由于以背受之中肩王奔鄖鍾建負季芈以從由于徐蘇而從鄖公辛之弟懷將弒王曰平王殺吾父我殺其子不亦可乎辛曰君討臣誰敢讎之君命天也若死天命將誰讎詩曰柔亦不茹剛亦不吐不侮矜寡不畏強禦惟仁者能之違強陵弱非勇也乘人之約非仁也滅宗廢祀非孝也動無令名非知也必犯是余將殺汝鬬辛與其弟巢以王奔隨（以上楚子奔隨）吳人從之謂隨人曰周之子孫在漢川者楚實盡之天誘其衷致罰於楚而君又竄之周室何罪君若顧報周室施及寡人以獎天衷君之惠也漢陽之田君實有之楚子在公宮之北吳人在其南子期似王逃王而己爲王曰以我與之王必免隨人卜與之不吉乃辭吳曰以隨之辟小而密邇於楚楚實存之世有盟誓至于今未改若難而棄之何以事君執事之患不惟一人若鳩楚竟敢不聽命吳人乃退鑪金初宦於子期氏實與隨人要言王使見辭曰不敢以約爲利王割子期

之心以與隨人盟（以上隨人保楚）初伍員與申包胥友其亡也謂申包胥曰我必復楚國申包胥曰勉之子能復之我必能興之及昭王在隨申包胥如秦乞師曰吳爲封豕長蛇以荐食上國虐始於楚寡君失守社稷越在草莽使下臣告急曰夷德無厭若鄰於君疆場之患也逮吳之未定君其取分焉若楚之遂亡君之土也若以君靈撫之世以事君秦伯使辭焉曰寡人聞命矣子姑就館將圖而告對曰寡君越在草莽未獲所伏下臣何敢卽安立依於庭牆而哭日夜不絕聲勺飲不入口七日秦哀公爲之賦無衣九頓首而坐秦師乃出（以上申包胥乞秦師）五年申包胥以秦師至秦子蒲子虎帥車五百乘以救楚子蒲曰吾未知吳道使楚人先與吳人戰而自稷會之大敗夫概王于沂吳人獲薳射於柏舉其子帥奔徒以從子西敗吳師于軍祥秋七月子期子蒲滅唐九月夫概王歸自立也以與王戰而敗奔楚爲堂谿氏吳師敗楚師於雍澨秦師又敗吳師吳師居麇子期將焚之子西曰父兄親暴骨焉不能收又焚之不可子期曰國亡矣死者若有知也可以歆舊祀豈憚焚之焚之而又戰吳師敗又戰于公壻之谿吳師

大敗吳子乃歸囚闉輿罷闉輿罷請先遂逃歸葉公諸梁之弟后臧從其母於吳不待而歸葉公終不正視（以上吳師之敗）楚子入于郢初鬬辛聞吳人之爭宮也曰吾聞之不讓則不和不和不可以遠征吳爭於楚必有亂有亂則必歸焉能定楚王之奔隨也將涉於成臼藍尹亹涉其帑不與王舟及甯王欲殺之子西曰子常惟思舊怨以敗君何效焉王曰善使復其所吾以志前惡王賞鬬辛王孫由于王孫圉鍾建鬬巢申包胥王孫賈宋木鬬懷子西曰請舍懷也王曰大德滅小怨道也申包胥曰吾爲君也非爲身也君既定矣又何求且吾尤子旗其又爲諸遂逃賞王將嫁季芈季芈辭曰所以爲女子遠丈夫也鍾建負我矣以妻鍾建以爲樂尹王之在隨也子西爲王輿服以保路國于脾洩聞王所在而後從王王使由于城麇復命子西問高厚焉弗知子西曰不能如辭城不知高厚小大何知對曰固辭不能子使余也人各有能有不能王遇盜於雲中余受其戈其所猶在袒而示之背曰此余所能也脾洩之事余亦弗能也（以上述楚多賢臣）

左傳晉鄭鐵之戰

六月乙酉晉趙鞅納衛太子于戚宵迷陽虎曰右河而南必至焉使太子絻八人衰絰僞自衛逆者告於門哭而入遂居之秋八月齊人輸范氏粟鄭子姚子般送之士吉射逆之趙鞅禦之遇於戚陽虎曰吾車少以兵車之旆與罕駟兵車先陳罕駟自後隨而從之彼見吾貌必有懼心於是乎會之必大敗之從之卜戰龜焦樂丁曰詩曰爰始爰謀爰契我龜謀協以故兆詢可也簡子誓曰范氏中行氏反易天明斬艾百姓欲擅晉國而滅其君寡君恃鄭而保焉今鄭爲不道棄君助臣二三子順天明從君命經德義除詬恥在此行也克敵者上大夫受縣下大夫受郡士田十萬庶人工商遂人臣隸圉免志父無罪君實圖之若其有罪絞縊以戮桐棺三寸不設屬辟素車樸馬無入于兆下卿之罰也甲戌將戰郵無恤御簡子衛太子爲右登鐵上望見鄭師衆太子懼自投于車下子良授太子綏而乘之曰婦人也簡子巡列曰畢萬匹夫也七戰皆獲有馬百乘死於牖下羣子勉之死不在寇繁羽御趙羅宋勇爲右羅無勇麇之吏詰之御對曰痁作而伏衛太子禱曰曾孫蒯聵敢昭告皇祖文王烈祖康叔文祖襄

公鄭勝亂從晉午在難不能治亂使鞅討之蒯聵不敢自佚備持矛焉敢告無絕筋無折骨無面傷以集大事無作三祖羞大命不敢請佩玉不敢愛鄭人擊簡子中肩斃於車中獲其蠭旗太子救之以戈鄭師北獲溫大夫趙羅太子復伐之鄭師大敗獲齊粟千車趙孟喜曰可矣傅傁曰雖克鄭猶有知在憂未艾也初周人與范氏田公孫尨稅焉趙氏得而獻之吏請殺之趙孟曰爲其主也何罪止而與之田及鐵之戰以徒五百人宵攻鄭師取蠭旗於子姚之幕下獻曰請報主德追鄭師姚般公孫林殿而射前列多死趙孟曰國無小旣戰簡子曰吾伏弢嘔血鼓音不衰今日我上也太子曰吾救主於車退敵於下我右之上也郵良曰我兩靷將絕吾能止之我御之上也駕而乘材兩靷皆絕

左傳齊魯清之戰

十一年春齊爲鄎故國書高無丕帥師伐我及清季孫謂其宰冉求曰齊師在清必魯故也若之何求曰一子守二子從公禦諸竟季孫曰不能求曰居封疆之閒季孫告二子二子不可求曰若不可則君無出一子帥師背城而戰不屬

者非魯人也魯之羣室衆於齊之兵車一室敵車優矣子何患焉二子之不欲戰也宜政在季氏當子之身齊人伐魯而不能戰子之恥也大不列於諸侯矣（以上冉有與季氏議）季孫使從於朝俟於黨氏之溝武叔呼而問戰焉對曰君子有遠慮小人何知懿子強問之對曰小人慮材而言量力而共者也武叔曰是謂我不成丈夫也（以上冉有激孟氏使戰）退而蒐乘孟孺子洩帥右師顏羽御邴洩爲右冉求帥左師管周父御樊遲爲右季孫曰須也弱有子曰就用命焉季氏之甲七千冉有以武城人三百爲己徒卒老幼守宮次于雩門之外五日右師從之（以上部署戰事）公叔務人見保者而泣曰事充政重上不能謀士不能死何以治民吾既言之矣敢不勉乎師及齊師戰於郊齊師自稷曲師不踰溝樊遲曰非不能也不信子也請三刻而踰之如之衆從之師入齊軍右師奔齊人從之陳瓘陳莊涉泗孟之側後入以爲殿抽矢策其馬曰馬不進也林不狃之伍曰走乎不狃曰誰不如曰然則止乎不狃曰惡賢徐步而死師獲甲首八十齊人不能師宵諜曰齊人遁冉有請從之三季孫弗許（以上右師敗左師勝）孟孺子語人曰我不如顏羽而賢

於邴洩子羽銳敏我不欲戰而能默洩曰驅之公爲與其嬖僮汪錡乘皆死皆殯孔子曰能執干戈以衛社稷可無殤也冉有用矛於齊師故能入其軍孔子曰義也

左傳白公之難

楚太子建之遇讒也自城父奔宋又辟華氏之亂於鄭鄭人甚善之又適晉與晉人謀襲鄭乃求復焉鄭人復之如初晉人使諜於子木請行而期焉子木暴虐於其私邑邑人訴之鄭人省之得晉諜焉遂殺子木（以上白公仇鄭）其子曰勝在吳子西欲召之葉公曰吾聞勝也詐而亂無乃害乎子西曰吾聞勝也信而勇不爲不利舍諸邊竟使衛藩焉葉公曰周仁之謂信率義之謂勇吾聞勝也好復言而求死士殆有私乎復言非信也期死非勇也子必悔之弗從召之使處吳竟爲白公（以上楚召白公）請伐鄭子西曰楚未節也不然吾不忘也他日又請許之未起師晉人伐鄭楚救之與之盟勝怒曰鄭人在此讎不遠矣勝自厲劍子期之子平見之曰王孫何自厲也曰勝以直聞不告女庸爲直乎將以殺爾父平以

告子西子西曰勝如卵余翼而長之楚國第我死令尹司馬非勝而誰勝聞之
曰令尹之狂也得死乃非我子西不悛（以上白公仇子西）勝謂石乞曰王與二卿士皆
五百人當之則可矣乞曰不可得也曰市南有熊宜僚者若得之可以當五百
人矣乃從白公而見之與之言說告之故辭承之以劍不動勝曰不為利諂不
為威惕不洩人言以求媚者去之吳人伐慎白公敗之請以戰備獻許之遂作
亂秋七月殺子西子期于朝而劫惠王子西以袂掩面而死子期曰昔者吾以
力事君不可以弗終抉豫章以殺人而後死石乞曰焚庫弒王不然不濟白公
曰不可弒王不祥焚庫無聚將何以守矣乞曰有楚國而治其民以敬事神可
以得祥且有聚矣何患弗從（以上白公作亂）葉公在蔡方城之外皆曰可以入矣子高
曰吾聞之以險徼幸者其求無饜偏重必離聞其殺齊管修也而後入白公欲
以子閭為王子閭不可遂劫以兵子閭曰王孫若安靖楚國匡正王室而後庇
焉啓之願也敢不聽從若將專利以傾王室不顧楚國有死不能遂殺之而以
王如高府石乞尹門圉公陽穴宮負王以如昭夫人之宮葉公亦至及北門或

遇之曰君胡不胄國人望君如望慈父母焉盜賊之矢若傷君是絕民望也若之何不胄乃胄而進又遇一人曰君胡胄國人望君如望歲焉日日以幾若見君面是得艾也民知不死其亦夫有奮心猶將旌君以徇於國而又掩面以絕民望不亦甚乎乃免胄而進遇箴尹固帥其屬將與白公子高曰微二子者楚不國矣棄德從賊其可保乎乃從葉公使與國人以攻白公白公奔山而縊其徒微之生拘石乞而問白公之死焉對曰余知其死所而長者使余勿言曰不言將烹乞曰此事也克則爲卿不克則烹固其所也何害乃烹石乞王孫燕奔頯黃氏沈諸梁兼二事國甯乃使甯爲令尹使寬爲司馬而老於葉（以上葉公靖難）

經史百家雜鈔卷二十二

珍倣宋版印

經史百家雜鈔卷二十三目錄

敘記之屬二

經史百家雜鈔卷二十三

湘鄉曾國藩纂　　合肥李鴻章校刊

敘記之屬二

通鑑赤壁之戰

初魯肅聞劉表卒言於孫權曰荊州與國鄰接江山險固沃野萬里士民殷富若據而有之此帝王之資也今劉表新亡二子不協軍中諸將各有彼此劉備天下梟雄與操有隙寄寓於表表惡其能而不能用也若備與彼協心上下齊同則宜撫安與結盟好如有離違宜別圖之以濟大事肅請得奉命弔表二子並慰勞其軍中用事者及說備使撫表衆同心一意共治曹操備必喜而從命如其克諧天下可定也今不速往恐爲操所先權卽遣肅行到夏口聞操已向荊州晨夜兼道比至南郡而琮已降備南走肅徑迎之與備會於當陽長坂肅宣權旨論天下事埶致殷勤之意且問備曰豫州今欲何至備曰與蒼梧太守吳巨有舊欲往投之肅曰孫討虜聰明仁惠敬賢禮士江表英豪咸歸附之已

據有六郡兵精糧多足以立事今爲君計莫若遣腹心自結於東以共濟世業而欲投吳巨巨是凡人偏在遠郡行將爲人所併豈足託乎備甚悅肅又謂諸葛亮曰我子瑜友也卽共定交子瑜者亮兄瑾也避亂江東爲孫權長史備用肅計進住鄂縣之樊口（以上魯肅至荊州覘變見先主武侯）曹操自江陵將順江東下諸葛亮謂劉備曰事急矣請奉命求救於孫將軍遂與魯肅俱詣孫權亮見權於柴桑說權曰海內大亂將軍起兵江東劉豫州收衆漢南與曹操共爭天下今操芟夷大難略已平矣遂破荊州威震四海英雄無用武之地故豫州遁逃至此願將軍量力而處之若能以吳越之衆與中國抗衡不如早與之絕若不能何不按兵束甲北面而事之今將軍外託服從之名而內懷猶豫之計事急而不斷禍至無日矣權曰苟如君言劉豫州何不遂事之乎亮曰田橫齊之壯士耳猶守義不辱況劉豫州王室之冑英才蓋世衆士慕仰若水之歸海若事之不濟此乃天也安能復爲之下乎權勃然曰吾不能舉全吳之地十萬之衆受制於人吾計決矣非劉豫州莫可以當曹操者然豫州新敗之後安能抗此難乎亮曰

豫州軍雖敗於長坂今戰士還者及關羽水軍精甲萬人劉琦合江夏戰士亦不下萬人曹操之衆遠來疲敝聞追豫州輕騎一日一夜行三百餘里此所謂強弩之末埶不能穿魯縞者也故兵法忌之曰必蹶上將軍且北方之人不習水戰又荊州之民附操者偪兵埶耳非心服也今將軍誠能命猛將統兵數萬與豫州協規同力破操軍必矣操軍破必北還如此則荊吳之勢強鼎足之形成矣成敗之機在於今日權大悅與其羣下謀之（以上武侯至柴桑說孫權）是時曹操遺權書曰近者奉辭伐罪旌麾南指劉琮束手今治水軍八十萬衆方與將軍會獵於吳權以示臣下莫不響震失色長史張昭等曰曹公豺虎也挾天子以征四方動以朝廷爲辭今日拒之事更不順且將軍大埶可以拒操者長江也今操得荊州奄有其地劉表治水軍蒙衝鬭艦乃以千數操悉浮以沿江兼有步兵水陸俱下此爲長江之險已與我共之矣而埶力衆寡又不可論愚謂大計不如迎之魯肅獨不言權起更衣肅追於宇下權知其意執肅手曰卿欲何言肅曰向察衆人之議專欲誤將軍不足與圖大事今肅可迎操耳如將軍不可也

何以言之今肅迎操操當以肅還付鄉黨品其名位猶不失下曹從事乘犢車從吏卒交游士林累官故不失州郡也將軍迎操欲安所歸乎願早定大計莫用衆人之議也權歎息曰諸人持議甚失孤望今卿廓開大計正與孤同時周瑜受使至番陽肅勸權召瑜還瑜至謂權曰操雖託名漢相其實漢賊也將軍以神武雄才兼仗父兄之烈割據江東地方數千里兵精足用英雄樂業當橫行天下爲漢家除殘去穢況操自送死而可迎之邪請爲將軍籌之今北土未平馬超韓遂尚在關西爲操後患而操舍鞍馬仗舟楫與吳越爭衡今又盛寒馬無稿草驅中國士衆遠涉江湖之閒不習水土必生疾病此數者用兵之患也而操皆冒行之將軍禽操宜在今日瑜請得精兵數萬人進住夏口保爲將軍破之權曰老賊欲廢漢自立久矣徒忌二袁呂布劉表與孤耳今數雄已滅惟孤尚存孤與老賊勢不兩立君言當擊甚與孤合此天以君授孤也因拔刀斫前奏案曰諸將吏敢復有言當迎操者與此案同乃罷會是夜瑜復見權曰諸人徒見操書言水步八十萬而各恐懾不復料其虛實便開此議甚無謂也

今以實校之彼所將中國人不過十五六萬且已久疲所得表衆亦極七八萬耳尚懷狐疑夫以疲病之卒御狐疑之衆衆數雖多甚未足畏瑜得精兵五萬自足制之願將軍勿慮權撫其背曰公瑾卿言至此甚合孤心子布元表諸人各顧妻子挾持私慮深失所望獨卿與子敬與孤同耳此天以卿二人贊孤也五萬兵難卒合已選三萬人船糧戰具俱辦卿與子敬程公便在前發孤當續發人衆多載資糧爲卿後援卿能辦之者誠快邂逅不如意便還就孤孤當與孟德決之（以上吳君定議）遂以周瑜程普爲左右督將兵與備并力逆操以魯肅爲贊軍校尉助畫方略劉備在樊口日遣邏吏於水次候望權軍吏望見瑜船馳往白備備遣人慰勞之瑜曰有軍任不可得委署儻能屈威誠副其所望備乃乘單舸往見瑜曰今拒曹公深爲得計戰卒有幾瑜曰三萬人備曰恨少瑜曰此自足用豫州但觀瑜破之備欲呼魯肅等共會語瑜曰受命不得妄委署若欲見子敬可別過之備深愧喜（以上先主見周瑜）進與操遇於赤壁時操軍衆已有疾疫初一交戰操軍不利引次江北瑜等在南岸瑜部將黃蓋曰今寇衆我寡難

與持久。操軍方連船艦。首尾相接。可燒而走也。乃取蒙衝鬬艦十艘。載燥荻枯柴。灌油其中。裹以帷幕。上建旌旗。豫備走舸。繫於其尾。先以書遺操。詐云欲降。時東南風急。蓋以十艦最著前。中江舉帆。餘船以次俱進。操軍吏士皆出營立觀。指言蓋降。去北軍二里餘。同時發火。火烈風猛。船往如箭。燒盡北船。延及岸上營落。頃之。煙炎張天。人馬燒溺死者甚衆。瑜等率輕銳繼其後。靁鼓大震。北軍大壞。操引軍從華容道步走。遇泥濘道不通。天又大風。悉使羸兵負草填之。騎乃得過。羸兵為人馬所蹈藉。陷泥中死者甚衆。劉備周瑜水陸並進。追操至南郡。時操軍兼以飢疫。死者大半。操乃留征南將軍曹仁橫野將軍徐晃守江陵。折衝將軍樂進守襄陽。引軍北還。以上周瑜大破曹軍 周瑜程普將數萬衆。與曹仁隔江未戰。甘寧請先徑進取夷陵。往卽得其城。因入守之。益州將襲肅舉軍降。周瑜表以肅兵益橫野中郎將呂蒙。蒙盛稱肅有膽用。且慕化遠來。於義宜益不宜奪也。權善其言。還肅兵。曹仁遣兵圍甘寧。寧困急。求救於周瑜。諸將以為兵少不足分。呂蒙謂周瑜程普曰。留淩公績於江陵。蒙與君行解圍釋急。埶亦不

久蒙保公績能十日守也瑜從之大破仁兵於夷陵獲馬三百匹而還於是將士形埶自倍瑜乃渡江屯北岸與仁相拒

通鑑曹爽之難

大將軍爽驕奢無度飲食衣服擬於乘輿尚方珍玩充物其家又私取先帝才人以爲伎樂作窟室綺疏四周數與其黨何晏等縱酒其中弟羲深以爲憂數涕泣諫止之爽不聽爽兄弟數俱出游司農沛國桓範謂曰總萬機典禁兵不宜並出若有閉城門誰復內入者爽曰誰敢爾邪初清河平原爭界八年不能決冀州刺史孫禮請天府所藏烈祖封平原時圖以決之爽信清河之訴云圖不可用禮上疏自辨辭頗剛切爽大怒劾禮怨望結刑五歲以上爽之驕橫久而復爲并州刺史往見太傅懿有忿色而無言懿曰卿得并州少邪恚理分界失分乎禮曰何明公言之乖也禮雖不德豈以官位往事爲意邪本謂明公齊蹤伊呂匡輔魏室上報明帝之託下建萬世之勳今社稷將危天下洶洶此禮之所以不悅也因涕泣橫流懿曰且止忍不可忍冬河南尹李勝出爲荊州刺史過辭

太傅懿。懿令兩婢侍持衣。衣落。指口言渴。婢進粥。懿不持杯而飲。粥皆流出霑胸。勝曰。衆情謂明公舊風發動。何意尊體乃爾。懿使聲氣纔屬。說年老枕疾。死在旦夕。君當屈并州。并州近胡。好爲之備。恐不復相見。以子師昭兄弟爲託。勝曰。當還忝本州。非并州。懿乃錯亂其辭曰。君方到并州。勝復曰。當忝荊州。懿曰。年老意荒。不解君言。今還爲本州。盛德壯烈。好建功勳。勝退告爽曰。司馬公尸居餘氣。形神已離。不足慮矣。他日又向爽等垂泣曰。太傅病不可復濟。令人愴然。故爽等不復設備。（以上懿之奸詐）何晏聞平原管輅明於術數。請與相見。正始九年十二月丙戌。輅往詣晏。晏與之論易。時鄧颺在坐。謂輅曰。君自謂善易。而語初不及易中辭義。何也。輅曰。夫善易者不言易也。晏含笑贊之曰。可謂要言不煩也。因謂輅曰。試爲作一卦。知位當至三公不。又問連夢見青蠅數十來集鼻上。驅之不去。何也。輅曰。昔元凱輔舜。周公佐周。皆以和惠謙恭。享有多福。此非卜筮所能明也。今君侯位尊勢重。而懷德者鮮。畏威者衆。殆非小心求福之道也。又鼻者天中之山。高而不危。所以長守貴。今青蠅臭惡而集之。位峻者顛。輕豪者亡不可不深思也願君侯裒多益寡非禮勿履然後三公可至青蠅可驅也颺曰此老生之常譚輅曰夫老生者見不生常譚者見不譚輅還邑舍具以語其舅舅責輅言太切至輅曰與死人語何所畏耶舅大怒以輅為狂以上管輅之先見

太傅懿陰與其子中護軍師散騎常侍昭謀誅曹爽嘉平元年春正月甲午帝謁高平陵大將軍爽與弟中領軍羲武衛將軍訓散騎常侍彥皆從太傅懿以皇太后令閉諸城門勒兵據武庫授兵出屯洛水浮橋召司徒高柔假節行大將軍事據爽營太僕王觀行中領軍事據羲營因奏爽罪惡於帝曰臣昔從遼東還先帝詔陛下秦王及臣升御牀把臣臂深以後事為念臣言太祖高祖亦屬臣以後事此自陛下所見無所憂苦萬一有不如意臣當以死奉明詔今大將軍爽背棄顧命敗亂國典內則僭擬外則專權破壞諸營盡據禁兵羣官要職皆置所親殿中宿衞易以私人根據盤互縱恣日甚又以黃門張當為都監伺察至尊離閒二宮傷害骨肉天下洶洶人懷危懼陛下便為寄坐豈得久安此非先帝詔陛下及臣升御牀之本意也臣雖朽邁敢忘往言太尉臣濟等皆

以爽爲有無君之心兄弟不宜典兵宿衞奏永寧宮皇太后令敕臣如奏施行臣輒敕主者及黃門令罷爽羲訓吏兵以侯就第不得逗留以稽車駕敢有稽留便以軍法從事臣輒力疾將兵屯洛水浮橋伺察非常（以上懿閉城門上奏謀誅爽等）爽得懿奏事不通迫窘不知所爲留車駕宿伊水南伐木爲鹿角發屯田兵數千人以爲衞懿使侍中高陽許允及尚書陳泰說爽宜早自歸罪又使爽所信殿中校尉尹大目謂爽惟免官而已以洛水爲誓泰羣之子也初爽以桓範鄉里老宿於九卿中特禮之然不甚親也及懿起兵以太后令召範欲使行中領軍範欲應命其子止之曰車駕在外不如南出範乃出至平昌城門城門已閉門候司蕃故範舉吏也範舉手中版示之矯曰有詔召我卿促開門蕃欲求見詔書範呵之曰卿非我故吏邪何以敢爾乃開之範出城顧謂蕃曰太傅圖逆卿從我去蕃徒行不能及遂避側懿謂蔣濟曰智囊往矣濟曰範則智矣然駑馬戀棧豆爽必不能用也範至勸爽兄弟以天子詣許昌發四方兵以自輔爽疑未決範謂羲曰此事昭然卿用讀書何爲邪於今日卿等門戶求貧賤復可得乎

且匹夫質一人尚欲望活卿與天子相隨令於天下誰敢不應也俱不言範又謂義曰卿別營近在闕南洛陽典農治在城外呼召如意今詣許昌不過中宿許昌別庫足相被假所憂當在穀食而大司農印章在我身義兄弟默然不從自甲夜至五鼓爽乃投刀於地曰我亦不失作富家翁範哭曰曹子丹佳人生汝兄弟㹠犢耳何圖今日坐汝等族滅也爽乃通懿奏事白帝下詔免己官奉帝還宮（以上爽不聽桓範之計免官還宮）爽兄弟歸家懿發洛陽吏卒圍守之四角作高樓令人在樓上察視爽兄弟舉動爽挾彈到後園中樓上便唱言故大將軍東南行爽愁悶不知爲計戊戌有司奏黃門張當私以所擇才人與爽疑有姦收當付廷尉考實辭云爽與尚書何晏鄧颺丁謐司隸校尉畢軌荆州刺史李勝等陰謀反逆須三月中發於是收爽義訓晏颺謐軌勝並桓範皆下獄劾以大逆不道與張當俱夷三族（以上爽等被誅）初爽之出也司馬魯芝留在府聞有變將營騎斫津門出赴爽及爽解印綬將出主簿楊綜止之曰公挾主握權捨此以至東市乎有司奏收芝綜治罪太傅懿曰彼各爲其主也宥之頃之以芝爲御史中丞

綜爲尙書郞。魯芝將出。呼參軍辛敞欲與俱去。敞毗之子也。其姊憲英爲太常羊耽妻。敞與之謀曰。天子在外。太傅閉城門。人云將不利國家。於事可得爾乎。憲英曰。以吾度之。太傅此舉。不過以誅曹爽耳。敞曰。然則事就乎。憲英曰。得無殆就。爽之才非太傅之偶也。敞曰。然則敞可以無出乎。憲英曰。安可以不出。職守人之大義也。凡人在難。猶或卹之。爲人執鞭而棄其事。不祥莫大焉。且爲人任爲人死。親昵之職也。從衆而已。敞遂出。事定之後。敞歎曰。吾不謀於姊。幾不獲於義。以上曹氏僚屬之賢先是爽辟王沈及太山羊祜。沈勸祜應命。祜曰。委質事人。復何容易。沈遂行。及爽敗。沈以故吏免。乃謂祜曰。吾不忘卿前語。祜曰。此非始慮所及也。爽從弟文叔妻夏侯令女。早寡而無子。其父文寧欲嫁之。令女刀截兩耳以自誓。居常依爽。爽誅。其家上書絕昏。強迎以歸。復將嫁之。令女竊入寢室。引刀自斷其鼻。其家驚惋。謂之曰。人生世間。如輕塵棲弱草耳。何至自苦乃爾。且夫家夷滅已盡。守此欲誰爲哉。令女曰。吾聞仁者不以盛衰改節。義者不以存亡易心。曹氏前盛之時。尚欲保終。況今衰亡。何忍棄之。此禽獸之行。吾豈爲乎司馬懿聞而賢之聽使乞子字養爲曹氏後（以上羊祜令女之賢）何晏等方用事自以爲一時才傑人莫能及晏嘗爲名士品目曰惟深也故能通天下之志夏侯泰初是也惟幾也故能成天下之務司馬子元是也惟神也不疾而速不行而至吾聞其語未見其人蓋欲以神況諸己也選部郎劉陶曄之子也少有口辯鄧颺之徒稱之以爲伊呂陶嘗謂傅玄曰仲尼不聖何以知之智者於羣愚如弄一丸於掌中而不能得天下何以爲聖玄不復難但語之曰天下之變無常也今見卿窮及曹爽敗陶退居里舍乃謝其言之過管輅之舅謂輅曰爾前何以知何鄧之敗輅曰鄧之行步筋不束骨脈不制肉起立傾倚若無手足此爲鬼躁何之視候則魂不守宅血不華色精爽煙浮容若槁木此爲鬼幽二者皆非遐福之象也何晏性自喜粉白不去手行步顧影尤好老莊之書與夏侯玄荀粲及山陽王弼之徒競爲清談祖尚虛無謂六經爲聖人糟粕由是天下士大夫爭慕效之遂成風流不可復制焉（以上何晏等敗徵）

通鑑諸葛恪之難

吳諸葛恪入寇淮南驅略民人諸將或謂恪曰今引軍深入疆埸之民必相率遠遁恐兵勞而功少不如止圍新城新城困救必至至而圖之乃可大獲恪從其計嘉平五年五月還軍圍新城詔太尉司馬孚督軍二十萬往赴之大將軍師問於虞松曰今東西有事二方皆急而諸將意沮若之何松曰昔周亞夫堅壁昌邑而吳楚自敗事有似弱而彊不可不察也今恪悉其銳衆足以肆暴而坐守新城欲以致一戰耳若攻城不拔請戰不可師老衆疲勢將自走諸將之不徑進乃公之利也姜維有重兵而縣軍應恪投食我麥非深根之寇也且謂我并力於東西方必虛是以徑進今若使關中諸軍倍道急赴出其不意殆將走矣師曰善(以上虞松策備禦吳蜀之法)乃使郭淮陳泰悉關中之衆解狄道之圍敕毋丘儉案兵自守以新城委吳陳泰進至洛門姜維糧盡退還揚州牙門將涿郡張特守新城吳人攻之連月城中兵合三千人疾病戰死者過半而恪起土山急攻城將陷不可護特乃謂吳人曰今我無心復戰也然魏法被攻過百日而救不至者雖降家不坐自受敵以來已九十餘日矣此城中本有四千餘人戰死

者已過半城雖陷尚有半人不欲降我當還爲相語條別善惡明日早送名且以我印綬去爲信乃投其印綬與之吳人聽其辭而不取印綬特乃投夜徹諸屋材柵補其缺爲二重明日謂吳人曰我但有鬭死耳吳人大怒進攻之不能拔會大暑吳士疲勞飲水泄下流腫病者大半死傷塗地諸營吏日白病者多恪以爲詐欲斬之自是莫敢言恪內惟失計而恥城不下忿形於色將軍朱異以軍事迕恪恪立奪其兵斥還建業都尉蔡林數陳軍計恪不能用策馬來犇諸將伺知吳兵已疲乃進救兵秋七月恪引軍去士卒傷病流曳道路或頓仆坑壑或見略獲存亡哀痛大小嗟呼而恪晏然自若出住江渚一月圖起田於潯陽詔召相銜徐乃旋師由是衆庶失望怨讟興矣以上恪攻新城無功而返汝南太守鄧艾言於司馬師曰孫權已沒大臣未附吳名宗大族皆有部曲阻兵仗勢足以違命諸葛恪新秉國政而內無其主不念撫恤上下以立根基競於外事虐用其民悉國之衆頓於堅城死者萬數載禍而歸此恪獲罪之日也昔子胥吳起商鞅樂毅皆見任時君主沒猶敗況恪才非四賢而不慮大患其亡可待也以上

鄧艾料恪之敗 八月吳軍還建業諸葛恪陳兵導從歸入府館即召中書令孫嘿厲聲謂曰卿等何敢數妄作詔嘿惶懼辭出因病還家恪征行之後曹所奏署令長職司一更罷選愈治威嚴多所罪責當進見者無不竦息又改易宿衛用其親近復敕兵嚴欲向青徐孫峻因民之多怨衆之所嫌構恪於吳主云欲爲變冬十月孫峻與吳主謀置酒請恪恪將入之夜精爽擾動通夕不寐又家數有妖怪恪疑之旦日駐車宮門峻已伏兵於帷中恐恪不時入事泄乃自出見恪曰使君若尊體不安自可須後峻當具白主上欲以嘗知恪意恪曰當自力入散騎常侍張約朱恩等密書與恪曰今日張設非常疑有他故恪以書示滕胤胤勸恪還恪曰兒輩何能爲正恐因酒食中人耳恪入劍履上殿進謝還坐設酒恪疑未飲孫峻曰使君病未善平有常服藥酒可取之恪意乃安別飲所齎酒數行吳主還內峻起如廁解長衣著短服出曰有詔收諸葛恪恪驚起拔劍未得而峻刀交下張約從旁斫峻裁傷左手峻應手斫約斷右臂武衛之士皆趨上殿峻曰所取者恪也今已死悉令復刃乃除地更飲恪二子竦建聞難載其

毋欲來犇峻使人追殺之以葦席裹恪尸蔑束腰投之石子岡又遣無難督施寬就將軍施績孫壹軍殺恪弟奮威將軍融於公安及其三子恪外甥都鄉侯張震常侍朱恩皆夷三族（以上孫峻殺恪）臨淮臧均表乞收葬恪曰震雷電激不崇一朝大風衝發希有極日然猶繼之以雲雨因以潤物是則天地之威不可經日浹辰帝王之怒不宜訖情盡意臣以狂愚不知忌諱敢冒破滅之罪以邀風雨之會伏念故太傅諸葛恪罪積惡盈自致夷滅父子三首梟市積日觀者數萬詈聲成風國之大刑無所不震長老孩幼無不畢見人情之於品物樂極則哀生見恪貴盛世莫與貳身處台輔中閱歷年今之誅夷無異禽獸觀訖情反能不憯然且已死之人與土壤同域鑿掘斫刺無所復加願聖朝稽則乾坤怒不極旬使其鄉邑若故吏民收以士伍之服惠以三寸之棺昔項籍受殯葬之施韓信獲收斂之恩斯則漢高發神明之譽也惟陛下敦三皇之仁垂哀矜之心使國澤加於辜戮之骸復受不已之恩於以揚聲遐方沮勸天下豈不大哉昔欒布矯命彭越臣竊恨之不先請主上而專名以肆情其得不誅實爲幸耳今

臣不敢章宣愚情以露天恩謹伏手書冒昧陳聞乞聖明哀察於是吳主及孫峻聽恪故吏斂葬（以上臧均請收葬恪）初恪少有盛名大帝深器重之而恪父瑾常以爲戚曰非保家之主也父友奮威將軍張承亦以爲恪必敗諸葛氏陸遜嘗謂恪曰在我前者吾必奉之同升在我下者則扶接之今觀君氣陵其上意蔑乎下非安德之基也漢侍中諸葛瞻亮之子也恪再攻淮南越嶲太守張嶷與瞻書曰東主初崩帝實幼弱太傅受寄託之重亦何容易親有周公之才猶有管蔡流言之變霍光受任亦有燕蓋上官逆亂之謀賴成昭之明以免斯難耳昔每聞東主殺生賞罰不任下人又今以垂沒之命卒召太傅屬以後事誠實可慮加吳楚剽急乃昔所記而太傅離少主履敵庭恐非良計長算也雖云東家綱紀肅然上下輯睦百有一失非明者之慮也取古則今今則古也自非郎君進忠言於太傅誰復有盡言者邪旋軍廣農務行德惠數年之中東西並舉實爲不晚願深採察恪果以此敗（以上諸人料恪之敗）

通鑑謝玄肥水破秦之戰

晉太元八年七月秦王堅下詔大舉入寇民每十丁遣一兵其良家子年二十已下有材勇者皆拜羽林郎又曰其以司馬昌明爲尚書左僕射謝安爲吏部尙書桓沖爲侍中埶還不遠可先爲起第良家子至者三萬餘騎拜秦州主簿趙盛之爲少年都統是時朝臣皆不欲堅行獨慕容垂姚萇及良家子勸之陽平公融言於堅曰鮮卑羌虜我之仇讎常思風塵之變以逞其志所陳策畫何可從也良家少年皆富饒子弟不閑軍旅苟爲諂諛之言以會陛下之意今陛下信而用之輕舉大事臣恐功旣不成仍有後患悔無及也堅不聽八月戊午堅遣陽平公融督張蚝慕容垂等步騎二十五萬爲前鋒以兗州刺史姚萇爲龍驤將軍督益梁州諸軍事堅謂萇曰昔朕以龍驤建業未嘗輕以授人卿其勉之左將軍竇衝曰王者無戲言此不祥之徵也堅默然慕容楷慕容紹言於慕容垂曰主上驕矜已甚叔父建中興之業在此行也垂曰然非汝誰與成之甲子堅發長安戎卒六十餘萬騎二十七萬旗鼓相望前後千里九月堅至項城涼州之兵始達咸陽蜀漢之兵方順流而下幽冀之兵至於彭城東西萬里

水陸齊進。運漕萬艘。陽平公融等兵三十萬。先至潁口。（以上苻堅盛兵伐晉）詔以尚書僕射謝石爲征虜將軍征討大都督。以徐兗二州刺史謝玄爲前鋒都督。與輔國將軍謝琰西中郎將桓伊等衆共八萬拒之。使龍驤將軍胡彬以水軍五千援壽陽。琰安之子也。是時秦兵既盛。都下震恐。謝玄入問計於謝安。安夷然答曰。已別有旨。既而寂然。玄不敢復言。乃令張玄重請。安遂命駕出遊山墅。親朋畢集。與玄圍棋賭墅。安棋常劣於玄。是日玄懼。便爲敵手而又不勝。安遂游陟至夜乃還。桓沖深以根本爲憂。遣精銳三千入衛京師。謝安固卻之曰。朝廷處分已定。兵甲無闕。西藩宜留以爲防。沖對佐吏歎曰。謝安石有廟堂之量。不閑將略。今大敵垂至。方游談不暇。遣諸不經事少年拒之。衆又寡弱。天下事已可知。吾其左衽矣。（以上晉謀所以拒秦）冬十月。秦陽平公融等攻壽陽。癸酉克之。執平虜將軍徐元喜等。融以其參軍河南郭褒爲淮南太守。慕容垂拔鄖城。胡彬聞壽陽陷。退保硤石。融進攻之。秦衛將軍梁成等帥衆五萬屯於洛澗。柵淮以遏東兵。謝石謝玄等去洛澗二十五里而軍。憚成不敢進。胡彬糧盡。潛遣使告石等曰。今賊盛糧盡恐不復見大軍秦人獲之送於陽平公融融馳使白秦王堅曰賊少易擒但恐逃去宜速赴之堅乃留大軍於項城引輕騎八千兼道就融於壽陽遣尚書朱序來說謝石等以爲彊弱異勢不如速降序私謂石等曰若秦百萬之衆盡至誠難與爲敵今乘諸軍未集宜速擊之若敗其前鋒則彼已奪氣可遂破也石聞堅在壽陽甚懼欲不戰以老秦師謝琰勸石從序言（以上朱序輸情於晉）十一月謝玄遣廣陵相劉牢之帥精兵五千趣洛澗未至十里梁成阻澗爲陳以待之牢之直前渡水擊成大破之斬成及弋陽太守王詠又分兵斷其歸津秦步騎崩潰爭赴淮水士卒死者萬五千人執秦揚州刺史王顯等盡收其器械軍實（以上劉牢之初破秦軍）於是謝石等諸軍水陸繼進秦王堅與陽平公融登壽陽城望之見晉兵部陣嚴整又望八公山上草木皆以爲晉兵顧謂融曰此亦勍敵何謂弱也憮然始有懼色秦兵逼肥水而陳晉兵不得渡謝玄遣使謂陽平公融曰君懸軍深入而置陳逼水此乃持久之計非欲速戰者也若移陳少卻使晉兵得渡以決勝負不亦善乎秦諸將皆曰我衆彼寡不如遏之使不得上可

以萬全堅曰但引兵少卻使之半渡我以鐵騎蹙而殺之蔑不勝矣融亦以爲然遂麾兵使卻秦兵遂退不可復止謝玄謝琰桓伊等引兵渡水擊之融馳騎略陳欲以帥退者馬倒爲晉兵所殺秦兵遂潰玄等乘勝追擊至於青岡秦兵大敗自相蹈藉而死者蔽野塞川其走者聞風聲鶴唳皆以爲晉兵且至晝夜不敢息草行露宿重以飢凍死者什七八初秦兵少卻朱序在陳後呼曰秦兵敗矣衆遂大奔序因與張天錫徐元喜皆來奔獲秦王堅所乘雲母車復取壽陽執其淮南太守郭褒堅中流矢單騎走至淮北飢甚民有進壺飧豚髀者堅食之賜帛十匹緜十斤辭曰陛下厭苦安樂自取危困臣爲陛下子陛下爲臣父安有子飼其父而求報乎弗顧而去堅謂張夫人曰吾今復何面目治天下乎潸然流涕（以上秦軍大敗）是時諸軍皆潰惟慕容垂所將三萬人獨全堅以千餘騎赴之世子寶言於垂曰家國傾覆天命人心皆歸至尊但時運未至故晦迹自藏耳今秦主兵敗委身於我是天借之便以復燕祚此時不可失也願不以意氣微恩忘社稷之重垂曰汝言是也然彼以赤心投命於我若之何害之天苟

棄之不患不亡不若保護其危以報德徐俟其釁而圖之既不負宿心且可以義取天下奮威將軍慕容德曰秦彊而幷燕秦弱而圖之此爲報仇雪耻非負宿心也兄奈何得而不取釋數萬之衆以授人乎垂曰吾昔爲太傅所不容置身無所逃死於秦秦主以國士遇我恩禮備至後復爲王猛所賣無以自明秦主獨能明之此恩何可忘也若氐運必窮吾當懷集關東以復先業耳關西會非吾有也冠軍行參軍趙秋曰明公當紹復燕祚著於圖讖今天時已至尙復何待若殺秦主據鄴都鼓行而西三秦亦非苻氏之有也垂親黨多勸垂殺堅垂皆不從悉以兵授堅平南將軍慕容暐屯鄖城聞堅敗棄其衆遁去至滎陽慕容德復說暐起兵以復燕祚暐不從以上慕容不乘苻秦之危謝安得驛書知秦兵已敗時方與客圍棊攝書置牀上了無喜色圍棊如故客問之徐答曰小兒輩遂已破賊既罷還內過戶限不覺屐齒之折丁亥謝石等歸建康得秦樂工能習舊聲於是宗廟始備金石之樂乙未以張天錫爲散騎常侍朱序爲琅琊內史

通鑑劉裕伐南燕之役

義熙五年三月。劉裕抗表伐南燕。朝議皆以爲不可。惟左僕射孟昶車騎司馬謝裕參軍臧熹以爲必克。勸裕行。裕以昶監中軍留府事。謝裕安之兄孫也。初苻氏之敗也。王猛之孫鎮惡來奔。以爲臨灃令。鎮惡騎乘非長。關弓甚弱。而有謀略。善果斷。喜論軍國大事。或薦鎮惡於劉裕。裕與語。說之。因留宿。明旦謂參佐曰。吾聞將門有將。鎮惡信然。卽以爲中軍參軍。（以上劉裕決計伐南燕）四月己巳。劉裕發建康。帥舟師自淮入泗。五月至下邳。留船艦輜重。步進至琅琊。所過皆築城留兵守之。或謂裕曰。燕人若塞大峴之險。或堅壁清野。大軍深入。不惟無功。將不能自歸。奈何。裕曰。吾慮之熟矣。鮮卑貪婪。不知遠計。進利虜獲。退惜禾苗。謂我孤軍遠入。不能持久。不過進據臨朐。退守廣固。必不能守險清野。敢爲諸君保之。（以上劉裕料敵）南燕主超聞有晉師。引羣臣會議。征虜將軍公孫五樓曰。吳兵輕果。利在速戰。不可爭鋒。宜據大峴。使不得入。曠日延時。沮其銳氣。然後徐簡精騎二千。循海而南。絕其糧道。別敕段暉帥兗州之衆。緣山東下。腹背擊之。此上策也。各命守宰依險自固。校其資儲之外。餘悉焚蕩。芟除禾苗。使敵無所資。彼僑軍無食求戰不得旬月之閒可以坐制此中策也縱賊入峴出城逆戰此下策也超曰今歲星居齊以天道推之不戰自克客主埶殊以人事言之彼遠來疲弊埶不能久吾據五州之地擁富庶之民鐵騎萬羣麥禾布野奈何芟苗徙民先自蹙弱乎不如縱使入峴以精騎蹂之何憂不克輔國將軍廣甯王賀賴盧苦諫不從退謂五樓曰必若此亡無日矣太尉桂林王鎮曰陛下必以騎兵利平地者宜出峴逆戰戰而不勝猶可退守不宜縱敵入峴自棄險固也超不從鎮出謂韓諱曰主上既不能逆戰卻敵又不肯徙民清野延敵入腹坐待攻圍酷似劉璋矣今年國滅吾必死之卿中華之士復爲文身矣超聞之大怒收鎮下獄乃攝莒梁父二戍修城隍簡士馬以待之（以上南燕君臣議戰守之策）

劉裕過大峴燕兵不出裕舉手指天喜形於色左右曰公未見敵而先喜何也裕曰兵已過險士有必死之志餘糧棲畝人無匱乏之憂虜已入吾掌中矣六月己巳裕至東莞超先遣公孫五樓賀賴盧及左將軍段暉等將步騎五萬屯臨朐聞晉兵入峴自將步騎四萬往就之使五樓帥騎進據巨蔑水前鋒孟龍符與戰破之

五樓退走裕以車四千乘為左右翼方軌徐進與燕兵戰於臨朐南日向昃勝負猶未決參軍胡藩言於裕曰燕悉兵出戰臨朐城中留守必寡願以奇兵從閒道取其城此韓信所以破趙也裕遣藩及諮議參軍檀韶建威將軍河內向彌潛師出燕兵之後攻臨朐聲言輕兵自海道至矣向彌擐甲先登遂克之超大驚單騎就段暉於城南裕因縱兵奮擊燕衆大敗斬段暉等大將十餘人以上臨朐大捷輕兵從閒道克城超遁還廣固獲其玉璽輦及豹尾裕乘勝逐北至廣固丙子克其大城超收衆入保小城裕築長圍守之圍高三丈穿塹三重撫納降附采拔賢俊華夷大悅於是因齊地糧儲悉停江淮漕運超遣尚書郎張綱乞師於秦赦桂林王鎮以為錄尚書都督中外諸軍事引見謝之且問計焉鎮曰百姓之心係於一人今陛下親董六師奔敗而還羣臣離心士民喪氣聞秦人自有內患恐不暇分兵救人散卒還者尚有數萬宜悉出金帛以餌之更決一戰若天命助我必能破敵如其不然死亦為美比於閉門待盡不猶愈乎司徒樂浪王惠曰不然晉兵乘勝氣勢百倍我以敗軍之卒當之不亦難乎秦雖與勃勃相

持不足爲患且與我分據中原勢如脣齒安得不來相救但不遣大臣則不能得重兵尙書令韓範爲燕秦所重宜遣乞師超從之秋七月加劉裕北青冀二州刺史南燕尙書略陽垣尊及弟京兆太守苗踰城來降裕以爲行參軍尊苗皆超所委任以爲腹心者也或謂裕曰張綱有巧思若得綱使爲攻具廣固必可拔也會綱自長安還太山太守申宣執之送於裕裕升綱於樓車使周城呼曰劉勃勃大破秦軍無兵相救城中莫不失色江南每發兵及遣使者至廣固裕輒潛遣兵夜迎之明日張旗鳴鼓而至北方之民執兵負糧歸裕者日以千數圍城益急張華封愷皆爲裕所獲超請割大峴以南地爲藩臣裕不許以上圍廣固秦王興遣使謂裕曰慕容氏相與鄰好今晉攻之急秦已遣鐵騎十萬屯洛陽晉軍不還當長驅而進裕呼秦使者謂曰語汝姚興我克燕之後息兵三年當取關洛今能自送便可速來劉穆之聞有秦使馳入見裕而秦使者已去裕以所言告穆之穆之尤之曰常日事無大小必賜預謀此宜善詳云何遽爾答之此語不足以威敵適足以怒之若廣固未下羌寇奄至不審何以待之裕笑

曰此是兵機非卿所解故不相語耳夫兵貴神速彼若審能赴救必畏我知甯容先遣信命逆設此言是自張大之辭也晉師不出爲日久矣羌見伐齊殆將內懼自保不暇何能救人邪九月秦王興自將擊夏王勃勃至貳城遣安遠將軍姚詳等分督租運勃勃乘虛奄至興懼欲輕騎就詳等右僕射韋華曰若鑾輿一動衆心駭懼必不戰自潰詳營亦未必可至也興與勃勃戰秦兵大敗將軍姚榆生爲勃勃所禽左將軍姚文崇等力戰勃勃乃退興還長安勃勃復攻秦敕奇堡黃石固我羅城皆拔之徙七千餘家於大城以其丞相右地代領幽州牧以鎮之初興遣衞將軍姚強帥步騎一萬隨韓範往就姚紹於洛陽幷兵以救南燕及爲勃勃所敗追強兵還長安韓範歎曰天滅燕矣南燕尚書張俊自長安還降於劉裕因說裕曰燕人所恃者謂韓範必能致秦師也今得範以示之燕必降矣裕乃表範爲散騎常侍且以書招之長水校尉王蒲勸範奔秦範曰劉裕起布衣滅桓玄復晉室今興師伐燕所向崩潰此殆天授非人力也燕亡則秦爲之次矣吾不可以再辱遂降於裕裕將範循城城中人情離沮或

勸燕主超誅範家。超以範弟諱盡忠無貳，并範家赦之。（以上韓範降裕秦救不至）冬十月，段宏自魏奔于裕。張綱為裕造攻具，盡諸奇巧。超怒，縣其母於城上，支解之。六年春正月甲寅朔，南燕主超登天門，朝羣臣於城上。乙卯，超與寵姬魏夫人登城，見晉兵之盛，握手對泣。韓諱諫曰：陛下遭堙阨之運，正當努力自強，以壯士民之志，而更為兒女子泣邪！超拭目謝之。尚書令董詵勸超降，超怒，囚之。二月癸未，南燕賀賴盧、公孫五樓為地道出擊晉兵，不能卻。城久閉，城中男女病脚弱者大半，出降者相繼。超輦而登城，尚書悅壽說超曰：今天助寇為虐，戰士凋瘁，獨守窮城，絕望外援，天時人事亦可知矣。苟曆數有終，堯舜避位，陛下豈可不思變通之計乎？超歎曰：廢興，命也。吾寧奮劍而死，不能銜璧而生。丁亥，劉裕悉衆攻城。或曰：今日往亡，不利行師。裕曰：我往彼亡，何為不利！四面急攻之。悅壽開門納晉師，超與左右數十騎踰城突圍出走，追獲之。裕數以不降之罪，超神色自若，一無所言，惟以母託劉敬宣而已。（以上破廣固）裕忿廣固久不下，欲盡阬之，以妻女賞將士。韓範諫曰：晉室南還，中原鼎沸，士民無援，強則附之，既為君臣，

必須爲之盡力彼皆衣冠舊族先帝遺民今王師弔伐而盡阬之使安所歸乎
竊恐西北之人無復來蘇之望矣裕改容謝之然猶斬王公以下三千人沒入
家口萬餘夷其城隍送超詣建康斬之

通鑑韋叡救鍾離之役

梁天監六年正月魏中山王英與平東將軍楊大眼等衆數十萬攻鍾離鍾離
城北阻淮水魏人於邵陽洲兩岸爲橋樹柵數百步跨淮通道英據南岸攻城
大眼據北岸立城以通糧運城中衆纔三千人昌義之督帥將士隨方抗禦魏
人以車載土塡塹使其衆負土隨之嚴騎蹙其後人有未及回者因以土迮之
俄而塹滿衝車所撞城土輒頹義之用泥補之衝車雖入而不能壞魏人晝夜
苦攻分番相代墜而復升莫有退者一日戰數十合前後殺傷萬計魏人死者
與城平（以上魏急攻鍾離）二月魏主召英使還英表稱臣志殄逋寇而月初已來涃雨
不止若三月晴霽城必可克願少賜寬假魏主復詔曰彼土蒸溼無宜久淹埶
雖必取乃將軍之深計兵久力殆亦朝廷之所憂也英猶表稱必克魏主遣步

兵校尉范紹詣英議攻取形埶紹見鍾離城堅勸英引還英不從以上中山王英不肯退兵

上命豫州刺史韋叡將兵救鍾離受曹景宗節度叡自合肥取直道由陰陵大澤行值澗谷輒飛橋以濟師人畏魏兵盛多勸叡緩行叡曰鍾離今鑿穴而處負戶而汲車馳卒奔猶恐其後而況緩乎魏人已墮吾腹中卿曹勿憂也旬日至邵陽上豫敕曹景宗曰韋叡卿之鄉望宜善敬之景宗見叡禮甚謹上聞之曰二將和師必濟矣景宗與叡進頓邵陽洲叡於景宗營前二十里夜掘長塹樹鹿角截洲爲城去魏城百餘步南梁太守馮道根能走馬步地計馬足以賦功比曉而營立魏中山王英大驚以杖擊地曰是何神也以上曹景宗韋叡救鍾離

景宗等器甲精新軍容甚盛魏人望之奪氣景宗慮城中危懼募軍士言文達等潛行水底齎敕入城城中始知有外援勇氣百倍楊大眼勇冠軍中將萬餘騎來戰所向皆靡叡結車爲陳大眼聚騎圍之叡以強弩二千一時俱發洞甲穿中殺傷甚衆矢貫大眼右臂大眼退走明旦英自帥衆來戰叡乘素木輿執白角如意以麾軍一日數合英乃退魏師復夜來攻城飛矢雨集叡子黯請下城以避

箭叡不許軍中驚叡於城上厲聲呵之乃定牧人過淮北伐芻藁者皆爲楊大眼所略曹景宗募勇敢士千餘人於大眼城南數里築壘大眼來攻景宗擊卻之壘成使別將趙草守之有抄掠者皆爲草所獲是後始得縱芻牧（以上梁軍慶捷）上命景宗等豫裝高艦使與魏橋等爲火攻之計令景宗與叡各攻一橋叡攻其南景宗攻其北三月淮水暴漲六七尺叡使馮道根與廬江太守裴邃秦郡太守李文釗等乘鬭艦競發擊魏洲上軍盡殪別以小船載草灌之以膏從而焚其橋風怒火盛煙塵晦冥敢死之士拔柵斫橋水又漂疾倏忽之閒橋柵俱盡道根等皆身自搏戰軍人奮勇呼聲動天地無不一當百魏軍大潰英見橋絕脫身棄城走大眼亦燒營去諸壘相次土崩悉棄其器甲爭投水死者十餘萬斬首亦如之（以上焚浮橋大捷解圍）叡遣報昌義之義之悲喜不暇答語但叫曰更生更生諸軍逐北至濊水上英單騎入梁城緣淮百餘里尸相枕藉生擒五萬人收其資糧器械山積牛馬驢騾不可勝計義之德景宗及叡請二人共會設錢二十萬官賭之景宗擲得雉叡徐擲得盧遽取一子反之曰異事遂作塞景宗與

羣帥爭先告捷。歙獨居後。世尤以此賢之。詔增景宗歙爵邑。義之等受賞各有差。

通鑑高歡沙苑之戰

大同三年閏九月。東魏丞相歡將兵二十萬。自壺口趣蒲津。使高敖曹將兵三萬出河南。時關中饑。魏丞相泰所將將士不滿萬人。館穀於恆農五十餘日。聞歡將濟河。乃引兵入關。高敖曹遂圍恆農。歡右長史薛琡言於歡曰。西賊連年饑饉。故冒死來入陝州。欲取倉粟。今敖曹已圍陝城。粟不得出。但置兵諸道。勿與野戰。比及麥秋。其民自應餓死。寶炬黑獺何憂不降。願勿度河。侯景曰。今茲舉兵。形勢極大。萬一不捷。猝難收斂。不如分為二軍。相繼而進。前軍若勝。後軍全力。前軍若敗。後軍承之。歡不從。自蒲津濟河。以上東魏渡河伐西魏 丞相泰遣使戒華州刺史王羆。羆語使者曰。老羆當道臥。貉子那得過。歡至馮翊城下。謂羆曰。何不早降。羆大呼曰。此城是王羆冢。死生在此。欲死者來。歡知不可攻。乃涉洛。軍於許原西。泰至渭南。徵諸州兵皆未會。欲進擊歡。諸將以眾寡不敵。請待歡更西以觀其勢泰曰歡若至長安則人情大擾今及其遠來新至可擊也卽造浮橋於渭令軍士齎三日糧輕騎度渭輜重自渭南夾渭而西冬十月壬辰泰至沙苑距東魏軍六十里諸將皆懼宇文深獨賀泰問其故對曰歡鎮撫河北甚得衆心以此自守未易可圖今懸師渡河非衆所欲獨歡恥失竇泰愎諫而來所謂忿兵可一戰擒也事理昭然何爲不賀願假深一節發王羆之兵邀其走路使無遺類（以上宇文泰不肯還長安迎敵於沙苑）泰遣須昌縣公達奚武覘歡軍武從三騎皆效歡將士衣服日暮去營數百步下馬潛聽得其軍號因上馬歷營若警夜者有不如法往往撻之具知敵之情狀而還（以上達奚武偵敵情）歡聞泰至癸巳引兵會之候騎告歡軍且至泰召諸將謀之開府儀同三司李弼曰彼衆我寡不可平地置陳此東十里有渭曲可先據以待之泰從之背水東西爲陳李弼爲右拒趙貴爲左拒命將士皆偃戈於葦中約聞鼓聲而起（以上李弼謀於葦中背水置陣）晡時東魏兵至渭曲都督太安斛律羌舉曰黑獺舉國而來欲一死決譬如猘狗或能噬人且渭曲葦深土濘無所用力不如緩與相持密分精銳徑掩長安巢穴既傾則

黑獺不戰成擒矣歡曰縱火焚之何如侯景曰當生擒黑獺以示百姓若衆中燒死誰復信之彭樂盛氣請鬬曰我衆賊寡百人擒一何憂不克歡從之東魏兵望見魏兵少爭進擊之無復行列兵將交丞相泰鳴鼓士皆奮起于謹等六軍與之合戰李弼帥鐵騎橫擊之東魏兵中絕爲二遂大破之李弼弟檦身小而勇每躍馬陷陳隱身鞍甲之中敵見皆曰避此小兒泰歎曰膽決如此何必八尺之軀征虜將軍武川耿令貴殺傷多甲裳盡赤泰曰觀其甲裳足知令貴之勇何必數級彭樂乘醉深入魏陳魏人刺之腸出內之復戰丞相歡欲收兵更戰使張華原以簿歷營點兵莫有應者還白歡曰衆盡去營皆空矣歡猶未肯去阜城侯斛律金曰衆心離散不可復用宜急向河東歡據鞍未動金以鞭拂馬乃馳去夜渡河船去岸遠歡跨橐駝就船乃得渡喪甲士八萬人棄鎧仗十有八萬丞相泰追歡至河上選留甲士二萬餘人餘悉縱歸以上東魏之敗都督李穆曰高歡破膽矣速追之可獲泰不聽還軍渭南所徵之兵甫至乃於戰所人植柳一株以旌武功侯景言於歡曰黑獺新勝而驕必不爲備願得精騎二萬

徑往取之。歡以告婁妃。妃曰。設如其言。景豈有還理。得黑獺而失景。何利之有

歡乃止。魏加丞相泰柱國大將軍。李弼十二將皆進爵增邑有差。高敖曹聞歡

敗。釋恒農退保洛陽。

通鑑宇文泰北邙之戰

東魏御史中尉高仲密取吏部郎崔暹之妹。既而棄之。由是與暹有隙。仲密選

用御史多其親戚鄉黨。高澄奏令改選。暹方為澄所寵任。仲密疑其構己。愈恨

之。仲密後妻李氏豔而慧。澄見而悅之。李氏不從。衣服皆裂。以告仲密。仲密益

怨。尋出為北豫州刺史。陰謀外叛。丞相歡疑之。遣鎮城奚壽興典軍事。仲密但

知民務。仲密置酒延壽興。伏壯士執之。大同九年二月壬申。以虎牢叛降魏。魏

以仲密為侍中司徒。歡以仲密之叛由崔暹。將殺之。高澄匿暹。為之固請。歡曰。

我匄其命。須與苦手。澄乃出暹。而謂大行臺都官郎陳元康曰。卿使崔暹得杖。

勿復相見。元康為之言於歡曰。大王方以天下付大將軍。大將軍有一崔暹不

能免其杖。父子尚爾。況於他人。歡乃釋之。高季式在永安戍。仲密遣信報之。季

式走告歡歡待之如舊以上高仲密奔西魏召寇魏丞相泰帥諸軍以應仲密以太子少傅李遠爲前驅至洛陽遣開府儀同三司于謹攻柏谷拔之三月壬申圍河橋南城東魏丞相歡將兵十萬至河北泰退軍瀍上縱火船於上流以燒河橋斛律金使行臺郎中張亮以小艇百餘載長鎖伺火船將至以釘釘之引鎖向岸橋遂獲全歡渡河據邙山爲陳不進者數日泰留輜重於瀍曲夜登邙山以襲歡候騎白歡曰賊距此四十餘里蓐食乾飯而來歡曰自當渴死乃正陳以待之戊申黎明泰軍與歡軍遇東魏彭樂以數千騎爲右甄衝魏軍之北垂所向奔潰遂馳入魏營人告彭樂叛歡甚怒俄而西北塵起樂使來告捷虜魏侍中開府儀同三司大都督臨洮王柬蜀郡王榮宗江夏王昇鉅鹿王闡譙郡王亮詹事趙善及督將僚佐四十八人諸將乘勝擊魏大破之斬首三萬餘級歡使彭樂追泰泰窘謂樂曰汝非彭樂邪癡男子今日無我明日豈有汝邪何不急還營收汝金寶樂從其言獲泰金帶一囊以歸言於歡曰黑獺漏刃破膽矣歡雖喜其勝而怒其失泰令伏諸地親捽其頭連頓之并數以沙苑之敗舉刃將下

者三。嗟歎良久。樂曰。乞五千騎。復爲王取之。歡曰。汝縱之何意。而言復取邪。命取絹三千匹壓樂背。因以賜之。以上東魏大破宇文泰於北邙山 明日復戰。泰爲中軍。中山公趙貴爲左軍。領軍若于惠等爲右軍。中軍右軍合擊東魏。大破之。悉俘其步卒。歡失馬。赫連陽順下馬以授歡。歡上馬走。從者步騎七人。追兵至。親信都督尉興慶曰。王速去。興慶腰有百箭。足殺百人。歡曰。事濟。以爾爲懷州刺史。若死。用爾子。興慶曰。兒少。願用兄。歡許之。興慶拒戰。矢盡而死。東魏軍士有逃奔魏者。告以歡所在。泰募勇敢三千人。皆執短兵。配大都督賀拔勝以攻之。勝識歡於行閒。執槊與十三騎逐之。馳數里。槊刃垂及。因字之曰。賀六渾。賀拔破胡必殺汝。歡氣殆絕。河州刺史劉洪徽從傍射勝。中其二騎。武衞將軍段韶射勝馬斃之。比副馬至。歡已逸去。勝歎曰。今日不執弓矢。天也。魏南郢州刺史耿令貴大呼獨入敵中。鋒刃亂下。人皆謂已死。俄奮刀而還。如是數四。當令貴前者。死傷相繼。乃謂左右曰。吾豈樂殺人。壯士除賊。不得不爾。若不能殺賊。又不爲賊所傷。何異逐坐人也。以上次日東魏大敗 左軍趙貴等五將戰不利。東魏兵復振。泰與戰。又不利。會日暮。魏兵遂遁。東魏兵追之。獨孤信于謹收散卒自後擊之。追兵驚擾。魏諸軍由是得全。若于惠夜引去。東魏兵追之。惠徐下馬。顧命廚人營食。食畢。謂左右曰。長安死。此中死。有以異乎。乃建旗鳴角。收散卒徐還。追騎疑有伏兵。不敢逼。泰遂入關。屯渭上。歡進至陝。泰遣開府儀同三司達奚武等拒之。行臺郎中封子繪言於歡曰。混壹東西。正在今日。昔魏太祖平漢中。不乘勝取巴蜀。失在遲疑。後悔無及。願大王不以爲疑。歡深然之。集諸將議進止。咸以爲野無青草。人馬疲瘦。不可遠追。陳元康曰。兩雄交爭。歲月已久。今幸而大捷。天授我也。時不可失。當乘勝追之。歡曰。若遇伏兵。孤何以濟。元康曰。王前沙苑失利。彼尚無伏。今奔敗若此。何能遠謀。若捨而不追。必成後患。歡不從。使劉豐生將數千騎追泰。遂東歸（以上東魏復大勝）泰召王思政於玉壁。將使鎮虎牢。未至而泰敗。乃使守恆農。思政入城。令開門解衣而臥。慰勉將士。示不足畏。後數日。劉豐生至城下。憚之。不敢進。引軍還。思政乃修城郭。起樓櫓。營農田。積芻粟。由是恆農始有守禦之備。丞相泰求自貶。魏主不許。是役也。魏諸將皆無功。惟耿令貴與太子武衞率王胡仁都督王文達力戰功多泰欲以雍岐北雍三州授之以州有優劣使探籌取之仍賜胡仁名勇令貴名豪文達名傑用彰其功於是廣募關隴豪右以增軍旅（以上西魏增修軍旅）高仲密之將叛也陰遣人扇動冀州豪傑使爲內應東魏遣高隆之馳驛慰撫由是得安高澄密書與隆之曰仲密枝黨與之俱西者宜悉收其家屬以懲將來隆之以爲恩旨既行理無追改若復收治示民不信脫致驚擾所虧不細乃啓丞相歡而罷之（以上東魏不誅高仲密之黨）

通鑑韋孝寬之守玉壁

梁中大同元年十月東魏丞相歡攻玉壁晝夜不息魏韋孝寬隨機拒之城中無水汲於汾歡使移汾一夕而畢歡於城南起土山欲乘之以入城上先有二樓孝寬縛木接之令常高於土山以禦之歡使告之曰雖爾縛樓至天我當穿地取爾乃鑿地爲十道又用術士李業興孤虛法聚攻其北北天險也孝寬掘長塹邀其地道選戰士屯塹上每穿至塹戰士輒禽殺之又於塹外積柴貯火敵有在地道內者塞柴投火以皮排吹之一鼓皆焦爛敵以攻車撞城車之所

及莫不摧毀無能禦者孝寬縫布爲幔隨其所向張之布既懸空車不能壞敵又縛松麻於竿灌油加火以燒布并欲焚樓孝寬作長鉤利其刃火竿將至以鉤遙割之松麻俱落敵又於城四面穿地爲二十道其中施梁柱縱火燒之柱折城崩孝寬於崩處豎木柵以扞之敵不得入城外盡攻擊之術而城中守禦有餘孝寬又奪據其土山歡無如之何（以上韋孝寬之善守）乃使倉曹參軍祖珽說之曰君獨守孤城而西方無救恐終不能全何不降也孝寬報曰我城池嚴固兵食有餘攻者自勞守者常逸豈有旬朔之閒已須救援適憂爾衆有不返之危孝寬關西男子必不爲降將軍也珽復謂城中人曰韋城主受彼榮祿或復可爾自外軍民何事相隨入湯火中乃射募格於城中云能斬城主降者拜太尉封開國郡公賞帛萬匹孝寬手題書背返射城外云能斬高歡者準此珽瑩之子也東魏苦攻凡五十日士卒戰及病死者共七萬人共爲一冢歡智力皆困因而發疾有星墜歡營中士卒驚懼十一月庚子解圍去（以上高歡苦攻無功而還）先是歡別使侯景將兵趣齊子嶺魏建州刺史楊檦鎮車廂恐其寇邵郡帥騎禦之景聞

標至斫木斷路六十餘里猶驚而不安遂還河陽庚戌歡使段韶從太原公洋鎮鄴辛亥徵世子澄會晉陽魏以韋孝寬爲驃騎大將軍開府儀同三司進爵建忠公時人以王思政爲知人十一月己卯歡以無功表解都督中外諸軍東魏主許之歡之自玉壁歸也軍中訛言韋孝寬以定功弩射殺丞相魏人聞之因下令曰勁弩一發凶身自隕歡聞之勉坐見諸貴使斛律金作敕勒歌歡自和之哀感流涕

通鑑李晟移軍東渭橋之事

興元元年二月朱泚自奉天敗歸李晟謀取長安劉德信與晟俱屯東渭橋不受晟節制晟因德信至營中數以滬澗之敗及所過剽掠之罪斬之因以數騎馳入德信軍勞其衆無敢動者遂幷將之軍勢益振（以上李晟幷劉德信之衆）李懷光既脅朝廷逐盧杞等內不自安遂有異志又惡李晟獨當一面恐其成功奏請與晟合軍詔許之晟與懷光會于咸陽西陳濤斜築壘未畢泚衆大至晟謂懷光曰賊若固守宮苑或曠日持久未易攻取今去其巢穴敢出求戰此天以賊賜明

公不可失也懷光曰軍適至馬未秣士未飯豈可遽戰邪晟不得已乃就壁晟每與懷光同出軍懷光軍士多掠人牛馬晟軍秋豪不犯懷光軍士惡其異己分所獲與之晟軍終不敢受懷光屯咸陽累月逗留不進上屢遣中使趣之辭以士卒疲弊且當休息觀釁諸將數勸之攻長安懷光不從密與朱泚通謀以上李懷光與李晟合軍觀望不進李晟屢奏恐其有變爲所併請移軍東渭橋上猶冀懷光革心收其力用寢晟奏不下懷光欲緩戰期且激怒諸軍奏言諸軍糧賜薄神策獨厚厚薄不均難以進戰上以財用方窘若糧賜皆比神策則無以給之不然又逆懷光意恐諸軍觖望乃遣陸贄詣懷光營宣慰因召李晟參議其事懷光意欲晟自乞減損使失士心沮敗其功乃曰將士戰鬬同而糧賜異何以使之協力贄未有言數顧晟晟曰公爲元帥得專號令晟將一軍受指蹤而已至於增減衣食公當裁之懷光默然又不欲自減之遂止以上李晟與李懷光有隙思移兵時上遣崔漢衡詣吐蕃發兵吐蕃相尚結贊言蕃法發兵以主兵大臣爲信今制書無懷光署名故不敢進上命陸贄諭懷光懷光固執以爲不可曰若克京城吐蕃必

縱兵焚掠誰能遏之此一害也前有敕旨募士卒克城者人賞百緡彼發兵五萬若援敕求賞五百萬緡何從可得此二害也虜騎雖來必不先進勒兵自固觀我兵勢勝則從而分功敗則從而圖變譎詐多端不可親信此三害也竟不肯署敕尚結贊亦不進軍以上李懷光不肯召吐蕃兵

陸贄自咸陽還上言賊泚稽誅保聚宮苑勢窮援絕引日偷生懷光總仗順之師乘制勝之氣鼓行芟翦易若摧枯而乃寇奔不追師老不用諸帥每欲進取懷光輒沮其謀據茲事情殊不可解陛下意在全護委曲聽從觀其所爲亦未知感若不別務規略漸思制持惟以姑息求安終恐變故難測此誠事機危迫之秋也固不可以尋常容易處之今李晟奏請移軍適遇臣銜命宣慰懷光偶論此事臣遂汎問所宜懷光乃云李晟既欲別行某亦都不要藉臣猶慮有翻覆因美其軍盛彊懷光大自矜誇轉有輕晟之意臣又從容問云回日或聖旨顧問事之可否決定何如懷光已肆輕言不可中變遂云恩命許去事亦無妨要約再三非不詳審雖欲追悔固難爲辭伏望即以李晟表出付中書敕下依奏別賜懷光手詔示以移軍事由其

手詔大意云昨得李晟奏請移軍城東以分賊勢朕本欲委卿商量適會陸贄回奏云見卿語及於此仍言許去事亦無妨遂敕本軍允其所請如此則詞婉而直理順而明雖蓄異端何由起怨上從之以上陸贄奏請李晟移軍賜懷光手詔晟自咸陽結陳而行歸東渭橋時鄜坊節度使李建徽神策行營節度使楊惠元猶與懷光聯營陸贄復上奏曰懷光當管師徒足以獨制兇寇逗留未進抑有乇由所患太彊不資傍助比者又遣李晟李建徽楊惠元三節度之衆附麗其營無益成功祇足生事何則四軍接壘羣帥異心論埶力則懸絕高卑據職名則不相統屬懷光輕晟等兵微位下而忿其制不從心晟等疑懷光養寇蓄姦而怨其事多陵己端居則互防飛謗欲戰則遞恐分功齟齬不和嫌釁遂構俾之同處必不兩全強者惡積而後亡弱者埶危而先覆覆亡之禍翹足可期舊寇未平新患方起憂歎所切實堪疚心太上消慝於未萌其次救失於始兆況乎事情已露禍難垂成委而不謀何以寧亂李晟見機慮變先請移軍建徽惠元埶轉孤弱爲其吞噬理在必然乇日雖有良圖亦恐不能自拔拯其危急惟在此時今

因李晟願行。便遣合軍同往。託言晟兵素少。慮爲賊沘所邀。藉此兩軍迭爲犄角。仍先諭旨。密使促裝。詔書至營。即日進路。懷光意雖不欲。然亦計無所施。是謂先人有奪人之心。疾雷不及掩耳者也。解鬬不可以不離。救焚不可以不疾。理盡於此。唯陛下圖之。（以上陸贄更請李建徽楊惠元移軍）上曰，卿所料極善，然李晟移軍，懷光不免悵望，若更遣建徽惠元就東，恐因此生辭，轉難調息，且更俟旬時，

通鑑裴度李愬平蔡之役

元和十二年，春正月甲申，貶袁滋爲撫州刺史，李愬至唐州，軍中承喪敗之餘，士卒皆憚戰，愬知之，有出迓者，愬謂之曰，天子知愬柔懦能忍恥，故使來拊循爾曹，至於戰攻進取，非吾事也，衆信而安之，愬親行視士卒，傷病者存恤之，不事威嚴，或以軍政不肅爲言，愬曰，吾非不知也，袁尚書專以恩惠懷賊。賊易之。聞吾至。必增備。吾故示之以不肅。彼必以吾爲懦而懈惰。然後可圖也。淮西人自以嘗敗高袁二帥，輕愬名位素微，遂不爲備，李愬謀襲蔡州，表請益兵，詔以昭義河中鄜坊步騎二千給之，（以上李愬初至唐州）丁酉，愬遣十將馬少良將十餘騎巡

邏遇吳元濟捉生虞候丁士良與戰擒之士良元濟驍將常爲東邊患衆請刳其心愬許之既而召詰之士良無懼色愬曰眞丈夫也命釋其縛士良乃自言本非淮西士貞元中隸安州與吳氏戰爲其所擒自分死矣吳氏釋我而用之我因吳氏而再生故爲吳氏父子竭力昨日力屈復爲公所擒亦分死矣今公又生之請盡死以報德愬乃給其衣服器械署爲捉生將己亥淮西行營奏克蔡州古葛伯城丁士良言於李愬曰吳秀琳擁三千之衆據文城柵爲賊左臂官軍不敢近者有陳光洽爲之謀主也光洽勇而輕好自出戰請爲公先擒光洽則秀琳自降矣戊申士良擒光洽以歸（以上收降丁士良）鄂岳觀察使李道古引兵出穆陵關甲寅攻申州克其外郭進攻子城城中守將夜出兵擊之道古之衆驚亂死者甚衆道古皋之子也淮西被兵數年竭倉廩以奉戰士民多無食采菱芡魚鼈鳥獸食之亦盡相帥歸官軍者前後五千餘戶賊亦患其耗糧食不復禁庚申敕置行縣以處之爲擇縣令使之撫養幷置兵以衛之三月乙丑李愬自唐州徙屯宜陽柵吳秀琳以文城柵降於李愬戊子愬引兵至文城西五

里遣唐州刺史李進誠將甲士八千至城下召秀琳城中矢石如雨衆不得前
進誠還報賊僞降未可信也愬曰此待我至耳卽前至城下秀琳束兵投身馬
足下愬撫其背慰勞之降其衆三千人秀琳將李憲有材勇愬更其名曰忠義
而用之悉遷婦女於唐州於是唐鄧軍氣復振人有欲戰之志賊中降者相繼
於道隨其所便而置之聞有父母者給粟帛遣之曰汝曹皆王人勿棄親戚衆
皆感泣（以上收降吳秀琳等）官軍與淮西兵夾溵水而軍諸軍相顧望無敢度溵水者陳
許兵馬使王沛先引兵五千度溵水據要地爲城於是河陽宣武河東魏博等
軍相繼皆度進逼郾城丁亥李光顏敗淮西兵三萬於郾城走其將張伯良殺
士卒什二三己丑李愬遣山河十將董少玢等分兵攻諸柵其日少玢下馬鞍
山拔路口柵夏四月辛卯山河十將馬少良下嵖岈山擒淮西將柳子野（以上諸軍
度溵水慶捷）吳元濟以蔡人董昌齡爲郾城令質其母楊氏楊氏謂昌齡曰順死賢
於逆生汝去逆而吾死乃孝子也從逆而吾生是戮吾也會官軍圍青陵絕郾
城歸路郾城守將鄧懷金謀於昌齡昌齡勸之歸國懷金乃請降於李光顏曰

城人之父母妻子皆在蔡州請公來攻城吾舉烽求救救兵至公逆擊之蔡兵必敗然後吾降則父母妻子庶免矣光顏從之乙未昌齡懷金舉城降光顏引兵入據之（以上董昌齡鄧懷金以郾城降）吳元濟聞郾城不守甚懼時董重質將騾軍守洄曲元濟悉發親近及守城卒詣重質以拒之李愬山河十將嬀雅田智榮下冶爐城丙申十將閻士榮下白狗汶港二柵癸卯嬀雅田智榮破西平丙午遊奕兵馬使王義破楚城五月辛酉李愬遣柳子野李忠義襲朗山擒其守將梁希果丁丑李愬遣方城鎮遏使李榮宗擊青喜城拔之（以上破諸城柵）愬每得降卒必親引問委曲由是賊中險易遠近虛實盡知之愬厚待吳秀琳與之謀取蔡秀琳曰公欲取蔡非李祐不可秀琳無能爲也祐者淮西騎將有勇略守與橋柵常陵暴官軍庚辰祐率士卒刈麥於張柴村愬召廂虞候史用誠戒之曰爾以三百騎伏彼林中又使人搖幟於前若將焚其麥積者祐素易官軍必輕騎來逐之爾乃發騎掩之必擒之用誠如言而往生擒祐以歸將士以祐鄉日多殺官軍爭請殺之愬不許釋縛待以客禮時愬欲襲蔡而更密其謀獨召祐及李忠義

屏人語。或至夜分。宅人莫得預聞。諸將恐祐爲變。多諫愬。愬待祐益厚。士卒亦不悅。諸軍日有牒稱祐爲賊內應。且言得賊諜者具言其事。愬恐謗先達於上。己不及救。乃持祐泣曰。豈天不欲平此賊邪。何吾二人相知之深而不能勝衆口也。因謂衆曰。諸君既以祐爲疑。請令歸死於天子。乃械祐送京師。先密表其狀。且曰。若殺祐則無以成功。詔釋之。以還愬。愬見之喜。執其手曰。爾之得全。社稷之靈也。乃署散兵馬使。令佩刀巡警。出入帳中。或與之同宿。密語不寐達曙。有竊聽於帳外者。但聞祐感泣聲。時唐隨牙隊三千人。號六院兵馬。皆山南東道之精銳也。愬又以祐爲六院兵馬使。（以上厚待降將李祐）舊軍令舍賊諜者屠其家。愬除其令。使厚待之。諜反以情告愬。愬益知賊中虛實。乙酉。愬遣兵攻朗山。淮西兵救之。官軍不利。衆皆悵恨。愬獨歡然曰。此吾計也。乃募敢死士三千人。號曰突將。朝夕自教習之。使常爲行備。欲以襲蔡。會久雨。所在積水。未果。吳元濟見其下數叛。兵埶日蹙。六月壬戌。上表謝罪。願束身自歸。上遣中使賜詔許以不死。而爲左右及大將董重質所制。不得出。諸軍討淮蔡。四年不克。饋運疲弊。民至有以驢耕者上亦病之以問宰相李逢吉等競言師老財竭意欲罷兵以上吳元濟窮蹙朝廷欲罷兵裴度獨無言上問之對曰臣請自往督戰乙卯上復謂度曰卿真能爲朕行乎對曰臣誓不與此賊俱生臣比觀吳元濟表埶實窘蹙但諸將心不壹不并力迫之故未降耳若臣自詣行營諸將恐臣奪其功必爭進破賊矣上悅丙戌以度爲門下侍郎同平章事兼彰義節度使仍充淮西宣慰招討處置使又以戶部侍郎崔羣爲中書侍郎同平章事制下度以韓弘已爲都統不欲更爲招討請但稱宣慰處置使仍奏刑部侍郎馬總爲宣慰副使右庶子韓愈爲彰義行軍司馬判官書記皆朝廷之選上皆從之度將行言於上曰臣若滅賊則朝天有期賊在則歸闕無日上爲之流涕八月庚申度赴淮西上御通化門送之右神武將軍張茂和茂昭弟也嘗以膽略自衒於度度表爲都押牙茂和辭以疾度奏請斬之上曰此忠順之門爲卿遠貶辛酉貶茂和永州司馬以嘉王傅高承簡爲都押牙承簡崇文之子也李逢吉不欲討蔡翰林學士令狐楚與逢吉善度恐其合中外之埶以沮軍事乃請改制書數字且言其草制失

辭壬戌罷楚爲中書舍人（以上裴度自請視師）李光顏烏重胤與淮西戰癸亥敗於賈店

裴度過襄城南白草原淮西人以驍騎七百邀之鎮將楚邱曹華知而爲備擊

卻之度雖辭招討名實行元帥事以郾城爲治所甲申至郾城先是諸道皆有

中使監陳進退不由主將勝則先使獻捷不利則陵挫百端度悉奏去之諸將

始得專軍事戰多有功（以上裴度駐郾城）九月庚子淮西兵寇溵水鎮殺三將焚芻稾

而去甲寅李愬將攻吳房諸將曰今日往亡愬曰吾兵少不足戰宜出其不意

彼以往亡不吾虞正可擊也遂往克其外城斬首千餘級餘衆保子城不敢出

愬引兵還以誘之淮西將孫獻忠果以驍騎五百追擊其背衆驚將走愬下馬

據胡牀令曰敢退者斬返旆力戰獻忠死淮西兵乃退或勸愬乘勝攻其子城

可拔也愬曰非吾計也引兵還營（以上李愬攻吳房不取）李祐言於李愬曰蔡之精兵皆

在洄曲及四境拒守守州城者皆羸老之卒可以乘虛直抵其城比賊將聞之

元濟已成擒矣愬然之冬十月甲子遣掌書記鄭澥至郾城密白裴度度曰兵

非出奇不勝常侍良圖也裴度帥僚佐觀築城於沱口董重質帥騎出五溝邀

之大呼而進注弩挺刃埶將及度李光顏與田布力戰拒之度僅得入城賊退布扼其溝中歸路賊下馬踰溝墜壓死者千餘人辛未李愬命馬步都虞候隨州刺史史旻留鎮文城命李祐李忠義帥突將三千爲前驅自與監軍將三千人爲中軍命李進誠將三千人殿其後軍出不知所之愬曰但東行行六十里夜至張柴村盡殺其戍卒及烽子據其柵命士少休食乾糒整羈靮留義成軍五百人鎮之以斷洄曲及諸道橋梁復夜引兵出門諸將請所之愬曰入蔡州取吳元濟諸將皆失色監軍哭曰果落李祐姦計時大風雪旌旗裂人馬凍死者相望天陰黑自張柴村以東道路皆官軍所未嘗行人人自以爲必死然畏愬莫敢違夜半雪愈甚行七十里至州城近城有鵝鴨池愬令擊之以混軍聲自吳少誠拒命官軍不至蔡州城下三十餘年故蔡人不爲備壬申四鼓愬至城下無一人知者李祐李忠義钁其城爲坎以先登壯士從之守門卒方熟寐盡殺之而留擊柝者使擊柝如故遂開門納衆及裏城亦然城中皆不之覺雞鳴雪止愬入居元濟外宅或告元濟曰官軍至矣元濟尚寢笑曰俘囚爲盜耳

曉當盡戮之。又有告者曰。城陷矣。元濟曰。此必洄曲子弟就吾求寒衣也。起聽於廷。聞愬軍號令曰。常侍傳語。應者近萬人。元濟始懼曰。何等常侍能至於此。乃帥左右登牙城拒戰。時董重質擁精兵萬餘人據洄曲。愬曰。元濟所望者重質之救耳。乃訪重質家厚撫之。遣其子傳道持書諭重質。重質遂單騎詣愬降。愬遣李進誠攻牙城。毀其外門。得甲庫取器械。癸酉復攻之。燒其南門。民爭負薪芻助之。城上矢如蝟毛。晡時門壞。元濟於城上請罪。進誠梯而下之。甲戌愬以檻車送元濟詣京師。且告於裴度。是日申光二州及諸鎮兵二萬餘人相繼來降。自元濟就擒。愬不戮一人。凡元濟官吏帳下廚廄之卒。皆復其職。使之不疑。然後屯於鞠場以待裴度。(以上李愬破蔡州)己卯淮西行營奏獲吳元濟。光祿少卿楊元卿言於上曰。淮西大有珍寶。臣能知之。往取必得。上曰。朕討淮西。爲人除害。珍寶非所求也。董重質之去洄曲軍也。李光顏馳入其壁。悉降其衆。庚辰裴度遣馬總先入蔡州慰撫。辛巳度建彰義軍節。將降卒萬餘人入城。李愬具櫜鞬出迎。拜於路左。度將避之。愬曰。蔡人頑悖。不識上下之分數十年矣。願公因而示之使知朝廷之尊度乃受之（以上裴度入蔡）李愬還軍文城諸將請曰始公敗於朗山而不憂勝於吳房而不取冒大風甚雪而不止孤軍深入而不懼然卒以成功皆衆人所不諭也敢問其故愬曰朗山不利則賊輕我而不爲備矣取吳房則其衆奔蔡併力固守故存之以分其兵風雪陰晦則烽火不接不知吾至孤軍深入則人皆致死戰自倍矣夫視遠者不顧近慮大者不詳細若矜小勝恤小敗先自撓矣何暇立功乎衆皆服愬儉於奉己而豐於待士知賢不疑見可能斷此其所以成功也（以上李愬自明知略）裴度以蔡卒爲牙兵或諫曰蔡人反仄者尙多不可不備度笑曰吾爲彰義節度使元惡既擒蔡人則吾人也又何疑焉蔡人聞之感泣先是吳氏父子阻兵禁人偶語於塗夜不然燭有以酒食相過從者罪死度既視事下令惟禁盜賊餘皆不問往來者不限晝夜蔡人始知有生民之樂甲申詔韓弘裴度條列平蔡將士功狀及蔡之將士降者皆差第以聞淮西州縣百姓給復二年近賊四州免來年夏稅官軍戰亡者皆爲收葬給其家衣糧五年其因戰傷殘廢者勿停衣糧十一月上御興安門受俘遂以吳

元濟獻廟社·斬于獨柳之下·以上功成後事 初淮西之人·劫於李希烈吳少誠之威虐不能自拔·久而老者衰·幼者壯·安於悖逆·不復知有朝廷矣·自少誠以來·遺諸將出兵·皆不束以法制·聽各以便宜自戰·故人人得盡其才·韓全義之敗於溵水也·於其帳中得朝貴所與問訊書·少誠束以示衆曰·此皆公卿屬全義書·云破蔡州日·乞一將士妻女為婢妾·由是衆皆憤怒·以死為賊用·雖居中土·其風俗獷戾·過於夷貊·故以三州之衆·舉天下之兵·環而攻之·四年然後克之·官軍之攻元濟也·李師道募人通使於蔡·察其形勢·牙前虞候劉晏平應募·出汴宋閒濳行至蔡·元濟大喜·厚禮而遣之·晏平還至鄆·師道屏人而問之·晏平曰·元濟暴兵數萬於外·阽危如此·而日與僕妾游戲博弈於內·晏然曾無憂色·以愚觀之·殆必亡·不久矣·師道素倚淮西為援·聞之驚怒·尋誣以他過·杖殺之·戊子·以李愬為山南東道節度使·賜爵涼國公·加韓弘兼侍中·李光顏烏重胤等各遷官有差·

韓愈平淮西碑

天以唐克肖其德聖子神孫繼繼承承於千萬年敬戒不怠全付所覆四海九州罔有內外悉主悉臣高祖太宗既除既治高宗中睿休養生息至於玄宗受報收功極熾而豐物衆地大孽牙其閒肅宗代宗德祖順考以勤以容大慝適去稂莠不薅相臣將臣文恬武嬉習熟見聞以爲當然以上歷敘唐之先朝睿聖文武皇帝既受羣臣朝乃考圖數貢曰嗚呼天既全付予有家今傳次在予予不能事事其何以見於郊廟羣臣震懾奔走率職明年平夏又明年平蜀又明年平江東又明年平澤潞遂定易定致魏博貝衞澶相無不從志皇帝曰不可究武予其少息以上憲宗前此武功九年蔡將死蔡人立其子元濟以請不許遂燒舞陽犯葉襄城以動東都放兵四劫皇帝歷問於朝一二臣外皆曰蔡帥之不廷授于今五十年傳三姓四將其樹本堅兵利卒頑不與他等因撫而有順且無事大官臆決唱聲萬口附和并爲一談牢不可破以上廷臣不願伐蔡皇帝曰惟天惟祖宗所以付任予者庶其在此予何敢不力況一二臣同不爲無助曰光顏汝爲陳許帥維是河東魏博郃陽三軍之在行者汝皆將之曰重胤汝故有河陽懷今益以汝

維是朔方義成陝益鳳翔延慶七軍之在行者汝皆將之曰弘汝以卒萬二千屬而子公武往討之曰文通汝守壽維是宣武淮南宣歙浙西四軍之行于壽者汝皆將之曰道古汝其觀察鄂岳曰愬汝帥唐鄧隨各以其兵進戰曰度汝長御史其往視師曰度惟汝予同汝遂相予以賞罰用命不用命曰弘汝其以節都統諸軍曰守謙汝出入左右汝惟近臣其往撫師曰度汝其往衣服飲食予士無寒無飢以既厥事遂生蔡人賜汝節斧通天御帶衞卒三百凡茲廷臣汝擇自從惟其賢能無憚大吏庚申予其臨門送汝曰御史予閔士大夫戰甚苦自今以往非郊廟祠祀其無用樂（以上部署諸將相）

顏胤武合攻其北大戰十六得柵城縣二十三降人卒四萬道古攻其東南八戰降萬三千再入申破其外城文通戰其東十餘遇降萬二千愬入其西得賊將輒釋不殺用其策戰比有功十二年八月丞相度至師都統弘責戰益急顏胤武合戰益用命元濟盡并其衆洄曲以備十月壬申愬用所得賊將自文城因天大雪疾馳百二十里用夜半到蔡破其門取元濟以獻盡得其屬人卒辛巳丞相度入蔡以皇帝命赦其

人淮西平大饗賚功師還之日因以其食賜蔡人凡蔡卒三萬五千其不樂為兵願歸為農者十九悉縱之斬元濟京師（以上平蔡戰功）冊功弘加侍中愬為左僕射帥山南東道顏胤皆加司空公武以散騎常侍帥鄜坊丹延道古進大夫文通加散騎常侍丞相度朝京師道封晉國公進階金紫光祿大夫以舊官相而以其副總為工部尚書領蔡任既還奏羣臣請紀聖功被之金石皇帝以命臣愈

臣愈再拜稽首而獻文曰

唐承天命遂臣萬邦孰居近土襲盜以狂往在玄宗崇極而圮河北悍驕河南附起四聖不宥屢興師征有不能克益戍以兵夫耕不食婦織不裳輸之以車為卒賜糧外多失朝曠不岳狩百隸怠官事忘其舊（以上唐中興後方鎮多叛）帝時繼位顧瞻咨嗟惟汝文武孰恤予家既斬吳蜀旋取山東魏將首義六州降從淮蔡不順自以為彊提兵叫讙欲事故常始命討之遂連姦鄰陰遣刺客來賊相臣方戰未利內驚京師羣公上言莫若惠來帝為不聞與神為謀乃相同德以訖天誅（以上憲宗與裴相同謀）乃敕顏胤愬武古通咸統于弘各奏汝功三方分攻五萬其師

大軍北乘厥數倍之常兵時曲軍士蠢蠢既翦陵雲蔡卒大窘勝之邵陵郾城來降自夏入秋復屯相望兵頓不勵告功不時帝哀征夫命相往釐士飽而歌馬騰於槽試之新城賊遇敗逃盡抽其有聚以防我西師躍入道無留者（以上破蔡）

頟頟蔡城其疆千里既入而有莫不順俟帝有恩言相度來宣誅止其魁釋其下人蔡之卒夫投甲呼舞蔡之婦女迎門笑語蔡人告飢船粟往哺蔡人告寒賜以繒布始時蔡人禁不往來今相從嬉里門夜開始時蔡人進戰退戮今旴而起左飧右粥爲之擇人以收餘憊選吏賜牛教而不稅（以上裴公惠蔡）

蔡人有言始迷不知今乃大覺羞前之爲蔡人有言天子明聖不順族誅順保性命汝不吾信視此蔡方孰爲不順往斧其吭凡叛有數聲埶相倚吾強不支汝弱奚恃其告而長而父而兄奔走偕來同我太平淮蔡爲亂天子伐之既伐而飢天子活之（以上蔡人知感）

始議伐蔡卿士莫隨既伐四年小大並疑不赦不疑由天子明凡此蔡功惟斷乃成既定淮蔡四夷畢來遂開明堂坐以治之

經史百家雜鈔卷二十四目錄

典志之屬一

經史百家雜鈔卷二十四

湘鄉曾國藩纂　　合肥李鴻章校刊

典志之屬一

書禹貢

禹敷土隨山刊木奠高山大川冀州既載壺口治梁及岐既修太原至于岳陽覃懷厎績至于衡漳厥土惟白壤厥賦惟上上錯厥田惟中中恆衛既從大陸既作島夷皮服夾右碣石入于河濟河惟兗州九河既道雷夏既澤灉沮會同桑土既蠶是降丘宅土厥土黑墳厥草惟繇厥木惟條厥田惟中下厥賦貞作十有三載乃同厥貢漆絲厥篚織文浮于濟漯達于河海岱惟青州嵎夷既略濰淄其道厥土白墳海濱廣斥厥田惟上下厥賦中上厥貢鹽絺海物惟錯岱畎絲枲鉛松怪石萊夷作牧厥篚檿絲浮于汶達于濟海岱及淮惟徐州淮沂其乂蒙羽其藝大野既豬東原厎平厥土赤埴墳草木漸包厥田惟上中厥賦中中厥貢惟土五色羽畎夏翟嶧陽孤桐泗濱浮磬淮夷蠙珠暨魚厥篚玄纖

縞浮于淮泗達于河淮海惟揚州彭蠡既豬陽鳥攸居三江既入震澤厎定篠
簜既敷厥草惟夭厥木惟喬厥土惟塗泥厥田惟下下厥賦下上上錯厥貢惟
金三品瑤琨篠簜齒革羽毛惟木島夷卉服厥篚織貝厥包橘柚錫貢沿于江
海達于淮泗荆及衡陽惟荆州江漢朝宗于海九江孔殷沱潛既道雲土夢作
乂厥土惟塗泥厥田惟下中厥賦上下厥貢羽毛齒革惟金三品杶榦栝柏礪
砥砮丹惟箘簵楛三邦厎貢厥名包匭菁茅厥篚玄纁璣組九江納錫大龜浮
于江沱潛漢逾于洛至于南河荆河惟豫州伊洛瀍澗既入于河滎波既豬導
菏澤被孟豬厥土惟壤下土墳壚厥田惟中上厥賦錯上中厥貢漆枲絺紵厥
篚纖纊錫貢磬錯浮于洛達于河華陽黑水惟梁州岷嶓既藝沱潛既道蔡蒙
旅平和夷厎績厥土青黎厥田惟下上厥賦下中三錯厥貢璆鐵銀鏤砮磬熊
羆狐貍織皮西傾因桓是來浮于潛逾于沔入于渭亂于河黑水西河惟雍州
弱水既西涇屬渭汭漆沮既從灃水攸同荆岐既旅終南惇物至于鳥鼠原隰
厎績至于豬野三危既宅三苗丕敘厥土惟黃壤厥田惟上上厥賦中下厥貢

惟球琳琅玕。浮于積石。至于龍門西河。會于渭汭。織皮崐崘析支渠搜。西戎卽敘。導岍及岐。至于荆山。逾于河。壺口雷首。至于太岳。厎柱析城。至于王屋。太行恆山。至于碣石。入于海。西傾朱圉鳥鼠。至于太華。熊耳外方桐柏。至于陪尾。導嶓冢。至于荆山。内方至于大別。岷山之陽。至于衡山。過九江。至于敷淺原。導弱水。至于合黎。餘波入于流沙。導黑水。至于三危。入于南海。導河積石。至于龍門。南至于華陰。東至于厎柱。又東至于孟津。東過洛汭。至于大伾。北過降水。至于大陸。又北播爲九河。同爲逆河。入于海。嶓冢導漾。東流爲漢。又東爲滄浪之水。過三澨。至于大別。南入于江。東匯澤爲彭蠡。東爲北江。入于海。岷山導江。東別爲沱。又東至于澧。過九江。至于東陵。東迆北會于匯。東爲中江。入于海。導沇水。東流爲濟。入于河。溢爲滎。東出于陶邱北。又東至于菏。又東北會于汶。又北東入于海。導淮自桐柏。東會于泗沂。東入于海。導渭自鳥鼠同穴。東會于澧。又東會于涇。又東過漆沮。入于河。導洛自熊耳。東北會于澗瀍。又東會于伊。又東北入于河。九州攸同。四隩既宅。九山刊旅。九川滌源。九澤既陂。四海會同。六府孔修庶土交正厎慎財賦咸則三壤成賦中邦錫土姓祇台德先不距朕行五百里甸服百里賦納總二百里納銍三百里納秸服四百里粟五百里米五百里侯服百里采二百里男邦三百里諸侯五百里綏服三百里揆文教二百里奮武衞五百里要服三百里夷二百里蔡五百里荒服三百里蠻二百里流東漸于海西被于流沙朔南暨聲教訖于四海禹錫玄圭告厥成功

周禮大司樂

大司樂掌成均之灋以治建國之學政而合國之子弟焉凡有道者有德者使教焉死則以爲樂祖祭于瞽宗以樂德教國子中和祗庸孝友以樂語教國子興道諷誦言語以樂舞教國子舞雲門大卷大咸大磬大夏大濩大武以六律六同五聲八音六舞大合樂以致鬼神示以和邦國以諧萬民以安賓客以說遠人以作動物乃分樂而序之以祭以享以祀乃奏黃鍾歌大呂舞雲門以祀天神乃奏大蔟歌應鍾舞咸池以祭地示乃奏姑洗歌南呂舞大磬以祀四望乃奏蕤賓歌函鍾舞大夏以祭山川乃奏夷則歌小呂舞大濩以享先妣乃奏

無射歌夾鍾舞大武以享先祖凡六樂者文之以五聲播之以八音凡六樂者一變而致羽物及川澤之示再變而致贏物及山林之示三變而致鱗物及丘陵之示四變而致毛物及墳衍之示五變而致介物及土示六變而致象物及天神凡樂圜鍾爲宮黃鍾爲角大蔟爲徵姑洗爲羽靁鼓靁鼗孤竹之管雲和之琴瑟雲門之舞冬日至于地上之圜丘奏之若樂六變則天神皆降可得而禮矣凡樂函鍾爲宮大蔟爲角姑洗爲徵南呂爲羽靈鼓靈鼗孫竹之管空桑之琴瑟咸池之舞夏日至于澤中之方丘奏之若樂八變則地示皆出可得而禮矣凡樂黃鍾爲宮大呂爲角大蔟爲徵應鍾爲羽路鼓路鼗陰竹之管龍門之琴瑟九德之歌九磬之舞于宗廟之中奏之若樂九變則人鬼可得而禮矣凡樂事大祭祀宿縣遂以聲展之王出入則令奏王夏尸出入則令奏肆夏牲出入則令奏昭夏帥國子而舞大饗不入牲其他皆如祭祀大射王出入令奏王夏及射令奏騶虞詔諸侯以弓矢舞王大食三侑皆令奏鍾鼓王師大獻則令奏愷樂凡日月食四鎮五嶽崩大傀異烖諸侯薨令去樂大札大凶大烖大

臣死凡國之大憂令弛縣凡建國禁其淫聲過聲凶聲慢聲大喪涖廞樂器及
葬藏樂器亦如之

周禮大司馬

大司馬之職掌建邦國之九灋以佐王平邦國制畿封國以正邦國設儀辨位
以等邦國進賢興功以作邦國建牧立監以維邦國制軍詰禁以糾邦國施貢
分職以任邦國簡稽鄉民以用邦國均守平則以安邦國比小事大以和邦國
以九伐之灋正邦國馮弱犯寡則眚之賊賢害民則伐之暴內陵外則壇之野
荒民散則削之負固不服則侵之賊殺其親則正之放弑其君則殘之犯令陵
政則杜之外內亂鳥獸行則滅之正月之吉始和布政于邦國都鄙乃縣政象
之灋于象魏使萬民觀政象挾日而斂之乃以九畿之籍施邦國之政職方千
里曰國畿其外方五百里曰侯畿又其外方五百里曰甸畿又其外方五百里
曰男畿又其外方五百里曰采畿又其外方五百里曰衞畿又其外方五百里
曰蠻畿又其外方五百里曰夷畿又其外方五百里曰鎮畿又其外方五百里

曰蕃畿。凡令賦以地與民制之。上地食者參之二。其民可用者家三人。中地食者半。其民可用者二家五人。下地食者參之一。其民可用者家二人。中春教振旅。司馬以旗致民。平列陳。如戰之陳。辨鼓鐸鐲鐃之用。王執路鼓。諸侯執賁鼓。軍將執晉鼓。師帥執提。旅帥執鼙。卒長執鐃。兩司馬執鐸。公司馬執鐲。以教坐作進退疾徐疏數之節。遂以蒐田。有司表貉誓民。鼓遂圍禁。火弊。獻禽以祭社。中夏教茇舍。如振旅之陳。羣吏撰車徒。讀書契。辨號名之用。帥以門名。縣鄙各以其名。家以號名。鄉以州名。野以邑名。百官各象其事。以辨軍之夜事。其他皆如振旅。遂以苗田。如蒐之灋。車弊獻禽以享礿。中秋教治兵。如振旅之陳。辨旗物之用。王載大常。諸侯載旂。軍吏載旗。師都載旜。鄉遂載物。郊野載旐。百官載旟。各書其事與其號焉。其他皆如振旅。遂以獮田。如蒐田之灋。羅弊致禽以祀祊。中冬教大閱。前期羣吏戒衆庶修戰灋。虞人萊所田之野爲表。百步則一。爲三表。又五十步爲一表。田之日。司馬建旗于後表之中。羣吏以旗物鼓鐸鐲鐃。各帥其民而致。質明。弊旗。誅後至者。乃陳車徒如戰之陳。皆坐。羣吏聽誓於陳前。斬牲以左右徇陳曰。不用命者斬之。中軍以鼙令鼓。鼓人皆三鼓。司馬振鐸。羣吏作旗。車徒皆作。鼓行。鳴鐲。車徒皆行。及表乃止。三鼓。摝鐸。羣吏弊旗。車徒皆坐。又三鼓。振鐸作旗。車徒皆作。鼓進。鳴鐲。車驟徒趨。及表乃止。坐作如初。乃鼓。車馳徒走。及表乃止。鼓戒三闋。車三發。徒三刺。乃鼓退。鳴鐃且卻。及表乃止。坐作如初。遂以狩田。以旌爲左右和之門。羣吏各帥其車徒以敘和出。左右陳車徒。有司平之。旗居卒閒以分地。前後有屯百步。有司巡其前後。險野人爲主。易野車爲主。既陳。乃設驅逆之車。有司表貉于陳前。中軍以鼙令鼓。鼓人皆三鼓。羣司馬振鐸。車徒皆作。遂鼓行。徒銜枚而進。大獸公之。小禽私之。獲者取左耳。及所弊。鼓皆駴。車徒皆譟。徒乃弊。致禽饁獸于郊。入獻禽以享烝。及師大合軍。以行禁令。以救無辜伐有罪。若大師。則掌其戒令。涖大卜。帥執事涖釁主及軍器。及致。建大常。比軍衆。誅後至者。及戰。巡陳。眂事而賞罰。若師有功。則左執律。右秉鉞。以先愷樂獻於社。若師不功。則厭而奉主車。王弔勞士庶子。則相。大役。與慮事。屬其植。受其要。以待攷而賞誅。大會同。則帥士庶子而掌其政令。若

大射則合諸侯之六耦大祭祀饗食羞牲魚授其祭大喪平士大夫喪祭奉詔馬牲

周禮職方氏

職方氏掌天下之圖以掌天下之地辨其邦國都鄙四夷八蠻七閩九貉五戎六狄之人民與其財用九穀六畜之數要周知其利害乃辨九州之國使同貫利東南曰揚州其山鎮曰會稽其澤藪曰具區其川三江其浸五湖其利金錫竹箭其民二男五女其畜宜鳥獸其穀宜稻正南曰荆州其山鎮曰衡山其澤藪曰雲夢其川江漢其浸潁湛其利丹銀齒革其民一男二女其畜宜鳥獸其穀宜稻河南曰豫州其山鎮曰華山其澤藪曰圃田其川滎雒其浸波溠其利林漆絲枲其民二男三女其畜宜六擾其穀宜五種正東曰青州其山鎮曰沂山其澤藪曰望諸其川淮泗其浸沂沭其利蒲魚其民二男二女其畜宜雞狗其穀宜稻麥河東曰兗州其山鎮曰岱山其澤藪曰大野其川河泲其浸盧維其利蒲魚其民二男三女其畜宜六擾其穀宜四種正西曰雍州其山鎮曰嶽

山其澤藪曰弦蒲其川涇汭其浸渭洛其利玉石其民三男二女其畜宜牛馬
其穀宜黍稷東北曰幽州其山鎮曰醫無閭其澤藪曰貕養其川河泲其浸菑
時其利魚鹽其民一男三女其畜宜四擾其穀宜三種河內曰冀州其山鎮曰
霍山其澤藪曰楊紆其川漳其浸汾潞其利松柏其民五男三女其畜宜牛羊
其穀宜黍稷正北曰并州其山鎮曰恆山其澤藪曰昭餘祁其川虖池嘔夷其
浸淶易其利布帛其民二男三女其畜宜五擾其穀宜五種乃辨九服之邦國
方千里曰王畿其外方五百里曰侯服又其外方五百里曰甸服又其外方五
百里曰男服又其外方五百里曰采服又其外方五百里曰衞服又其外方五
百里曰蠻服又其外方五百里曰夷服又其外方五百里曰鎮服又其外方五
百里曰藩服凡邦國千里封公以方五百里則四公方四百里則六侯方三百
里則七伯方二百里則二十五子方百里則百男以周知天下凡邦國小大相
維王設其牧制其職各以其所能制其貢各以其所有王將巡狩則戒於四方
曰各修平乃守攷乃職事無敢不敬戒國有大刑及王之所行先道帥其屬而

巡戒令王殷國亦如之

周禮大司寇

大司寇之職掌建邦之三典以佐王刑邦國詰四方一曰刑新國用輕典二曰刑平國用中典三曰刑亂國用重典以五刑糾萬民一曰野刑上功糾力二曰軍刑上命糾守三曰鄉刑上德糾孝四曰官刑上能糾職五曰國刑上愿糾暴以圜土聚教罷民凡害人者寘之圜土而施職事焉以明刑恥之其能改者反於中國不齒三年其不能改而出圜土者殺以兩造禁民訟入束矢於朝然後聽之以兩劑禁民獄入鈞金三日乃致於朝然後聽之以嘉石平罷民凡萬民之有罪過而未麗於法而害於州里者桎梏而坐諸嘉石役諸司空重罪旬有三日坐朞役其次九日坐九月役其次七日坐七月役其次五日坐五月役其下罪三日坐三月役使州里任之則宥而舍之以肺石達窮民凡遠近惸獨老幼之欲有復於上而其長弗達者立於肺石三日士聽其辭以告於上而罪其長正月之吉始和布刑於邦國都鄙乃縣刑象之灋於象魏使萬民觀刑象挾

日而斂之。凡邦之大盟約。涖其盟書而登之於天府。大史內史司會及六官皆受其貳而藏之。凡諸侯之獄訟。以邦典定之。凡卿大夫之獄訟。以邦灋斷之。凡庶民之獄訟。以邦成弊之。大祭祀奉犬牲。若禋祀五帝。則戒之日。涖誓百官。戒於百族。及納亨前王。祭之日亦如之。奉其明水火。凡朝覲會同前王大喪亦如之。大軍旅涖戮於社。凡邦之大事。使其屬蹕。

儀禮士冠禮（儀禮以射禮喪祭禮爲最精詳然不能鈔全經姑鈔其篇幅短者）

士冠禮。筮于廟門。主人玄冠朝服。緇帶素韠。卽位於門東西面。有司如主人服。卽位於西方東面北上。筮與席所卦者具饌於西塾。布席於門中。闑西閾外。西面。筮人執筴。抽上韇。兼執之。進受命于主人。宰自右少退。贊命。筮人許諾。右還。卽席坐西面。卦者在左。卒筮。書卦。執以示主人。主人受眂。反之。筮人還東面。旅占卒。進告吉。若不吉。則筮遠日。如初儀。徹筮席。宗人告事畢。（以上筮日）主人戒賓。賓禮辭許。主人再拜。賓答拜。主人退。賓拜送。（以上戒賓）前期三日筮賓。如求日之儀。（以上筮賓）乃宿賓。賓如主人服。出門左西面再拜。主人東面答拜。乃宿賓。賓許。主人再拜賓答拜主人退賓拜送宿贊冠者一人亦如之（以上宿賓）厥明夕爲期于廟門之外主人立於門東兄弟在其南少退西面北上有司皆如宿服立於西方東面北上擯者請期宰告曰質明行事告兄弟及有司告事畢擯者告期於賓之家（以上爲期）夙興設洗直於東榮南北以堂深水在洗東陳服於房中西墉下東領北上爵弁服纁裳純衣緇帶韎韐皮弁服素積緇帶素韠玄端玄裳黃裳雜裳可也緇帶爵韠緇衣冠缺項青組纓屬於缺緇纚廣終幅長六尺皮弁笄爵弁笄緇組紘纁邊同篋櫛實於簞蒲筵二在南側尊一甒醴在服北有篚實勺觶角柶脯醢南上爵弁皮弁緇布冠各一匴執以待於西坫南南面東上賓升則東面（以上陳器服）主人玄端爵韠立於阼階下直東序西面兄弟畢袗玄立於洗東西面北上擯者玄端負東塾將冠者采衣紒在房中南面（以上即位）賓如主人服贊者玄端從之立於外門之外擯者告主人迎出門左西面再拜賓答拜主人揖贊者與賓揖先入每曲揖至于廟門揖入三揖至於階三讓主人升立於序端西面賓西序東面贊者盥於洗西升立於房中西面南上（以上迎賓）主人之贊者筵於

東序少北西面將冠者出房南面贊者奠纚笄櫛於筵南端賓揖將冠者將冠者卽筵坐贊者坐櫛設纚賓降主人降賓辭主人對賓盥卒壹揖壹讓升主人升復初位賓筵前坐正纚興降西階一等執冠者升一等東面授賓賓右手執項左手執前進容乃祝坐如初乃冠興復位贊者卒冠者興賓揖之適房服玄端爵韠出房南面（以上始加）賓揖之卽筵坐櫛設笄賓盥正纚如初降二等受皮弁右執項左執前進祝加之如初復位贊者卒紘興賓揖之適房服素積素韠容出房南面（以上再加）賓降三等受爵弁加之服纁裳韎韐其他如加皮弁之儀徹皮弁冠櫛筵入於房（以上三加）筵於戶西南面贊者洗於房中側酌醴加柶覆之面葉賓揖冠者就筵筵西南面賓受醴於戶東加柶面枋筵前北面冠者筵西拜受觶賓東面答拜薦脯醢冠者卽筵坐左執觶右祭脯醢以柶祭醴三興筵末坐啐醴建柶興降筵坐奠觶拜執觶興賓答拜（以上醴冠者）冠者奠觶於薦東降筵北面坐取脯降自西階適東壁北面見於母母拜受子拜送母又拜（以上冠者見母）賓降直西序東面主人降復初位冠者立於西階東南面賓字之冠者對（以上字冠者）賓

出。主人送于廟門外。請醴賓。賓禮辭。許。賓就次。（以上賓出就次）冠者見於兄弟。兄弟再拜。冠者答拜。見贊者。西面拜。亦如之。入見姑姊。如見母。（以上見兄弟贊者姑姊）乃易服。服玄冠玄端爵韠。奠摯見於君。遂以摯見於鄉大夫鄉先生。（以上奠摯見君及鄉大夫鄉先生）乃醴賓以壹獻之禮。主人酬賓束帛儷皮。贊者皆與。贊冠者爲介。賓出。主人送於外門外。再拜。歸賓俎。（以上醴賓）若不醴。則醮用酒。尊于房戶之閒。兩甒有禁。玄酒在西。加勺南枋。洗有篚在西南順。始加醮用脯醢。賓降取爵於篚。辭降如初。卒洗。升酌。冠者拜受。賓答拜如初。冠者升筵坐。左執爵。右祭脯醢。祭酒。興。筵末坐啐酒。降筵拜。賓答拜。冠者奠爵于薦東。立于筵西。徹薦爵。筵尊不徹。加皮弁如初儀。再醮攝酒。其他皆如初。加爵弁如初儀。三醮有乾肉折俎。嚌之。其他如初。北面取脯見于母。（以上不醴而醮）若殺。則特豚載合升。離肺實于鼎。設扃鼏。始醮如初。再醮兩豆。葵菹蠃醢。兩籩。栗脯。三醮攝酒如再醮。加俎嚌之。皆如初。嚌肺。卒醮。取籩脯以降如初。（以上殺醮）若孤子。則父兄戒宿。冠之日。主人紒而迎賓。拜揖讓立于序端。皆如冠主。禮于阼。凡拜。北面于阼階上。賓亦北面于西階上答拜。若殺則舉鼎陳于門外直東塾北面（以上孤子冠）若庶子則冠于房外南面遂醮焉（以上庶子冠）冠者母不在則使人受脯于西階下（以上母不在）戒賓曰某有子某將加布於其首願吾子之教之也賓對曰某不敏恐不能共事以病吾子敢辭主人曰某猶願吾子之終教之也賓對曰吾子重有命某敢不從（以上戒賓之辭）宿曰某將加布於某之首吾子將莅之敢宿賓對曰某敢不夙興（以上宿賓之辭）始加祝曰令月吉日始加元服棄爾幼志順爾成德壽考維祺介爾景福再加曰吉月令辰乃申爾服敬爾威儀淑慎爾德眉壽萬年永受胡福三加曰以歲之正以月之令咸加爾服兄弟具在以成厥德黃耇無疆受天之慶（以上三加之辭）醴辭曰甘醴惟厚嘉薦令芳拜受祭之以定爾祥承天之休壽考不忘（以上醴冠者之辭）醮辭曰旨酒既清嘉薦亶時始加元服兄弟具來孝友時格永乃保之再醮曰旨酒既湑嘉薦伊脯乃申爾服禮儀有序祭此嘉爵承天之祜三醮曰旨酒令芳籩豆有楚咸加爾服肴升折俎承天之慶受福無疆（以上三醮之辭）字辭曰禮儀既備令月吉日昭告爾字爰字孔嘉髦士攸宜宜之于假永受保之曰伯某甫仲叔季惟其所當（以上字辭）屨

夏用葛玄端黑屨青絇繶純純博寸素積白屨以魁柎之緇絇繶純純博寸爵弁纁屨黑絇繶純純博寸冬皮屨可也不屨繐屨以上三屨

儀禮士相見禮

士相見之禮摯冬用雉夏用腒左頭奉之曰某也願見無由達某子以命命某見主人對曰某子命某見吾子有辱請吾子之就家也某將走見賓對曰某不足以辱命請終賜見主人對曰某不敢爲儀固請吾子之就家也某將走見賓對曰某不敢爲儀固以請主人對曰某也固辭不得命將走見聞吾子稱摯敢辭摯賓對曰某不以摯不敢見主人對曰某不足以習禮敢固辭賓對曰某也不依於摯不敢見固以請主人對曰某也固辭不得命敢不敬從出迎於門外再拜賓答再拜主人揖入門右賓奉摯入門左主人再拜受賓再拜送摯出主人請見賓反見退主人送于門外再拜以上請見主人復見之以其摯曰曏者吾子辱使某見請還摯于將命者主人對曰某也既得見矣敢辭賓對曰某也非敢求見請還摯于將命者主人對曰某也既得見矣敢固辭賓對曰某不敢以聞

固以請于將命者主人對曰某也固辭不得命敢不從賓奉摯入主人再拜受
賓再拜送摯出主人送于門外再拜（以上復見）士見於大夫終辭其摯於其入也一
拜其辱也賓退送再拜（以上士見大夫）若嘗爲臣者則禮辭其摯曰某也辭不得命不
敢固辭賓入奠摯再拜主人答壹拜賓出使擯者還其摯于門外曰某也使某
還摯賓對曰某也既得見矣敢辭擯者對曰某也命某某非敢爲儀也敢以請
賓對曰某也夫子之賤私不足以踐禮敢固辭擯者對曰某也使某不敢爲儀
也固以請賓對曰某固辭不得命敢不從再拜受（以上嘗爲臣者見）下大夫相見以鴈
飾之以布維之以索如執雉上大夫相見以羔飾之以布四維之結於面左頭
如麛執之如士相見之禮（以上大夫相見）始見於君執摯至下容彌蹙庶人見于君不
爲容進退走士大夫則奠摯再拜稽首君答壹拜（以上始見于君）若他邦之人則使擯
者還其摯曰寡君使某還摯賓對曰君不有其外臣臣不敢辭再拜稽首受（以上
他邦之人見君）凡燕見於君必辯君之南面若不得則正方不疑君君在堂升見無方
階辯君所在（以上燕見於君）凡言非對也妥而後傳言與君言言使臣與大人言言事

君與老者言言使弟子與幼者言言孝弟於父兄與衆言言忠信慈祥與居官者言言忠信以上言凡與大人言始視面中視抱卒視面毋改衆皆若是若父則遊目毋上於面毋下於帶若不言立則視足坐則視膝以上視凡侍坐於君子君子欠伸問日之早晏以食具告改居則請退可也夜侍坐問夜膳葷請退可也以上請退若君賜之食則君祭先飯徧嘗膳飲而俟君命之食然後食若有將食者則俟君之食然後食若君賜之爵則下席再拜稽首受爵升席祭卒爵而俟君卒爵然後授虛爵退坐取屨隱辟而后屨君爲之興則曰君無爲興臣不敢辭君若降送之則不敢顧辭遂出大夫則辭退下比及門三辭以上君賜之食若先生異爵者請見之則辭辭不得命則曰某無以見辭不得命將走見先見之以上長者請見非以君命使則不稱寡大夫士則曰寡君之老凡執幣者不趨容爾蹙以爲儀執玉者則唯舒武舉前曳踵凡自稱於君士大夫則曰下臣宅者在邦則曰市井之臣在野則曰草茅之臣庶人則曰刺草之臣他國之人則曰外臣以上對君自稱及執幣執玉

儀禮覲禮

覲禮至於郊王使人皮弁用璧勞侯氏亦皮弁迎於帷門之外再拜使者不荅拜遂執玉三揖至於階使者不讓先升侯氏升聽命降再拜稽首遂升受玉使者左還而立侯氏還璧使者受侯氏降再拜稽首使者乃出侯氏乃止使者使者乃入侯氏與之讓升侯氏先升授几侯氏拜送几使者設几荅拜侯氏用束帛乘馬儐使者使者再拜受侯氏再拜送幣使者降以左驂出侯氏送于門外再拜侯氏遂從之（以上郊勞）天子賜舍曰伯父女順命于王所賜伯父舍侯氏再拜稽首儐之束帛乘馬（以上賜舍）天子使大夫戒曰某日伯父帥乃初事侯氏再拜稽首（以上戒）諸侯前朝皆受舍于朝同姓西面北上異姓東面北上侯氏裨冕釋幣于禰（以上受舍釋幣）乘墨車載龍旂弧韣乃朝以瑞玉有繅天子設斧依于戶牖之閒左右几天子袞冕負斧依嗇夫承命告于天子天子曰非他伯父實來予一人嘉之伯父其入予一人將受之侯氏入門右坐奠圭再拜稽首擯者謁侯氏坐取圭升致命王受之玉侯氏降階東北面再拜稽首擯者延之曰升升成拜乃

出（以上覲）四享皆束帛加璧庭實唯國家有奉束帛匹馬卓上九馬隨之中庭西上奠幣再拜稽首擯者曰予一人將受之侯氏升致命王撫玉侯氏降自西階東面授宰幣西階前再拜稽首以馬出授人九馬隨之事畢（以上享）乃右肉袒于廟門之東乃入門右北面立告聽事擯者謁諸天子天子辭於侯氏曰伯父無事歸寧乃邦侯氏再拜稽首出自屏南適門西遂入門左北面立王勞之再拜稽首擯者延之曰升升成拜降出（以上請事王勞之）天子賜侯氏以車服迎于外門外再拜路先設西上路下四亞之重賜無數在車南諸公奉篋服加命書于其上升自西階東面大史是右侯氏升西面立大史述命侯氏降兩階之閒北面再拜稽首升成拜大史加書于服上侯氏受使者出侯氏送再拜儐使者諸公賜服者束帛四馬儐大史亦如之同姓大國則曰伯父其異姓則曰伯舅同姓小邦則曰叔父其異姓則曰叔舅（以上賜車服）饗禮乃歸諸侯覲於天子爲宮方三百步四門壇十有二尋深四尺加方明于其上方明者木也方四尺設六色東方青南方赤西方白北方黑上玄下黃設六玉上圭下璧南方璋西方琥北方璜

東方圭上介皆奉其君之旂置于宮尙左公侯伯子男皆就其旂而立四傳擯天子乘龍載大旂象日月升龍降龍出拜日於東門之外反祀方明禮日於南門外禮月與四瀆於北門外禮山川邱陵於西門外祭天燔柴祭山邱陵升祭川沈祭地瘞（以上諸侯覲於天子）

禮記祭法（小戴記惟喪大記投壺二篇首尾完備餘皆疏略不詳姑鈔其不甚攙雜者）

祭法有虞氏禘黃帝而郊嚳祖顓頊而宗堯夏后氏亦禘黃帝而郊鯀祖顓頊而宗禹殷人禘嚳而郊冥祖契而宗湯周人禘嚳而郊稷祖文王而宗武王（以上郊禘祖宗四代不同）燔柴於泰壇祭天也瘞埋於泰折祭地也用騂犢埋少牢於泰昭祭時也相近於坎壇祭寒暑也王宮祭日也夜明祭月也幽宗祭星也雩宗祭水旱也四坎壇祭四方也山林川谷邱陵能出雲爲風雨見怪物皆曰神有天下者祭百神諸侯在其地則祭之亡其地則不祭大凡生於天地之閒者皆曰命其萬物死皆曰折人死曰鬼此五代之所不變也七代之所更立者禘郊宗祖其餘不變也（以上天地百神歷代不變）天下有王分地建國置都立邑設廟祧壇墠而祭之

乃爲親疏多少之數。是故王立七廟。一壇一墠。曰考廟。曰王考廟。曰皇考廟。曰顯考廟。曰祖考廟。皆月祭之。遠廟爲祧。有二祧。享嘗乃止。去祧爲壇。去壇爲墠。墠壇有禱焉祭之。無禱乃止。去墠曰鬼。諸侯立五廟。一壇一墠。曰考廟。曰王考廟。曰皇考廟。皆月祭之。顯考廟祖考廟。享嘗乃止。去祖爲壇。去壇爲墠。壇墠有禱焉祭之。無禱乃止。去墠爲鬼。大夫立三廟二壇。曰考廟。曰王考廟。曰皇考廟。享嘗乃止。顯考祖考無廟。有禱焉爲壇祭之。去壇爲鬼。適士二廟一壇。曰考廟。曰王考廟。享嘗乃止。顯考無廟。有禱焉爲壇祭之。去壇爲鬼。官師一廟。曰考廟。王考無廟而祭之。去王考爲鬼。庶士庶人無廟。死曰鬼。以上廟祧壇墠多少之數 王爲羣姓立社曰大社。王自爲立社曰王社。諸侯爲百姓立社曰國社。諸侯自爲立社曰侯社。大夫以下成羣立社曰置社。以上立社之名 王爲羣姓立七祀。曰司命。曰中霤。曰國門。曰國行。曰泰厲。曰戶。曰竈。王自爲立七祀。諸侯爲國立五祀。曰司命。曰中霤。曰國門。曰國行。曰公厲。諸侯自爲立五祀。大夫立三祀。曰族厲。曰門。曰行。適士立二祀。曰門。曰行。庶士庶人立一祀。或立戶。或立竈。以上立祀多少之數 王下祭殤五適子適孫適曾孫適玄孫適來孫諸侯下祭三大夫下祭二適士及庶人祭子而止(以上祭殤之數)夫聖王之制祭祀也法施於民則祀之以死勤事則祀之以勞定國則祀之能禦大菑則祀之能捍大患則祀之是故厲山氏之有天下也其子曰農能殖百穀夏之衰也周弃繼之故祀以爲稷共工氏之霸九州也其子曰后土能平九州故祀以爲社帝嚳能序星辰以著衆堯能賞均刑法以義終舜勤衆事而野死鯀障鴻水而殛死禹能脩鯀之功黄帝正名百物以明民共財顓頊能脩之契爲司徒而民成冥勤其官而水死湯以寛治民而除其虐文王以文治武王以武功去民之菑此皆有功烈於民者也及夫日月星辰民所瞻仰也山林川谷邱陵民所取財用也非此族也不在祀典(以上聖賢死後應列祀典者)

禮記投壺

投壺之禮主人奉矢司射奉中使人執壺主人請曰某有枉矢哨壺請以樂賓賓曰子有旨酒嘉肴某既賜矣又重以樂敢辭主人曰枉矢哨壺不足辭也敢固以請賓曰某既賜矣又重以樂敢固辭主人曰枉矢哨壺不足辭也敢固以

請賓曰某固辭不得命敢不敬從賓再拜受主人般還曰辟主人阼階上拜送賓般還曰辟已拜受矢進即兩楹閒退反位揖賓就筵司射進度壺閒以二矢半反位設中東面執八筭興請賓曰順投爲入比投不釋勝飲不勝者正爵既行請爲勝者立馬一馬從二馬三馬既立請慶多馬請主人亦如之命弦者曰請奏貍首閒若一大師曰諾左右告矢具請拾投有入者則司射坐而釋一筭焉賓黨於右主黨於左卒投司射執筭曰左右卒投請數二筭爲純一純以取一筭爲奇遂以奇筭告曰某賢於某若干純奇則曰奇鈞則曰左右鈞命酌曰請行觴酌者曰諾當飲者皆跪奉觴曰賜灌勝者跪曰敬養正爵既行請立馬馬各直其筭一馬從二馬以慶慶禮曰三馬既備請慶多馬賓主皆曰諾正爵既行請徹馬筭多少視其坐籌室中五扶堂上七扶庭中九扶筭長尺二寸壺頸脩七寸腹脩五寸口徑二寸半容斗五升壺中實小豆焉爲其矢之躍而出也壺去席二矢半矢以柘若棘毋去其皮魯令弟子辭曰毋幠毋敖毋偝立毋踰言偝立踰言有常爵薛令弟子辭曰毋幠毋敖毋偝立毋踰言若是者浮司

射庭長及冠士立者皆屬賓黨樂人及使者童子皆屬主黨

鼓○□○○□□○□○○□半○□○□○○○□□○□○魯鼓○□○

○○□□○□○○□□○□○○□□○半○□○○○□□○薛鼓取半

以下爲投壺禮盡用之爲射禮魯鼓○□○○□□○○半○□○○□○○

○○□○□○薛鼓○□○○○○□○□○□○○○□○□○○□○半

○□○□○○○○□○

史記天官書

中宮天極星其一明者太一常居也旁三星三公或曰子屬後句四星末大星正妃餘三星後宮之屬也環之匡衞十二星藩臣皆曰紫宮前列直斗口三星隋北端兌若見若不曰陰德或曰天一紫宮左三星曰天槍右五星曰天棓後六星絕漢抵營室曰閣道北斗七星所謂琁璣玉衡以齊七政杓攜龍角衡殷南斗魁枕參首用昏建者杓杓自華以西南夜半建者衡衡殷中州河濟之閒平旦建者魁魁海岱以東北也斗爲帝車運于中央臨制四鄉分陰陽建四時

均五行移節度定諸紀皆繫於斗斗魁戴匡六星曰文昌宮一曰上將二曰次將三曰貴相四曰司命五曰司中六曰司祿在斗魁中貴人之牢魁下六星兩兩相比者名曰三能三能色齊君臣和不齊爲乖戾輔星明近輔臣親強斥小疏弱杓端有兩星一內爲矛招搖一外爲盾天鋒有句圜十五星屬杓曰賤人之牢其牢中星實則囚多虛則開出天一槍棓矛盾動搖角大兵起（以上中宮）東宮蒼龍房心心爲明堂大星天王前後星子屬不欲直直則天王失計房爲府曰天駟其陰右驂旁有兩星曰衿北一星曰舝東北曲十二星曰旗旗中四星曰天市中六星曰市樓市中星衆者實其虛則耗房南衆星曰騎官左角李右角將大角者天王帝廷其兩旁各有三星鼎足句之曰攝提攝提者直斗杓所指以建時節故曰攝提格亢爲疏廟主疾其南北兩大星曰南門氐爲天根主疫尾爲九子曰君臣斥絕不和箕爲敖客曰口舌火犯守角則有戰房心王者惡之也（以上東宮）南宮朱鳥權衡衡太微三光之廷匡衛十二星藩臣西將東相南四星執法中端門門左右掖門門內六星諸侯其內五星五帝坐後聚一十五星

蔚然曰郎位傍一大星將位也月五星順入軌道司其出所守天子所誅也其逆入若不軌道以所犯命之中坐成形皆羣下從謀也金火尤甚廷藩西有隋星五曰少微士大夫權軒轅軒轅黃龍體前大星女主象旁小星御者後宮屬月五星守犯者如衡占東井爲水事其西曲星曰鉞鉞北北河南南河兩河天闕閒爲關梁輿鬼鬼祠事中白者爲質火守南北河兵起穀不登故德成衡觀成潢傷成鉞禍成井誅成質柳爲鳥注主木草七星頸爲員官主急事張素爲廚主觴客翼爲羽翮主遠客軫爲車主風其旁有一小星曰長沙星星不欲明明與四星等若五星入軫中兵大起軫南衆星曰天庫樓庫有五車車星角若益衆及不具無處車馬(以上言南宮) 西宮咸池曰天五潢五潢五帝車舍火入旱金兵水水中有三柱柱不具兵起奎曰封豕爲溝瀆婁爲聚衆胃爲天倉其南衆星曰廥積昴曰旄頭胡星也爲白衣會畢曰罕車爲邊兵主弋獵其大星旁小星爲附耳附耳搖動有讒亂臣在側昴畢閒爲天街其陰陰國陽陽國參爲白虎三星直者是爲衡石下有三星兌曰罰爲斬艾事其外四星左右肩股也小

三星隅置曰觜觿爲虎首主葆旅事其南有四星曰天廁廁下一星曰天矢矢黃則吉青白黑凶其西有句曲九星三處羅一曰天旗二曰天苑三曰九游其東有大星曰狼狼角變色多盜賊下有四星曰弧直狼狼比地有大星曰南極老人老人見治安不見兵起常以秋分時候之于南郊附耳入畢中兵起（以上西宮）

北宮玄武虛危危爲蓋屋虛爲哭泣之事其南有衆星曰羽林天軍軍西爲壘或曰鉞旁有一大星爲北落北落若微亡軍星動角益希及五星犯北落入軍軍起火金水尤甚火軍憂水患木土軍吉危東六星兩兩相比曰司空營室爲清廟曰離宮閣道漢中四星曰天駟旁一星曰王良王良策馬車騎滿野旁有八星絕漢曰天潢天潢旁江星江星動人涉水杵臼四星在危南匏瓜有青黑星守之魚鹽貴南斗爲廟其北建星建星者旗也牽牛爲犧牲其北河鼓河鼓大星上將左右左右將婺女其北織女織女天女孫也（以上北宮恆星至此止）

察日月之行以揆歲星順逆曰東方木主春日甲乙義失者罰出歲星歲星贏縮以其舍命國所在國不可伐可以罰人其趨舍而前曰贏退舍曰縮贏其國有兵不復

縮其國有憂將亡國傾敗其所在五星皆從而聚於一舍其下之國可以義致天下以攝提格歲歲陰左行在寅歲星右轉居丑正月與斗牽牛晨出東方名曰監德色蒼蒼有光其失次有應見柳歲早水晚旱歲星出東行十二度百日而止反逆行逆行八度百日復東行歲行三十度十六分度之七率日行十二分度之一十二歲而周天出常東方以晨入於西方用昏單閼歲歲陰在卯星居子以二月與婺女虛危晨出曰降入大有光其失次有應見張名曰降入其歲大水執徐歲歲陰在辰星居亥以三月居與營室東壁晨出曰青章青青甚章其失次有應見軫曰青章歲早旱晚水大荒駱歲歲陰在巳星居戌以四月與奎婁胃昴晨出曰跰踵熊熊赤色有光其失次有應見亢敦牂歲歲陰在午星居酉以五月與胃昴畢晨出曰開明炎炎有光偃兵唯利公王不利治兵其失次有應見房歲早旱晚水叶洽歲歲陰在未星居申以六月與觜觿參晨出曰長列昭昭有光利行兵其失次有應見箕涒灘歲歲陰在申星居未以七月與東井輿鬼晨出曰大音昭昭白其失次有應見牽牛作鄂歲歲陰在酉星居

午以八月與柳七星張晨出曰爲長王作作有芒國其昌熟穀其失次有應見危曰大章有旱而昌有女喪民疾閹茂歲歲陰在戌星居巳以九月與翼軫晨出曰天睢白色大明其失次有應見東壁歲水女喪大淵獻歲歲陰在亥星居辰以十月與角亢晨出曰大章蒼蒼然星若躍而陰出旦是謂正平起師旅其率必武其國有德將有四海其失次有應見婁困敦歲歲陰在子星居卯以十一月與氐房心晨出曰天泉玄色甚明江池其昌不利起兵其失次有應在昴赤奮若歲歲陰在丑星居寅以十二月與尾箕晨出曰天皓黫然黑色甚明其失次有應見參當居不居居之又左右搖未當去去之與他星會其國凶所居久國有德厚其角動乍小乍大若色數變人主有憂其失次舍以下進而東北三月生天棓長四丈末兌進而東南三月生彗星長二丈類彗退而西北三月生天欃長四丈末兌退而西南三月生天槍長數丈兩頭兌謹視其所見之國不可舉事用兵其出如浮如沈其國有土功如沈如浮其野亡色赤而有角其所居國昌迎角而戰者不勝星色赤黃而沈所居野大穰色青白而赤灰所居

野有憂歲星入月其野有逐相與太白鬭其野有破軍歲星一曰攝提曰重華曰應星曰紀星營室爲清廟歲星廟也以上歲星熒惑剛氣以處熒惑曰南方火主夏日丙丁禮失罰出熒惑熒惑失行是也出則有兵入則兵散以其舍命國熒惑熒惑爲勃亂殘賊疾喪饑兵反道二舍以上居之三月有殃五月受兵七月半亡地九月太半亡地因與俱出入國絕祀居之殃還至雖大當小久而至當小反大其南爲丈夫北爲女子喪若角動繞環之及乍前乍後左右殃益大與他星鬭光相逮爲害不相逮不害五星皆從而聚于一舍其下國可以禮致天下法出東行十六舍而止逆行二舍六旬復東行自所止數十舍十月而入西方伏行五月出東方其出西方曰反明主命者惡之東行急一日行一度半其行東西南北疾也兵各聚其下用戰順之勝逆之敗熒惑從太白軍憂離之軍卻出太白陰有分軍行其陽有偏將戰當其行太白逮之破軍殺將其入守犯太微軒轅營室主命惡之心爲明堂熒惑廟也謹候此以上熒惑歷斗之會以定填星之位曰中央土主季夏日戊己黃帝主德女主象也歲填一宿其所居國吉未

當居而居若已去而復還還居之其國得土不乃得女若當居而不居旣已居之又西東去其國失土不乃失女不可舉事用兵其居久其國福厚易福薄其一名曰地侯主歲歲行十二度百十二分度之五日行二十八分度之一二十八歲周天其所居五星皆從而聚于一舍其下之國可重致天下禮德義殺刑盡失而填星乃爲之動搖贏爲王不甯其縮有軍不復填星其色黃九芒音曰黃鍾宮其失次上二三宿曰贏有主命不成不乃大水失次下二三宿曰縮有后戚其歲不復不乃天裂若地動斗爲文太室填星廟天子之星也木星與土合爲內亂饑主勿用戰敗水則變謀而更事火爲旱金爲白衣會若水金在南曰牝牡年穀熟金在北歲偏無火與水合爲焠與金合爲鑠爲喪皆不可舉事用兵大敗土爲憂主孽卿大饑戰敗爲北軍軍困舉事大敗土與水合穰而擁閼有覆軍其國不可舉事出亡地入得地金爲疾爲內兵亡地三星若合其宿地國外內有兵與喪改立公王四星合兵喪並起君子憂小人流五星合是謂易行有德受慶改立大人掩有四方子孫蕃昌無德受殃若亡五星皆大其事

亦大皆小事亦小蚤出者爲贏贏者爲客晚出者爲縮縮者爲主人必有天應

見於杓星同舍爲合相陵爲鬬七寸以內必之矣五星色白圜爲喪旱赤圜則

中不平爲兵青圜爲憂水黑圜爲疾多死黃圜則吉赤角犯我城黃角地之爭

白角哭泣之聲青角有兵憂黑角則水意行窮兵之所終五星同色天下偃兵

百姓甯昌春風秋雨冬寒夏暑動搖常以此填星出百二十日而逆西行西行

百二十日反東行見三百三十日而入入三十日復出東方太歲在甲寅鎮星

在東壁故在營室(以上土星)察日行以處位太白曰西方秋司兵月行及天矢日庚

辛主殺殺失者罰出太白太白失行以其舍命國其出行十八舍二百四十日

而入入東方伏行十一舍百三十日其入西方伏行三舍十六日而出當出不

出當入不入是謂失舍不有破軍必有國君之篡其紀上元以攝提格之歲與

營室晨出東方至角而入與營室夕出西方至角而入與角晨出入畢與角夕

出入畢與畢晨出入箕與畢夕出入箕與箕晨出入柳與箕夕出入柳與柳晨

出入營室與柳夕出入營室凡出入東西各五爲八歲二百二十日復與營室

晨出東方其大率歲一周天其始出東方行遲率日半度一百二十日必逆行一二舍上極而反東行行日一度半一百二十日入其庫近日曰明星柔高遠日曰大囂剛其始出西行疾率日一度半百二十日上極而行遲日半度百二十日旦入必逆行一二舍而入其庫近日曰太白柔高遠日曰大相剛出以辰戌入以丑未當出不出未當入而入天下偃兵兵在外入未當出而出當入而不入下起兵有破國其當期出也其國昌其出東爲東入東爲北方出西爲西入西爲南方所居久其鄉利疾其鄉凶出西逆行至東正西國吉出東至西正東國吉其出不經天經天天下革政小以角動兵起始出大後小兵弱出小後大兵強出高用兵深吉淺凶庳淺吉深凶日方南金居其南日方北金居其北曰贏侯王不甯用兵進吉退凶日方南金居其北日方北金居其南曰縮侯王有憂用兵退吉進凶用兵象太白太白行疾疾行遲遲行角敢戰動搖躁躁圜以靜靜順角所指吉反之皆凶出則出兵入則入兵赤角有戰白角有喪黑圜角憂有水事青圜小角憂有木事黃圜和角有土事有年其已出三日而復有

微入入三日乃復盛出是謂耎其下國有軍敗將北其已入三日又復微出出三日而復盛入其下國有憂師有糧食兵革遺人用之卒雖衆將爲人虜其出西失行外國敗其出東失行中國敗其色大圜黃滜可爲好事其圜大赤兵盛不戰太白白比狼赤比心黃比參左肩蒼比參右肩黑比奎大星五星皆從太白而聚乎一舍其下之國可以兵從天下居實有得也居虛無得也行勝色色勝位有位勝無位有色勝無色行得盡勝之出而留桑榆閒疾其下國上而疾未盡其日過參天疾其對國上復下下復上有反將其入月將僇金木星合光其下戰不合兵雖起而不鬭合相毀野有破軍出西方昏而出陰陰兵強暮食出小弱夜半出中弱雞鳴出大弱是謂陰陷於陽其在東方乘明而出陽陽兵之強雞鳴出小弱夜半出中弱昏出大弱是謂陽陷於陰太白伏也以出兵兵有殃其出卯南南勝北方出卯北北勝南方正在卯東國利出西北北勝南方出西南南勝北方正在西西國勝其與列星相犯小戰五星大戰其相犯太白出其南南國敗出其北北國敗行疾武不行文色白五芒出蚤爲月蝕晚爲天

聚珍倣宋版印

矢及彗星將發其國。出東爲德。舉事左之迎之吉。出西爲刑。舉事右之背之吉。反之皆凶。太白光見景。戰勝。晝見而經天。是謂爭明。強國弱。小國強。女主昌。亢爲疏廟。太白廟也。太白大臣也。其號上公。其他名殷星太正營星觀星宮星明星大衰大澤終星大相天浩序星月緯大司馬位謹候此。以上金星察日辰之會。以治辰星之位。曰北方水。太陰之精。主冬。日壬癸。刑失者罰出辰星。以其宿命國。是正四時。仲春春分。夕出郊奎婁胃東五舍。爲齊。仲夏夏至。夕出郊東井輿鬼柳東七舍。爲楚。仲秋秋分。夕出郊角亢氐房東四舍。爲漢。仲冬冬至。晨出郊東方。與尾箕斗牽牛俱西。爲中國。其出入常以辰戌丑未。其蚤爲月蝕。晚爲彗星及天矢。其時宜效不效爲失。追兵在外不戰。一時不出。其時不和。四時不出。天下大饑。其當效而出也。色白爲旱。黃爲五穀熟。赤爲兵。黑爲水。出東方。大而白。有兵於外解。常在東方。其赤。中國勝。其西而赤。外國利。無兵於外而赤。兵起。其與太白俱出東方。皆赤而角。外國大敗。中國勝。其與太白俱出西方。皆赤而角。外國利。五星分天之中。積于東方。中國利。積于西方。外國用者利。五星皆從辰星而聚于一舍其所舍之國可以法致天下辰星不出太白爲客其出太白爲主出而與太白不相從野雖有軍不戰出東方太白出西方若出西方太白出東方爲格野雖有兵不戰失其時而出爲當寒反温當温反寒當出不出是謂擊卒兵大起其入太白中而上出破軍殺將客軍勝下出客亡地辰星來抵太白太白不去將死正旗上出破軍殺將客勝下出客亡地視旗所指以命破軍其繞環太白若與鬭大戰客勝免過太白閒可械劍小戰客勝免居太白前軍罷出太白左小戰摩太白右數萬人戰主人吏死出太白右去三尺軍急約戰青角兵憂黑角水赤行窮兵之所終免七命曰小正辰星天欃安周星細爽能星鉤星其色黃而小出而易處天下之文變而不善矣免五色青圜憂白圜喪赤圜中不平黑圜吉赤角犯我城黃角地之爭白角號泣之聲其出東方行四舍四十八日其數二十日而反入于東方其出西方行四舍四十八日其數二十日而反入于西方其一候之營室角畢箕柳出房心閒地動辰星之色春青黃夏赤白秋青白而歲熟冬黃而不明卽變其色其時不昌春不見大風秋則

不實夏不見有六十日之旱月蝕秋不見有兵春則不生冬不見陰雨六十日有流邑夏則不長七星爲員官辰星廟蠻夷星也以上水星角亢氐兗州房心豫州尾箕幽州斗江湖牽牛婺女揚州虛危青州營室至東壁并州奎婁胃徐州昴畢冀州觜觿參益州東井輿鬼雍州柳七星張三河翼軫荆州以上分野兩軍相當日暈暈等力鈞厚長大有勝薄短小無勝重抱大破無抱爲和背不和爲分離相去直爲自立立侯王指暈若曰殺將負且戴有喜圍在中中勝在外外勝青外赤中以和相去赤外青中以惡相去氣暈先至而後去居軍勝先至先去前利後病後至後去前病後利後至先去前後皆病居暈不勝見而去其發疾雖勝無功見半日以上功大白虹屈短上下兌有者下大流血日暈制勝近期三十日遠期六十日其食食所不利復生生所利而食益盡爲主位以其直及日所宿加以日時用命其國也以上日暈月行中道安甯和平陰閒多水陰事外北三尺陰星北三尺太陰大水兵陽閒驕恣陽星多暴獄太陽大旱喪也角天門十月爲四月十一月爲五月十二月爲六月水發近三尺遠五尺犯四輔輔臣誅

行南北河以陰陽言旱水兵喪。月蝕歲星。其宿地饑若亡。熒惑也亂。填星也下犯上。太白也強國以戰敗。辰星也女亂。食大角。主命者惡之。心則爲內賊亂也。列星。其宿地憂。月蝕始日。五月者六。六月者五。五月復六。六月者一。而五月者五。凡百一十三月而復始。故月蝕常也。日蝕爲不臧也。甲乙四海之外。日月不占。丙丁江淮海岱也。戊己中州河濟也。庚辛華山以西。壬癸恆山以北。日蝕國君。月蝕將相當之。脫上行國皇星大而赤。狀類南極。所出其下起兵。兵強其衝不利。昭明星大而白。無角。乍上乍下。所出國起兵多變。五殘星出正東東方之野。其星狀類辰星。去地可六丈。大賊星出正南南方之野。星去地可六丈。大而赤。數動有光。司危星出正西西方之野。星去地可六丈。大而白。類太白。獄漢星出正北北方之野。星去地可六丈。大而赤。數動。察之中青。此四野星所出。出非其方。其下有兵。衝不利。四填星所出四隅。去地可四丈。地維咸光亦出四隅。去地可三丈。若月始出。所見下有亂。亂者亡。有德者昌。燭星狀如太白。其出也不行。見則滅。所燭者城邑亂。如星非星。如雲非雲。命曰歸邪。歸邪出必有歸國者。星者金之散氣本曰火星衆國吉少則凶漢者亦金之散氣其本曰水漢星多多水少則旱其大經也天鼓有音如雷非雷音在地而下及地其所往者兵發其下天狗狀如大奔星有聲其下止地類狗所墮及炎火望之如火光炎炎衝天其下圜如數頃田處上兌者則有黃色千里破軍殺將格澤星者如炎火之狀黃白起地而上下大上兌其見也不種而穫不有土功必有大害蚩尤之旗類彗而後曲象旗見則王者征伐四方旬始出於北斗旁狀如雄雞其怒青黑象伏鼈枉矢類大流星蛇行而蒼黑望之如有毛羽然長庚如一匹布著天此星見兵起星墜至地則石也河濟之閒時有墜星天精而見景星景星者德星也其狀無常常出於有道之國（以上吉星凶星）凡望雲氣仰而望之三四百里平望在桑揄上千餘里二千里登高而望之下屬地者三千里雲氣有獸居上者勝自華以南氣下黑上赤嵩高三河之郊氣正赤恆山之北氣下黑上青勃碣海岱之閒氣皆黑江淮之閒氣皆白徒氣白土功氣黃車氣乍高乍下往往而聚騎氣卑而布卒氣摶前卑而後高者疾前方而後高者兌後兌而卑者卻其氣平者

其行徐。前高而後卑者不止而反。氣相遇者。卑勝高。兌勝方。氣來卑而循車通者。不過三四日去之五六里見氣來高七八尺者。不過五六日去之十餘里見氣來高丈餘二丈者。不過三四十日去之五六十里見。稍雲精白者。其將悍其士怯。其大根而前絕遠者當戰。青白其前低者戰勝。其前赤而仰者戰不勝。陣雲如立垣杼雲類杼軸。雲摶兩端兌杓雲如繩者居前亙天其半半天。其蛪者類闕旗故。鉤雲句曲。諸此雲見以五色合占而澤摶密。其見動人乃有占兵必起合鬭。其直王朔所候決於日旁。日旁雲氣人主象。皆如其形以占。故北夷之氣如羣畜穹閭。南夷之氣類舟船旛旗。大水處敗軍場破國之虛。下有積錢金寶之上。皆有氣不可不察。海旁蜃氣象樓臺。廣野氣成宮闕。然雲氣各象其山川人民所積聚。故候息耗者入國邑視封疆田疇之正治城郭室屋門戶之潤澤。次至車服畜產精華。實息者吉。虛耗者凶。若煙非煙。若雲非雲。郁郁紛紛。蕭索輪囷。是謂卿雲。卿雲見喜氣也。若霧非霧。衣冠而不濡。見則其域被甲而趨。天雷電蝦虹辟歷夜明者。陽氣之動者也。春夏則發。秋冬則藏。故候者無不司之天開縣物地動圻絶山崩及徙川塞谿垘水澹澤竭地長見象城郭門閭臯枯槀宮廟邸第人民所次謠俗車服觀民飲食五穀草木觀其所屬倉府廄庫四通之路六畜禽獸所產去就魚鼈鳥鼠觀其所處鬼哭若呼其所逢俉化言誠然（以上望氣）凡候歲美惡謹候歲始歲始或冬至日產氣始萌臘明日人衆卒歲一會飲食發陽氣故曰初歲正月旦王者歲首立春日四時之卒始也四始者候之日而漢魏鮮集臘明正月旦決八風風從南方來大旱西南小旱西方有兵西北戎菽爲小雨趣兵北方爲中歲東北爲上歲東方大水東南民有疾疫歲惡故八風各與其衝對課多者爲勝多勝少久勝亟疾勝徐旦至食爲麥食至日昳爲稷昳至餔爲黍餔至下餔爲菽下餔至日入爲麻欲終日有雨有雲有風有日日當其時者深而多實無雲有風日當其時淺而多實有雲風無日當其時深而少實有日無雲不風當其時者稼有敗如食頃小敗熟五斗米頃大敗則風復起有雲其稼復起各以其時用雲色占種其所宜其雨雪若寒歲惡是日光明聽都邑人民之聲聲宮則歲善吉商則有兵徵旱羽水角歲

惡或從正月旦比數雨率日食一升至七升而極過之不占數至十二日日直其月占水旱爲其環城千里內占則其爲天下候竟正月月所離列宿日風雲占其國然必察太歲所在在金穰水毀木饑火旱此其大經也正月上甲風從東方宜蠶風從西方若旦黃雲惡冬至短極縣土炭炭動鹿角解蘭根出泉水躍略以知日至要決晷景歲星所在五穀逢昌其對爲衡歲乃有殃以上候歲

太史公曰自初生民以來世主曷嘗不歷日月星辰及至五家三代紹而明之內冠帶外夷狄分中國爲十有二州仰則觀象於天俯則法類於地天則有日月地則有陰陽天有五星地有五行天則有列宿地則有州域三光者陰陽之精氣本在地而聖人統理之幽厲以往尚矣所見天變皆國殊窟穴家占物怪以合時應其文圖籍禨祥不法是以孔子論六經記異而說不書至天道命不傳傳其人不待告告非其人雖言不著昔之傳天數者高辛之前重黎於唐虞羲和有夏昆吾殷商巫咸周室史佚萇弘於宋子韋鄭則裨竈在齊甘公楚唐昧趙尹皐魏石申夫天運三十歲一小變百年中變五百載大變三大變一紀

三紀而大備此其大數也爲國者必貴三五上下各千歲然後天人之際續備太史公推古天變未有可考于今者蓋略以春秋二百四十二年之閒日蝕三十六彗星三見宋襄公時星隕如雨天子微諸侯力政五伯代興更爲命主自是之後衆暴寡大幷小秦楚吳越夷狄也爲彊伯田氏篡齊三家分晉並爲戰國爭於攻取兵革更起城邑數屠因以饑饉疾疫焦苦臣主共憂患其察禨祥候星氣尤急近世十二諸侯七國相王言從衡者繼踵而皋唐甘石因時務論其書傳故其占驗淩雜米鹽二十八舍主十二州斗秉兼之所從來久矣秦之疆也候在太白占於狼弧吳楚之疆候在熒惑占於鳥衡燕齊之疆候在辰星占於虛危宋鄭之疆候在歲星占於房心晉之疆亦候在辰星占於參罰及秦幷呑三晉燕代自河山以南者中國中國於四海內則在東南爲陽陽則日歲星熒惑填星占於街南畢主之其西北則胡貉月氏諸衣旃裘引弓之民爲陰陰則月太白辰星占於街北昴主之故中國山川東北流其維首在隴蜀尾沒于勃碣是以秦晉好用兵復占太白太白主中國而胡貉數侵掠獨占辰星辰

星出入躁疾常主夷狄其大經也此更爲客主人熒惑爲孛外則理兵內則理
政故曰雖有明天子必視熒惑所在諸侯更彊時菑異記無可錄者秦始皇之
時十五年彗星四見久者八十日長或竟天其後秦遂以兵滅六王并中國外
攘四夷死人如亂麻因以張楚並起三十年之閒兵相駘藉不可勝數自蚩尤
以來未嘗若斯也項羽救鉅鹿枉矢西流山東遂合從諸侯西坑秦人誅屠咸
陽漢之興五星聚于東井平城之圍月暈參畢七重諸呂作亂日蝕晝晦吳楚
七國叛逆彗星數丈天狗過梁野及兵起遂伏尸流血其下元光元狩蚩尤之
旗再見長則半天其後京師師四出誅夷狄者數十年而伐胡尤甚越之亡熒
惑守斗朝鮮之拔星茀於河戍兵征大宛星茀招搖此其犖犖大者若至委曲
小變不可勝道由是觀之未有不先形見而應隨之者也夫自漢之爲天數者
星則唐都氣則王朔占歲則魏鮮故甘石歷五星法唯獨熒惑有反逆行逆行
所守及他星逆行日月薄蝕皆以爲占余觀史記考行事百年之中五星無出
而不反逆行反逆行嘗盛大而變色日月薄蝕行南北有時此其大度也故紫

宮房心權衡咸池虛危列宿部星此天之五官坐位也爲經不移徙大小有差闊狹有常水火金木塡星此五星者天之五佐爲經緯見伏有時所過行贏縮有度日變修德月變省刑星變結和凡天變過度乃占國君彊大有德者昌弱小飾詐者亡太上修德其次修政其次修救次修禳正下無之夫常星之變希見而三光之占亟用日月暈適雲風此天之客氣其發見亦有大運然其與政事俯仰最近大人之符此五者天之感動爲天數者必通三五終始古今深觀時變察其精麤則天官備矣蒼帝行德天門爲之開赤帝行德天牢爲之空黃帝行德天矢爲之起風從西北來必以庚辛一秋中五至大赦三至小赦白帝行德以正月二十日二十一日月暈圍常大赦載謂有太陽也一曰白帝行德畢昴爲之圍圍三暮德乃成不三暮及圍不合德不成二曰以辰圍不出其旬黑帝行德天關爲之動天行德天子更立年不德風雨破石三能三衡者天廷也客星出天廷有奇令

史記封禪書

自古受命帝王曷嘗不封禪蓋有無其應而用事者矣未有睹符瑞見而不臻乎泰山者也雖受命而功不至至矣而德不洽洽矣而日有不暇給是以即事用希傳曰三年不爲禮禮必廢三年不爲樂樂必壞每世之隆則封禪答焉及衰而息厥曠遠者千有餘載近者數百載故其儀闕然堙滅其詳不可得而記聞云（以上封禪希曠不舉）尚書曰舜在璇璣玉衡以齊七政遂類于上帝禋于六宗望山川徧羣神輯五瑞擇吉月日見四岳諸牧還瑞歲二月東巡狩至於岱宗岱宗泰山也柴望秩于山川遂覲東后東后者諸侯也合時月正日同律度量衡修五禮五玉三帛二生一死贄五月巡狩至南岳南岳衡山也八月巡狩至西岳西岳華山也十一月巡狩至北岳北岳恆山也皆如岱宗之禮中岳嵩高也五載一巡狩禹遵之後十四世至帝孔甲淫德好神神瀆二龍去之其後三世湯伐桀欲遷夏社不可作夏社後八世至帝太戊有桑穀生於廷一暮大拱懼伊陟曰妖不勝德太戊修德桑穀死伊陟贊巫咸巫咸之興自此始後十四世帝武丁得傅說爲相殷復興焉稱高宗有雉登鼎耳雊武丁懼祖己曰修德武丁

從之位以承箭後五世帝武乙慢神而震死後三世帝紂淫亂武王伐之由此觀之始未嘗不肅祗後稍怠慢也周官曰冬日至祀天於南郊迎長日之至夏日至祭地祇皆用樂舞而神乃可得而禮也天子祭天下名山大川五岳視三公四瀆視諸侯諸侯祭其疆內名山大川四瀆者江河淮濟也天子曰明堂辟雍諸侯曰泮宮周公既相成王郊祀后稷以配天宗祀文王於明堂以配上帝自禹興而修社祀后稷稼穡故有稷祠郊社所從來尚矣以上唐虞三代郊祀大略自周克殷後十四世世益衰禮樂廢諸侯恣行而幽王爲犬戎所敗周東徙雒邑秦襄公攻戎救周始列爲諸侯秦襄公既侯居西垂自以爲主少皞之神作西畤祠白帝其牲用駵駒黃牛羝羊各一云其後十六年秦文公東獵汧渭之閒卜居之而吉文公夢黃蛇自天下屬地其口止於鄜衍文公問史敦敦曰此上帝之徵君其祠之於是作鄜畤用三牲郊祭白帝焉自未作鄜畤也而雍旁故有吳陽武畤雍東有好畤皆廢無祠或曰自古以雍州積高神明之隩故立畤郊上帝諸神祠皆聚云蓋黃帝時嘗用事雖晚周亦郊焉其語不經見搢紳者不道

作鄜時後九年文公獲若石云于陳倉北阪城祠之其神或歲不至或歲數來來也常以夜光輝若流星從東南來集于祠城則若雄雞其聲殷云野雞夜雊以一牢祠命曰陳寶作鄜時後七十八年秦德公既立卜居雍後子孫飲馬於河遂都雍雍之諸祠自此興用三百牢於鄜時作伏祠磔狗邑四門以禦蠱菑德公立二年卒其後六年秦宣公作密時於渭南祭青帝其後十四年秦繆公立病臥五日不寤寤乃言夢見上帝上帝命繆公平晉亂史書而記藏之府而後世皆曰秦繆公上天（以上秦作時及祀陳寶）秦繆公卽位九年齊桓公既霸會諸侯於葵丘而欲封禪管仲曰古者封泰山禪梁父者七十二家而夷吾所記者十有二焉昔無懷氏封泰山禪云云虙羲封泰山禪云云神農封泰山禪云云炎帝封泰山禪云云黃帝封泰山禪亭亭顓頊封泰山禪云云帝嚳封泰山禪云云堯封泰山禪云云舜封泰山禪云云禹封泰山禪會稽湯封泰山禪云云周成王封泰山禪社首皆受命然後得封禪桓公曰寡人北伐山戎過孤竹西伐大夏涉流沙束馬懸車上卑耳之山南伐至召陵登熊耳山以望江漢兵車之會

三而乘車之會六九合諸侯一匡天下諸侯莫違我昔三代受命亦何以異乎於是管仲睹桓公不可窮以辭因設之以事曰古之封禪鄗上之黍北里之禾所以爲盛江淮之閒一茅三脊所以爲藉也東海致比目之魚西海致比翼之鳥然后物有不召而自至者十有五焉今鳳皇麒麟不來嘉穀不生而蓬蒿藜莠茂鴟梟數至而欲封禪毋乃不可乎於是桓公乃止以上管仲與齊桓公論封禪 是歲秦繆公內晉君夷吾其後三置晉國之君平其亂繆公立三十九年而卒其後百有餘年而孔子論述六藝傳略言易姓而王封泰山禪乎梁父者七十餘王矣其俎豆之禮不章蓋難言之或問禘之說孔子曰不知知禘之說其於天下也視其掌詩云紂在位文王受命政不及泰山武王克殷二年天下未甯而崩爰周德之洽維成王成王之封禪則近之矣及後陪臣執政季氏旅於泰山仲尼譏之是時萇弘以方事周靈王諸侯莫朝周周力少萇弘乃明鬼神事設射貍首貍首者諸侯之不來者依物怪欲以致諸侯諸侯不從而晉人執殺萇弘周人之言方怪者自萇弘以上孔子不言封禪萇弘以方怪見殺 其後百餘年秦靈公作吳陽上時

祭黃帝作下時祭炎帝後四十八年周太史儋見秦獻公曰秦始與周合合而離五百歲當復合合十七年而霸王出焉櫟陽雨金秦獻公自以爲得金瑞故作畦時櫟陽而祀白帝其後百二十歲而秦滅周周之九鼎入于秦或曰宋太邱社亡而鼎沒于泗水彭城下其後百一十五年而秦幷天下秦始皇既幷天下而帝或曰黃帝得土德黃龍地螾見夏得木德青龍止於郊草木暢茂殷得金德銀自山溢周得火德有赤烏之符今秦變周水德之時昔秦文公出獵獲黑龍此其水德之瑞於是秦更命河曰德水以冬十月爲年首色上黑度以六爲名音上大呂事統上法卽帝位三年東巡郡縣祠騶嶧山頌秦功業於是徵從齊魯之儒生博士七十人至乎泰山下諸儒生或議曰古者封禪爲蒲車惡傷山之土石草木埽地而祭席用葅稭言其易遵也始皇聞此議各乖異難施用由此絀儒生而遂除車道上自泰山陽至巔立石頌秦始皇帝德明其得封也從陰道下禪於梁父其禮頗采太祝之祀雍上帝所用而封藏皆祕之世不得而記也始皇之上泰山中阪遇暴風雨休於大樹下諸儒生既絀不得與用

於封事之禮。聞始皇遇風雨則譏之。以上秦多異徵始皇封禪於是始皇遂東游海上。行禮祠名山大川及八神。求僊人羨門之屬。八神將自古而有之。或曰太公以來作之。齊所以爲齊。以天齊也。其祀絕莫知起時。八神。一曰天主。祠天齊。天齊淵水居臨菑南郊山下者。二曰地主。祠泰山梁父。蓋天好陰。祠之必於高山之下小山之上。命曰時。地貴陽。祭之必於澤中圜邱云。三曰兵主。祠蚩尤。蚩尤在東平陸監鄉。齊之西境也。四曰陰主。祠三山。五曰陽主。祠之罘。六曰月主。祠之萊山。皆在齊北。並勃海。七曰日主。祠成山。成山斗入海。最居齊東北隅。以迎日出云。八曰四時主。祠琅邪。琅邪在齊東方。蓋歲之所始。皆各用一牢具祠。而巫祝所損益。珪幣雜異焉。自齊威宣之時。騶子之徒論著終始五德之運。及秦帝而齊人奏之。故始皇采用之。而宋毋忌正伯僑充尚羨門子高最後皆燕人。爲方僊道形解銷化。依於鬼神之事。騶衍以陰陽主運顯於諸侯。而燕齊海上之方士傳其術不能通。然則怪迂阿諛苟合之徒自此興。不可勝數也。自威宣燕昭使人入海求蓬萊方丈瀛洲。此三神山者。其傳在勃海中。去人不遠。患且至則船風引而去。蓋嘗有至者。諸僊人及不死之藥皆在焉。其物禽獸盡白。而黃金銀爲宮闕。未至。望之如雲。及到。三神山反居水下。臨之。風輒引去。終莫能至云。世主莫不甘心焉。及至秦始皇并天下。至海上。則方士言之不可勝數。始皇自以爲至海上而恐不及矣。使人乃齎童男女入海求之。船交海中。皆以風爲解。曰未能至。望見之焉。其明年。始皇復游海上。至琅邪。過恆山。從上黨歸。後三年。游碣石。考入海方士。從上郡歸。後五年。始皇南至湘山。遂登會稽。並海上。冀遇海中三神山之奇藥。不得。還至沙邱崩。（以上燕齊海上多方士始皇入海求神仙）二世元年。東巡碣石。並海南。歷泰山。至會稽。皆禮祠之。而刻勒始皇所立石書旁。以章始皇之功德。其秋。諸侯畔秦。三年而二世弒死。始皇封禪之後十二歲。秦亡。諸儒生疾秦焚詩書。誅僇文學。百姓怨其法。天下畔之。皆譌曰。始皇上泰山。爲暴風雨所擊。不得封禪。此豈所謂無其德而用事者邪。（以上秦最遠士見封禪不足貴）昔三代之君。皆在河洛之閒。故嵩高爲中岳。而四岳各如其方。四瀆咸在山東。至秦稱帝。都咸陽。則五岳四瀆皆并在東方。自五帝以至秦。軼興軼衰。名山大川或在諸侯。或在天子。

其禮損益世殊不可勝記及秦并天下令祠官所常奉天地名山大川鬼神可得而序也於是自殽以東名山五大川祠二曰太室太室嵩高也恆山泰山會稽湘山水曰濟曰淮春以脯酒爲歲祠因泮凍秋涸凍冬賽禱祠其牲用牛犢各一牢具珪幣各異自華以西名山七名川四曰華山薄山薄山者襄山也岳山岐山吳岳鴻冢瀆山瀆山蜀之汶山也水曰河祠臨晉沔祠漢中湫淵祠朝那江水祠蜀亦春秋泮涸禱賽如東方名山川而牲牛犢牢具珪幣各異而四大冢鴻岐吳岳皆有嘗禾陳寶節來祠其河加有嘗醪此皆在雍州之域近天子之都故加車一乘騂駒四灞產長水灃澇涇渭皆非大川以近咸陽盡得比山川祠而無諸加汧洛二淵鳴澤蒲山岳壻山之屬爲小山川亦皆歲禱賽泮涸祠禮不必同（以上秦祀名山大川）而雍有日月參辰南北斗熒惑太白歲星填星二十八宿風伯雨師四海九臣十四臣諸布諸嚴諸逑之屬百有餘廟西亦有數十祠於湖有周天子祠於下邽有天神灃滈有昭明天子辟池於社亳有三社主之祠壽星祠而雍菅廟亦有杜主杜主故周之右將軍其在秦中最小鬼之神

者。各以歲時奉祠。唯雍四時上帝爲尊。其光景動人民惟陳寶。故雍四時春以爲歲禱。因泮凍。秋涸凍。冬賽祠。五月嘗駒。及四仲之月祠。若月祠陳寶節來一祠。春夏用騂。秋冬用駵。時駒四匹。木禺龍欒車一駟。木禺車馬一駟。各如其帝色。黃犢羔各四。珪幣各有數。皆生瘞埋。無俎豆之具。三年一郊。秦以冬十月爲歲首。故常以十月上宿郊見。通權火。拜於咸陽之旁。而衣上白。其用如經祠云。西畤畦畤祠如其故。上不親往。諸此祠皆太祝常主。以歲時奉祠之。至如他名山川諸鬼及八神之屬。上過則祠。去則已。郡縣遠方神祠者。民各自奉祠。不領於天子之祝官。祝官有祕祝。卽有菑祥。輒祝祠移過於下。以上秦諸神祠

漢興。高祖之微時。嘗殺大蛇。有物曰。蛇白帝子也。而殺者赤帝子。高祖初起。禱豐枌榆社。徇沛。爲沛公。則祠蚩尤。釁鼓旗。遂以十月至灞上。與諸侯平咸陽。立爲漢王。因以十月爲年首。而色上赤。二年。東擊項籍而還入關。問故秦時上帝祠何帝也。對曰。四帝。有白青黃赤帝之祠。高祖曰。吾聞天有五帝。而有四時也。莫知其說。於是高祖曰。吾知之矣。乃待我而具五也。乃立黑帝祠。命曰北畤。有司進祠。上不

親往悉召故秦祝官復置太祝太宰如其故儀禮因令縣為公社下詔曰吾甚重祠而敬祭今上帝之祭及山川諸神當祠者各以其時禮祠之如故後四歲天下已定詔御史令豐謹治枌榆社常以四時春以羊彘祠之令祝官立蚩尤之祠於長安長安置祠祝官女巫其梁巫祠天地天社天水房中堂上之屬晉巫祠五帝東君雲中司命巫社巫祠族人先炊之屬秦巫祠社主巫保族纍之屬荆巫祠堂下巫先司命施糜之屬九天巫祠九天皆以歲時祠宮中其河巫祠河於臨晉而南山巫祠南山秦中秦中者二世皇帝各有時月其後二歲或曰周興而邑邰立后稷之祠至今血食天下於是高祖制詔御史其令郡國縣立靈星祠常以歲時祠以牛高祖十年春有司請令縣常以春三月及時臘祠社稷以羊豕民里社各自財以祠制曰可（以上漢高祖）其後十八年孝文帝即位即位十三年下詔曰今祕祝移過於下朕甚不取自今除之始名山大川在諸侯諸侯祝各自奉祠天子官不領及齊淮南國廢令太祝盡以歲時致禮如故是歲制曰朕即位十三年于今賴宗廟之靈社稷之福方內乂安民人靡疾閒者

比年登。朕之不德。何以饗此。皆上帝諸神之賜也。蓋聞古者饗其德必報其功欲有增諸神祠。有司議增雍五時路車各一乘。駕被具。西時畦時。禺車各一乘。禺馬四匹。駕被具。其河湫漢水加玉各二。及諸祠各增廣壇場。珪幣俎豆以差加之。而祝釐者歸福于朕。百姓不與焉。自今祝致敬。毋有所祈。魯人公孫臣上書曰。始秦得水德。今漢受之。推終始傳。則漢當土德。土德之應黃龍見。宜改正朔。易服色。色上黃。是時丞相張蒼好律曆。以爲漢乃水德之始。故河決金隄。其符也。年始冬十月。色外黑內赤。與德相應。如公孫臣言。非也。罷之。後三歲。黃龍見成紀。文帝乃召公孫臣。拜爲博士。與諸生草改曆服色事。其夏。下詔曰。異物之神見於成紀。無害於民。歲以有年。朕祈郊上帝諸神。禮官議。無諱以勞朕。有司皆曰。古者天子夏親郊。祀上帝於郊。故曰郊。於是夏四月。文帝始郊見雍五時祠。衣皆上赤。其明年。趙人新垣平以望氣見上。言長安東北有神氣。成五采。若人冠絻焉。或曰東北神明之舍。西方神明之墓也。天瑞下。宜立祠上帝。以合符應。於是作渭陽五帝廟。同宇。帝一殿。面各五門。各如其帝色。祠所用及儀亦如雍五時夏四月文帝親拜霸渭之會以郊見渭陽五帝五帝廟南臨渭北穿蒲池溝水權火舉而祠若光煇然屬天焉於是貴平上大夫賜累千金而使博士諸生刺六經中作王制謀議巡狩封禪事文帝出長門若見五人於道北遂因其直北立五帝壇祠以五牢具其明年新垣平使人持玉杯上書闕下獻之平言上曰闕下有寶玉氣來者已視之果有獻玉杯者刻曰人主延壽平又言臣候日再中居頃之日卻復中於是始更以十七年爲元年令天下大酺平言曰周鼎亡在泗水中今河溢通泗臣望東北汾陰直有金寶氣意周鼎其出乎兆見不迎則不至於是上使使治廟汾陰南臨河欲祠出周鼎人有上書告新垣平所言氣神事皆詐也下平吏治誅夷新垣平自是之後文帝怠於改正朔服色神明之事而渭陽長門五帝使祠官領以時致禮不往焉明年匈奴數入邊與兵守禦後歲少不登數年而孝景即位十六年祠官各以歲時祠如故無有所興至今天子（以上漢文帝景帝）今天子初即位尤敬鬼神之祀元年漢興已六十餘歲矣天下乂安搢紳之屬皆望天子封禪改正度也而上鄉儒術招賢良趙

綰王臧等以文學爲公卿欲議古立明堂城南以朝諸侯草巡狩封禪改曆服色事未就會竇太后治黃老言不好儒術使人微伺得趙綰等姦利事召按綰臧綰臧自殺諸所興爲皆廢後六年竇太后崩其明年徵文學之士公孫弘等明年今上初至雍郊見五畤後常三歲一郊是時上求神君舍之上林中蹏氏觀神君者長陵女子以子死見神於先後宛若宛若祠之其室民多往祠平原君往祠其後子孫以尊顯及今上卽位則厚禮置祠之內中聞其言不見其人云（以上武帝好神異之初）是時李少君亦以祠竈穀道卻老方見上上尊之少君者故深澤侯舍人主方匿其年及其生長常自謂七十能使物卻老其游以方徧諸侯無妻子人聞其能使物及不死更饋遺之常餘金錢衣食人皆以爲不治生業而饒給又不知其何所人愈信爭事之少君資好方善爲巧發奇中嘗從武安侯飲坐中有九十餘老人少君乃言與其大父遊射處老人爲兒時從其大父識其處一坐盡驚少君見上上有故銅器問少君少君曰此器齊桓公十年陳於柏寢已而案其刻果齊桓公器一宮盡駭以爲少君神數百歲人也少君言

上曰祠竈則致物致物而丹沙可化爲黃金黃金成以爲飲食器則益壽益壽而海中蓬萊僊者乃可見見之以封禪則不死黃帝是也臣常游海上見安期生安期生食巨棗大如瓜安期生僊者通蓬萊中合則見人不合則隱於是天子始親祠竈遣方士入海求蓬萊安期生之屬而事化丹沙諸藥齊爲黃金矣居久之李少君病死天子以爲化去不死而使黃錘史寬舒受其方求蓬萊安期生莫能得而海上燕齊怪迂之方士多更來言神事矣以上李少君亳人謬忌奏祠太一方曰天神貴者太一太一佐曰五帝古者天子以春秋祭太一東南郊用太牢七日爲壇開八通之鬼道於是天子令太祝立其祠長安東南郊常奉祠如忌方其後人有上書言古者天子三年壹用太牢祠神三一天一地一太一天子許之令太祝領祠之於忌太一壇上如其方後人復有上書言古者天子常以春解祠祠黃帝用一梟破鏡冥羊用羊祠馬行用一青牡馬太一澤山君地長用牛武夷君用乾魚陰陽使者以一牛令祠官領之如其方而祠於忌太一壇旁其後天子苑有白鹿以其皮爲幣以發瑞應造白金焉其明年郊雍

獲一角獸若麃然有司曰陛下肅祗郊祀上帝報享錫一角獸蓋麟云於是以薦五時時加一牛以燎錫諸侯白金風符應合於天也於是濟北王以爲天子且封禪乃上書獻泰山及其旁邑天子以他縣償之常山王有罪遷天子封其弟於真定以續先王祀而以常山爲郡然后五岳皆在天子之邦以上祠太一及諸神其明年齊人少翁以鬼神方見上上有所幸王夫人夫人卒少翁以方蓋夜致王夫人及竈鬼之貌云天子自帷中望見焉於是乃拜少翁爲文成將軍賞賜甚多以客禮禮之文成言曰上卽欲與神通宮室被服非象神神物不至乃作畫雲氣車及各以勝日駕車辟惡鬼又作甘泉宮中爲臺室畫天地太一諸鬼神而置祭具以致天神居歲餘其方益衰神不至乃爲帛書以飯牛詳不知言曰此牛腹中有奇殺視得書書言甚怪天子識其手書問其人果是僞書於是誅文成將軍隱之其後則又作柏梁銅柱承露仙人掌之屬矣以上文成將軍文成死明年天子病鼎湖甚巫醫無所不致不愈游水發根言上郡有巫病而鬼神下之上召置祠之甘泉及病使人問神君神君言曰天子無憂病病少愈彊與我會

甘泉。於是病愈。遂起幸甘泉。病良已。大赦。置酒壽宮神君。壽宮神君最貴者太一。其佐曰大禁司命之屬。皆從之。弗可得見。聞其言。言與人音等。時去時來。來則風肅然。居室帷中。時晝言。然常以夜。天子祓然后入。因巫爲主人關飲食。所以言行下。又置壽宮北宮。張羽旗。設供具。以禮神君。神君所言。上使人受書其言。命之曰書法。其所語。世俗之所知也。無絕殊者。而天子心獨喜。其事祕。世莫知也。（以上因帝病復敘神君事）其後三年。有司言元宜以天瑞命。不宜以一二數。一元曰建。二元以長星曰光。三元以郊得一角獸曰狩云。其明年冬。天子郊雍。議曰。今上帝朕親郊。而后土無祀。則禮不答也。有司與太史公祠官寬舒議。天地牲角繭栗。今陛下親祠后土。后土宜於澤中圜丘爲五壇。壇一黃犢太牢具。已祠盡瘞。而從祠衣上黃。於是天子遂東。始立后土祠汾陰脽丘。如寬舒等議。上親望拜如上帝禮。禮畢。天子遂至滎陽而還。過雒陽。下詔曰。三代邈絕。遠矣難存。其以三十里地封周後爲周子南君。以奉其先祀焉。是歲。天子始巡郡縣。浸尋於泰山矣。（以上親祠汾陰后土因巡郡縣）其春。樂成侯上書言欒大。欒大。膠東宮人。故嘗與文成將

軍同師。已而爲膠東王尚方。而樂成侯姊爲康王后。無子。康王死。他姬子立爲
王。而康后有淫行。與王不相中。相危以法。康后聞文成已死。而欲自媚於上。乃
遣欒大因樂成侯求見言方。天子既誅文成。後悔其蚤死。惜其方不盡。及見欒
大。大說。大爲人長美。言多方略。而敢爲大言。處之不疑。大言曰。臣常往來海中。
見安期羨門之屬。顧以臣爲賤。不信臣。又以爲康王諸侯耳。不足與方。臣數言
康王。康王又不用臣。臣之師曰。黃金可成。而河決可塞。不死之藥可得。僊人可
致也。然臣恐效文成。則方士皆奄口。惡敢言方哉。上曰。文成食馬肝死耳。子誠
能修其方。我何愛乎。大曰。臣師非有求人。人者求之。陛下必欲致之。則貴其使
者。令有親屬。以客禮待之。勿卑。使各佩其信印。乃可使通言於神人。神人尚肯
邪不邪。致尊其使。然后可致也。於是上使驗小方。鬭棊。棊自相觸擊。是時上方
憂河決。而黃金不就。乃拜大爲五利將軍。居月餘。得四印。佩天士將軍地士將
軍大通將軍印。制詔御史。昔禹疏九江。決四瀆。閒者河溢皋陸。隄繇不息。朕臨
天下二十有八年。天若遺朕士而大通焉。乾稱蜚龍。鴻漸于般。朕意庶幾與焉。

其以二千戶封地士將軍大爲樂通侯賜列侯甲第僮千人乘轝斥車馬帷幄器物以充其家又以衞長公主妻之齎金萬斤更命其邑曰當利公主天子親如五利之第使者存問供給相屬於道自大主將相以下皆置酒其家獻遺之於是天子又刻玉印曰天道將軍使使衣羽衣夜立白茅上五利將軍亦衣羽衣夜立白茅上受印以示不臣也而佩天道者且爲天子道天神也於是五利常夜祠其家欲以下神神未至而百鬼集矣然頗能使之其後裝治行東入海求其師云大見數月佩六印貴震天下而海上燕齊之閒莫不搤捥而自言有禁方能神僊矣以上五利將軍其夏六月中汾陰巫錦爲民祠魏脽后土營旁見地如鉤狀掊視得鼎鼎大異於衆鼎文鏤無款識怪之言吏吏告河東太守勝勝以聞天子使使驗問巫得鼎無姦詐乃以禮祠迎鼎至甘泉從行上薦之至中山曣嗢有黃雲蓋焉有麃過上自射之因以祭云至長安公卿大夫皆議請尊寶鼎天子曰閒者河溢歲數不登故巡祭后土祈爲百姓育穀今歲豐廡未報鼎曷爲出哉有司皆曰聞昔泰帝興神鼎一一者壹統天地萬物所繫終也黃帝

作寶鼎三象天地人禹收九牧之金鑄九鼎皆嘗亨鬺上帝鬼神遭聖則興鼎遷于夏商周德衰宋之社亡鼎乃淪沒伏而不見頌云自堂徂基自羊徂牛鼐鼎及鼒不吳不驁胡考之休今鼎至甘泉光潤龍變承休無疆合茲中山有黃白雲降蓋若獸爲符路弓乘矢集獲壇下報祠大享惟受命而帝者心知其意而合德焉鼎宜見於祖禰藏於帝廷以合明應制曰可（以上迎汾陰寶鼎於宮廟）入海求蓬萊者言蓬萊不遠而不能至者殆不見其氣上乃遣望氣佐候其氣云其秋上幸雍且郊或曰五帝太一之佐也宜立太一而上親郊之上疑未定齊人公孫卿曰今年得寶鼎其冬辛巳朔旦冬至與黃帝時等卿有札書曰黃帝得寶鼎宛朐問於鬼臾區鬼臾區對曰黃帝得寶鼎神策是歲己酉朔旦冬至得天之紀終而復始於是黃帝迎日推策後率二十歲復朔旦冬至凡二十推三百八十年黃帝僊登于天卿因所忠欲奏之所忠視其書不經疑其妄書謝曰寶鼎事已決矣尚何以爲卿因嬖人奏之上大說乃召問卿對曰受此書申公申公已死上曰申公何人也卿曰申公齊人與安期生通受黃帝言無書獨有此鼎

書曰漢興復當黃帝之時曰漢之聖者在高祖之孫且曾孫也寶鼎出而與神通封禪封禪七十二王惟黃帝得上泰山封申公曰漢主亦當上封上封則能僊登天矣黃帝時萬諸侯而神靈之封居七千天下名山八而三在蠻夷五在中國中國華山首山太室泰山東萊此五山黃帝之所常游與神會黃帝且戰且學僊患百姓非其道者乃斷斬非鬼神者百餘歲然後得與神通黃帝郊雍上帝宿三月鬼臾區號大鴻死葬雍故鴻冢是也其後黃帝接萬靈明廷明廷者甘泉也所謂寒門者谷口也黃帝采首山銅鑄鼎於荊山下鼎既成有龍垂胡髯下迎黃帝黃帝上騎羣臣後宮從上者七十餘人龍乃上去餘小臣不得上乃悉持龍髯龍髯拔墮墮黃帝之弓百姓仰望黃帝既上天乃抱其弓與胡髯號故後世因名其處曰鼎湖其弓曰烏號於是天子曰嗟乎吾誠得如黃帝吾視去妻子如脫躧耳乃拜卿爲郎東使候神於太室以上公孫卿言黃帝事上遂郊雍至隴西西登崆峒幸甘泉令祠官寬舒等具太一祠壇祠壇放薄忌太一壇壇三垓五帝壇環居其下各如其方黃帝西南除八通鬼道太一其所用如雍一

時物而加醴棗脯之屬殺一貍牛以爲俎豆牢具而五帝獨有俎豆醴進其下四方地爲醊食羣臣從者及北斗云已祠胙餘皆燎之其牛色白鹿居其中彘在鹿中水而洎之祭日以牛祭月以羊彘特太一祝宰則衣紫及繡五帝各如其色日赤月白十一月辛巳朔旦冬至昧爽天子始郊拜太一朝朝日夕夕月則揖而見太一如雍郊禮其贊饗曰天始以寶鼎神策授皇帝朔而又朔終而復始皇帝敬拜見焉而衣上黃其祠列火滿壇壇旁亨炊具有司云祠上有光焉公卿言皇帝始郊見太一雲陽有司奉瑄玉嘉牲薦饗是夜有美光及晝黃氣上屬天太史公祠官寬舒等曰神靈之休祐福兆祥宜因此地光域立太畤壇以明應令太祝領秋及臘閒祠三歲天子一郊見以上郊雍拜太一至臘西畤峒其秋爲伐南越告禱太一以牡荊畫幡日月北斗登龍以象太一三星爲太一鋒命曰靈旗爲兵禱則太史奉以指所伐國而五利將軍使不敢入海之泰山祠上使人隨驗實毋所見五利妄言見其師其方盡多不讎上乃誅五利其冬公孫卿候神河南言見僊人迹緱氏城上有物如雉往來城上天子親幸緱氏城視迹問

卿得毋效文成五利乎卿曰僊者非有求人主人主者求之其道非少寬假神不來言神事事如迂誕積以歲乃可致也於是郡國各除道繕治宮觀名山神祠所以望幸也其春既滅南越上有嬖臣李延年以好音見上善之下公卿議曰民閒祠尚有鼓舞樂今郊祀而無樂豈稱乎公卿曰古者祠天地皆有樂而神祇可得而禮或曰太帝使素女鼓五十弦瑟悲帝禁不止故破其瑟為二十五弦於是賽南越禱祠太一后土始用樂舞益召歌兒作二十五弦及空侯琴瑟自此起（以上雜敘太一旗欒氏迹及音樂事）其來年冬上議曰古者先振兵釋旅然后封禪乃遂北巡朔方勒兵十餘萬還祭黃帝冢橋山釋兵須如上曰吾聞黃帝不死今有冢何也或對曰黃帝已僊上天羣臣葬其衣冠既至甘泉為且用事泰山先類祠太一自得寶鼎上與公卿諸生議封禪封禪用希曠絕莫知其儀禮而羣儒采封禪尚書周官王制之望祀射牛事齊人丁公年九十餘曰封禪者合不死之名也秦皇帝不得上封陛下必欲上稍上即無風雨遂上封矣上於是乃令諸儒習射牛草封禪儀數年至且行天子既聞公孫卿及方士之言黃帝以

上封禪皆致怪物與神通欲放黃帝以上接神僊人蓬萊士高世比德於九皇而頗采儒術以文之羣儒既已不能辨明封禪事又牽拘於詩書古文而不能騁上爲封禪祠器示羣儒羣儒或曰不與古同徐偃又曰太常諸生行禮不如魯善周霸屬圖封禪事於是上絀偃霸而盡罷諸儒不用三月遂東幸緱氏禮登中岳太室從官在山下聞若有言萬歲云問上上不言問下下不言於是以三百戶封太室奉祠命曰崇高邑東上泰山泰山之草木葉未生乃令人上石立之泰山巔上遂東巡海上行禮祠八神齊人之上疏言神怪奇方者以萬數然無驗者乃益發船令言海中神山者數千人求蓬萊神人公孫卿持節常先行候名山至東萊言夜見大人長數丈就之則不見見其迹甚大類禽獸云羣臣有言見一老父牽狗言吾欲見巨公已忽不見上卽見大迹未信及羣臣有言老父則大以爲僊人也宿留海上予方士傳車及閒使求僊人以千數四月還至奉高上念諸儒及方士言封禪人人殊不經難施行天子至梁父禮祠地主乙卯令侍中儒者皮弁薦紳射牛行事封泰山下東方如郊祠太一之禮封

廣丈二尺。高九尺。其下則有玉牒書。書祕。禮畢。天子獨與侍中奉車子侯上泰山。亦有封。其事皆禁。明日。下陰道。丙辰。禪泰山下阯東北肅然山。如祭后土禮。天子皆親拜見。衣上黃而盡用樂焉。江淮閒一茅三脊爲神藉。五色土益雜封。縱遠方奇獸蜚禽及白雉諸物。頗以加禮。兕牛犀象之屬不用。皆至泰山祭后土。封禪祠。其夜若有光。晝有白雲起封中。天子從禪還。坐明堂。羣臣更上壽。於是制詔御史。朕以眇眇之身承至尊。兢兢焉懼不任。維德菲薄。不明于禮樂。修祠太一。若有象景光。屑如有望。震於怪物。欲止不敢。遂登封泰山。至于梁父。而後禪肅然。自新。嘉與士大夫更始。賜民百戶牛一酒十石。加年八十孤寡布帛二匹。復博奉高蛇邱歷城。無出今年租稅。其大赦天下。如乙卯赦令。行所過毋有復作。事在二年前。皆勿聽治。以上北巡勒兵朔方還至甘泉東禮中岳又東巡海上遂封泰山禪梁父 又下詔曰。古者天子五載一巡狩。用事泰山。諸侯有朝宿地。其令諸侯各治邸泰山下。天子既已封泰山。無風雨災。而方士更言蓬萊諸神若將可得。於是上欣然庶幾遇之。乃復東至海上望。冀遇蓬萊焉。奉車子侯暴病。一日死。上乃遂去。並海上北至碣石巡自遼西歷北邊至九原五月反至甘泉有司言寶鼎出爲元鼎以今年爲元封元年其秋有星茀于東井後十餘日有星茀于三能望氣王朔言候獨見旗星出如瓜食頃復入焉有司皆曰陛下建漢家封禪天其報德星云其來年冬郊雍五帝還拜祝祠太一贊饗曰德星昭衍厥維休祥壽星仍出淵耀光明信星昭見皇帝敬拜太祝之享以上再至海上由碣石遼西九原還至甘泉次年復郊雍其春公孫卿言見神人東萊山若云欲見天子天子於是幸緱氏城拜卿爲中大夫遂至東萊宿留之數日無所見見大人迹云復遣方士求神怪采芝藥以千數是歲旱於是天子既出無名乃禱萬里沙過祠泰山還至瓠子自臨塞決河留二日沈祠而去使二卿將卒塞決河徙二渠復禹之故迹焉以上再至東萊海上臨塞決河是時既滅兩越越人勇之乃言越人俗信鬼而其祠皆見鬼數有效昔東甌王敬鬼壽至百六十歲後世怠慢故衰耗乃令越巫立越祝祠安臺無壇亦祠天神上帝百鬼而以雞卜上信之越祠雞卜始用焉公孫卿曰僊人可見而上往常遽以故不見今陛下可爲觀如緱城置脯棗神人宜可致也且僊人好樓居於是上

令長安則作蜚廉桂觀甘泉則作益延壽觀使卿持節設具而候神人乃作通天臺置祠具其下將招來神僊之屬於是甘泉更置前殿始廣諸宮室夏有芝生殿房內中天子爲塞河興通天臺若見有光云乃下詔甘泉房中生芝九莖赦天下毋有復作（以上信用越巫多作樓觀等事）其明年伐朝鮮夏旱公孫卿曰黃帝時封則天旱乾封三年上乃下詔曰天旱意乾封乎其令天下尊祠靈星焉其明年上郊雍通回中道巡之春至鳴澤從西河歸其明年冬上巡南郡至江陵而東登禮灊之天柱山號曰南岳浮江自尋陽出樅陽過彭蠡禮其名山川北至瑯琊並海上四月中至奉高修封焉（以上西北巡一次東南巡至泰山修封一次）初天子封泰山泰山東北阯古時有明堂處處險不敞上欲治明堂奉高旁未曉其制度濟南人公玉帶上黃帝時明堂圖明堂圖中有一殿四面無壁以茅蓋通水圜宮垣爲複道上有樓從西南入命曰昆侖天子從之入以拜祠上帝焉於是上令奉高作明堂汶上如帶圖及五年修封則祠太一五帝於明堂上坐令高皇帝祠坐對之祠后土於下房以二十太牢天子從昆侖道入始拜明堂如郊禮禮畢燎堂下

而上。又上泰山。自有祕祠其巔。而泰山下祠五帝。各如其方。黃帝并赤帝。而有司侍祠焉。山上舉火。下悉應之。（以上拜祠明堂）其後二歲。十一月甲子朔旦冬至。推曆者以本統。天子親至泰山。以十一月甲子朔旦冬至日祠上帝明堂。毋修封禪。其贊饗曰。天增授皇帝太元神策。周而復始。皇帝敬拜太一。東至海上。考入海及方士求神者。莫驗。然益遣冀遇之。十一月乙酉。柏梁裁。十二月甲午朔。上親禪高里。祠后土。臨勃海。將以望祀蓬萊之屬。冀至殊廷焉。上還。以柏梁裁故。朝受計甘泉。公孫卿曰。黃帝就青靈臺。十二日燒。黃帝乃治明廷。明廷。甘泉也。方士多言古帝王有都甘泉者。其後天子又朝諸侯甘泉。甘泉作諸侯邸。勇之乃曰。越俗有火裁。復起屋必以大。用勝服之。於是作建章宮。度為千門萬戶。前殿度高未央。其東則鳳闕。高二十餘丈。其西則唐中。數十里虎圈。其北治大池。漸臺高二十餘丈。命曰太液池。中有蓬萊方丈瀛洲壺梁。象海中神山龜魚之屬。其南有玉堂璧門大鳥之屬。乃立神明臺井幹樓。度五十丈。輦道相屬焉。（以上柏梁裁後作建章宮）夏。漢改曆。以正月為歲首。而色上黃。官名更印章以五字。為太初元年。

是歲西伐大宛蝗大起丁夫人雒陽虞初等以方祠詛匈奴大宛焉其明年有司上言雍五時無牢熟具芬芳不備乃令祠官進時犢牢具色食所勝而以木禺馬代駒焉獨五帝用駒行親郊用駒及諸名山川用駒者悉以木禺馬代行過乃用駒他禮如故（以上牲牢不具）其明年東巡海上考神僊之屬未有驗者方士有言黃帝時爲五城十二樓以候神人於執期命曰迎年上許作之如方命曰明年上親禮祠上帝焉公玉帶曰黃帝時雖封泰山然風后封巨岐伯令黃帝封東泰山禪凡山合符然後不死焉天子既令設祠具至東泰山東泰山卑小不稱其聲乃令祠官禮之而不封禪焉其後令帶奉祠候神物夏遂還泰山修五年之禮如前而加以禪祠石閭石閭者在泰山下阯南方方士多言此僊人之閭也故上親禪焉其後五年復至泰山修封還過祭恆山（以上屢次修封以下總敘武帝祠祀）今天子所興祠太一后土三年親郊祠建漢家封禪五年一修封薄忌太一及三一冥羊馬行赤星五寬舒之祠官以歲時致禮凡六祠皆太祝領之至如八神諸神明年凡山他名祠行過則祠行去則已方士所興祠各自主其人終則已

祠官不主他祠皆如其故今上封禪其後十二歲而還徧於五岳四瀆矣而方士之候伺神人入海求蓬萊終無有驗而公孫卿之候神者猶以大人之迹爲解無其效天子益怠厭方士之怪迂語矣然終羈縻不絕冀遇其真自此之後方士言神祠者彌衆然其效可覩矣

太史公曰余從巡祭天地諸神名山川而封禪焉入壽宮侍祠神語究觀方士祠官之言於是退而論次自古以來用事於鬼神者具見其表裏後有君子得以覽焉若至俎豆珪幣之詳獻酬之禮則有司存

史記平準書

漢興接秦之弊丈夫從軍旅老弱轉糧饟作業劇而財匱自天子不能具鈞駟而將相或乘牛車齊民無藏蓋於是爲秦錢重難用更令民鑄錢一黃金一斤約法省禁而不軌逐利之民蓄積餘業以稽市物物踊騰糶米至石萬錢馬一匹則百金天下已平高祖乃令賈人不得衣絲乘車重租稅以困辱之孝惠高后時爲天下初定復弛商賈之律然市井之子孫亦不得仕宦爲吏量吏祿度

官用以賦於民。而山川園池市井租稅之入。自天子以至於封君湯沐邑。皆各爲私奉養焉。不領於天下之經費。漕轉山東粟。以給中都官。歲不過數十萬石。至孝文時。莢錢益多輕。乃更鑄四銖錢。其文爲半兩。令民縱得自鑄錢。故吳諸侯也。以卽山鑄錢。富埒天子。其後卒以叛逆。鄧通大夫也。以鑄錢財過王者。故吳鄧氏錢布天下。而鑄錢之禁生焉。匈奴數侵盜北邊。屯戍者多。邊粟不足給食當食者。於是募民能輸及轉粟於邊者拜爵。爵得至大庶長。孝景時。上郡以西旱。亦復修賣爵令。而賤其價以招民。及徒復作。得輸粟縣官以除罪。益造苑馬以廣用。而宮室列觀輿馬益增修矣。至今上卽位數歲。漢興七十餘年之閒。國家無事。非遇水旱之災。民則人給家足。都鄙廩庾皆滿。而府庫餘貨財。京師之錢累巨萬。貫朽而不可校。太倉之粟陳陳相因。充溢露積於外。至腐敗不可食。衆庶街巷有馬。阡陌之閒成羣。而乘字牝者擯而不得聚會。守閭閻者食粱肉。爲吏者長子孫。居官者以爲姓號。故人人自愛而重犯法。先行義而絀恥辱焉。當此之時。網疏而民富。役財驕溢。或至兼并。豪黨之徒。以武斷於鄉曲。宗室有土公卿大夫以下爭於奢侈室廬輿服僭於上無限度物盛而衰固其變也自是之後嚴助朱買臣等招來東甌事兩越江淮之閒蕭然煩費矣唐蒙司馬相如開路西南夷鑿山通道千餘里以廣巴蜀巴蜀之民罷焉彭吳賈滅朝鮮置滄海之郡則燕齊之閒靡然發動及王恢設謀馬邑匈奴絕和親侵擾北邊兵連而不解天下苦其勞而干戈日滋行者齎居者送中外騷擾而相奉百姓抗弊以巧法財賂衰耗而不贍入物者補官出貨者除罪選舉陵遲廉恥相冒武力進用法嚴令具興利之臣自此始也以上總敘所以用興利之臣其後漢將歲以數萬騎出擊胡及車騎將軍衛青取匈奴河南地築朔方當是時漢通西南夷道作者數萬人千里負擔饋糧率十餘鍾致一石散幣於邛僰以集之數歲道不通蠻夷因以數攻吏發兵誅之悉巴蜀租賦不足以更之乃募豪民田南夷入粟縣官而內受錢於都內以上募民田南夷入粟興利之事一東置滄海之郡人徒之費擬於南夷又興十萬餘人築衛朔方轉漕甚遼遠自山東咸被其勞費數十百巨萬府庫益虛乃募民能入奴婢得以終身復爲郎增秩及入羊爲郎始於此以上募民入奴婢入

(羊與利之事二)其後四年而漢遣大將將六將軍軍十餘萬擊右賢王獲首虜萬五千級明年大將軍將六將軍仍再出擊胡得首虜萬九千級捕斬首虜之士受賜黃金二十餘萬斤虜數萬人皆得厚賞衣食仰給縣官而漢軍之士馬死者十餘萬兵甲之財轉漕之費不與焉於是大農陳藏錢經耗賦稅旣竭猶不足以奉戰士有司言天子曰朕聞五帝之教不相復而治禹湯之法不同道而王所由殊路而建德一也北邊未安朕甚悼之日者大將軍攻匈奴斬首虜萬九千級留蹛無所食議令民得買爵及贖禁錮免減罪請置賞官命曰武功爵級十七萬凡直三十餘萬金諸買武功爵官首者試補吏先除千夫如五大夫其有罪又減二等爵得至樂卿以顯軍功軍功多用越等大者封侯卿大夫小者郎吏吏道雜而多端則官職耗廢(以上賣爵與利之事三)自公孫宏以春秋之義繩臣下取漢相張湯用峻文決理爲廷尉於是見知之法生而廢格沮誹窮治之獄用矣其明年淮南衡山江都王謀反迹見而公卿尋端治之竟其黨與而坐死者數萬人長吏益慘急而法令明察當是之時招尊方正賢良文學之士或至公卿

大夫公孫弘以漢相布被食不重味爲天下先然無益於俗稍騖於功利矣（以上嚴刑法騖功利之由）其明年驃騎仍再出擊胡獲首四萬其秋渾邪王率數萬之衆來降於是漢發車二萬乘迎之既至受賞賜及有功之士是歲費凡百餘巨萬（以上伐胡耗財）初先是往十餘歲河決觀梁楚之地固已數困而緣河之郡隄塞河輒決壞費不可勝計其後番係欲省厎柱之漕穿汾河渠以爲溉田作者數萬人鄭當時爲渭漕渠回遠鑿直渠自長安至華陰作者數萬人朔方亦穿渠作者數萬人各歷二三朞功未就費亦各巨萬十數（以上塞河穿渠耗財）天子爲伐胡盛養馬馬之來食長安者數萬匹卒牽掌者關中不足乃調旁近郡而胡降者皆衣食縣官縣官不給天子乃損膳解乘輿駟出御府禁藏以贍之（以上養馬耗財）其明年山東被水菑民多飢乏於是天子遣使者虛郡國倉廥以振貧民猶不足又募豪富人相貸假尚不能相救乃徙貧民於關以西及充朔方以南新秦中七十餘萬口衣食皆仰給縣官數歲假予產業使者分部護之冠蓋相望其費以億計不可勝數（以上賑菑耗財）於是縣官大空而富商大賈或蹛財役貧轉轂百數廢居居邑封

君皆低首仰給冶鑄煑鹽財或累萬金而不佐國家之急黎民重困於是天子與公卿議更錢造幣以贍用而摧浮淫并兼之徒是時禁苑有白鹿而少府多銀錫自孝文更造四銖錢至是歲四十餘年從建元以來用少縣官往往卽多銅山而鑄錢民亦閒盜鑄錢不可勝數錢益多而輕物益少而貴有司言曰古者皮幣諸侯以聘享金有三等黃金爲上白金爲中赤金爲下今半兩錢法重四銖而姦或盜摩錢裏取鎔錢益輕薄而物貴則遠方用幣煩費不省乃以白鹿皮方尺緣以藻繢爲皮幣直四十萬王侯宗室朝覲聘享必以皮幣薦璧然后得行又造銀錫爲白金以爲天用莫如龍地用莫如馬人用莫如龜故白金三品其一曰重八兩圜之其文龍名曰白選直三千二曰以重差小方之其文馬直五百三曰復小撱之其文龜直三百令縣官銷半兩錢更鑄三銖錢文如其重盜鑄諸金錢罪皆死而吏民之盜鑄白金者不可勝數（以上鹿皮幣白金三品與利之事四）

於是以東郭咸陽孔僅爲大農丞領鹽鐵事桑弘羊以計算用事侍中咸陽齊之大煑鹽孔僅南陽大冶皆致生累千金故鄭當時進言之弘羊雒陽賈人子

以心計年十三侍中故三人言利事析秋毫矣法既益嚴吏多廢免兵革數動民多買復及五大夫徵發之士益鮮於是除千夫五大夫爲吏不欲者出馬故吏皆通適令伐棘上林作昆明池其明年大將軍驃騎大出擊胡得首虜八九萬級賞賜五十萬金漢軍馬死者十餘萬匹轉漕車甲之費不與焉是時財匱戰士頗不得祿矣有司言三銖錢輕易姦詐乃更請諸郡國鑄五銖錢周郭其下令不可磨取鋊焉大農上鹽鐵丞孔僅咸陽言山海天地之藏也皆宜屬少府陛下不私以屬大農佐賦願募民自給費因官器作煑鹽官與牢盆浮食奇民欲擅管山海之貨以致富羨役利細民其沮事之議不可勝聽敢私鑄鐵器煑鹽者釱左趾沒入其器物郡不出鐵者置小鐵官便屬在所縣使孔僅東郭咸陽乘傳舉行天下鹽鐵作官府除故鹽鐵家富者爲吏吏道益雜不選而多賈人矣以上行鹽鐵興利之事五商賈以幣之變多積貨逐利於是公卿言郡國頗被菑害貧民無產業者募徙廣饒之地陛下損膳省用出禁錢以振元元寬貸賦而民不齊出於南畝商賈滋衆貧者畜積無有皆仰縣官異時算軺車賈人緡錢皆

有差請算如故諸賈人末作貰貸賣買居邑稽諸物及商以取利者雖無市籍各以其物自占率緡錢二千而一算諸作有租及鑄率緡錢四千一算非吏比者三老北邊騎士軺車以一算商賈人軺車二算船五丈以上一算匿不自占占不悉戍邊一歲沒入緡錢有能告者以其半畀之（以上算緡錢興利之事六）賈人有市籍者及其家屬皆無得籍名田以便農敢犯令沒入田僮天子乃思卜式之言召拜式爲中郎爵左庶長賜田十頃布告天下使明知之初卜式者河南人也以田畜爲事親死式有少弟弟壯式脫身出分獨取畜羊百餘田宅財物盡予弟式入山牧十餘歲羊致千餘頭買田宅而其弟盡破其業式輒復分予弟者數矣是時漢方數使將擊匈奴卜式上書願輸家之半縣官助邊天子使使問式欲官乎式曰臣少牧不習仕宦不願也使問曰家豈有冤欲言事乎式曰臣生與人無分爭式邑人貧者貸之不善者教順之所居人皆從式式何故見冤於人無所欲言也使者曰苟如此子何欲而然式曰天子誅匈奴愚以爲賢者宜死節於邊有財者宜輸委如此而匈奴可滅也使者具其言入以聞天子以語

丞相弘弘曰此非人情不軌之臣不可以爲化而亂法願陛下勿許於是上久不報式數歲乃罷式式歸復田牧歲餘會軍數出渾邪王等降縣官費衆倉府空其明年貧民大徙皆仰給縣官無以盡贍卜式持錢二十萬予河南守以給徙民河南上富人助貧人者籍天子見卜式名識之曰是固前而欲輸其家半助邊乃賜式外繇四百人式又盡復予縣官是時富豪皆爭匿財惟式尤欲輸之助費天子於是以式終長者故尊顯以風百姓初式不願爲郎上曰吾有羊上林中欲令子牧之式乃拜爲郎布衣屩而牧羊歲餘羊肥息上過見其羊善之式曰非獨羊也治民亦猶是也以時起居惡者輒斥去毋令敗羣上以式爲奇拜爲緱氏令試之緱氏便之遷爲成皋令將漕最上以爲式朴忠拜爲齊王太傅（以上貴卜式）而孔僅之使天下鑄作器三年中拜爲大農列於九卿而桑弘羊爲大農丞筦諸會計事稍稍置均輸以通貨物矣始令吏得入穀補官郎至六百石（以上入穀補官興利之事七）自造白金五銖錢後五歲赦吏民之坐盜鑄金錢死者數十萬人其不發覺相殺者不可勝計赦自出者百餘萬人然不能半自出天下

大抵無慮皆鑄金錢矣。犯者衆。吏不能盡誅取。於是遣博士褚大徐偃等分曹循行郡國。舉兼幷之徒守相爲吏者。而御史大夫張湯方隆貴用事。減宣杜周等爲中丞。義縱尹齊王溫舒等用慘急刻深爲九卿。而直指夏蘭之屬始出矣。而大農顏異誅。初異爲濟南亭長，以廉直稍遷至九卿，上與張湯既造白鹿皮幣，問異，異曰，今王侯朝賀以蒼璧直數千，而其皮薦反四十萬，本末不相稱，天子不說，張湯又與異有卻，及人有告異以它議事，下張湯治異，異與客語，客語初令下有不便者，異不應，微反脣，湯奏異當九卿見令不便，不入言而腹誹，論死，自是之後，有腹誹之法以此。而公卿大夫多諂諛取容矣。（以上刑法日峻而顏異誅）天子既下緡錢令而尊卜式，百姓終莫分財佐縣官，於是楊可告緡錢縱矣，郡國多姦鑄錢，錢多輕，而公卿請令京師鑄鍾官赤側，一當五，賦官用非赤側不得行，白金稍賤，民不寶用，縣官以令禁之，無益，歲餘，白金終廢不行，是歲也，張湯死而民不思，其後二歲，赤側錢賤，民巧法用之，不便，又廢，於是悉禁郡國無鑄錢，專令上林三官鑄，錢既多，而令天下非三官錢不得行，諸郡國所前鑄錢皆廢銷之。輸其銅三官。而民之鑄錢益少。計其費不能相當。惟真工大姦乃盜爲之。以上赤側錢及輸銅三官與利之事八 卜式相齊。而楊可告緡偏天下。中家以上大抵皆遇告。杜周治之。獄少反者。乃分遣御史廷尉正監分曹往。即治郡國緡錢。得民財物以億計。奴婢以千萬數。田大縣數百頃。小縣百餘頃。宅亦如之。於是商賈中家以上大率破。民偷甘食好衣。不事畜藏之產業。而縣官有鹽鐵緡錢之故。用益饒矣。益廣關。置左右輔。以上楊可告緡即郡國治緡與利之事九 初大農筦鹽鐵官布多。置水衡。欲以主鹽鐵。及楊可告緡錢。上林財物衆。乃令水衡主上林。上林既充滿。益廣。是時越欲與漢用船戰逐。乃大修昆明池。列觀環之。治樓船高十餘丈。旗幟加其上甚壯。於是天子感之。乃作柏梁臺高數十丈。宮室之修由此日麗。乃分緡錢諸官。而水衡少府大農太僕各置農官。往往即郡縣比沒入田田之。其沒入奴婢分諸苑養狗馬禽獸。及與諸官。諸官益雜置多。徙奴婢衆。而下河漕度四百萬石。及官自糴乃足。以上官多奴婢衆耗財 所忠言世家子弟富人或鬭雞走狗馬弋獵博戲。亂齊民。乃徵諸犯令相引數千人。命曰株送徒。入財者得補郎。郎選衰矣。以上株送徙入財興利之事十是時山東被河菑及歲不登數年人或相食方一二千里天子憐之詔曰江南火耕水耨令飢民得流就食江淮閒欲留之處遣使冠蓋相屬於道護之下巴蜀粟以振之以上振山東之災耗財其明年天子始巡郡國東渡河河東守不意行至不辦自殺行西踰隴隴西守以行往卒天子從官不得食隴西守自殺於是上北出蕭關從數萬騎獵新秦中以勒邊兵而歸新秦中或千里無亭徼於是誅北地太守以下而令民得畜牧邊縣官假馬母三歲而歸及息什一以除告緡用充仞新秦中既得寶鼎立后土太一祠公卿議封禪事而天下郡國皆豫治道橋繕故宮及常馳道縣縣治官儲設供具而望以待幸以上巡幸天下耗財其明年南越反西羌侵邊爲桀於是天子爲山東不贍赦天下因南方樓船卒二十餘萬人擊南越數萬人發三河以西騎擊西羌又數萬人渡河築令居以上擊南越西羌築令居耗財初置張掖酒泉郡而上郡朔方西河河西開田官斥塞卒六十萬人戍田之中國繕道餽糧遠者三千近者千餘里皆仰給大農邊兵不足乃發武庫工官兵器以贍之車騎馬乏絕縣官錢少買馬難得乃著令令封君以下

至三百石以上吏以差出牝馬天下亭亭有畜牸馬歲課息以上出牝馬課息興利之事十一
齊相卜式上書曰臣聞主憂臣辱南越反臣願父子與齊習船者往死之天子
下詔曰卜式雖躬耕牧不以為利有餘輒助縣官之用今天下不幸有急而式
奮願父子死之雖未戰可謂義形於內賜爵關內侯金六十斤田十頃布告天
下天下莫應列侯以百數皆莫求從軍擊羌越至酎少府省金而列侯坐酎金
失侯者百餘人乃拜式為御史大夫式既在位見郡國多不便縣官作鹽鐵鐵
器苦惡賈貴或彊令民賣買之而船有算商者少物貴乃因孔僅言船算事上
由是不悅卜式漢連兵三歲誅羌滅南越番禺以西至蜀南者置初郡十七且
以其故俗治毋賦稅南陽漢中以往郡各以地比給初郡吏卒奉食幣物傳車
馬被具而初郡時時小反殺吏漢發南方吏卒往誅之閒歲萬餘人費皆仰給
大農大農以均輸調鹽鐵助賦故能贍之然兵所過縣為以訾給毋乏而已不
敢言擅賦法矣以上開置初郡耗財其明年元封元年卜式貶秩為太子太傅而桑弘羊
為治粟都尉領大農盡代僅筦天下鹽鐵弘羊以諸官各自市相與爭物故騰

躍而天下賦輸或不償其僦費乃請置大農部丞數十人分部主郡國各往往縣置均輸鹽鐵官令遠方各以其物貴時商賈所轉販者爲賦而相灌輸置平準於京師都受天下委輸召工官治車諸器皆仰給大農大農之諸官盡籠天下之貨物貴卽賣之賤則買之如此富商大賈無所牟大利則反本而萬物不得騰踊故抑天下物名曰平準天子以爲然許之（以上平準興利之事十二）於是天子北至朔方東到太山巡海上並北邊以歸所過賞賜用帛百餘萬匹錢金以巨萬計皆取足大農弘羊又請令吏得入粟補官及罪人贖罪令民能入粟甘泉各有差以復終身不告緡他郡國各輸急處而諸農各致粟山東（以上入粟補官贖罪興利之事十二）漕益歲六百萬石一歲之中太倉甘泉倉滿邊餘穀諸物均輸帛五百萬匹民不益賦而天下用饒於是弘羊賜爵左庶長黃金再百斤焉是歲小旱上令官求雨卜式言曰縣官當食租衣稅而已今弘羊令吏坐市列肆販物求利亨弘羊天乃雨（是時弘羊固未死也借卜式惡言之作結若弘羊業已烹殺者然此太史公之徧束耳）

太史公曰農工商交易之路通而龜貝金錢刀布之幣興焉所從來久遠自高

辛氏之前尚矣靡得而記云故書道唐虞之際詩述殷周之世安甯則長庠序先本絀末以禮義防于利事變多故而亦反是是以物盛則衰時極而轉一質一文終始之變也以上言安甯則尚禮義多故則尚財利自古已然禹貢九州各因其土地所宜人民所多少而納職焉湯武承弊易變使民不倦各兢兢所以爲治而稍陵遲衰微齊桓公用管仲之謀通輕重之權徼山海之業以朝諸侯用區區之齊顯成霸名魏用李克盡地力爲彊君自是之後天下爭於戰國貴詐力而賤仁義先富有而後推讓故庶人之富者或累巨萬而貧者或不厭糟糠有國彊者或并羣小以臣諸侯而弱國或絕祀而滅世以至於秦卒并海內以上言戰國及秦專尚富強虞夏之幣金爲三品或黃或白或赤或錢或布或刀或龜貝及至秦中一國之幣爲三等黃金以溢名爲上幣銅錢識曰半兩重如其文爲下幣而珠玉龜貝銀錫之屬爲器飾寶藏不爲幣然各隨時而輕重無常於是外攘夷狄內興功業海內之士力耕不足糧饟女子紡績不足衣服古者嘗竭天下之資財以奉其上猶自以爲不足也無異故云事勢之流相激使然曷足怪焉以上借秦皇以刺漢武

經史百家雜鈔卷二十四

經史百家雜鈔卷二十五目錄

典志之屬二

經史百家雜鈔卷二十五

湘鄉曾國藩纂　　合肥李鴻章校刊

典志之屬二

漢書地理志節鈔

本秦京師爲內史分天下作三十六郡漢興以其郡太大稍復開置又立諸侯王國武帝開廣三邊故自高祖增二十六文景各六武帝二十八昭帝一訖於孝平凡郡國一百三縣邑千三百一十四道三十二侯國二百四十一地東西九千三百二里南北萬三千三百六十八里提封田一萬萬四千五百一十三萬六千四百五頃其一萬萬二百五十二萬八千八百八十九頃邑居道路山川林澤羣不可墾其三千二百二十九萬九百四十七頃可墾不可墾定墾田八百二十七萬五百三十六頃民戶千二百二十三萬三千六十二口五千九百五十九萬四千九百七十八漢極盛矣凡民函五常之性而其剛柔緩急音聲不同繫水土之風氣故謂之風好惡取舍動靜亡常隨君上之情欲故謂之

俗。孔子曰。移風易俗莫善於樂。言聖王在上。統理人倫。必移其本而易其末此混同天下一之虖中和。然後王教成也。漢承百王之末。國土變改。人民遷徙。成帝時。劉向略言其域分。丞相張禹使屬潁川朱贛。條其風俗。猶未宣究。故輯而論之。終其本末著于篇。

秦地。於天官東井輿鬼之分壄也。其界自宏農故關。㠯西京兆扶風馮翊北地上郡西河安定天水隴西。南有巴蜀廣漢犍爲武都。西有金城武威張掖酒泉敦煌。又西南有牂柯越巂益州。皆宜屬焉。秦之先曰柏益。出自帝顓頊。堯時助禹治水。爲舜朕虞。養育草木鳥獸。賜姓嬴氏。歷夏殷爲諸侯。至周有造父善馭習馬。得華駵綠耳之乘。幸于穆王。封于趙城。故更爲趙氏。後有非子。爲周孝王養馬汧渭之閒。孝王曰。昔伯益知禽獸。子孫不絕。迺封爲附庸。邑之于秦。今隴西秦亭秦谷是也。至玄孫氏爲莊公。破西戎。有其地。子襄公時。幽王爲犬戎所敗。平王東遷雒邑。襄公將兵救周有功。賜受郊酆之地。列爲諸侯。後八世穆公稱伯。㠯河爲竟。十餘世孝公用商君。制轅田。開仟伯。東雄諸侯。子惠公初稱王。

得上郡西河孫昭王開巴蜀滅周取九鼎昭王曾孫政幷六國稱皇帝負力怙威燔書阬儒自任私智至子胡亥天下畔之以上秦國始末故秦地於禹貢時跨雍梁二州詩風兼秦豳兩國昔后稷封斄公劉處豳大王徙郊文王作酆武王治鎬其民有先王遺風好稼穡務本業故豳詩言農桑衣食之本甚備有鄠杜竹林南山檀柘號稱陸海爲九州膏腴始皇之初鄭國穿渠引涇水溉田沃野千里民以富饒漢興立都長安徙齊諸田楚昭屈景及諸功臣家於長陵後世世徙吏二千石高訾富人及豪桀幷兼之家於諸陵蓋亦以彊幹弱支非獨爲奉山園也是故五方雜厝風俗不純其世家則好禮文富人則商賈爲利豪桀則游俠通姦瀕南山近夏陽多阻險輕薄易爲盜賊常爲天下劇又郡國輻湊浮食者多民去本就末列侯貴人車服僭上衆庶放效羞不相及嫁娶尤崇侈靡送死過度以上三輔弘農等郡之俗天水隴西山多林木民以板爲室屋及安定北地上郡西河皆迫近戎狄修習戰備高上氣力以射獵爲先故秦詩曰在其板屋又曰王于興師修我甲兵與子偕行及車轔四載小戎之篇皆言車馬田狩之事漢興

六郡良家子選給羽林期門以材力爲官名將多出焉孔子曰君子有勇而亡誼則爲亂小人有勇而亡誼則爲盜故此數郡民俗質木不恥寇盜（以上天水隴西六郡之俗）

自武威以西本匈奴昆邪王休屠王地武帝時攘之初置四郡以通西域鬲絕南羌匈奴其民或以關東下貧或以報怨過當或以誖逆亡道家屬徙焉習俗頗殊地廣民稀水屮宜畜牧故涼州之畜爲天下饒保邊塞二千石治之咸以兵馬爲務酒禮之會上下通焉吏民相親是以其俗風雨時節穀糴常賤少盜賊有和氣之應賢於內郡此政寬厚吏不苛刻之所致也（以上武威等四郡之俗）

巴蜀廣漢本南夷秦幷以爲郡土地肥美有江水沃野山林竹木疏食果實之饒南賈滇僰僮西近邛莋馬旄牛民食稻魚亡凶年憂俗不愁苦而輕易淫泆柔弱褊阸景武閒文翁爲蜀守教民讀書法令未能篤信道德反以好文刺譏貴慕權勢及司馬相如游宦京師諸侯以文辭顯於世鄉黨慕循其迹後有王褒嚴遵揚雄之徒文章冠天下繇文翁倡其教相如爲之師故孔子曰有教無類（以上巴蜀廣漢之俗）

武都地雜氐羌及犍爲牂柯越巂皆西南外夷武帝初開置民俗略與

巴蜀同而武都近天水俗頗似焉以上武都犍爲牂柯越嶲故秦地天下三分之一而人衆不過什三然量其富居什六秦豳吳札觀樂爲之歌秦曰此之謂夏聲夫能夏則大大之至也其周舊乎自井十度至柳三度謂之鶉首之次秦之分也

魏地觜觿參之分野也其界自高陵以東盡河東河內南有陳留及汝南之召陵㶏彊新汲西華長平潁川之舞陽郾許傿陵河南之開封中牟陽武酸棗卷皆魏分也河內本殷之舊都周既滅殷分其畿內爲三國詩風邶庸衛國是也鄁以封紂子武庚庸管叔尹之衛蔡叔尹之以監殷民謂之三監故書序曰武王崩三監畔周公誅之盡以其地封弟康叔號曰孟侯以夾輔周室遷邶庸之民于雒邑故邶庸衛三國之詩相與同風邶詩曰在浚之下庸曰在浚之郊邶又曰亦流于淇河水洋洋庸曰送我淇上在彼中河衛曰瞻彼淇奧河水洋洋故吳公子札聘魯觀周樂聞邶庸衛之歌曰美哉淵乎吾聞康叔之德如是是其衛風乎至十六世懿公亡道爲狄所滅齊桓公帥諸侯伐狄而更封衛於河南曹楚邱是爲文公而河內殷虛更屬于晉康叔之風既歇而紂之化猶存故

俗剛彊多豪桀侵奪薄恩禮好生分（以上河內之俗）河東土地平易有鹽鐵之饒本唐堯所居詩風唐魏之國也周武王子唐叔在母未生武王夢帝謂己曰余名而子曰虞將與之唐屬之參及生名之曰虞至成王滅唐而封叔虞唐有晉水及叔虞子燮爲晉侯云故參爲晉星其民有先王遺教君子深思小人儉陋故唐詩蟋蟀山樞葛生之篇曰今我不樂日月其邁宛其死矣它人是媮百歲之後歸于其居皆思奢儉之中念死生之慮吳札聞唐之歌曰思深哉其有陶唐氏之遺民乎魏國亦姬姓也在晉之南河曲故其詩曰彼汾一曲寘諸河之側（以上河東之俗）自唐叔十六世至獻公滅魏以封大夫畢萬滅耿以封大夫趙夙及大夫韓武子食采於韓原晉於是始大至於文公伯諸侯尊周室始有河內之土吳札聞魏之歌曰美哉渢渢乎以德輔此則明主也文公後十六世爲韓魏趙所滅三家皆自立爲諸侯是爲三晉趙與秦同祖韓魏皆姬姓也自畢萬後十世稱侯至孫稱王徙都大梁故魏一號爲梁七世爲秦所滅（以上魏與晉分合之略）

周地柳七星張之分野也今之河南雒陽穀成平陰偃師鞏緱氏是其分也昔

周公營雒邑。以爲在于土中。諸侯蕃屏四方。故立京師。至幽王淫褒姒以滅宗周。子平王東居雒邑。其後五伯更帥諸侯以尊周室。故周於三代最爲長久。八百餘年至於王赧。乃爲秦所兼。初雒邑與宗周通封畿。東西長而南北短。短長相覆爲千里。至襄王以河內賜晉文公。又爲諸侯所侵。故其分墬小。周人之失。巧僞趨利。貴財賤義。高富下貧。憙爲商賈。不好仕宦。自柳三度至張十二度。謂之鶉火之次。周之分也。

韓地角亢氐之分野也。韓分晉得南陽郡及頴川之父城定陵襄城頴陽頴陰長社陽翟郟。東接汝南。西接宏農得新安宜陽。皆韓分也。及詩風陳鄭之國與韓同星分焉。鄭國今河南之新鄭。本高辛氏火正祝融之虛也。及成皋滎陽頴川之崇高陽城。皆鄭分也。本周宣王弟友爲周司徒。食采於宗周畿內。是爲鄭。鄭桓公問於史伯曰。王室多故。何所可以逃死。史伯曰。四方之國。非王母弟甥舅則夷狄。不可入也。其濟洛河頴之閒乎。子男之國。虢會爲大。恃勢與險。崇侈貪冒。君若寄帑與賄。周亂而敝。必將背君。君以成周之衆奉辭伐罪。亡不克矣。

公曰南方不可乎對曰夫楚重黎之後也黎爲高辛氏火正昭顯天地以生柔嘉之材姜嬴荊芊實與諸姬代相干也姜伯夷之後也嬴伯益之後也伯夷能禮於神以佐堯伯益能儀百物以佐舜其後皆不失祠而未有興者周衰將起不可偪也桓公從其言乃東寄帑與賄虢會受之後三年幽王敗桓公死其子武公與平王東遷卒定虢會之地右雒左泲食溱洧焉土陿而險山居谷汲男女亟聚會故其俗淫鄭詩曰出其東門有女如雲又曰溱與洧方灌灌兮士與女方秉菅兮恂盱且樂惟士與女伊其相謔此其風也吳札聞鄭之歌曰美哉其細已甚民弗堪也是其先亡乎自武公後二十三世爲韓所滅（以上鄭國之俗）陳國今淮陽之地陳本太昊之虛周武王封舜後嬀滿於陳是爲胡公妻以元女太姬婦人尊貴好祭祀用史巫故其俗巫鬼陳詩曰坎其擊鼓宛邱之下亡冬亡夏值其鷺羽又曰東門之枌宛邱之栩子仲之子婆娑其下此其風也吳札聞陳之歌曰國亡主其能久乎自胡公後二十三世爲楚所滅陳雖屬楚於天文自若其故（以上陳國之俗）潁川南陽本夏禹之國夏人上忠其敝鄙朴韓自武子後七

世稱侯六世稱王五世而爲秦所滅秦既滅韓徙天下不軌之民於南陽故其俗夸奢上氣力好商賈漁獵藏匿難制御也宛西通武關東受江淮一都之會也宣帝時鄭宏召信臣爲南陽太守治皆見紀信臣勸民農桑去末歸本郡以殷富潁川韓都士有申子韓非刻害餘烈高仕宦好文法民以貪遴爭訟生分爲失韓延壽爲太守先之以敬讓黃霸繼之教化大行獄或八年亡重罪囚南陽好商賈召父富以本業潁川好爭訟分異黃韓化以篤厚君子之德風也小人之德草也信矣以上潁川南陽韓國本俗自東井六度至亢六度謂之壽星之次鄭之分野與韓同分

趙地昴畢之分壄趙分晉得趙國北有信都真定常山中山又得涿郡之高陽鄚州鄉東有廣平鉅鹿清河河間又得渤海郡之東平舒中邑文安束州成平章武河以北也南至浮水繁陽內黃斥丘西有太原定襄雲中五原上黨上黨本韓之別郡也遠韓近趙後卒降趙皆趙分也自趙夙後九世稱侯四世敬侯徙都邯鄲至曾孫武靈王稱王五世爲秦所滅趙中山地薄人衆猶有沙丘紂

淫亂餘民。丈夫相聚游戲。悲歌忼慨。起則椎剽掘冢。作姦巧。多弄物。為倡優。女子彈弦跕躧。游媚富貴。徧諸侯之後宮。邯鄲北通燕涿。南有鄭衛。漳河之閒一都會也。其土廣俗雜。大率精急。高氣埶。輕為姦。以上趙中山之俗 太原上黨又多晉公族子孫。以詐力相傾。矜夸功名。報仇過直。嫁取送死奢靡。漢興。號為難治。常擇嚴猛之將。或任殺伐為威。父兄被誅。子弟怨憤。至告訐刺史二千石。或報殺其親屬。以上太原上黨之俗 鍾代石北。迫近胡寇。民俗懻忮。好氣為姦。不事農商。自全晉時已患其剽悍。而武靈王又益厲之。故冀州之部。盜賊常為它州劇。定襄雲中五原。本戎狄地。頗有趙齊衛楚之徙。其民鄙朴。少禮文。好射獵。雁門亦同俗。於天文別屬燕。以上鍾代及定襄雲中五原之俗

燕地。尾箕分野也。武王定殷。封召公於燕。其後三十六世。與六國俱稱王。東有漁陽右北平遼西遼東。西有上谷代郡雁門。南得涿郡之易容城范陽北新城故安涿縣良鄉新昌及渤海之安次。皆燕分也。樂浪玄菟。亦宜屬焉。燕稱王十世。秦欲滅六國。燕王太子丹遣勇士荊軻西刺秦王。不成而誅。秦遂舉兵滅燕。

薊南通齊趙勃碣之閒一都會也初太子丹賓養勇士不愛後宮美女民化以爲俗至今猶然賓客相過以婦侍宿嫁取之夕男女無別反以爲榮後稍頗止然終未改其俗愚悍少慮輕薄無威亦有所長敢於急人燕丹遺風也（以上燕薊之俗）上谷至遼東地廣民希數被胡寇俗與趙代相類有魚鹽棗栗之饒北隙烏丸夫餘東賈真番之利（以上上谷遼東之俗）玄菟樂浪武帝時置皆朝鮮濊貉句驪蠻夷殷道衰箕子去之朝鮮教其民以禮義田蠶織作樂浪朝鮮民犯禁八條相殺以當時償殺相傷以穀償相盜者男沒入爲其家奴女子爲婢欲自贖者人五十萬雖免爲民俗猶羞之嫁取無所讎是以其民終不相盜無門戶之閉婦人貞信不淫辟其田民飲食以籩豆都邑頗放效吏及內郡賈人往往以杯器食郡初取吏於遼東吏見民無閉臧及賈人往者夜則爲盜俗稍益薄今於犯禁寖多至六十餘條可貴哉仁賢之化也然東夷天性柔順異於三方之外故孔子悼道不行設浮於海欲居九夷有以也夫（以上樂浪玄菟之俗）樂浪海中有倭人分爲百餘國以歲時來獻見云自危四度至斗六度謂之析木之次燕之分也

齊地虛危之分壄也東有菑川東萊琅邪高密膠東南有泰山城陽北有千乘清河以南勃海之高樂高城重合陽信西有濟南平原皆齊分也少昊之世有爽鳩氏虞夏時有季崱湯時有逢公柏陵殷末有薄姑氏皆為諸侯國此地至周成王時薄姑氏與四國共作亂成王滅之以封師尚父是為太公詩風齊國是也臨菑名營邱故齊詩曰子之營兮遭我虖嶩之閒兮又曰俟我於著乎而此亦其舒緩之體也吳札聞齊之歌曰泱泱乎大風也哉其太公乎國未可量也古有分土亡分民太公以齊地負海舄鹵少五穀而人民寡迺勸以女工之業通魚鹽之利而人物輻湊後十四世桓公用管仲設輕重以富國合諸侯成伯功身在陪臣而取三歸故其俗彌侈織作冰紈綺繡純麗之物號為冠帶衣履天下初太公治齊修道術尊賢智賞有功故至今其土多好經術矜功名舒緩闊達而足智其失夸奢朋黨言與行繆虛詐不情急之則離散緩之則放縱始桓公兄襄公淫亂姑姊妹不嫁於是令國中民家長女不得嫁名曰巫兒為家主祠嫁者不利其家民至今以為俗痛乎道民之道可不慎哉昔太公始封

周公問何以治齊。太公曰。舉賢而上功。周公曰。後世必有篡殺之臣。其後二十九世。爲彊臣田和所滅。而和自立爲齊侯。初和之先陳公子完有罪來奔齊。齊桓公以爲大夫。更稱田氏。九世至和而篡齊。至孫威王稱王。五世爲秦所滅。臨菑。海岱之閒一都會也。其中具五民云。

魯地。奎婁之分壄也。東至東海。南有泗水。至淮。得臨淮之下相睢陵僮取慮。皆魯分也。周興。以少昊之虛曲阜封周公子伯禽爲魯侯。以爲周公主。其民有聖人之教化。故孔子曰。齊一變至於魯。魯一變至於道。言近正也。瀕洙泗之水。其民涉度。幼者扶老而代其任。俗既益薄。長老不自安。與幼少相讓。故曰。魯道衰。洙泗之閒。齗齗如也。孔子閔王道將廢。迺修六經。以述唐虞三代之道。弟子受業而通者七十有七人。是以其民好學。上禮義。重廉恥。周公始封。太公問何以治魯。周公曰。尊尊而親親。太公曰。後世寖弱矣。故魯自文公以後。祿去公室。政在大夫。季氏逐昭公。陵夷微弱。三十四世而爲楚所滅。然本大國。故自爲分壄。今去聖久遠。周公遺化銷微。孔氏庠序衰壞。地陿民眾。頗有桑麻之業。亡林澤之饒俗儉嗇愛財趨商賈好訾毀多巧偽喪祭之禮文備實寡然其好學猶愈於它俗漢興以來魯東海多至卿相東平須昌壽張皆在濟東屬魯非宋地也當考

宋地房心之分壄也今之沛梁楚山陽濟陰東平及東郡之須昌壽張皆宋分也周封微子於宋今之睢陽是也本陶唐氏火正閼伯之虛也濟陰定陶詩風曹國也武王封弟叔振鐸於曹其後稍大得山陽陳留二十餘世爲宋所滅昔堯作游成陽舜漁靁澤湯止于亳故其民猶有先王遺風重厚多君子好稼穡惡衣食以致畜藏宋自微子二十餘世至景公滅曹滅曹後五世亦爲齊楚魏所滅參分其地魏得其梁陳留齊得其濟陰東平楚得其沛故今之楚彭城本宋也春秋經曰圍宋彭城宋雖滅本大國故自爲分野沛楚之失急疾顓己地薄民貧而山陽好爲姦盜

衞地營室東壁之分壄也今之東郡及魏郡黎陽河內之野王朝歌皆衞分也衞本國既爲狄所滅文公徙封楚邱三十餘年子成公徙於帝邱故春秋經曰

衛嚳于帝邱今之濮陽是也本顓頊之虛故謂之帝邱夏后之世昆吾氏居之成公後十餘世爲韓魏所侵盡亡其旁邑獨有濮陽後秦滅濮陽置東郡徙之於野王始皇既并天下猶獨置衞君二世時乃廢爲庶人凡四十世九百年最後絕故獨爲分野衞地有桑閒濮上之阻男女亦亟聚會聲色生焉故俗稱鄭衞之音周末有子路夏育民人慕之故其俗剛武上氣力漢興二千石治者亦以殺戮爲威宣帝時韓延壽爲東郡太守承聖恩崇禮義尊諫爭至今東郡號善爲吏延壽之化也其失頗奢靡嫁取送死過度而野王好氣任俠有濮上風

楚地翼軫之分壄也今之南郡江夏零陵桂陽武陵長沙及漢中汝南郡盡楚分也周成王時封文武先師鬻熊之曾孫熊繹於荆蠻爲楚子居丹陽後十餘世至熊達是爲武王寖以彊大後五世至嚴王總帥諸侯觀兵周室并吞江漢之閒內滅陳魯之國後十餘世頃襄王東徙于陳楚有江漢川澤山林之饒江南地廣或火耕水耨民食魚稻以漁獵山伐爲業果蓏蠃蛤食物常足故呰窳媮生而亡積聚飲食還給不憂凍餓亦亡千金之家信巫鬼重淫祀而漢中淫

失枝柱與巴蜀同俗汝南之別皆急疾有氣埶江陵故郢都西通巫巴東有雲夢之饒亦一都會也

吳地斗分壄也今之會稽九江丹陽豫章廬江廣陵六安臨淮郡盡吳分也殷道既衰周太王亶父興郊梁之地長子太伯次曰仲雍少曰公季公季有聖子昌太王欲傳國焉太伯仲雍辭行采藥遂奔荊蠻公季嗣位至昌為西伯受命而王故孔子美而稱曰太伯可謂至悳也已矣三以天下讓民無得而稱焉謂虞仲夷逸隱居放言身中清廢中權太伯初奔荊蠻荊蠻歸之號曰句吳太伯卒仲雍立至曾孫周章而武王克殷因而封之又封周章弟中於河北是為北吳後世謂之虞十二世為晉所滅後二世而荊蠻之吳子壽夢盛大稱王其少子則季札有賢材兄弟欲傳國札讓而不受自太伯壽夢稱王六世闔廬舉伍子胥孫武為將戰勝攻取與伯名於諸侯至子夫差誅子胥用宰嚭為粵王句踐所滅吳粵之君皆好勇故其民至今好用劍輕死易發粵既并吳後六世為楚所滅後秦又擊楚徙壽春至子為秦所滅以上吳始末

壽春合肥受南北湖皮革

鮑木之輸亦一都會也始楚賢臣屈原被讒放流作離騷諸賦以自傷悼後有宋玉唐勒之屬慕而述之皆以顯名漢興高祖王兄子濞於吳招致天下之娛游子弟枚乘鄒陽嚴夫子之徒興於文景之際而淮南王安亦都壽春招賓客著書而吳有嚴助朱買臣貴顯漢朝文辭並發故世傳楚辭其失巧而少信初淮南王異國中民家有女者以待遊士而妻之故至今多女而少男本吳粵與楚接比數相并兼故民俗略同吳東有海鹽章山之銅三江五湖之利亦江東之一都會也豫章出黃金然菫菫物之所有取之不足以更費江南卑溼丈夫多夭會稽海外有東鯷人分爲二十餘國以歲時來獻見云

粵地牽牛婺女之分壄也今之蒼梧鬱林合浦交阯九真南海日南皆粵分也其君禹後帝少康之庶子云封於會稽文身斷髮以避蛟龍之害後二十世至句踐稱王與吳王闔廬戰敗之雋李夫差立句踐乘勝復伐吳吳大破之棲會稽臣服請平後用范蠡大夫種計遂伐滅吳兼并其地度淮與齊晉諸侯會致貢於周周元王使使賜命爲伯諸侯畢賀後五世爲楚所滅子孫分散君服於

楚後十世至閩君搖佐諸侯平秦漢興復立搖爲粵王是時秦南海尉趙佗亦自王傳國至武帝時盡滅以爲郡云（以上粵始末）

處近海多犀象毒冒珠璣銀銅果布之湊中國往商賈者多取富焉番禺其一都會也自合浦徐聞南入海得大州東西南北方千里武帝元封元年略以爲儋耳珠厓郡民皆服布如單被穿中央爲貫頭男子耕農種禾稻紵麻女子桑蠶織績亡馬與虎民有五畜山多麈麖兵則矛盾刀木弓弩竹矢或骨爲鏃自初爲郡縣吏卒中國人多侵陵之故率數歲壹反元帝時遂罷弃之自日南障塞徐聞合浦船行可五月有都元國又船行可四月有邑盧沒國又船行可二十餘日有諶離國步行可十餘日有夫甘都盧國自夫甘都盧國船行可二月餘有黃支國民俗略與珠厓相類其州廣大戶口多多異物自武帝以來皆獻見有譯長屬黃門與應募者俱入海市明珠璧流離奇石異物齎黃金雜繒而往所至國皆稟食爲耦蠻夷賈船轉送致之亦利交易剽殺人又苦逢風波溺死不者數年來還大珠至圍二寸以下平帝元始中王莽輔政欲燿威德厚遺黃支王令遣使獻生犀牛自黃支

船行可八月到皮宗。船行可八月到日南象林界云。黃支之南有已程不國。漢之譯使自此還矣。

唐書兵志

古之有天下國家者。其興亡治亂。未始不以德。而自戰國秦漢以來。鮮不以兵。夫兵豈非重事哉。然其因時制變。以苟利趨便。至於無所不爲。而考其法制。雖可用於一時。而不足施於後世者多矣。惟唐立府兵之制。頗有足稱焉。蓋古者兵法起於井田。自周衰。王制壞而不復。至於府兵。始一寓之於農。其居處教養畜材待事。動作休息。皆有節目。雖不能盡合古法。蓋得其大意焉。此高祖太宗之所以盛也。至其後世。子孫驕弱。不能謹守。屢變其制。夫置兵所以止亂。及其弊也。適足爲亂。又其甚也。至困天下以養亂。而遂至於亡焉。蓋唐有天下二百餘年。而兵之大勢三變。其始盛時有府兵。府兵後廢而爲彍騎。彍騎又廢而方鎮之兵盛矣。及其末也。彊臣悍將。兵布天下。而天子亦自置兵於京師。曰禁軍。其後天子弱。方鎮彊。而唐遂以亡滅者。措置之勢使然也。若乃將卒營陣車旗器械征防守衛。凡兵之事。不可以悉記。記其廢置得失終始治亂興滅之迹以爲後世戒云。府兵之制。起自西魏後周而備於隋。唐興因之。隋制十二衛。曰翊衛。曰驍騎衛。曰武衛。曰屯衛。曰禦衛。曰候衛。爲左右。皆有將軍以分統諸府之兵。府有郎將副郎將坊主團主。以相統治。又有驃騎車騎二府。皆有將軍。後更驃騎曰鷹揚郎將。車騎曰副郎將。別置折衝果毅。自高祖初起。開大將軍府。以建成爲左領大都督。領左三軍。燉煌公爲右領大都督。領右三軍。元吉統中軍。發自太原。有兵三萬人。及諸起義以相屬與降羣盜。得兵二十萬。武德初。始置軍府。以驃騎車騎兩將軍府領之。析關中爲十二道。曰萬年道。長安道。富平道。醴泉道。同州道。華州道。寧州道。岐州道。豳州道。西麟州道。涇州道。宜州道。皆置府。三年。更以萬年道爲參旗軍。長安道爲鼓旗軍。富平道爲玄戈軍。醴泉道爲井鉞軍。同州道爲羽林軍。華州道爲騎官軍。寧州道爲折威軍。岐州道爲平道軍。豳州道爲招搖軍。西麟州道爲苑游軍。涇州道爲天紀軍。宜州道爲天節軍。軍置將副各一人。以督耕戰。以車騎府統之。六年。以天下既定。遂廢十二軍。改驃騎曰統軍車騎曰別將居歲餘十二軍復而軍置將軍一人軍有坊置主一人以檢察戶口勸課農桑太宗貞觀十年更號統軍爲折衝都尉別將爲果毅都尉諸府總曰折衝府凡天下十道置府六百三十四皆有名號而關內二百六十有一皆以隸諸衞凡府三等兵千二百人爲上千人爲中八百人爲下府置折衝都尉一人左右果毅都尉各一人長史兵曹別將各一人校尉六人士以三百人爲團團有校尉五十人爲隊隊有正十人爲火火有長火備六馱馬凡火具烏布幕鐵馬盂布槽鍤钁鑿碓筐斧鉗鋸皆一甲牀二鎌二隊具火鑽一胸馬繩一首羈足絆皆三人具弓一矢三十胡祿橫刀礪石大觿氈帽氈裝行縢皆一麥飯九斗米二斗皆自備幷其介冑戎具藏於庫有所征行則視其入而出給之其番上宿衞者惟給弓矢橫刀而已凡民年二十爲兵六十而免其能騎而射者爲越騎其餘爲步兵武騎排穳手步射每歲季冬折衝都尉率五校兵馬之在府者置左右二校尉位相距百步每校爲步隊十騎隊一皆卷矟幡展刃旗散立以俟角手吹大角一通諸校皆斂人騎爲隊二通偃旗矟解

旛三通旗稍舉左右校擊鼓二校之人合譟而進右校擊鉦隊少卻左校進逐至右校立所左校擊鉦少卻右校進逐至左校立所右校復擊鉦隊還左校復薄戰皆擊鉦隊各還大角復鳴一通皆卷旛攝矢弛弓匣刃二通旗稍舉隊皆進三通左右校皆引還是日也因縱獵獲各入其人其隸於衞也左右衞皆領六十府諸衞領五十至四十其餘以隸東宮六率凡發府兵皆下符契州刺史與折衝勘契乃發若全府發則折衝都尉以下皆行不盡則果毅行少則別將行當給馬者官予其直市之每匹予錢二萬五千刺史折衝果毅歲閱不任戰事者鬻之以其錢更市不足則一府共足之凡當宿衞者番上兵部以遠近給番五百里爲五番千里七番一千五百里八番二千里十番外爲十二番皆一月上若簡留直衞者五百里爲七番千里八番二千里十番外爲十二番亦月上先天二年詔曰往者分建府衞計戶充兵裁足周事二十一入幕六十一出軍多憚勞以規避匿今宜取年二十五以上五十而免屢征鎮者十年免之雖有其言而事不克行玄宗開元六年始詔折衝府兵每六歲一簡自高宗武后

時天下久不用兵府兵之法寖壞番役更代多不以時衞士稍稍亡匿至是益耗散宿衞不能給宰相張說乃請一切募士宿衞十一年取京兆蒲同岐華府兵及白丁而益以潞州長從兵共十二萬號長從宿衞歲二番命尚書左丞蕭嵩與州吏共選之明年更號曰彍騎又詔諸州府馬闕官私共補之今兵貧難致乃給以監牧馬然自是諸府士益多不補折衝將又積歲不得遷士人皆恥爲之十三年始以彍騎分隸十二衞總十二萬爲六番每衞萬人京兆彍騎六萬六千華州六千同州九千蒲州萬二千三百絳州三千六百晉州千五百岐州六千河南府三千陝虢汝鄭懷汴六州各六百內弩手六千其制皆擇下戶白丁宗丁品子彊壯五尺七寸以上不足則兼以戶八等五尺以上皆免征鎮賦役爲四籍兵部及州縣衞分掌之十人爲火五火爲團皆有首長又擇材勇者爲番頭頗習弩射又有羽林軍飛騎亦習弩凡伏遠弩自能施張縱矢三百步四發而二中擘張弩二百三十步四發而二中角弓弩二百步四發而三中單弓弩百六十步四發而二中皆爲及第諸軍皆近營爲堋士有便習者教試

之及第者有賞。自天寶以後。彍騎之法又稍變廢。士皆失拊循。八載。折衝諸府至無兵可交。李林甫遂請停上下魚書。其後徒有兵額官吏。而戎器馱馬鍋幕糗糧竝廢矣。故時府人目番上宿衛者曰侍官。言侍衛天子。至是。衛佐悉以假人爲童奴。京師人恥之。至相罵辱。必曰侍官。而六軍宿衛皆市人。富者販繒綵食粱肉。壯者爲角觝拔河翹木扛鐵之戲。及祿山反。皆不能受甲矣。初。府兵之置。居無事時耕於野。其番上者。宿衛京師而已。若四方有事。則命將以出。事解輒罷。兵散于府。將歸于朝。故士不失業。而將帥無握兵之重。所以防微漸。絕禍亂之萌也。及府兵法壞而方鎮盛。武夫悍將雖無事時。據要險。專方面。既有其土地。又有其人民。又有其甲兵。又有其財賦。以布列天下。然則方鎮不得不彊。京師不得不弱。故曰措置之勢使然者。以此也。夫所謂方鎮者。節度使之兵也。原其始起於邊將之屯防者。唐初兵之戍邊者。大曰軍。小曰守捉。曰城。曰鎮。而總之者曰道。若盧龍軍一。東軍等守捉十一。曰平盧道。橫海北平高陽經略安塞納降唐興渤海懷柔威武鎮遠靜塞雄武鎮安懷遠保定軍十六。曰范陽道。

天兵大同天安橫野軍四岢嵐等守捉五曰河東道朔方經略豐安定遠新昌天柱宥州經略橫塞天德天安軍九三受降豐寧保寧烏延等六城新泉守捉一曰關內道赤水大斗白亭豆盧墨離建康寧寇玉門伊吾天山軍十烏城等守捉十四曰河西道瀚海清海靜塞軍三沙鉢等守捉十曰北庭道保大軍一鷹娑都督一蘭城等守捉八曰安西道鎮西天成振威安人綏戎河源白水天威榆林臨洮莫門神策寧邊威勝金天武寧曜武積石軍十八平夷綏和合川守捉三曰隴右道威戎安夷昆明寧遠洪源通化松當平戎天保威遠軍十羊灌田等守捉十五新安等城三十二犍爲等鎮三十八曰劍南道嶺南安南桂管邕管容管經略清海軍六曰嶺南道福州經略軍一曰江南道平海軍一東牟東萊守捉二蓬萊鎮一曰河南道此自武德至天寶以前邊防之制其軍城鎮守捉皆有使而道有大將一人曰大總管已而更曰大都督至太宗時行軍征討曰大總管在其本道曰大都督自高宗永徽以後都督帶使持節者始謂之節度使然猶未以名官景雲二年以賀拔延嗣爲涼州都督河西節度使自

此而後接乎開元朔方隴右河東河西諸鎮皆置節度使及范陽節度使安祿山反犯京師天子之兵弱不能抗遂陷兩京肅宗起靈武而諸鎮之兵共起誅賊其後祿山子慶緒及史思明父子繼起中國大亂肅宗命李光弼等討之號九節度之師久之大盜既滅而武夫戰卒以功起行陣列爲侯王者皆除節度使由是方鎮相望於內地大者連州十餘小者猶兼三四故兵驕則逐帥帥彊則叛上或父死子握其兵而不肯代或取捨由於士卒往往自擇將吏號爲留後以邀命於朝天子顧力不能制則忍恥含垢因而撫之謂之姑息之政蓋姑息起於兵驕兵驕由於方鎮姑息愈甚而兵將愈俱驕由是號令自出以相侵擊虜其將帥并其土地天子熟視不知所爲反爲和解之莫肯聽命始時爲朝廷患者號河朔三鎮及其末朱全忠以梁兵李克用以晉兵更犯京師而李茂貞韓建近據岐華妄一喜怒兵已至於國門天子爲殺大臣罪己悔過然後去及昭宗用崔胤召梁兵以誅宦官而劫天子天子奔岐梁兵圍之逾年當此之時天下之兵無復勤王者嚮之所謂三鎮者徒能始禍而已其他大鎮南則吳

浙荆湖閩廣西則岐蜀北則燕晉而梁盜據其中自國門以外皆分裂於方鎮矣故兵之始重於外也土地民賦非天子有既其盛也號令征伐非其有又其甚也至無尺土而不能庇其妻子宗族遂以亡滅語曰兵猶火也弗戢將自焚夫惡危亂而欲安全者庸君常主之能知至於措置之失則所謂困天下以養亂也唐之置兵既外柄以授人而末大本小方區區自爲捍衛之計可不哀哉

夫所謂天子禁軍者南北衙兵也南衙諸衛兵是也北衙者禁軍也初高祖以義兵起太原已定天下悉罷遣歸其願留宿衛者三萬人高祖以渭北白渠旁子棄腴田分給之號元從禁軍後老不任事以其子弟代謂之父子軍及貞觀初太宗擇善射者百人爲二番於北門長上曰百騎以從田獵又置北衙七營選材力驍壯月以一營番上十二年始置左右屯營於玄武門領以諸衛將軍號飛騎其法取戶二等以上長六尺闊壯者試弓馬四次上翹關舉五負米五斛行三十步者復擇馬射爲百騎衣五色袍乘六閑駁馬虎皮韉爲游幸翊衛高宗龍朔二年始取府兵越騎步射置左右羽林軍大朝會則執仗以衛階陛

行幸則夾馳道爲內仗武后改百騎曰千騎睿宗又改千騎曰萬騎分左右營及玄宗以萬騎平韋氏改爲左右龍武軍皆用唐元功臣子弟制若宿衛兵是時良家子避征戍者亦皆納資隸軍分日更上如羽林開元十二年詔左右羽林軍飛騎闕取京旁州府士以戶部印印其臂爲二籍羽林兵部分掌之末年禁兵寖耗及祿山反天子西駕禁軍從者裁千人肅宗赴靈武士不滿百及即位稍復舊補北軍至德二載置左右神武軍補元從扈從官子弟不足則取宅色帶品者同四軍亦曰神武天騎制如羽林總曰北衙六軍又擇便騎射者置衙前射生手千人亦曰供奉射生官又曰殿前射生手分左右廂總號曰左右英武軍乾元元年李輔國用事請選羽林騎士五百人徼巡李揆曰漢以南北軍相制故周勃以北軍安劉氏朝廷置南北衙文武區列以相察伺今用羽林代金吾警忽有非常何以制之遂罷上元中以北衙軍使衛伯玉爲神策軍節度使鎮陝州中使魚朝恩爲觀軍容使監其軍初哥舒翰破吐蕃臨洮西之磨環川即其地置神策軍以成如璆爲軍使及安祿山反如璆以伯玉將兵千人

赴難·伯玉與朝恩皆屯于陝·時邊土陷蹙神策故地淪沒·卽詔伯玉所部兵號神策軍·以伯玉爲節度使·與陝州節度使郭英乂皆鎭陝·其後伯玉罷·以英乂兼神策軍節度·英乂入爲僕射·軍遂統於觀軍容使·代宗卽位·以射生軍入禁中靖難·皆賜名寶應功臣·故射生軍又號寶應軍·廣德元年·代宗避吐蕃幸陝·朝恩舉在陝兵與神策軍迎扈·悉號神策軍·天子幸其營·及京師平·朝恩遂以軍歸禁中自將之·然尚未與北軍齒也·永泰元年·吐蕃復入寇·朝恩又以神策軍屯苑中·自是寖盛·分爲左右廂·勢居北軍右·遂爲天子禁軍·非它軍比·朝恩乃以觀軍容宣慰處置使知神策軍兵馬使·大曆四年·請以京兆之好畤·鳳翔之麟游·普潤·皆隸神策軍·明年·復以興平·武功·扶風·天興隸之·朝廷不能遏·又用愛將劉希暹爲神策虞候·主不法·遂置北軍獄·募坊市不逞·誣捕大姓·沒產爲賞·至有選舉旅寓而挾厚貲多橫死者·朝恩得罪死·以希暹代爲神策軍使·是歲·希暹復得罪·以朝恩舊校王駕鶴代將·十數歲·德宗卽位·以白志貞代之·是時神策兵雖處內·而多以裨將將兵征伐·往往有功·及李希烈反·河北盜且

起數出禁軍征伐神策之士多鬭死者建中四年下詔募兵以志貞爲使蒐補峻切郭子儀之壻端王傅吳仲孺殖貲累巨萬以國家有急不自安請以子率奴馬從軍德宗喜甚爲官其子五品志貞乃請節度都團練觀察使與世嘗任者家皆出子弟馬奴裝鎧助征授官如仲孺子於是豪富者緣爲幸而貧者苦之神策兵既發殆盡志貞陰以市人補之名隸籍而身居市肆及涇卒潰變皆戢伏不出帝遂出奔初段秀實見禁兵寡弱不足備非常上疏曰天子萬乘諸侯千大夫百蓋以大制小十制一也尊君卑臣彊幹弱枝之道今外有不廷之虜內有梗命之臣而禁兵不精其數削少後有猝故何以待之猛虎所以百獸畏者爪牙也爪牙廢則孤豚特犬悉能爲敵願少留意至是方以秀實言爲然及志貞等流貶神策都虞候李晟與其軍之他將皆自飛狐道西兵赴難遂爲神策行營節度屯渭北軍遂振貞元二年改神策左右廂爲左右神策軍特置監句當左右神策軍以寵中官而益置大將軍以下又改殿前射生左右廂曰殿前左右射生軍亦置大將軍以下三年詔射生神策六軍將士府縣以事辦

治先奏乃移軍勿輒逮捕京兆尹鄭叔則建言京劇輕猾所聚慝作不常俟奏報將失罪人請非昏田皆以時捕乃可之俄改殿前左右射生軍曰左右神武軍置監左右神威軍使左右神策軍皆加將軍二員左右龍武軍加將軍一員以待諸道大將有功者自肅宗以後北軍增置威武長興等軍名類頗多而廢置不一惟羽林龍武神武神策神威最盛總曰左右十軍矣其後京畿之西多以神策軍鎮之皆有屯營軍司之人散處甸內皆恃勢淩暴民閒苦之自德宗幸梁還以神策兵有勞皆號興元元從奉天定難功臣恕死罪中書御史府兵部乃不能歲比其籍京兆又不敢總舉名實三輔人假比於軍一牒至十數長安姦人多寓占兩軍身不宿衛以錢代行謂之納課戶益肆爲暴吏稍禁之輒先得罪故當時京尹赤令皆爲之斂屈十年京兆尹楊於陵請置挾名敕五丁許二丁居軍餘差以條限繇是豪彊少畏十二年以監句當左神策軍左監門衛大將軍知內侍省事竇文場爲左神策軍護軍中尉監句當右神策軍右監門衛將軍知內侍省事霍仙鳴爲右神策軍護軍中尉監右神威軍使內侍兼

內謁者監張尚進爲右神威軍中護軍監左神威軍使內侍兼內謁者監焦希望爲左神威軍中護軍護軍中尉中護軍皆古官帝旣以禁衞假宦官又以此寵之十四年又詔左右神策置統軍以崇親衞如六軍時邊兵衣饟多不贍而戍卒屯防藥茗蔬醬之給最厚諸將務爲詭辭請遙隸神策軍稟賜遂贏舊三倍繇是塞上往往稱神策行營皆內統於中人矣其軍乃至十五萬故事京城諸司諸使府縣皆季以御史巡囚後以北軍地密未嘗至十九年監察御史崔薳不知近事遂入右神策中尉奏之帝怒杖薳四十流崖州順宗即位王叔文用事欲取神策兵柄乃用故將范希朝爲左右神策京西諸城鎮行營兵馬節度使以奪宦者權而不克元和二年省神武軍明年又廢左右神威軍合爲一曰天威軍八年廢天威軍以其兵騎分隸左右神策軍及僖宗幸蜀田令孜募神策新軍爲五十四都離爲十軍令孜自爲左右神策十軍兼十二衞觀軍容使以左右神策大將軍爲左右神策諸都指揮使諸都又領以都將亦曰都頭景福二年昭宗以藩臣跋扈天子孤弱議以宗室典禁兵及伐李茂貞乃用嗣

覃王允爲京西招討使神策諸都指揮使李鐬副之悉發五十四軍屯興平已而兵自潰茂貞逼京師昭宗爲斬神策中尉西門重遂李周𧦬乃引去乾甯元年王行瑜韓建及茂貞連兵犯闕天子又殺宰相韋昭度李磎乃去太原李克用以其兵伐行瑜等同州節度使王行實入迫神策中尉駱全瓘劉景宣請天子幸邠州全瓘景宣及子繼晟與行實縱火東市帝御承天門敕諸王率禁軍扞之捧日都頭李筠以其軍衞樓下茂貞將閻圭攻筠矢及樓扉帝乃與親王公主幸筠軍扈蹕都頭李君實亦以兵至侍帝出幸莎城石門詔嗣𧶘王知柔入長安收禁軍淸宮室月餘乃還又詔諸王閱親軍收拾神策亡散得數萬益置安聖捧宸保甯安化軍曰殿後四軍嗣覃王允與嗣延王戒丕將之三年茂貞再犯闕嗣覃王戰敗昭宗幸華州明年韓建畏諸王有兵請皆歸十六宅留殿後兵三十人爲控鶴排馬官隸飛龍坊餘悉散之且列甲圍行宮於是四軍二萬餘人皆罷又請誅都頭李筠帝恐爲斬於大雲橋俄遂殺十一王及還長安左右神策軍復稍置之以六千人爲定是歲左右神策中尉劉季述王仲先

以其兵千人廢帝幽之季述等誅已而昭宗召朱全忠兵入誅宦官宦官覺劫天子幸鳳翔全忠圍之歲餘天子乃誅中尉韓全誨張宏彥等二十餘人以解梁兵乃還長安於是悉誅宦官而神策左右軍繇此廢矣諸司悉歸尚書省郎官兩軍兵皆隸六軍而以崔胤判六軍十二衛事六軍者左右龍武神武羽林其名存而已自是軍司以宰相領及全忠歸留步騎萬人屯故兩軍以子友倫爲左右軍宿衛都指揮使禁衛皆汴卒崔胤乃奏六軍名存而兵亡非所以壯京師軍皆置步軍四將騎軍一將步將皆兵二百五十人騎將皆百人總六千六百人番上如故事乃令六軍諸衛副使京兆尹鄭元規立格募兵於市而全忠陰以汴人應之胤死以宰相裴樞判左三軍獨孤損判右三軍向所募士悉散去全忠亦兼判左右六軍十二衛及東遷惟小黄門打毬供奉十數人內園小兒五百人從至穀水又盡屠之易以汴人於是天子無一人之衛昭宗遇弒唐乃亡馬者兵之用也監牧所以蕃馬也其制起於近世唐之初起得突厥馬二千匹又得隋馬三千於赤岸澤徙之隴右監牧之制始於此其官領以太僕

其屬有牧監副監監有丞有主簿直司團官牧尉排馬牧長羣頭有正有副凡羣置長一人十五長置尉一人歲課功進排馬又有掌閑調馬習上又以尚乘掌天子之御左右六閑一曰飛黃二曰吉良三曰龍媒四曰騊駼五曰駃騠六曰天苑總十有二閑爲二廐一曰祥麟二曰鳳苑以繫飼之其後禁中又增置飛龍廐初用太僕少卿張萬歲領羣牧自貞觀至麟德四十年閑馬七十萬六千置八坊岐豳涇甯閒地廣千里一曰保樂二曰甘露三曰南普閏四曰北普閏五曰岐陽六曰太平七曰宜祿八曰安定八坊之田千二百三十頃募民耕之以給芻秣八坊之馬爲四十八監而馬多地狹不能容又析八監列布河西豐曠之野凡馬五千爲上監三千爲中監餘爲下監監皆有左右因地爲之名方其時天下以一縑易一馬萬歲掌馬久恩信行於隴右後以太僕少卿鮮于匡俗檢校隴右牧監儀鳳中以太僕少卿李思文檢校隴右諸牧監使監牧有使自是始後又有羣牧都使有閑廐使使皆置副有判官又立四使南使十五西使十六北使七東使九諸坊若涇川亭川闕水洛赤城南使統之清泉温泉

西使統之烏氏北使統之木硤萬福東使統之宅皆失傳其後益置八監於鹽州三監於嵐州鹽州使八統白馬等坊嵐州使三統樓煩玄池天池之監凡征伐而發牧馬先盡彊壯不足則取其次錄色歲膚第印記主名送軍以帳馱之數上於省自萬歲失職馬政頗廢永隆中夏州牧馬之死失者十八萬四千九百九十景雲二年詔羣牧歲出高品御史按察之開元初國馬益耗太常少卿姜誨乃請以空名告身市馬於六胡州率三十匹讎一游擊將軍命王毛仲領內外閑廄九年又詔天下之有馬者州縣皆先以郵遞軍旅之役定戶復緣以升之百姓畏苦乃多不畜馬故騎射之士減曩時自今諸州民勿限有無蔭能家畜十馬以下免帖驛郵遞征行定戶無以馬爲貲毛仲既領閑廄馬稍稍復始二十四萬至十三年乃四十三萬其後突厥款塞玄宗厚撫之歲許朔方軍西受降城爲互市以金帛市馬於河東朔方隴右牧之既雜胡種馬乃益壯天寶後諸軍戰馬動以萬計王侯將相外戚牛駝羊馬之牧布諸道百倍於縣官皆以封邑號名爲印自別將校亦備私馬議謂秦漢以來唐馬最盛天子又銳

志武事。遂弱西北蕃十一載。詔二京旁五百里勿置私牧十三載。隴右羣牧都使奏馬牛駝羊。總六十萬五千六百。而馬三十二萬五千七百。安祿山以內外閑廐都使兼知樓煩監。陰選勝甲馬歸范陽。故其兵力傾天下而卒反。肅宗收兵至彭原。率官吏馬抵平涼。蒐監牧及私羣得馬數萬。軍遂振。至鳳翔又詔公卿百寮以後乘助軍。其後邊無重兵。吐蕃乘隙陷隴右。苑牧畜馬皆沒矣。乾元後。回紇恃功。歲入馬取繒。馬皆病弱不可用。永泰元年代宗欲親擊虜。魚朝恩乃請大搜城中百官士庶馬輸官曰團練馬。下制禁馬出城者。已而復罷。德宗建中元年市關輔馬三萬實內廐。貞元三年吐蕃羌渾犯塞。詔禁大馬出潼蒲武關者。元和十一年。伐蔡。命中使以絹二萬市馬河曲。其始置四十八監。地據隴西金城平涼天水。員廣千里。繇京度隴置八坊。爲會計都領。其閒善水草腴田皆隸之。後監牧使與坊皆廢。故地存者一歸閑廐。旋以給貧民及軍吏。閒又賜佛寺道館幾千頃。十二年閑廐使張茂宗舉故事盡收岐陽坊地。民失業者甚衆。十三年。以蔡州牧地爲龍陂監。十四年。置臨漢監於襄州。牧馬三千二百費田四百頃。穆宗卽位。岐人叩闕訟茂宗所奪田事。下御史按治。悉予民。太和七年。度支鹽鐵使言銀州水甘草豐。請詔刺史劉源市馬三千。河西置銀川監。以源爲使。襄陽節度使裴度奏停臨漢監。開成二年。劉源奏銀川馬已七千。若水草乏。則徙牧綏州境。今綏南二百里。四隅險絕。寇路不能通。以數十人守要。畜牧無宅患。乃以隸銀川監。其後闕。不復可紀。

歐陽修五代史職方考

嗚呼。自三代以上。莫不分土而治也。後世鑒古矯失。始郡縣天下。而自秦漢以來。爲國孰與三代長短。及其亡也。未始不分。至或無地以自存焉。蓋得其要。則雖萬國而治。失其所守。則雖一天下不能以容。豈非一本於道德哉。唐之盛時。雖名天下爲十道。而其勢未分。既其衰也。置軍節度。號爲方鎮。鎮之大者連州十餘。小者猶兼三四。故其兵驕則逐帥。帥彊則叛上。土地爲其世有。干戈起而相侵。天下之勢。自茲而分。然唐自中世多故矣。其興衰救難。常倚鎮兵扶持。而侵凌亂亡。亦終以此。豈其利害之理然歟。自僖昭以來。日益割裂。梁初。天下別爲十一。南有吳浙荆湖閩漢。西有岐蜀。北有燕晉。而朱氏所有七十八州以爲梁。莊宗初起幷代。取幽滄有州三十五。其後又取梁魏博等十有六州。合五十一州以滅梁。岐王稱臣。又得其州七。同光破蜀。已而復失。惟得秦鳳階成四州。而營平二州陷于契丹。其增置之州一。合一百二十三州以爲唐。石氏入立。獻十有六州于契丹。而得蜀金州。又增置之州一。合一百九州以爲晉。劉氏之初。秦鳳階成復入于蜀。隱帝時增置之州一。合一百六州以爲漢。郭氏代漢十州入于劉旻。世宗取秦鳳階成瀛漠及淮南十四州。又增置之州五。而廢者三。合一百一十八州以爲周。宋興因之。此中國之大略也。其餘外屬者。強弱相幷。不常其得失。至於周末。閩已先亡。而在者七國。自江以下二十一州爲南唐。自劍以南及山南西道四十六州爲蜀。自湖南北十州爲楚。自浙東西十三州爲吳越。自嶺南北四十七州爲南漢。自太原以北十州爲東漢。而荆歸峽三州爲南平。合中國所有二百六十八州。而軍不在焉。唐之封疆遠矣。前史備載。而羈縻寄治虛名之州在其閒。五代亂世。文字不完。而時有廢省。又或陷於夷狄。不可考究其詳。其可見者具之如譜。

州	梁	唐	晉	漢	周
汴	都	有（宣武）	都	都	都
洛	都	都	都	都	都
雍	有（永平）	都	有（晉昌）	有（永興）	有
兗	有（泰寧）	有	有	有	有（罷）
沂	有	有	有	有	有
密	有	有	有	有	有
青	有（平盧）	有	有	有	有
淄	有	有	有	有	有
齊	有	有	有	有	有
棣	有	有	有	有	有
登	有	有	有	有	有

萊	有	有	有	有	有
徐	有武甯	有	有	有	有
宿	有	有	有	有	有
鄆	有天平	有	有	有	有
曹	有	有	有威信	有罷	有彰信
濮	有	有	有	有	有
濟					有太祖置
宋	有宣武	有歸德	有	有	有
亳	有	有	有	有	有
單	有輝州	有改曰單州	有	有	有
潁	有	有	有	有	有
陳	有	有	有鎮安	有軍廢	有復
蔡	有	有	有	有	有

許	有匡國	有忠武	有	有	有
汝	有	有	有	有	有
鄭	有	有	有	有	有
滑	有宣義	有義成	有	有	有
襄	有初曰忠義後復爲山南東道	有	有	有	有
均	有	有	有	有	有
房	有	有	有	有	有
金	有蜀武雄	有蜀	有懷德尋罷	有	有
鄧	有宣化	有威勝	有	有	有武勝
隨	有	有	有	有	有
郢	有	有	有	有	有
唐	有	有	有	有	有
復	有	有	有	有	有

安 有宣威 有安遠 有罷軍 有復 有罷

申 有 有 有 有 有

蒲 有護國 有 有 有 有

孟 有河陽三城 有 有 有 有

懷 有 有 有 有 有

晉 有初日定昌後日建甯 有建雄 有 有 有

絳 有 有 有 有 有

陝 有鎮國 有保義 有 有 有

虢 有 有 有 有 有

華 有感化 有鎮國 有 有 有罷軍

商 有 有 有 有 有

同 有忠武 有匡國 有 有 有

耀 岐義勝 有崇州靜勝 有復曰耀州改順義 有 有 有罷軍

解				有隱帝置	有
邠	岐靜難 有	有	有	有	有
甯	岐 有	有	有	有	有
慶	岐 有	有	有	有	有
衍	岐 有	有	有	有	有
威			有高祖置	有	有改曰環州
鄜	岐保大 有	有	有	有	有
坊	岐 有	有	有	有	有
丹	岐 有	有	有	有	有
延	岐忠義 有	有彰武	有	有	有
夏	有定難	有	有	有	有
銀	有	有	有	有	有
綏	有	有	有	有	有

宥	有	有	有	有	有
靈	有（朔方）	有	有	有	有
鹽	有	有	有	有	有
岐	岐（鳳翔）	有	有	有	有
隴	岐	有	有	有	有
涇	岐（彰義）	有	有	有	有
原	岐	有	有	有	有
渭	岐	有	有	有	有
武	岐	有	有	有	有
秦	岐（雄武）蜀（天雄）	有	有	有	有
成	岐蜀	有	有	有	有
階	岐蜀	有	有	有	有
鳳	岐蜀（武興）	有	有	有	有

乾	岐李茂貞置	有	有	有	有
魏	有天雄	唐有鄴都	有鄴都	有鄴都	有罷都
博	有	唐有	有	有	有
貝	有	唐有	有永清	有	有
衞	有	唐有	有	有	有
澶	有	唐有	有鎮寧	有	有
相	有昭德	唐有	有彰德	有	有
邢	有保義	唐有安國	有	有	有
洺	有	有	有	有	有
磁	有改曰惠州	唐有復曰磁州	有	有	有
鎮	有武順	唐有成德	有順德	有成德	有
冀	有	唐有	有	有	有
深	有	唐有	有	有	有

趙	有	唐有	有	有	有
易	有	唐有	有	有	有
祁	有	唐有	有	有	有
定	有義成	唐有	有	有	有
滄	唐橫海	有	有	有	有
景	唐	有	有	有	有慶
德	唐	有	有	有	有
濱					有世宗置
瀛	唐	有	契丹	契丹	有
漠	唐	有	契丹	契丹	有
雄					有世宗置
霸					有世宗置
幽	唐盧龍	有	契丹	契丹	契丹

涿	唐	有	契丹	契丹	契丹
檀	唐	有	契丹	契丹	契丹
薊	唐	有	契丹	契丹	契丹
順	唐	有	契丹	契丹	契丹
營	唐	有 契丹	契丹	契丹	契丹
平	唐	有 契丹	契丹	契丹	契丹
蔚	唐	有	契丹	契丹	契丹
朔	唐 振武	有	契丹	契丹	契丹
雲	唐 大同	有	契丹	契丹	契丹
應	唐	有 彰國	契丹	契丹	契丹
新	唐	有 威塞	契丹	契丹	契丹
嬀	唐	有	契丹	契丹	契丹
儒	唐	有	契丹	契丹	契丹

武	唐	有	契丹	契丹	契丹
寰		有(明宗置)	契丹	契丹	契丹
忻	唐	有	有	有	東漢
代	唐(雁門)	有	有	有	東漢
嵐	唐	有	有	有	東漢
石	唐	有	有	有	東漢
憲	唐	有	有	有	東漢
麟	唐	有	有	有	東漢
府	唐	有	有(永安)	有(罷軍)	有(永安)
幷	唐(河東)	有(北都)	有	有	東漢
汾	唐	有	有	有	東漢
慈	唐	有	有	有	有
隰	唐	有	有	有	有

澤	唐	有	有	有	有
潞	唐（昭義）	有（安義）	有（昭義）	有	有
沁	唐	有	有	有	東漢
遼	唐	有	有	有	東漢
揚	吳（淮南）	吳	南唐	南唐	有
楚	吳	吳	南唐	南唐	有
泗	吳	吳	南唐	南唐	有
滁	吳	吳	南唐	南唐	有
和	吳	吳	南唐	南唐	有
光	吳	吳	南唐	南唐	有
黃	吳	吳	南唐	南唐	有
舒	吳	吳	南唐	南唐	有
蘄	吳	吳	南唐	南唐	有

廬	吳	吳	南唐	南唐	有保信
壽	吳忠正	吳	南唐清淮	南唐	有忠正
海	吳	吳	南唐	南唐	有
泰	吳	吳	南唐	南唐	有
濠	吳	吳	南唐	南唐	有
通					有世宗置
潤	吳	吳	南唐	南唐	南唐
常	吳	吳	南唐	南唐	南唐
宣	吳寧國	吳	南唐	南唐	南唐
歙	吳	吳	南唐	南唐	南唐
鄂	吳武昌	吳	南唐	南唐	南唐
昇	吳	吳	南唐	南唐	南唐
池	吳	吳	南唐	南唐	南唐

饒	吳	吳	南唐	南唐	南唐
信	吳	吳	南唐	南唐	南唐
江	吳	吳	南唐	南唐	南唐
洪	吳鎮南	吳	南唐	南唐	南唐
撫	吳	吳	南唐	南唐	南唐
袁	吳	吳	南唐	南唐	南唐
吉	吳	吳	南唐	南唐	南唐
虔	吳	吳	南唐	南唐	南唐
筠			南唐李景置	南唐	南唐
建	閩	閩	南唐	南唐	南唐
汀	閩	閩	南唐	南唐	南唐
劍			南唐李景置	南唐	南唐
漳	閩	閩	南唐留從效	南唐留從效	南唐留從效

泉	閩	閩	南唐留從效	南唐留從效	南唐留從效
福	閩武威	閩	吳越	吳越	吳越
杭	吳越鎮海	吳越	吳越	吳越	吳越
越	吳越鎮東	吳越	吳越	吳越	吳越
蘇	吳越	吳越	吳越	吳越	吳越
湖	吳越	吳越	吳越	吳越	吳越宣德
温	吳越	吳越	吳越靜海	吳越	吳越
台	吳越	吳越	吳越	吳越	吳越
明	吳越	吳越	吳越	吳越	吳越
處	吳越	吳越	吳越	吳越	吳越
衢	吳越	吳越	吳越	吳越	吳越
婺	吳越	吳越	吳越	吳越	吳越
睦	吳越	吳越	吳越	吳越	吳越

秀			吳越元瓘置	吳越	吳越
荊	南平荊南	南平	南平	南平	南平
歸	蜀	南平	南平	南平	南平
峽	蜀	南平	南平	南平	南平
益	蜀成都	有後蜀	蜀	蜀	蜀
漢	蜀	有後蜀	蜀	蜀	蜀
彭	蜀	有後蜀	蜀	蜀	蜀
蜀	蜀	有後蜀	蜀	蜀	蜀
綿	蜀	有後蜀	蜀	蜀	蜀
眉	蜀	有後蜀	蜀	蜀	蜀
嘉	蜀	有後蜀	蜀	蜀	蜀
劍	蜀	有後蜀	蜀	蜀	蜀
梓	蜀劍南東川	有後蜀	蜀	蜀	蜀

遂	蜀武信	有後蜀	蜀	蜀	蜀
果	蜀	有後蜀	蜀	蜀	蜀
閬	蜀	有保寧後蜀	蜀	蜀	蜀
普	蜀	有後蜀	蜀	蜀	蜀
陵	蜀	有後蜀	蜀	蜀	蜀
資	蜀	有後蜀	蜀	蜀	蜀
榮	蜀	有後蜀	蜀	蜀	蜀
簡	蜀	有後蜀	蜀	蜀	蜀
邛	蜀	有後蜀	蜀	蜀	蜀
黎	蜀	有後蜀	蜀	蜀	蜀
雅	蜀永平	有後蜀	蜀	蜀	蜀
維	蜀	有後蜀	蜀	蜀	蜀
茂	蜀	有後蜀	蜀	蜀	蜀

文	蜀	有後蜀	蜀	蜀	蜀
龍	蜀	有後蜀	蜀	蜀	蜀
黔	蜀 武泰	有後蜀	蜀	蜀	蜀
施	蜀	有後蜀	蜀	蜀	蜀
夔	蜀 鎮江	有後蜀	蜀	蜀	蜀
忠	蜀	有後蜀	蜀	蜀	蜀
萬	蜀	有後蜀	蜀	蜀	蜀
興	蜀	有後蜀	蜀	蜀	蜀
利	蜀 昭武	有後蜀	蜀	蜀	蜀
開	蜀	有後蜀	蜀	蜀	蜀
通	蜀	有後蜀	蜀	蜀	蜀
涪	蜀	有後蜀	蜀	蜀	蜀
渝	蜀	有後蜀	蜀	蜀	蜀

瀘	蜀	有後蜀	蜀	蜀	蜀
合	蜀	有後蜀	蜀	蜀	蜀
昌	蜀	有後蜀	蜀	蜀	蜀
巴	蜀	有後蜀	蜀	蜀	蜀
蓬	蜀	有後蜀	蜀	蜀	蜀
集	蜀	有後蜀	蜀	蜀	蜀
壁	蜀	有後蜀	蜀	蜀	蜀
渠	蜀	有後蜀	蜀	蜀	蜀
戎	蜀	有後蜀	蜀	蜀	蜀
梁	蜀山南西道	有後蜀	蜀	蜀	蜀
洋	蜀武定	有後蜀	蜀	蜀	蜀
潭	楚武安	楚	楚	楚	周行逢
衡	楚	楚	楚	楚	周行逢

澧	楚	楚	楚	楚	周行逢
朗	楚武平	楚	楚	楚	周行逢
岳	楚	楚	楚	楚	周行逢
道	楚	楚	楚	楚	周行逢
永	楚	楚	楚	楚	周行逢
邵	楚	楚	楚	楚	周行逢
全			楚馬希範置	楚	周行逢
辰	楚	楚	楚	楚	周行逢
融	楚	楚	楚	南漢	南漢
郴	楚	楚	楚	南漢	南漢
連	楚	楚	楚	南漢	南漢
昭	楚	楚	楚	南漢	南漢
宜	楚	楚	楚	南漢	南漢

桂	楚靜江	楚	楚	南漢	南漢
賀	楚	楚	楚	南漢	南漢
梧	楚	楚	楚	南漢	南漢
蒙	楚	楚	楚	南漢	南漢
嚴	楚	楚	楚	南漢	南漢
富	楚	楚	楚	南漢	南漢
柳	楚	楚	楚	南漢	南漢
象	楚	楚	楚	南漢	南漢
容	南漢甯遠	南漢	南漢	南漢	南漢
邕	南漢建武	南漢	南漢	南漢	南漢
端	南漢	南漢	南漢	南漢	南漢
康	南漢	南漢	南漢	南漢	南漢
封	南漢	南漢	南漢	南漢	南漢

恩	南漢	南漢	南漢	南漢	南漢
春	南漢	南漢	南漢	南漢	南漢
新	南漢	南漢	南漢	南漢	南漢
高	南漢	南漢	南漢	南漢	南漢
竇	南漢	南漢	南漢	南漢	南漢
雷	南漢	南漢	南漢	南漢	南漢
化	南漢	南漢	南漢	南漢	南漢
韶	南漢	南漢	南漢	南漢	南漢
藤	南漢	南漢	南漢	南漢	南漢
白	南漢	南漢	南漢	南漢	南漢
廉	南漢	南漢	南漢	南漢	南漢
欽	南漢	南漢	南漢	南漢	南漢
廣	南漢清海	南漢	南漢	南漢	南漢

横	南漢	南漢	南漢	南漢	南漢
賓	南漢	南漢	南漢	南漢	南漢
潯	南漢	南漢	南漢	南漢	南漢
惠	南漢	南漢	南漢	南漢	南漢
鬱林	南漢	南漢	南漢	南漢	南漢
英		南漢劉龑置	南漢	南漢	南漢
雄		南漢劉龑置	南漢	南漢	南漢
瓊	南漢	南漢	南漢	南漢	南漢
崖	南漢	南漢	南漢	南漢	南漢
儋	南漢	南漢	南漢	南漢	南漢
萬安	南漢	南漢	南漢	南漢	南漢
羅	南漢	南漢	南漢	南漢	南漢
潘	南漢	南漢	南漢	南漢	南漢

勤　南漢　南漢　南漢　南漢　南漢

瀧　南漢　南漢　南漢　南漢　南漢

辨　南漢　南漢　南漢　南漢　南漢

汴州。唐故曰宣武軍。梁以汴州爲開封府。建爲東都。後唐滅梁。復爲宣武軍。晉天福三年。升爲東京。漢周因之。

洛陽。梁唐晉漢周。常以爲都。唐故爲東都。梁爲西都。後唐爲洛京。晉爲西京。漢周因之。

雍州。唐故上都。昭宗遷洛。廢爲佑國軍。梁初改京兆府。曰大安。佑國軍曰永平。唐滅梁。復爲西京。晉廢爲晉昌軍。漢改曰永興。周因之。

曹州。故屬宣武軍節度。晉開運二年。置威信軍。漢初軍廢。周廣順二年。復置彰信軍。

宋州。故屬宣武軍節度。梁初徙置宣武軍。唐滅梁。改曰歸德。

陳州。故屬忠武軍節度。晉開運二年。置鎮安軍。漢初軍廢。周廣順二年。復之。

許州唐故曰忠武梁改曰匡國唐滅梁復曰忠武

滑州唐故曰義成以避梁王父諱改曰宣義唐滅梁復其故

襄州唐故曰山南東道唐梁之際改曰忠義軍後以延州爲忠義襄州復曰山南東道

鄧州故屬山南東道節度梁破趙匡凝分鄧州置宣化軍唐改曰威勝周改曰武勝

安州梁置宣威軍唐改曰安遠晉罷漢復曰安遠周又罷

晉州故屬護國軍節度梁開平四年置定昌軍貞明三年改曰建甯唐改曰建雄

金州故屬山南東道節度唐末置戎昭軍已而廢之遂入於蜀至晉高祖時又置懷德軍尋罷

陝州唐故曰保義梁改曰鎮國後唐復曰保義

華州唐故曰鎮國梁改曰感化後唐復曰鎮國

同州唐故曰匡國梁改曰忠武後唐復曰匡國

耀州本華原縣唐末屬李茂貞建爲耀州置義勝軍梁末帝時茂貞養子温韜以州降梁梁改耀州爲崇州義勝曰靜勝後唐復曰耀州改曰順義

延州故屬保大軍節度梁置忠義軍唐改曰彰武

魏州唐故曰大名府置天雄軍五代皆因之後唐建鄴都晉漢因之至周罷大名府後唐曰興唐晉曰廣晉漢周復曰大名

澶州故屬天雄節度晉天福九年置鎮甯軍

相州故屬天雄軍節度梁末帝分置昭德軍而天雄軍亂遂入於晉莊宗滅梁復屬天雄晉高祖置彰德軍

邢州故屬昭義軍節度昭義所統澤潞邢洺磁五州唐末孟方立爲昭義軍節度使徙其軍額於邢州而澤潞二州入於晉方立但有邢洺磁三州故當唐末有兩昭義軍梁晉之爭或入於梁或入於晉梁以邢洺磁三州爲保義軍莊宗滅梁改曰安國

鎮州故曰成德軍梁初以成音犯廟諱改曰武順唐復曰成德晉又改曰順德漢復曰成德

應州故屬大同軍節度唐明宗卽位以其應州人也乃置彰國軍

新州唐同光元年置威塞軍

府州晉置永安軍漢罷之周復

幷州後唐建北都其軍仍曰河東

潞州唐故曰昭義梁末帝時屬梁改曰匡義歲餘唐滅梁改曰安義晉復曰昭義

廬州周世宗克淮南置保信軍

壽州唐故曰忠正南唐改曰淸淮周世宗平淮南復曰忠正

五代之際外屬之州揚州曰淮南宣州曰甯國鄂州曰武昌洪州曰鎭南福州曰武威杭州曰鎭海越州曰鎭東江陵府曰荆南益州梓州曰劍南東西川遂州曰武信興元府曰山南西道洋州曰武定黔州曰黔南潭州曰武安桂州曰

靜江。容州曰甯遠。邕州曰建武。廣州曰清海。皆唐故號。更五代無所易而今因之者也。其餘僭僞改置之名。不可悉考。而不足道。其因著於今者。略注於譜。

濟州周廣順二年置割鄆州之鉅野鄆城。兗州之任城。單州之金鄉爲屬縣而治鉅野。

單州唐末以宋州之碭山。梁太祖鄉里也。爲置輝州。已而徙治單父。後唐滅梁。改輝州爲單州。其屬縣置徙。傳記不同。今領單父碭山成武魚臺四縣。

耀州。李茂貞置。治華原縣。梁初改曰崇州。唐同光元年。復爲耀州。

解州。漢乾祐元年九月。置割河中之聞喜安邑解三縣爲屬而治解。

威州。晉天福四年。置割靈州之方渠。甯州之末波。烏嶺三鎮爲屬而治方渠。周廣順二年。改曰環州。顯德四年。廢爲通遠軍。

乾州。李茂貞置。治奉先縣。

磁州。梁改曰惠州。唐復曰磁州。

景州。唐故置。弓高。周顯德二年。廢爲定遠軍。割其屬安陵縣屬德州。廢弓高縣

入東光縣爲定遠軍治所

濱州周顯德三年置以其濱海爲名初五代之際置榷鹽務於海傍後爲贍國軍周因置州割棣州之渤海蒲臺爲屬縣而治渤海

雄州周顯德六年克瓦橋關置治歸義割易州之容城爲屬尋廢

霸州周顯德六年克益津關置治永清割漠州之文安瀛州之大城爲屬

通州本海陵之東境南唐置靜海制置院周世宗克淮南升爲靜海軍後置通州分其地置靜海海門二縣爲屬而治靜海

筠州南唐李景置割洪州之高安上高萬載清江四縣爲屬而治高安

劍州南唐李景置割建州之延平劍浦富沙三縣爲屬而治延平

全州楚王馬希範置以潭州之湘川縣爲清湘縣又割灌陽縣爲屬而治清湘

秀州吳越王錢元瓘置割杭州之嘉興縣爲屬而治之

雄州南漢劉龑割韶州之保昌置治保昌

英州南漢劉龑割廣州之湞陽置治湞陽

開封府故統六縣・梁開平元年・割滑州之酸棗長垣・鄭州之中牟陽武・宋州之襄邑・曹州之考城更曰戴邑・許州之扶溝鄢陵・陳州之太康・隸焉・唐分酸棗中牟襄邑鄢陵太康五縣・還其故・晉升汴州爲東京・復割五縣隸焉・

雍邱・晉改曰杞・漢復其故・長垣・唐改曰匡城・

黎陽・故屬滑州・晉割隸衛州・

葉・襄城・故屬許州・唐割隸汝州・

楚邱・故屬單州・梁割隸宋州・

密州膠西・故曰輔唐・梁改曰安邱・唐復其故・晉改曰膠西・

渭南・故屬京兆・周改隸華州・

同官・故屬京兆府・梁割隸同州・唐割隸耀州・

美原・故屬同州・李茂貞置鼎州而治之・梁改爲裕州・屬順義軍節度・後不見其廢時・唐同光三年・割隸耀州・

平涼・故屬涇州・唐末渭州陷吐蕃・權於平涼置渭州・而縣廢・後唐清泰三年・以

故平涼之安國耀武兩鎮置平涼縣屬涇州

臨涇故屬涇州唐末原州陷吐蕃權於臨涇置原州而涇州兼治其民後唐清泰三年割隸原州

鄜州咸甯周廢

稷山故屬河中唐割隸絳州

慈州仵城呂香周廢

大名府大名唐故曰貴鄉後唐改曰廣晉漢改曰大名

滄州長蘆乾符周廢入清池無棣周置保順軍

安陵故屬景州周割隸德州

澶州頓邱晉置德清軍

博州武水周廢入聊城

博野故屬深州周割隸定州

武康故屬湖州梁割隸杭州

福州閩清梁乾化元年王審知於梅溪場置

蘇州吳江梁開平三年錢鏐置

明州望海梁開平三年錢鏐置

處州長松故曰松陽梁改曰長松

潭州龍喜漢乾祐三年馬希範置

天長六合故屬揚州南唐以天長爲軍六合爲雄州周復故

漢陽故屬鄂州周置漢陽軍

汉川故屬沔州周割隸安州

襄州樂鄉周廢入宜城

鄧州臨湍漢改曰臨瀨菊潭向城周廢

復州竟陵晉改曰景陵

監利故屬復州梁割隸江陵

唐州慈邱周廢

商州乾元漢改曰乾祐割隸京兆

洛南故屬華州周割隸商州

隨州唐城梁改曰漢東後唐復舊晉又改漢東漢復舊

雄勝軍本鳳州固鎮周置軍

秦州天水隴城唐末廢後唐復置

成州栗亭後唐置

自唐有方鎮而史官不錄於地理之書以謂方鎮兵戎之事非職方所掌故也然而後世因習以軍目地而沒其州名又今置軍者徒以虛名升建爲州府之重此不可以不書也州縣凡唐故而廢於五代若五代所置而見於今者及縣之割隸今因之者皆宜列以備職方之考其餘嘗置而復廢嘗改割而復舊者皆不足書山川物俗職方之掌也五代短世無所遷變故亦不復錄而錄其方鎮軍名以與前史互見之云

曾鞏越州趙公救菑記

熙甯八年夏吳越大旱九月資政殿大學士右諫議大夫知越州趙公前民之未饑爲書問屬縣菑所被者幾鄉民能自食者有幾當廩于官者幾人溝防構築可僦民使治之者幾所庫錢倉粟可發者幾何富人可募出粟者幾家僧道士食之羨粟書于籍者其幾具存使各書以對而謹其備以上豫事州縣吏錄民之孤老疾弱不能自食者二萬一千九百餘人以告故事歲廩窮人當給粟三千石而止公斂富人所輸及僧道士食之羨者得粟四萬八千餘石佐其費使自十月朔人受粟日一升幼小半之憂其衆相蹂也使受粟者男女異日而人受二日之食憂其且流亡也於城市郊野爲給粟之所凡五十有七使各以便受之而告以去其家者勿給計官爲不足用也取吏之不在職而寓于境者給其食而任以事以上給粟不能自食者不能自食者有是具也能自食者爲之告富人無得閉糶又爲之出官粟得五萬二千餘石平其價予民爲糶粟之所凡十有八使糴者自便如受粟以上平糶又僦民完城四千一百丈爲工三萬八千計其傭與錢又與粟再倍之民取息錢者告富人縱予之而待熟官爲責其償棄男女者使

人得收養之。（以上以工代賑）明年春。大疫。爲病坊處疾病之無歸者。募僧二人。屬以視醫藥飲食。令無失所時。凡死者使在處隨收瘞之。（以上醫病瘞死）法廩窮人盡三月當止。是歲盡五月而止。事有非便文者。公一以自任。不以累其屬。有上請者或便宜多輒行。公於此時蚤夜憊心力不少懈。事細鉅必躬親。給病者藥食多出私錢。民不幸罹旱疫。得免於轉死。雖死得無失斂埋。皆公力也。是時旱疫被吳越。民饑饉疾癘。死者殆半。菑未有鉅於此也。天子東向憂勞。州縣推布上恩。人人盡其力。公所拊循。民尤以爲得其依歸。所以經營綏輯先後終始之際。委曲纖悉。無不備者。其施雖在越。其仁足以示天下。其事雖行於一時。其法足以傳後。蓋菑沴之行。治世不能使之無。而能爲之備。民病而後圖之。與夫先事而爲計者。則有閒矣。不習而有爲。與夫素得之者。則有閒矣。余故采于越得公所推行。樂爲之識其詳。豈獨以慰越人之思。將使吏之有志於民者。不幸而遇歲之菑。推公之所已試。其科條可不待頃而具。則公之澤豈小且近乎。公元豐二年以大學士加太子少保致仕。家于衢。其直道正行在于朝廷。豈弟之實在于身者。

此不著著其荒政可師者以爲越州趙公救菑記云

曾鞏序越州鑑湖圖

鑑湖一曰南湖南並山北屬州城漕渠東西距江（東江卽曹娥江也西江爲西小江當卽錢清江耳）漢順帝永和五年會稽太守馬臻之所爲也至今九百七十有五年矣其周三百五十有八里凡水之出於東南者皆委之州之東自城至于東江其北隄石楗二陰溝十有九通民田田之南屬漕渠北東西屬江者皆漑之州之東六十里自東城至于東江其南隄陰溝十有四通民田田之北抵漕渠南並山西並隄東屬江者皆漑之州之西三十里曰柯山斗門通民田田之東並城南並隄北濱漕渠西屬江者皆漑之總之漑山陰會稽兩縣十四鄉之田九千頃非湖能漑田九千頃而已蓋田之至江者盡於九千頃也（以上漑田之多）其東曰曹娥斗門曰槁口斗門水之循南隄而東者由之以入于東江其西曰廣陵斗門曰新逕斗門水之循北隄而西者由之以入于西江其北曰朱儲斗門去湖最遠蓋因三江之上兩山之閒疏爲二門而以時視田中之水小溢則縱其一大溢則盡縱

之使入于三江之口所謂湖高於田丈餘田又高海丈餘水少則泄湖溉田水多則泄田中水入海故無荒廢之田水旱之歲者也繇漢以來幾千載其利未嘗廢也（以上斗門蓄泄之利）宋興民始有盜湖爲田者祥符之間二十七戶慶曆之間二戶爲田四頃當是時三司轉運司猶下書切責州縣使復田爲湖然自此吏益慢法而姧民浸起至于治平之間盜湖爲田者凡八千餘戶爲田七百餘頃而湖廢幾盡矣其僅存者東爲漕渠自州至于東城六十里南通若耶溪自樵風涇至于桐嗚十里皆水廣不能十餘丈每歲少雨田未病而湖蓋已先涸矣（以上廢湖爲田）自此以來人爭爲計說蔣堂則謂宜有罰以禁侵耕有賞以開告者杜杞則爲盜湖爲田者利在縱湖水一雨則放聲以動州縣而斗門輒發故爲之立石則水一在五雲橋水深八尺有五寸會稽主之一在跨湖橋水深四尺有五寸山陰主之而斗門之鑰使皆納于州水溢則遣官視則而謹其閉縱又以謂宜益理隄防斗門其敢田者拔其苗責其力以復湖而重其罰猶以爲未也又以謂宜加兩縣之長以提舉之名課其督察而爲之殿賞吳奎則謂每歲農隙

當僦人濬湖積其泥塗以為邱阜使縣主役而州與轉運使提點刑獄督攝賞罰之張次山則謂湖廢僅有存者難卒復宜益廣漕路及他便利處使可漕及注民田里置石柱以識之柱之內禁敢田者刁約則謂宜斥湖三之一與民為田而益隄使高一丈則湖可不開而其利自復范師道施元長則謂重侵耕之禁猶不能使民無犯而斥湖與民則侵者孰禦又以湖水較之高於城中之水或三尺有六寸或二尺有六寸而益隄壅水使高則水之敗城郭廬舍可必也張伯玉則謂日役五千人濬湖使至五尺當十五歲畢至三尺當九歲畢然恐工起之日浮議外搖役夫內潰則雖有智者猶不能必其成若日役五千人益隄使高八尺當一歲畢其竹木費凡九十二萬有三千計越之戶二十萬有六千賦之而復其租其勢易足如此則利可坐收而人不煩弊陳宗言趙誠復以水勢高下難之又以謂宜從吳奎之議以歲月復湖（以上雜陳八種論說）當是時都水善其言又以謂宜增賞罰之令其為說如此可謂博矣朝廷未嘗不聽用著之於法故罰有自錢三百至于千又至于五萬刑有杖百至于徒三年其文可謂密

矣然而田者不止而日愈多湖不加濬而日愈廢其故何哉法令不行而苟且之俗勝也昔謝靈運從宋文帝求會稽回踵湖爲田太守孟顗不聽又求休崲湖爲田顗又不聽靈運至以語詆之則利於請湖爲田越之風俗舊矣然南湖繇漢歷吳晉以來接于唐又接于錢鏐父子之有此州其利未嘗廢者彼或以區區之地當天下或以數州爲鎭或以一國自王內有供養祿廩之須外有貢輸問饋之奉非得晏然而已也故強水土之政以力本利農亦皆有數而錢鏐之法最詳至今尚多傳于人者則其利之不廢有以也近世則不然天下爲一而安於承平之故在位者重舉事而樂因循而請湖爲田者其言語氣力往往足以動人至於修水土之利則又費財動衆從古所難故鄭國之役以謂足以疲秦而西門豹之治鄴渠人亦以爲煩苦其故如此則吾之吏孰肯任難當之怨來易至之責以待未然之功乎故說雖博而未嘗行法雖密而未嘗舉田者之所以日多湖之所以日廢繇是而已故以爲法令不行而苟且之俗勝者豈非然哉夫千歲之湖廢興利害較然易見然自慶曆以來三十餘年遭吏治之

因循至於旣廢而世猶莫籍其所以然況於事之隱微難得而考者繇苟簡之故而弛壞於冥冥之中又何知其所以然乎（以上習俗苟且難於舉事）今謂湖不必復者曰湖田之入旣饒矣此游談之士爲利于侵耕者言之也夫湖未盡廢則湖下之田旱此方今之害而衆人之所睹也使湖盡廢則湖之爲田亦旱矣此將來之害而衆人所未睹者故曰此游談之士爲利于侵耕者言之而非實知利害者也謂湖不必濬者曰益隄壅水而已（湖不必濬前八說中所無益隄壅水即刁約張伯玉之言也）此好辯之士爲樂聞苟簡者言之也夫以地勢較之壅水使高必敗城郭此議者之所已言也以地勢較之濬湖使下然後不失其舊不失其舊然後不失其宜此議者之所未言也又山陰之石則爲四尺有五寸會稽之石則幾倍之壅水使高則會稽得尺山陰得半地之窪隆不並則益隄未爲有補也故曰此好辯之士爲樂聞苟簡者言之而又非實知利害者也（以上二說必不可用）二者旣不可用而欲禁侵耕開告者則有賞罰之法矣欲謹水之蓄泄則有閉縱之法矣欲痛絕敢田者則拔其苗責其力以復湖而重其罰又有法矣或欲任其責於州縣與運使提

點刑獄。或欲以每歲農隙濬湖。或欲禁田石柱之內者。又皆有法矣。欲知濬湖之淺深。用工若干。爲日幾何。欲知增隄竹木之費幾何。使之安出。欲知濬湖之泥塗積之何所。又已計之矣。欲知工起之日或浮議外搖。役夫內潰。則不可以必其成。又已論之矣。誠能收衆說而考其可否。用其可者。而以在我者潤澤之。令言必行。法必舉。則何功之不可成。何利之不可復哉。以上兼收衆說全在必行鞏初蒙恩通判此州。問湖之廢興于人。求有能言利害之實者。及到官。然後問圖于兩縣。問書于州與河渠司。至於參覈之而圖成。熟究之而書具。然後利害之實明。故爲論次。庶夫計議者有考焉。熙甯二年冬臥龍齋。

經史百家雜鈔卷二十五

珍倣宋版印

經史百家雜鈔卷二十六目錄

雜記之屬

經史百家雜鈔卷二十六

湘鄉曾國藩纂　　合肥李鴻章校刊

雜記之屬

禮記深衣

古者深衣蓋有制度。以應規矩繩權衡。短毋見膚長毋被土續衽鉤邊要縫半下。格之高下可以運肘袂之長短反詘之及肘帶下毋厭髀上毋厭脇當無骨者。制十有二幅以應十有二月。袂圜以應規曲袷如矩以應方負繩及踝以應直下齊如權衡以應平故規者行舉手以爲容負繩抱方者以直其政方其義也。故易曰。坤六二之動直以方也。下齊如權衡者以安志而平心也。五法已施故聖人服之故規矩取其無私繩取其直權衡取其平故先王貴之故可以爲文可以爲武。可以擯相可以治軍旅。完且弗費善衣之次也具父母大父母衣純以繢具父母衣純以青如孤子衣純以素純袂緣純邊廣各寸半

周禮梓人

梓人爲筍虡天下之大獸五脂者膏者臝者羽者鱗者宗廟之事脂者膏者以爲牲臝者羽者鱗者以爲筍虡外骨內骨卻行仄行連行紆行以脰鳴者以注鳴者以旁鳴者以翼鳴者以股鳴者以胸鳴者謂之小蟲之屬以爲雕琢厚脣弇口出目短耳大胸燿後大體短脰若是者謂之臝屬恆有力而不能走其聲大而宏有力而不能走則於任重宜大聲而宏則於鍾宜若是者以爲鍾虡是故擊其所縣而由其虡鳴銳喙決吻數目顧脰小體騫腹若是者謂之羽屬恆無力而輕其聲清揚而遠聞無力而輕則於任輕宜其聲清揚而遠聞於磬宜若是者以爲磬虡故擊其所縣而由其虡鳴小首而長摶身而鴻若是者謂之鱗屬以爲筍凡攫閷援簭之類必深其爪出其目作其鱗之而深其爪出其目作其鱗之而則於眡必撥爾而怒苟撥爾而怒則於任重宜且其匪色必似鳴矣爪不深目不出鱗之而不作則必穨爾如委矣苟穨爾如委則加任焉則必如將廢措其匪色必似不鳴矣梓人爲飲器勺一升爵一升觚三升獻以爵而酬以觚一獻而三酬則一豆矣食一豆肉飲一豆酒中人之食也凡試梓飲器

鄉衡而實不盡。梓師罪之。梓人爲侯。廣與崇方。參分其廣而鵠居一焉。上兩个與其身三。下兩个半之。上綱與下綱出舌尋。縜寸焉。張皮侯而棲鵠。則春以功。張五采之侯。則遠國屬。張獸侯。則王以息燕。祭侯之禮。以酒脯醢。其辭曰。惟若寧侯。毋或若女不寧侯。不屬于王所。故抗而射女。強飲強食。詒女曾孫諸侯百福。

周禮匠人

匠人建國。水地以縣。置槷以縣。眡以景。爲規。識日出之景與日入之景。晝參諸日中之景。夜考之極星。以正朝夕。匠人營國。方九里。旁三門。國中九經九緯。經涂九軌。左祖右社。面朝後市。市朝一夫。夏后氏世室。堂脩二七。廣四脩一。五室三四步。四三尺。九階。四旁兩夾窗。白盛。門堂三之二。室三之一。殷人重屋。堂脩七尋。堂崇三尺。四阿重屋。周人明堂。度九尺之筵。東西九筵。南北七筵。堂崇一筵。五室凡室二筵。室中度以几。堂上度以筵。宮中度以尋。野度以步。涂度以軌。廟門容大扃七个。闈門容小扃參个。路門不容乘車之五个。應門二徹參个。內有九室九嬪居之外有九室九卿朝焉九分其國以爲九分九卿治之王宮門阿之制五雉宮隅之制七雉城隅之制九雉經涂九軌環涂七軌野涂五軌門阿之制以爲都城之制宮隅之制以爲諸侯之城制環涂以爲諸侯經涂野涂以爲都經涂匠人爲溝洫耜廣五寸二耜爲耦一耦之伐廣尺深尺謂之甽田首倍之廣二尺深二尺謂之遂九夫爲井井閒廣四尺深四尺謂之溝方十里爲成成閒廣八尺深八尺謂之洫方百里爲同同閒廣二尋深二仞謂之澮專達於川各載其名凡天下之地埶兩山之閒必有川焉大川之上必有涂焉凡溝逆地防謂之不行水屬不理孫謂之不行梢溝三十里而廣倍凡行奠水磬折以參伍欲爲淵則句於矩凡溝必因水埶防必因地埶善溝者水漱之善防者水淫之凡爲防廣與崇方其閷參分去一大防外閷凡溝防必一日先深之以爲式里爲式然後可以傳衆方凡任索約大汲其版謂之無任葺屋參分瓦屋四分囷窌倉城逆牆六分堂涂十有二分竇其崇三尺牆厚三尺崇三之

一 珍倣宋版印

輪人爲輪。斬三材必以其時。三材既具。巧者和之。轂也者。以爲利轉也。輻也者。以爲直指也。牙也者。以爲固抱也。輪敝。三材不失職。謂之完。望而眡其輪。欲其幎爾而下迆也。進而眡之。欲其微至也。無所取之。取諸圜也。望其輻。欲其掣爾而纖也。進而眡之。欲其肉稱也。無所取之。取諸易直也。望其轂。欲其眼也。進而眡之。欲其幬之廉也。無所取之。取諸急也。眡其綆。欲其蚤之正也。察其菑蚤不齵。則輪雖敝不匡。凡斬轂之道。必矩其陰陽。陽也者。稹理而堅。陰也者。疏理而柔。是故以火養其陰。而齊諸其陽。則轂雖敝不藃。轂小而長則柞。大而短則摯。是故六分其輪崇。以其一爲之牙圍。參分其牙圍而漆其二。椁其漆內而中詘之。以爲之轂長。以其長爲之圍。以其圍之防捎其藪。五分其轂之長。去一以爲賢。去三以爲軹。容轂必直。陳篆必正。施膠必厚。施筋必數。幬必負幹。既摩。革色青白。謂之轂之善。參分其轂長。二在外。一在內。以置其輻。凡輻。量其鑿深以爲輻廣。輻廣而鑿淺。則是以大扤。雖有良工。莫之能固。鑿深而輻小。則是固有餘而彊不足也。故竑其輻廣以爲之弱。則雖有重任。轂不折。參分其輻之長而殺其一。則雖有深泥。亦弗之溓也。參分其股圍。去一以爲骹圍。揉輻必齊。平沈必均。直以指牙。牙得則無槷而固。不得則有槷。必足見也。六尺有六寸之輪。綆參分寸之二。謂之輪之固。凡爲輪。行澤者欲杼。行山者欲侔。杼以行澤。則是刀以劃塗也。是故塗不附。侔以行山。則是搏以行石也。是故輪雖敝不甐于鑿。凡揉牙。外不廉而內不挫。旁不腫。謂之用火之善。是故規之以眡其圜也。萬之以眡其匡也。縣之以眡其輻之直也。水之以眡其平沈之均也。量其藪以黍。以眡其同也。權之以眡其輕重之侔也。故可規可萬可水可縣可量可權也。謂之國工。

輪人爲蓋。達常圍三寸。桯圍倍之。六寸。信其桯圍以爲部廣。部廣六寸。部長二尺。桯長倍之。四尺者二。十分寸之一。謂之枚。部尊一枚。弓鑿廣四枚。鑿上二枚。鑿下四枚。鑿深二寸有半。下直二枚。鑿端一枚。弓長六尺。謂之庇軹。五尺謂之庇輪。四尺謂之庇軫。參分弓長而揉其一。參分其股圍。去一以爲蚤圍。參分弓長。以其一爲之尊。上欲尊而宇欲卑。上尊而宇卑。則吐水疾而霤遠。蓋已崇則難爲門也。蓋已卑是蔽目也。是故蓋崇十尺。良蓋弗冒弗紘。殹而馳不隊。謂

之國工

周禮輿人

輿人爲車輪崇車廣衡長參如一謂之參稱參分車廣去一以爲隧參分其隧一在前二在後以揉其式以其廣之半爲之式崇以其隧之半爲之較崇六分其廣以一爲之軫圍參分軫圍去一以爲式圍參分式圍去一以爲較圍參分較圍去一以爲軹圍參分軹圍去一以爲轛圍圜者中規方者中矩立者中縣衡者中水直者如生焉繼者如附焉凡居材大與小無幷大倚小則摧引之則絶棧車欲弇飾車欲侈

周禮輈人

輈人爲輈輈有三度軸有三理國馬之輈深四尺有七寸田馬之輈深四尺駑馬之輈深三尺有三寸軸有三理一者以爲媺也二者以爲久也三者以爲利也軓前十尺而策半之凡任木任正者十分其輈之長以其一爲之圍衡任者五分其長以其一爲之圍小于度謂之無任五分其軫間以其一爲之軸圍十

分其輈之長以其一爲之當兔之圍參分其兔圍去一以爲頸圍五分其頸圍去一以爲踵圍凡揉輈欲其孫而無弧深今夫大車之轅摯其登又難既克其登其覆車也必易此無故惟轅直且無橈也是故大車平地既節軒摯之任及其登阤不伏其轅必縊其牛此無故惟轅直且無橈也故登阤者倍任者也猶能以登及其下阤也不援其邸必緧其牛後此無故唯轅直且無橈也是故輈欲頎典輈深則折淺則負輈注則利準利準則久和則安輈欲弧而無折經而無絕進則與馬謀退則與人謀終日馳騁左不楗行數千里馬不契需終歲御衣衽不敝此唯輈之和也勸登馬力馬力既竭輈猶能一取焉良輈環灂自伏兔不至軓七寸軓中有灂謂之國輈軫之方也以象地也蓋之圜也以象天也輪輻三十以象日月也蓋弓二十有八以象星也龍旂九斿以象大火也鳥旟七斿以象鶉火也熊旗六斿以象伐也龜蛇四斿以象營室也弧旌枉矢以象弧也

周禮弓人

弓人爲弓·取六材必以其時·六材既聚·巧者和之·幹也者以爲遠也·角也者以爲疾也·筋也者以爲深也·膠也者以爲和也·絲也者以爲固也·漆也者以爲受霜露也·凡取幹之道七·柘爲上·檍次之·檿桑次之·橘次之·木瓜次之·荊次之·竹爲下·凡相幹欲赤黑而陽聲·赤黑則鄉心·陽聲則遠根·凡析幹·射遠者用埶·埶自然之形埶也謂本曲也亦謂堅勁也射深者用直·居幹之道·菑栗不迆·菑斯也析也謂以鋸析之也栗裂之假借字也迆謂迆衺失木之理也則弓不發·發謂弓後有傷動也發讀爲撥戰國策弓撥矢鉤荀子亦有撥弓枉矢凡相角·秋閷者厚·春閷者薄·穉牛之角直而澤·老牛之角紾而昔·昔與錯通文理交錯也疢疾險中·瘠牛之角無澤·角欲青白而豐末·夫角之本·蹙於䐉而休於氣·蹙近也䐉與腦通休讀爲煦是故柔·柔故欲其埶也·白也者·埶之徵也·夫角之中·恆當弓之畏·畏謂弓淵也讀如秦師入隈之隈畏也者必橈·橈故欲其堅也·青也者·堅之徵也·夫角之末·遠於䐉而不休於氣·是故脃·脃故欲其柔也·豐末也者·柔之徵也·角長二尺有五寸·三色不失理·謂之牛戴牛·凡相膠·欲朱色而昔·昔也者·深瑕而澤·紾而摶廉·摶圜也廉稜鄂分明也鹿膠青白·馬膠赤白·牛膠火赤·鼠膠黑·魚膠餌·犀膠黃·凡昵之類不能方·凡相筋·欲小簡

而長。大結而澤。小簡而長。大結而澤。則其爲獸必剽。剽疾也以爲弓則豈異於其獸。筋欲敝之敝。敝謂椎打嚼齧欲得勞敝謂熟之又熟漆欲測。絲欲沈。測猶清也沈謂絲如在水中時色得此六材之全。然後可以爲良。凡爲弓冬析幹而春液角。夏治筋。秋合三材。寒奠體。奠讀爲定冰析灂。冬析幹則易。春液角則洽。夏治筋則不煩。秋合三材則合。寒奠體則張不流。冰析灂則審環。春被弦則一年之事。析幹必倫。析角無邪。斲目必荼。目幹之節目荼讀爲舒徐也斲目不荼。則及其大脩也。筋代之受病。夫目也者必強。強者在內而摩其筋。夫筋之所由幨。恆由此作。幨絶起也故角三液而幹再液。液漬水也三漬再漬所以伸其材達其性厚其帤則木堅。薄其帤則需。是故厚其液而節其帤。帤謂弓中裨幹雖用整木仍以木片細副之需謂不充滿約之不皆約。疏數必侔。斲摯必中。膠之必均。斲摯不中。膠之不均。則及其大脩也。大脩言極久也角代之受病。夫懷膠於內而摩其角。夫角之所由挫。恆由此作。凡居角長者以次需。恆角而短。恆讀爲桓桓竟也是謂逆橈。角短則樹必長中央強直而隈之曲處如折故曰逆橈引之則縱。釋之則不校。引引滿也釋放弦也校疾也恆角而達。辟如終紲。達謂角自樹直達於簫是太長也終紲謂常若有竹㢈縛之者非弓之利也。今夫茭解中有變焉。故校。茭解謂隈與簫相接之處弓幹之端析爲

（兩敧而以簫剽入幹敧向內簫敧向外形制有變故抗弦有力是以校也）于挺臂中有柎焉。故剽恆角而達。引如終紲。非弓之利。撟幹欲孰於火而無贏。撟角欲孰于火而無燂（贏過孰也燂炙爛也）引筋欲盡而無傷其力。鬻膠欲孰而水火相得。然則居旱亦不動。居溼亦不動。苟有賤工。必因角幹之溼以爲之柔。善者在外。動者在內。雖善于外。必動于內。雖善亦弗可以爲良矣。凡爲弓。方其峻而高其柎。長其畏而薄其敝。（峻謂簫隈之中隆起拄弦者敝謂把處柎謂把處之左右辨接角隈者）宛之無已。應。下柎之弓。末應將興。（下柎謂柎不高而力弱也與謂把處有搖撼之患）爲柎而發。必動于閷。弓而羽閷。（閷者角與柎相接之處羽讀爲扈緩也）末應將發。弓有六材焉。維幹強之。張如流水。維體防之。引之中參。維角堂之。（弓與與爲韻發與閷爲韻強與防堂爲韻）欲宛而無負弦。引之如環。釋之無失體如環。材美。工巧。爲之時。謂之參均。角不勝幹。幹不勝筋。謂之參均。量其力有三均。（量其力有三均謂若幹勝一石加角而勝二石被筋而勝三石有讀爲又謂其力又均也）均者三。謂之九和。九和之弓。角與幹權。筋三侔。膠三鋝。絲三邸。漆三斞。上工以有餘。下工以不足。爲天子之弓。合九而成規。爲諸侯之弓。合七而成規。大夫之弓合五而成規。士之弓合三而成規。弓長六尺有六寸。謂之上制。上士服之。弓長六尺有三寸謂之中制中士服之弓長六尺謂之下制下士服之凡爲弓各因其君之躬志慮血氣豐肉而短寬緩以荼荼古文舒假借字若是者爲之危弓危弓爲之安矢骨直以立忿埶以奔若是者爲之安弓安弓爲之危矢其人安其弓安其矢安則莫能以速中且不深其人危其弓危其矢危則莫能以愿中往體多來體寡謂之夾臾之屬利射侯與弋往體寡來體多謂之王弓之屬利射革與質往體來體若一謂之唐弓之屬利射深大和無灂其次筋角皆有灂而深其次有灂而疏其次角無灂合灂若背手文角環灂牛筋蕡灂麋筋斥蠖灂和弓轂摩覆之而角至謂之句弓覆之而幹至謂之侯弓覆之而筋至謂之深弓

周禮矢人

矢人爲矢鍭矢參分殺矢參分一在前二在後兵矢田矢五分二在前三在後茀矢七分三在前四在後一在前者前有鐵重與二在後者亭平也五分而二在前則鐵稍輕矢七分而三在前則鐵更輕矣參分其長而殺其一五分其長而羽其一以其笴厚爲之羽深水之以辨其陰陽夾其陰陽以設其比夾其比以設其羽參分其羽以設其刃則雖有疾風亦弗

之能憚矣刃長寸圍寸（矢之匕中博自博處至鋒謂之刃長一寸全匕則長二寸矢匕中有脊微高圍寸並脊計之博則不滿寸矣）鋌十之重三垸前弱則俛後弱則翔中弱則紆中強則揚羽豐則遲羽殺則趮是故夾而搖之以眡其豐殺之節也橈之以眡其鴻殺之稱也凡相笴欲生而摶同摶欲重（生謂無瑕蠹也摶圜也）同重節欲疏同疏欲㮚

漢修西嶽廟記

山經曰泰華之山削成四方其高五千仞廣十里周禮職方氏華謂之西嶽祭視三公者以其能興雲雨產萬物通精氣有益於人則祀之故帝舜受堯曆數親自巡省設五鼎之奠升柴燎煙致敬神祇乂用昭明百穀繁殖黎民時雍鳥獸率舞鳳皇來儀曁夏殷周未之有改也其德休明則有禎祥荒淫腜穢篤災必降秦違其典璧遺鄗池二世以亡高祖應運禮遵陶唐祭則獲福奕世克昌亡新滔逆鬼神不享建武之初彗埽頑凶更率舊章敢用玄牡牲牷必充天惟醇祐萬國以康光和二年有漢元舅五侯之胄謝陽之孫曰樊府君諱毅字仲德承考讓國家於河南究職州郡辟公府除防東長中都令誅強虣撫瘠民二

鄙以清命守斯邦威隆秋霜恩踰冬日景化既宣由復夕愓惟寵祿之報順民之則孟冬十月齊祀西嶽以傳窄狹不足處尊卑廟舍舊久牆屋傾亞世室不修春秋作譏特部行事荀班與縣令先讜以漸補治設中外館圖珍奇畫怪獸嶽瀆之精所出禎秀役不干時而功已著蹔勞久逸神永有憑自古泰山邸邑猶存五嶽尊同哀此勤民獨不賴福乃上復十里內工商嚴賦克厭帝心嘉瑞仍畜風雨應卦瀸潤品物（瀸與漸同）君舉必書況乃盛德惠及神人可無述焉於是功曹郭敏主簿魏襲戶曹史許禮等遂刊元石銘勒鴻勛垂曜億齡永有銘識其辭曰

二儀剖判清濁始分陽凝成山陰積爲川泰氣推否洪波況臻堯命伯禹決江開汶川靈既定恩覆兆民乃列祀典辨于羣神因瀆祭地嶽以配天世主遵循永享歷年赤銳煌煌受茲介福京夏密清殊俗賓服令聞不違可謂至德德音孔昭實惟我后出自中興大漢之舅本枝惟百延慶長久俾守西嶽達奉神祀改傳飾廟靈有攸齊降瑞畜祚景風凱悌惟風及雨成我稷黍穡民用章建乂

室宇刊銘記誦克配梁甫

蔡邕陳留東昏庫上里社碑

社祀之建尚矣昔在聖帝有五行之官而共工子句龍爲后土及其沒也遂爲社祀故曰社者土地之主也周禮建爲社位左宗廟右社稷戎醜攸行於是受脤土膏恆動於是祈農又頌之于兆民春秋之中命之供祠故自有國至于黎庶莫不祀焉惟斯庫里古陽武之戶牖鄉也春秋時有子華爲秦相漢與陳平由此社宰遂佐高帝克定天下爲右丞相封曲逆侯永平之世虞延爲太尉司空封公至嘉平延弟曾孫放字子卿爲尚書令外戚梁冀乘寵作亂首策誅之王室以績封召都亭侯太僕太常司空毗天子而維四方克措其功往烈有常于是司監爰暨邦人僉以爲宰相繼踵咸出斯里秦一漢三而虞氏世焉雖有積善餘慶修身之致亦斯社之所相也乃相與樹碑作頌以示後昆云

唯王建祀明事百神乃顧斯社于我兆民明德惟馨其慶聿彰自嬴及漢四輔代昌爰我虞宗乃世重光元勳既立錫茲土疆乃公乃侯帝載用康神人協祚

且巨且長。凡我里人。盡受嘉祥。刊銘金石。永世不忘。漢碑多酬應諛頌之文此碑亦專爲虞氏而作

王延壽桐柏廟碑

延熹六年正月八日乙酉。南陽太守中山盧奴張君。處正好禮。尊神敬祀。以淮出平氏。始於大復。潛行地中。見於陽口。立廟桐柏。春秋宗奉。災異告譴。水旱請求。位比諸侯。聖漢所尊。受珪上帝。太常定甲。郡守奉祀。務潔沈祭。務潔碑作𥜽絜洪景伯以爲𥜽字當是齋字從郭君以來。二十餘年。不復身到。遣行承事。隸釋作遣丞行事簡略不敬。明神弗歆。災害以生。五嶽四瀆。與天合德。仲尼慎祭。常若神在。君準則大聖。親之桐柏。奉見廟祠。崎嶇逼狹。開拓神門。立闕四達。增廣壇場。飾治華蓋。高大殿宇。穹齊傳館。石獸表道。靈龜十四。衢廷宏敞。宮廟高峻。祗慎慶祀。一年再至。躬進牲牷。執玉以沈。爲民祈福。靈祇報祐。天地清和。異祥昭格。禽獸碩茂。草木芬芳。黎庶預祉。民用作頌。其辭曰。

泫泫淮源。聖禹所導。湯湯其逝。惟海是造。疏穢濟遠。柔順其道。弱而能強。仁而能武。聖賢立式。明哲所取。定爲四瀆。與河合矩。烈烈明府。好古之則。虔恭禮祀。

不愆其德。惟前廢弛。匪恭匪力。災眚以興。陰陽以忒。陟彼高岡。臻茲廟側。肅肅其敬。靈祇降福。雍雍其和。民用悅服。穰穰其慶。年穀豐植。望君與駕。扶老攜集。奠君塵軌。奔走忘食。懷君惠旣。思君罔極。于胥樂兮。傳於萬億。

韓退之南海神廟碑蹊徑似倣此文而青勝於藍不啻百倍

王粲荊州文學記

有漢荊州牧劉君稽古若時。將紹厥績。乃曰先王之爲世也。則象天地。軌儀憲極。設教導化。敘經志業。用建雍泮焉。立師保焉。作爲禮樂。以作其性。表陳載籍。以持其德。上知所以臨下。下知所以事上。官不失守。民聽無悖。然後太階平焉。夫文學也者。人倫之守。大教之本也。乃命五業從事宋衷所作文學。延朋徒焉。宣德音以贊之。降嘉禮以勸之。五載之閒。道化大行。耆德故老綦毋闓等負書荷器。自遠而至者三百有餘人。於是童幼猛進。武人革面。總角佩觿。委介免冑。比肩繼踵。川逝泉涌。亹亹如也。兢兢如也。遂訓六經。講禮物。諧八音。協律呂。修紀曆。理刑法。六路咸秩。百氏備矣。

天降純嘏。有所底。授臻。於我君。受命既茂。南牧是建。荊衡作守。時邁淳德。宣其丕繇。厥繇伊何。四國交阻。乃赫斯威。爰整其旅。虔夷不若。屢戡寇侮。誕啓洪軌。敦崇聖緒。典墳既章。禮樂咸舉。濟濟搢紳。感茲階宇。祁祁髦俊。亦集爰處。和化普暢。休徵時敘。品物宣育。百穀繁蕪。勳格皇穹。聲被四宇。

晉造戾陵遏記

魏使持節都督河北道諸軍事。征北將軍建城鄉侯沛國劉靖。字文恭。登梁山以觀源流。相㶟水以度形勢。嘉武安之通渠。羨秦氏之殿富。乃使帳下督丁鴻軍士千人。以嘉平二年。立遏于水。導高梁河。造戾陵遏。開車箱渠。其遏表云。高梁河者。出自并州。潞河之別源也。長岸峻固。直截中流。積石籠以為主遏。高一丈。東西長三十丈。南北廣七十餘步。依北岸立水門。門廣四丈。立水十丈。山水暴發。則乘遏東下。平流守常。則自門北入。灌田歲二千頃。凡所封地百餘萬畝。至景元三年辛酉。詔書以民食轉廣。陸廢不贍。遣謁者樊晨更制水門。限田千頃。刻地四千三百一十六頃。出給郡縣。改定田五千九百三十頃。水流乘車箱渠自薊西北逕昌平東盡漁陽潞縣凡所潤含四五百里所灌田萬有餘頃高下孔齊原隰底平疏之斯溉決之斯散導渠口以爲濤門灑滮池以爲甘澤施加于當時敷被于後世晉元康四年君少子驍騎將軍平鄉侯宏受命使持節監幽州諸軍事領護烏丸校尉寧朔將軍遏立積三十六載至五年夏六月洪水暴出毀損四分之三賸北岸七十餘丈上渠車箱所在漫溢追維前立遏之勳親臨山川指授規略命司馬關內侯逄惲內外將士二千人起長岸立石渠修主遏治水門門廣四丈立水五尺興復載利通塞之宜準遵舊制凡用功四萬有餘焉諸部王侯不召而自至繈負而趨事者蓋數千人詩載經始勿亟易稱民忘其勞斯之謂乎于是二府文武之士感秦國思鄭渠之績魏人置豹祀之義乃遐慕仁政追述成功元康五年十月十一日刊石立表以紀勳烈並記遏制度永爲後式焉

韓愈藍田縣丞廳壁記

丞之職所以貳令於一邑無所不當問其下主簿尉主簿尉乃有分職丞位高

而偪例以嫌不可否事文書行吏抱成案詣丞卷其前鉗以左手右手摘紙尾雁鶩行以進平立睨丞曰當署丞涉筆占位署惟謹目吏問可不可吏曰得則退不敢略省漫不知何事官雖尊力勢反出主簿尉下諺數慢必曰丞至以相訾謷丞之設豈端使然哉博陵崔斯立種學績文以蓄其有泓涵演迤日大以肆貞元初挾其能戰藝於京師再進再屈於人元和初以前大理評事言得失黜官再轉而爲丞茲邑始至喟曰官無卑顧材不足塞職既噤不得施用又喟曰丞哉丞哉余不負丞而丞負余則盡枿去牙角一躡故迹破崖岸而爲之丞廳故有記壞漏汚不可讀斯立易桷與瓦墁治壁悉書前任人名氏庭有老槐四行南牆鉅竹千挺儼立若相持水㶁㶁循除鳴斯立痛埽漑對樹二松日哦其閒有問者輒對曰余方有公事子姑去考功郞中知制誥韓愈記

韓愈鄆州谿堂詩幷序

憲宗之十四年始定東平三分其地以華州刺史禮部尚書兼御史大夫扶風馬公爲鄆曹濮節度觀察等使鎭其地既一年褒其軍號曰天平軍上卽位之

二年召公入且將用之以其人之安公也復歸之鎮上之三年公爲政於鄆曹濮也適四年矣治成制定衆志大固惡絕於心仁形於色專心一力以供國家之職（以上鎮鄆大固）於是沂密始分而殘其帥其後幽鎮魏不悅於政相扇繼變復歸於舊徐亦乘勢逐帥自置同於三方惟鄆也截然中居四鄰望之若防之制水恃以無恐（以上三方繼變而鄆常安）然而皆曰鄆爲虜巢且六十年將彊卒武曹濮於鄆州大而近軍所根柢皆驕以易怨而公承死亡之後掇拾之餘剝膚椎髓公私埽地赤立新舊不相保持萬目睽睽公於此時能安以治之其功爲大若幽鎮魏徐之亂不扇而變此功反小何也公之始至衆未熟化以武則忿以憾以恩則橫而肆一以爲赤子一以爲龍蛇憊心罷精磨以歲月然後致之難也及教之行衆皆戴公爲親父母夫叛父母從仇讐非人之情故曰易（以上論前後之難易）於是天子以公爲尚書右僕射封扶風縣開國伯以褒嘉之公亦樂衆之和知人之悅而後上之賜也於是爲堂於其居之西北隅號曰溪堂以饗士大夫通上下之志既饗其從事陳曾謂其衆言公之畜此邦其勤不亦至乎此邦之人纍公之

化惟所令之不亦順乎上勤下順遂躋登茲不亦休乎昔者人謂斯何今者人謂斯何雖然斯堂之作意其有謂而喑無詩歌是不考引公德而接邦人於道也乃使來請以上作溪堂徵詩歌其詩曰

帝奠九壥有葉有年有荒不條河岱之閒及我憲考一收正之視邦選侯以公來尸公來尸之人始未信公不飲食以訓以徇孰飢無食孰呻孰歎孰冤不問不得分願孰爲邦蟊節根之螟羊很狼貪以口覆城吹之喣之摩手拊之箴之石之膊而磔之凡公四封既富以彊謂公吾父孰違公令可以師征不甯守邦公作溪堂播播流水淺有蒲蓮深有蒹葦公以賓燕其鼓駭駭公燕溪堂賓校醉飽流有跳魚岸有集鳥既歌以舞其鼓考考公在溪堂公御琴瑟公暨賓贊稽經諏律施用不差人用不屈溪有蘋苽有龜有魚公在中流右詩左書無我斁遺此邦是庥

韓愈畫記

雜古今人物小畫共一卷騎而立者五人騎而被甲載兵立者十人一人騎執

大旗前立騎而被甲載兵行且下牽者十人騎且負者二人騎執器者二人騎擁田犬者一人騎而牽者二人騎而驅者三人執羈靮立者二人騎而下倚馬臂隼而立者一人騎而驅涉者二人徒而驅牧者二人坐而指使者一人甲胄手弓矢鈇鉞植者七人甲胄執幟植者十人負者七人偃寢休者二人甲胄坐睡者一人方涉者一人坐而脫足者一人寒附火者一人雜執器物役者八人奉壺矢者一人舍而具食者十有一人挹且注者四人牛牽者二人驢驅者四人一人杖而負者婦人以孺子載而可見者六人載而上下者三人孺子戲者九人凡人之事三十有二。爲人大小百二十有三。而莫有同者焉馬大者九匹於馬之中又有上者下者行者牽者涉者陸者翹者顧者鳴者寢者訛者立者人立者齕者飲者溲者陟者降者痒磨樹者噓者嗅者喜相戲者怒相踶齧者秣者騎者驟者走者載服物者載狐兔者凡馬之事二十有七。爲馬大小八十有三。而莫有同者焉。牛大小十一頭橐駝三頭驢如橐駝之數而加其一焉隼一犬羊狐兔麋鹿共三十旃車三兩雜兵器弓矢旌旗刀劍矛楯弓服矢房甲冑之屬、缾盂簦笠筐筥錡釜飮食服用之器、壺矢博弈之具、二百五十有一、皆曲極其妙、貞元甲戌年、余在京師、甚無事、同居有獨孤生申叔者、始得此畫而與余彈棊、余幸勝而獲焉、意甚惜之、以爲非一工人之所能運思、蓋藂集衆工人之所長耳、雖百金不願易也、明年出京師、至河陽、與二三客論畫品格、因出而觀之、座有趙侍御者、君子人也、見之戚然若有感然、少而進曰、噫、余之手摸也、亡之且二十年矣、余少時常有志乎茲事、得國本、絶人事而摸得之。遊閩中而喪焉、居閑處獨、時往來余懷也、以其始爲之勞、而夙好之篤也、今雖遇之。力不能爲已。且命工人存其大都焉。余既甚愛之、又感趙君之事、因以贈之、而記其人物之形狀與數、而時觀之、以自釋焉、

韓愈南海神廟碑

海、於天地閒爲萬物最鉅、自三代聖王、莫不祀事、考於傳記、而南海神次最貴、在北東西三神河伯之上、號爲祝融、天寶中、天子以爲古爵莫貴於公侯、故海嶽之祝、犧幣之數、放而依之、所以致崇極於大神、今王亦爵也、而禮海嶽尚循

公侯之事虛王儀而不用非致崇極之意也由是冊尊南海神爲廣利王祝號祭式與次俱昇因其故廟易而新之在今廣州治之東南海道八十里扶胥之口黃水之灣常以立夏氣至命廣州刺史行事祠下事訖驛聞以上言南海神之尊祀事之嚴而刺史常節度五嶺諸軍仍觀察其郡邑於南方事無所不統地大以遠故常選用重人既貴而富且不習海事又當祀時海常多大風將往皆憂慼既進觀顧怖悸故常以疾爲解而委事於其副其來已久故明宮齋廬上雨旁風無所蓋障牲酒瘠酸取具臨時水陸之品狼籍籩豆薦祼興俯不中儀式吏滋不供神不顧享盲風怪雨發作無節人蒙其害以上言前刺史不躬親其事元和十二年始詔用前尚書左丞國子祭酒魯國孔公爲廣州刺史兼御史大夫以殿南服公正直方嚴中心樂易祗慎所職治人以明事神以誠內外殫盡不爲表襮至州之明年將夏祝冊自京師至吏以時告公乃齋祓視冊誓羣有司曰冊有皇帝名乃上所自署其文曰嗣天子某謹遣官某敬祭其恭且嚴如是敢有不承明日吾將宿廟下以供晨事明日吏以風雨白不聽於是州府文武吏士凡百數交謁

更諫皆揖而退（以上敘孔公親往將事）公遂陞舟風雨少弛櫂夫奏功雲陰解駮日光穿漏波伏不與省牲之夕載陽載陰將事之夜天地開除月星明穊五鼓既作牽牛正中公乃盛服執笏以入即事文武賓屬俯首聽位各執其職牲肥酒香罇爵淨潔降登有數神具醉飽海之百靈祕怪慌惚畢出蜿蜿虵虵來享飲食闔廟旋艫祥飆送颿旗纛旄麾飛揚晻藹鐃鼓嘲轟高管噭譟武夫奮櫂工師唱和穹龜長魚踊躍後先乾端坤倪軒豁呈露祀之之歲風災熄滅人厭魚蟹五穀胥熟明年祀歸又廣廟宮而大之治其庭壇改作東西兩序齋庖之房百用具修明年其時公又固往不懈益虔歲仍大和耋艾歌詠（以上祀神獲福）始公之至盡除他名之稅罷衣食於官之可去者四方之使不以資交以身爲帥燕享有時賞與以節公藏私畜上下與足於是免屬州負逋之緡錢廿有四萬米四萬二千斛賦金之州耗金一歲八百困不能償皆以勾之加西南守長之俸誅其尤無良不聽令者由是皆自重慎法人士之落南不能歸者與流徙之冑百廿八族用其才良而廩其無告者其女子可嫁與之錢財令無失時刑德並流方地

數千里不識盜賊山行海宿不擇處所事神治人其可謂備至耳矣咸願刻廟石以著厥美而繫以詩以上附敍孔公諸善政乃作詩曰

南海陰墟祝融之宅即祀于旁帝命南伯吏惰不躬正自今公明用享錫右我家邦惟明天子惟慎厥使我公在官神人致喜海嶺之陬既足既濡胡不均宏俾執事樞公行勿遲公無遽歸匪我私公神人具依四字句凡百卅句漢賦之氣體也

韓愈汴州東西水門記

貞元十四年正月戊子隴西公命作東西水門越三月辛巳朔水門成三日癸未大合樂設水嬉會監軍軍司馬賓佐僚屬將校熊羆之士肅四方之賓客以落之士女和會闐郭溢郛既卒事其從事昌黎韓愈請紀成績其詞曰惟汴州河水自中注厥初距河爲城其不合者誕寘聯鎖於河宵浮晝湛舟不潛通然其襟抱虧疏風氣宣洩邑居弗甯訛言屢騰歷載已來孰究孰思皇帝御天下十有八載此邦之人遭逢疾威囂童嗷噑劫衆阻兵懍懍栗栗若墜若覆時維隴西公受命作藩爰自洛京單車來臨遂拯其危遂去其疵弗肅弗厲薰爲太

和神應祥福五穀穰熟既庶而豐人力有餘監軍是咨司馬是謀乃作水門為邦之郛以固風氣以閑寇偷黄流渾渾飛閣渠渠因而飾之匪為觀遊天子之武惟隴西公是布天子之文惟隴西公是宣河之沄沄源於崑崙天子萬祀公多受祉乃伐山石刻之日月尚俾來者知作之所始

韓愈處州孔子廟碑

自天子至郡邑守長通得祀而徧天下者惟社稷與孔子為然而社祭土稷祭穀句龍與棄乃其佐享非其專主又其位所不屋而壇豈如孔子用王者事巍然當座以門人為配自天子而下北面跪祭進退誠敬禮如親弟子者句龍棄以功孔子以德固自有次第哉自古多有以功德得其位者不得常祀句龍棄孔子皆不得位而得常祀然其祀事皆不如孔子之盛所謂生人以來未有如孔子者其賢過於堯舜遠矣此其效歟郡邑皆有孔子廟或不能修事雖設博士弟子或役於有司名存實亡失其所業獨處州刺史鄴侯李繁至官能以為先既新作孔子廟又令工改為顏子至子夏十人像其餘六十子及後大儒公

羊高左邱明孟軻荀況伏生毛公韓生董生高堂生揚雄鄭玄等數十人皆圖之壁選博士弟子必皆其人又爲置講堂教之行禮肄習其中置本錢廩米令可繼處以守廟成躬率吏及博士弟子入學行釋菜禮耆老歎嗟其子弟皆與於學鄴侯尙文其於古記無不貫達故其爲政知所先後可歌也已乃作詩曰惟此廟學鄴侯所作厥初庳下神不以宇生師所處亦窘寒暑乃新斯宮神降其獻講讀有常不誠用勸揭揭元哲有師之尊羣聖嚴嚴大法以存像圖孔肖咸在斯堂以瞻以儀俾不或忘後之君子無廢成美琢詞碑石以贊攸始

韓愈衢州徐偃王廟碑

衢州有偃王廟其事本支離漫誕文亦以恢詭出之其神在若有若無之間

徐與秦俱出柏翳爲嬴姓國於夏殷周世咸有大功秦處西偏專用武勝遭世衰無明天子遂虎吞諸國爲雄諸國既皆入秦爲臣屬秦無所取利上下相賊害卒償其國而沈其宗徐處得地中文德爲治及偃王誕當國益除去刑爭末事凡所以君國子民待四方一出於仁義當此之時周天子穆王無道意不在

天下好道士說得八龍騎之西遊同王母宴于瑤池之上歌謳忘歸四方諸侯之爭辯者無所質正咸賓祭於徐贄玉帛死生之物于徐之庭者三十六國得朱弓赤矢之瑞穆王聞之恐遂稱受命命造父御長驅而歸與楚連謀伐徐徐不忍鬬其民北走彭城武原山下百姓隨而從之萬有餘家偃王死民號其山爲徐山鑿石爲室以祠偃王偃王雖走死失國民戴其嗣爲君如初駒王章禹祖孫相望自秦至今名公巨人繼迹史書徐氏十望其九皆本於偃王而秦後迄茲無聞家天於柏翳之緒非偏有厚薄施仁與暴之報自然異也以上以秦配徐彰偃王之後有衢州故會稽太末也民多姓徐氏支縣龍邱有偃王遺廟或曰偃王之逃戰不之彭城之越城之隅棄玉几研于會稽之水或曰徐子章禹既執於吳徐之公族子弟散之徐揚二州閒卽其居立先王廟云以上述衢州所以有偃王廟開元初徐姓二人相屬爲刺史帥其部之同姓改作廟屋載事於碑後九十年當元和九年而徐氏放復爲刺史放字達夫前碑所謂今戶部侍郎其大父也春行視農至於龍邱有事於廟思惟本原曰故制粗樸下窄不足以揭虔妥靈而又梁桷

赤白陊剝不治。圖像之威。黜昧就滅。藩拔級夷。庭木秃欹。祈旪日慢。祥慶弗下。州之羣支。不獲蔭庥。余惟遺紹。而尸其土。不卽不圖。以有資聚。罰其可辭。乃命因故爲新。衆工齊事。惟月若日。工告訖功。大祠於廟。宗卿咸序。應是歲州無怪風劇雨。民不夭厲。穀果完實。民皆曰。耿耿祉哉。其不可誣。以上敘達夫修廟 乃相與請辭京師。歸而鑱之於石。辭曰。

秦傑以顚。徐由遜緜。秦鬼久飢。徐有廟存。婉婉偃王。惟道之耽。以國易仁。爲笑於頑。自初擅命。其實幾姓。歷短罯長。有不償亡。課其利害。孰與王當。姑蔑之墟。太末之里。誰思王恩。立廟以祀。王之閩孫。世世多有。唯臨茲邦。廟土實守。堅嶠之後。達夫廓之。王歿萬年。如始祔時。王孫多孝。世奉王廟。達夫之來。先愼詔教。蠹惠廟民。不主於神。維是達夫。知孝之元。太末之里。姑蔑之城。廟事時修。仁孝振聲。宜寵其人。以及後生。嗟嗟維王。雖古誰亢。王死於仁。彼以暴喪。文追作誄。刻示茫茫。

韓愈柳州羅池廟碑

羅池廟者故刺史柳侯廟也柳侯爲州不鄙夷其民動以禮法三年民各自矜奮茲土雖遠京師吾等亦天氓今天幸惠仁侯若不化服我則非人於是老少相教語莫違侯令凡有所爲於其鄉閭及於其家皆曰吾侯聞之得無不可於意否莫不忖度而後從事凡令之期民勸趨之無有後先必以其時於是民業有經公無負租流逋四歸樂生興事宅有新屋步有新船池園潔修豬牛鴨雞肥大蕃息子嚴父詔婦順夫指嫁娶葬送各有條法出相弟長入相慈孝先時民貧以男女相質久不得贖盡沒爲隸我侯之至按國之故以傭除本悉奪歸之大修孔子廟城郭巷道皆治使端正樹以名木以上生能澤其民柳民既皆悅喜嘗與其部將魏忠謝甯歐陽翼飲酒驛亭謂曰吾棄於時而寄於此與若等好也明年吾將死死而爲神後三年爲廟祀我及期而死三年孟秋辛卯侯降於州之後堂歐陽翼等見而拜之其夕夢翼而告曰館我於羅池其月景辰廟成大祭過客李儀醉酒慢侮堂上得疾扶出廟門卽死以上死能食其土明年春魏忠歐陽翼使謝甯來京師請書其事於石余謂柳侯生能澤其民死能驚動福禍之以

食其土可謂靈也已作迎享送神詩遺柳民俾歌以祀焉而並刻之柳侯河東人諱宗元字子厚賢而有文章嘗位於朝光顯矣已而擯不用其辭曰

荔子丹兮蕉黃雜肴蔬兮進侯堂侯之船兮兩旗度中流兮風泊之待侯不來兮不知我悲侯乘駒兮入廟慰我民兮不嚬以笑鵝之山兮柳之水桂樹團團兮白石齒齒侯朝出遊兮暮來歸春與猨吟兮秋鶴與飛北方之人兮爲侯是非千秋萬歲兮侯無我違福我兮壽我驅厲鬼兮山之左下無苦溼兮高無乾杭稌充羨兮蛇蛟結蟠我民報事兮無怠其始自今兮欽於世世

韓愈袁氏先廟碑

袁公滋既成廟明歲二月自荊南以旌節朝京師留六日得壬子春分率宗親子屬用少牢于三室既事退言曰嗚呼遠哉維世傳德襲訓集余乃今有濟今祭既不薦金石音聲使工歌詩載烈象容其奚以飭稚昧於長久惟敬繫羊豕幸有石如具著先人名迹因爲詩繫之語下於義其可雖然余不敢必屬篤古而達於詞者遂以命愈愈謝非其人不獲命則謹條袁氏本所以出與其世系

里居起周歷漢魏晉拓拔魏周隋入國家以來高曾祖考所以劬躬肅後委祉於公公之所以逢將承應者有槩有詳而綴以詩（以上敘立碑之由）其語曰周樹舜後陳陳公子有爲大夫食國之地袁鄉者其子孫世守不失因自別爲袁氏春秋世陳常壓於楚與中國相加尤䟽袁氏猶班班見可譜常居陽夏陽夏至晉屬陳郡故號陳郡袁氏博士固申儒遏黃唱業於前至司徒安懷德於身袁氏遂大顯連世有人終漢逹魏晉分仕南北始居華陰爲拓拔魏鴻臚鴻臚諱恭生周梁州刺史新縣孝侯諱顗孝侯生隋左衞大將軍諱温去官居華陰武德九年以大耋薨始葬華州左衞生南州刺史諱士政南州生當陽令諱倫於公爲曾祖當陽生朝散大夫石州司馬諱知元司馬生贈工部尚書咸甯令諱曄是爲皇考袁氏舊族而當陽以通經爲儒位止縣令石州用春秋持身治事爲州司馬以終咸甯備學而貫以一文武隨用謀行功從出入有立不爵于朝比三世宜達而窒歸成後人數當于公（以上歷敘先世）公惟曾大父大父皇考比三世存不大夫食歿祭在子孫惟將相能致備物世彌遠禮則益不及在慎德行業治圖

功載名以待上可無細大無敢不敬畏無早夜無敢不思成於家進於外以立於朝自侍御史歷工部員外郎祠部郎中諫議大夫尚書右丞華州刺史金吾大將軍由卑而鉅莫不官稱遂爲宰相以贊辨章仍持節將蜀滑襄荆略苞河山秩登祿富以有廟祀具如其志又垂顯刻以教無忘可謂大孝以上袁公滋歷官功績

詩曰

袁自陳分初尚蹇連越秦造漢博士發論司徒任德忍不錮人收功厥後五公重尊晉氏于南來處華下鴻臚孝侯用適操舍南州勤治取最不懈當陽耽經唯義之畏石州烈烈學專春秋懿哉咸甯不名一休趨難避成與時泛浮是生孝子天子之宰出把將符羣州承楷數以立廟祿以備器由曾及考同堂異置柏版松楹其筵肆肆維袁之廟孝孫之爲順埶卽宜以諏以龜以平其巘屋牆持持孝孫來享來拜廟庭陟堂進室親登籩鉶肩臑胎骼其尊元清降登受胙于慶爾成維曾維祖維考之施于汝孝嗣以報以祇凡我有今非本曷思刻詩牲繫維以告之

韓愈烏氏廟碑

元和五年。天子曰。盧從史始立。議用師于恆。乃陰與寇連。夸謾兇驕。出不遜言。其執以來。其四月、中貴人承璀、卽誘而縛之。其下皆甲以出。操兵趨譁。牙門都將烏公重胤、當軍門叱曰。天子有命。從有賞。敢違者斬。於是士皆斂兵還營。卒致從史京師。壬辰。詔用烏公爲銀青光祿大夫、河陽軍節度使、兼御史大夫。封張掖郡開國公。居三年、河陽稱治。詔贈其父工部尚書。且曰、其以廟享。卽以其年營廟于京師崇化里。軍佐竊議曰。先公旣位常伯。而先夫人無加命。號名差卑。於配不宜。語聞。詔贈先夫人劉氏沛國太夫人。八年八月、廟成。三室同宇。祀自左領府君而下。作主于第。乙巳、升于廟。以上敘立廟之由

烏氏著於春秋、譜於世本、列於姓苑、在莒者存、在齊有餘枝鳴、皆爲大夫、秦有獲、爲大官、其後世之江南者家鄱陽、處北者家張掖、或入夷狄爲君長、唐初察爲左武衛大將軍、實張掖人、其子曰令望、爲左領軍衛大將軍、孫曰蒙、爲中郎將、是生贈尚書、諱承玼、字某、烏氏自莒齊秦大夫以來。皆以材力顯。及武德以來。始以武功爲名將家。以上

敘烏氏先世及近四代開元中尚書管平盧先鋒軍屬破奚契丹從戰捺祿走可突干渤海擾海上至馬都山吏民逃徙失業尚書領所部兵塞其道塹原累石綿四百里深高皆三丈寇不得進民還其居歲罷運錢三千萬餘黑水室韋以騎五千來屬麾下邊威益張其後與耿仁智謀說史思明降思明復叛尚書與兄承恩謀殺之事發族夷尚書獨走免李光弼以聞詔拜冠軍將軍守右威衛將軍檢校殿中監封昌化郡王石嶺軍使積粟厲兵出入耕戰以疾去職貞元十一年二月丁巳薨于華陰告平里年若干即葬于其地以上專敘贈尚書烏承玼二子大夫爲長季曰重元爲某官銘曰

烏氏在唐有家于初左武左領二祖紹居中郎少卑屬于尚書不償其勞乃相大夫授我戎節制有壇墠數備禮登以有宗廟作廟天都以致其孝右祖左孫爰饗其報云誰無子其有無孫克對無羞乃惟有人念昔平盧爲艱爲瘁大夫承之危不棄義四方其平士有息息來覲來齋以饋黍稷

韓愈新修滕王閣記

愈少時側聞江南多臨觀之美而滕王閣獨爲第一有瑰偉絕特之稱及得三王所爲序賦記等壯其文辭益欲往一觀而讀之以忘吾憂繫官于朝願莫之遂十四年以言事斥守揭陽便道取疾以至海上又不得過南昌而觀所謂滕王閣者（韓公貶陽山由湖南郴州以往未過南昌故曰便道取疾貶潮州亦然）其冬以天子進大號加恩區內移刺袁州袁於南昌爲屬邑私喜幸自語以爲當得躬詣大府受約束於下執事及其無事且還倘得一至其處竊寄目償所願焉至州之七月詔以中書舍人太原王公爲御史中丞觀察江南西道洪江饒虔吉信撫袁悉屬治所八州之人前所不便及所願欲而不得者公至之日皆罷行之大者驛聞小者立變春生秋殺陽開陰閉令修於庭戶數日之閒而人自得於湖山千里之外吾雖欲出意見論利害聽命於幕下而吾州乃無一事可假而行者又安得捨己所事以勤館人則滕王閣又無因而至焉矣其歲九月人吏浹和公與監軍使燕於此閣文武賓士皆與在席酒半合辭言曰此屋不修且壞前公爲從事此邦適理新之公所爲文實書在壁今三十年而公來爲邦伯適及期月公又來燕於

此公烏得無情哉公應曰諾於是棟楹梁桷板檻之腐黑撓折者蓋瓦級甎之破缺者赤白之漫漶不鮮者治之則已無侈前人無廢後觀工既訖功公以衆飲而以書命愈曰子其爲我記之愈既以未得造觀爲歎竊喜載名其上詞列三王之次有榮耀焉乃不辭而承公命其江山之好登望之樂雖老矣如獲從公遊尚能爲公賦之

韓愈科斗書後記

愈叔父當大曆世文辭獨行中朝天下之欲銘述其先人功行取信來世者咸歸韓氏於時李監陽冰獨能篆書而同姓叔父擇木善八分不問可知其人不如是者不稱三服故三家傳子弟往來貞元中愈事董丞相幕府於汴州識開封令服之者陽冰子授余以其家科斗孝經漢衛宏官書兩部合一卷愈寶蓄之而不暇學後來京師爲四門博士識歸公歸公好古書能通之愈曰古書得其據依蓋可講因進其所有書屬歸氏元和來愈亟不獲讓嗣爲銘文薦道功德思凡爲文辭宜略識字因從歸公乞觀二部書得之留月餘張籍令進士賀

拔恕寫以留愈蓋得其十四五而歸其書歸氏十一年六月四日右庶子韓愈記

柳宗元始得西山宴遊記

自余爲僇人居是州恆惴慄其隙也則施施而行漫漫而遊日與其徒上高山入深林窮迴谿幽泉怪石無遠不到到則披草而坐傾壺而醉醉則更相枕以臥意有所極夢亦同趣覺而起起而歸以爲凡是州之山有異態者皆我有也而未始知西山之怪特今年九月二十八日因坐法華西亭望西山始指異之遂命僕過湘江緣染谿斫榛莽焚茅茷窮山之高而止攀援而登箕踞而遨則凡數州之土壤皆在衽席之下其高下之勢岈然洼然若垤若穴尺寸千里攢蹙累積莫得遯隱縈青繚白外與天際四望如一然後知是山之特出不與培塿爲類悠悠乎與灝氣俱而莫得其涯洋洋乎與造物者遊而不知其所窮引觴滿酌頹然就醉不知日之入蒼然暮色自遠而至至無所見而猶不欲歸心凝形釋與萬化冥合然後知吾嚮之未始遊遊於是乎始故爲之文以志是歲

元和四年也。

柳宗元鈷鉧潭記

鈷鉧潭在西山西。其始蓋冉水自南奔注。抵山石。屈折東流。其顛委勢峻。盪擊益暴。齧其涯。故旁廣而中深。畢至石乃止。流沫成輪。然後徐行。其清而平者且十畝。有樹環焉。有泉懸焉。其上有居者。以予之亟游也。一旦款門來告曰。不勝官租私券之委積。既芟山而更居。願以潭上田貿財以緩禍。予樂而如其言。則崇其臺。延其檻。行其泉於高者墜之潭。有聲潀然。尤與中秋觀月為宜。於以見天之高。氣之迥。孰使予樂居夷而忘故土者。非茲潭也歟。

柳宗元鈷鉧潭西小邱記

得西山後八日。尋山口西北道二百步。又得鈷鉧潭。西二十五步。當湍而浚者為魚梁。梁之上有邱焉。生竹樹。其石之突怒偃蹇。負土而出。爭為奇狀者。殆不可數。其嶔然相累而下者。若牛馬之飲於溪。其衝然角列而上者。若熊羆之登於山。邱之小不能一畝。可以籠而有之。問其主。曰。唐氏之棄地。貨而不售。問其價曰止四百余憐而售之李深源元克己時同游皆大喜出自意外即更取器用剷刈穢草伐去惡木烈火而焚之嘉木立美竹露奇石顯由其中以望則山之高雲之浮溪之流鳥獸魚之遨遊舉熙熙然迴巧獻技以效茲邱之下枕席而臥則清泠之狀與目謀瀯瀯之聲與耳謀悠然而虛者與神謀淵然而靜者與心謀不帀旬而得異地者二雖古好事之士或未能至焉噫以茲邱之勝致之灃鎬鄠杜則貴游之士爭買者日增千金而愈不可得今棄是州也農夫漁父過而陋之價四百連歲不能售而我與深源克己獨喜得之是其果有遭乎書於石所以賀茲邱之遭也

柳宗元游黃溪記

北之晉西適豳東極吳南至楚越之交其閒名山水而州者以百數永最善環永之治百里北至於浯溪西至於湘之源南至於瀧泉東至於黃溪東屯其閒名山水而邨者以百數黃溪最善黃溪距州治七十里由東屯南行六百步至黃神祠祠之上兩山牆立如丹碧之華葉駢植與山升降其缺者爲崖峭巖窟

水之中皆小石平布黃神之上揭水八十步至初潭最奇麗殆不可狀其略若剖大甕側立千尺溪水積焉黛蓄膏渟來若白虹沈沈無聲有魚數百尾方來會石下南去又行百步至第二潭石皆巍然臨峻流若頦頷齗齶其下大石雜列可坐飲食有鳥赤首烏翼大如鵠方東嚮立自是又南數里地皆一狀樹益壯石益瘦水鳴皆鏘然又南一里至大冥之川山舒水緩有土田始黃神爲人時居其地傳者曰黃神王姓莽之世也莽既死神更號黃氏逃來擇其深峭者潛焉始莽嘗曰余黃虞之後也故號其女曰黃皇室主黃與王聲相邇而又有本其所以傳焉者益驗神既居是民咸安焉以爲有道死乃俎豆之爲立祠後稍徙近乎民今祠在山陰溪水上元和八年五月十六日既歸爲記以啓後之好游者

柳宗元永州萬石亭記

御史中丞清河男崔公來涖永州閒日登城北墉臨於荒野藂翳之隙見怪石特出度其下必有殊勝步自西門以求其墟伐竹披奧攲仄以入緜谷跨谿皆

大石林立•渙若奔雲•錯若置棊•怒者虎鬭•企者鳥厲•抉其穴則鼻口相呀•搜其根則蹄股交峙•環行卒愕•疑若搏噬•於是刳闢朽壤•翦焚榛薉•決澮溝導伏流•散爲疏林•洄爲清池•寥廓泓渟•若造物者始判清濁•效奇於茲地•非人力也•乃立游亭以宅厥中•直亭之西•石若掖分•可以眺望•其上青壁斗絕•沈於淵源•莫究其極•自下而望•則合乎攢巒•與山無窮•明日•州邑耋老•雜然而至•曰吾儕生是州•蓺是野•眉厖齒鯢•未嘗知此•豈天墜地出•設茲神物•以彰我公之德歟•既賀而請名•公曰•是石之數•不可知也•以其多•而命之曰萬石亭•耋老又言曰•懿夫公之名亭也•豈專狀物而已哉•公嘗六爲二千石•既盈其數•然而有道之士•咸恨公之嘉績•未洽於人•敢頌休聲•祝公於明神•漢之三公•秩號萬石•我公之德•宜受茲錫•漢有禮臣•惟萬石君•我公之化•始於閨門•道合於古•祐之自天•野夫獻詞•公壽萬年•宗元嘗以牋奏隸尚書•敢專筆削•以附零陵故事•時元和十年正月五日記•

柳宗元至小邱西小石潭記

從小邱西行百二十步，隔篁竹聞水聲如鳴珮環，心樂之，伐竹取道，下見小潭，水尤清洌，全石以爲底，近岸卷石底以出，爲坻爲嶼，爲嵁爲巖，青樹翠蔓，蒙絡搖綴，參差披拂，潭中魚可百許頭，皆若空游無所依。日光下澈。影布石上。佁然不動。俶爾遠逝。往來翕忽。似與游者相樂。潭西南而望，斗折蛇行，明滅可見，其岸勢犬牙參互，不可知其源，坐潭上，四面竹樹環合，寂寥無人，淒神寒骨，悄愴幽邃，以其境過清，不可久居，乃記之而去，同游者吳武陵，龔古，余弟宗玄，隸而從者崔氏二小生，曰恕己，曰奉壹，

柳宗元袁家渴記

由冉溪西南水行十里，山水之可取者五，莫若鈷鉧潭，由溪口而西，陸行可取者八九，莫若西山，由朝陽巖東南水行至蕪江，可取者三，莫若袁家渴，皆永中幽麗奇處也，楚越之閒方言謂水之反流者爲渴，音若衣褐之褐，渴上與南館高嶂合，下與百家瀨合，其中重洲小溪，澄潭淺渚，閒廁曲折，平者深黑，峻者沸白，舟行若窮，忽又無際，有小山出水中，山皆美石，石上生青叢，冬夏常蔚然，其

旁多巖洞其下多白礫其樹多楓柟石楠楩櫧樟柚草則蘭芷又有異卉類合歡而蔓生轇轕水石每風自四山而下振動大木掩苒衆草紛紅駭綠蓊葧香氣衝濤旋瀨退貯溪谷搖颺葳蕤與時推移其大都如此余無以窮其狀永之人未嘗游焉余得之不敢專也出而傳於世其地世主袁氏故以名焉

柳宗元石渠記

自渴西南行不能百步得石渠民橋其上有泉幽幽然其鳴乍大乍細渠之廣或咫尺或倍尺其長可十許步其流抵大石伏出其下踰石而往有石泓菖蒲被之青鮮環周又折西行旁陷巖石下北墮小潭潭幅員減百尺清深多鯈魚又北曲行紆餘睨若無窮然卒入於渴其側皆詭石怪木奇卉美箭可列坐而庥焉風搖其巔韻動崖谷視之既靜其聽始遠予從州牧得之攬去翳朽決疏土石既崇而焚既釃而盈惜其未始有傳焉者故累記其所屬遺之其人書之其陽俾後好事者求之得以易元和七年正月八日蠲渠至大石十月十九日踰石得石泓小潭渠之美於是始窮也

柳宗元石澗記

石渠之事既窮上由橋西北下土山之陰民又橋焉其水之大倍石渠三之亘石爲底達於兩涯若牀若堂若陳筵席若限閫奧水平布其上流若織文響若操琴揭跣而往折竹埽陳葉排腐木可羅胡牀十八九居之交絡之流觸激之音皆在牀下翠羽之木龍鱗之石均蔭其上古之人其有樂於此耶後之來者有能追余之踐履耶得意之日與石渠同由渴而來者先石渠後石澗由百家瀨上而來者先石澗後石渠澗之可窮者皆出石城村東南其閒可樂者數焉其上深山幽林逾峭險道狹不可窮也

柳宗元小石城山記

自西山道口徑北踰黃茅嶺而下有二道其一西出尋之無所得其一少北而東不過四十丈土斷而川分有積石橫當其垠其上爲睥睨梁欐之形其旁出堡塢有若門焉窺之正黑投以小石洞然有水聲其響之激越良久乃已環之可上望甚遠無土壤而生嘉樹美箭益奇而堅其疏數偃仰類智者所施設也

噫吾疑造物者之有無久矣及是愈以爲誠有又怪其不爲之於中州而列是夷狄更千百年不得一售其技是固勞而無用神者儻不宜如是則其果無乎或曰以慰夫賢而辱於此者或曰其氣之靈不爲偉人而獨爲是物故楚之南少人而多石是二者余未信之

柳宗元柳州東亭記

出州南譙門左行二十六步有棄地在道南南值江西際垂楊傳置東曰東館其內草本猥奧有崖谷傾亞缺圮豕得以爲圂蛇得以爲藪人莫能居至是始命披剃蠲疏樹以竹箭松檉桂檜柏杉易爲堂亭峭爲杠梁下上迴翔前出兩翼憑空拒江江化爲湖衆山橫環嶛闊瀴灣當邑居之劇而忘乎人閒斯亦奇矣乃取館之北宇右闢之以爲夕室取傳置之東宇左闢之以爲朝室又北闢之以爲陰室作屋於北牖下以爲陽室作斯亭於中以爲中室朝室以夕居之夕室以朝居之中室日中而居之陰室以違溫風焉陽室以違凄風焉若無寒暑也則朝夕復其號既成作石於中室書以告後之人庶勿壞元和十二年九

月某日柳宗元記

柳宗元柳州山水近治可遊者記

古之州治在潯水南山石間今徙在水北直平四十里南北東西皆水匯北有雙山夾道嶄然曰背石山有支川東流入於潯水因是北而東盡大壁下其壁曰龍壁其下多秀石可硯南絕水有山無麓廣百尋高五丈下上若一曰甑山山之南皆大山多奇又南且西曰駕鶴山壯聳環立古州治負焉有泉在坎下恆盈而不流南有山正方而崇類屏者曰屏山其西曰四姥山皆獨立不倚北流潯水瀨下又西曰仙弈之山山之西可上其上有穴穴有屏有室有宇其宇下有流石成形如肺肝如茄房或積於下如人如禽如器物甚衆東西九十尺南北少半東登入於小穴常有四尺則廓然甚大無竅正黑燭之高僅見其宇皆流石怪狀由屏南室中入小穴倍常而上始黑已而大明爲上室由上室而上有穴北出出之乃臨大野飛鳥皆視其背其始登者得石枰於上黑肌而赤脈十有九道可弈故以云其山多樫多櫧多篔簹之竹多橐吾其鳥多秭歸石

魚之山全石。無大草木。山小而高。其形如立魚。在多秭歸西。有穴類仙弈。入其穴東出。其西北靈泉在東趾下。有麓環之。泉大類轂。雷鳴西奔二十尺。有洄在石澗。因伏無所見。多綠青之魚。及石鯽。多鰷。雷山兩崖皆東西。雷水出焉。蓄崖中曰雷塘。能出雲氣。作雷雨。變見有光。禱用俎魚豆彘修形糈稌陰酒。方望溪云形當作刑鉶羹也見周官內外饔職虔則應。在立魚南。其閒多美山。無名而深。峨山在野中。無麓。峨水出焉。東流入於潯水。

柳宗元零陵三亭記

邑之有觀游。或者以爲非政。是大不然。夫氣煩則慮亂。視壅則志滯。君子必有游息之物。高明之具。使之清寧平夷。恆若有餘。然後理達而事成。零陵縣東有山麓。泉出石中。沮洳汙塗。羣畜食焉。牆藩以蔽之。爲縣者積數十人。莫知發視。河東薛存義。以吏能聞荊楚閒。潭部舉之。假湘源令。會零陵政厖賦擾。民訟於牧。推能濟弊。來涖茲邑。遁逃復還。愁痛笑歌。逋租匿役。期月辦理。宿蠹藏姦。披露首服。民既卒稅。相與歡歸道塗。迎賀里閭。門不施胥吏之席。耳不聞鼛鼓之召雞豚糗糈得及宗族州牧尙焉旁邑倣焉然而未嘗以劇自撓山水鳥魚之樂澹然自若也乃發牆藩驅羣畜決疏沮洳搜剔山麓萬石如林積坳爲池爰有嘉木美卉垂水藂峯瓏璁蕭條清風自生翠煙自留不植而遂魚樂廣閒鳥慕靜深別孕巢穴沈浮嘯萃不蓄而富伐木墜江流於邑門陶土以埴亦在署側人無勞力工得以利乃作三亭陟降晦明高者冠山顛下者俯清池更衣膳饔列置備具賓以燕好旅以館舍高明游息之道具於是邑由辥爲首在昔裨諶謀野而獲宓子彈琴而理亂慮滯志無所容入則夫觀游者果爲政之具歟辥之志其果出於是歟及其弊也則以玩替政以荒去理使繼是者咸有辥之志則邑民之福其可旣乎余愛其始而欲久其道乃撰其事以書於石辥拜手曰吾志也遂刻之

昌黎誌東野則倣東野誌樊宗師則倣宗師其作羅池碑似亦倣此等文爲之然如裨諶宓子等句實未脫唐時駢文畦徑昌黎不屑爲也

柳宗元序飲

買小邱一日鋤理。二日洗滌。遂置酒溪石上。嚮之爲記所謂牛馬之飲者。離坐其背實觴而流之。接取以飲。乃置監史而令曰。當飲者舉籌之十寸者三。逆而投之。能不洄於洑。不止於坻。不沈於底者。過不飲。而洄而止而沈者。飲如籌之數。既或投之。則旋眩滑汩。若舞若躍。速者遲者。去者住者。衆皆據石注視歡忭以助其勢。突然而逝。乃得無事。於是或一飲。或再飲。客有婁生圖南者。其投之也。一洄一止一沈。獨三飲。衆乃大笑驩甚。余病痞不能食酒。至是醉焉。遂損益其令。以窮日夜而不知歸。吾聞昔之飲酒者。有揖讓酬酢百拜以爲禮者。有叫號屢舞如沸如羹以爲極者。有裸裎袒裼以爲達者。有資絲竹金石之樂以爲和者。有以促數紏逖而爲密者。今則舉異是焉。故捨百拜而禮。無叫號而極。不袒裼而達。非金石而和。去紏逖而密。儕而同。肆而恭。衎衎而從容。於以合山水之樂。成君子之心。宜也。作序飲以貽後之人。

柳宗元序棊

房生直溫與予二弟游。皆好學。予病其確也。思所以休息之者。得木局。隆其中而規焉。其下方以直。置棊二十有四。貴者半。賤者半。貴曰上。賤曰下。咸自第一至十二下者二乃敵一。用朱墨以別焉。房於是取二毫如其第書之。既而抵戲者二人。則視其賤者而賤之。貴者而貴之。其使之擊觸也。必先賤者。不得已而使貴者。則皆慄焉昏焉。亦鮮克以中。其獲也得朱焉。則若有餘。得墨焉。則若不足。余諦睨之以思其始。則皆類也。房子一書之而輕重若是。適近其手而先焉。非能擇其善而朱。否而墨之也。然而上焉而上。下焉而下。貴焉而貴。賤焉而賤。其易彼而敬此。遂以遠焉。然則若世之所以貴賤人者。有異房之貴賤茲棊者歟。無亦近而先之耳。有果能擇其善否者歟。其敬而易者。亦從而動心矣。有敢議其善否者歟。其得於貴者。有不氣揚而志蕩者歟。其得於賤者。有不貌慢而心肆者歟。其所謂貴者。有敢輕而使之者歟。所謂賤者。有敢避其使之擊觸者歟。彼朱而墨者相去千萬不啻。有敢以二敵其一者歟。余墨者徒也。觀其始與末有似棊者。故敘。

范仲淹岳陽樓記

慶曆四年春。滕子京謫守巴陵郡。越明年。政通人和。百廢具興。乃重修岳陽樓。

增其舊制刻唐賢今人詩賦於其上屬予作文以記之予觀夫巴陵勝狀在洞庭一湖銜遠山吞長江浩浩湯湯橫無際涯朝輝夕陰氣象萬千此則岳陽樓之大觀也前人之述備矣然則北通巫峽南極瀟湘遷客騷人多會於此覽物之情得無異乎若夫霪雨霏霏連日不開陰風怒號濁浪排空日星隱曜山岳潛形商旅不行檣傾楫摧薄暮冥冥虎嘯猿啼登斯樓也則有去國懷鄉憂讒畏譏滿目蕭然感極而悲者矣至若春和景明波瀾不驚上下天光一碧萬頃沙鷗翔集錦鱗游泳岸芷汀蘭郁郁青青而或長煙一空皓月千里浮光躍金靜影沈璧漁歌互答此樂何極登斯樓也則有心曠神怡寵辱偕忘把酒臨風其喜洋洋者矣嗟夫予嘗求古仁人之心或異二者之爲何哉不以物喜不以己悲居廟堂之高則憂其民處江湖之遠則憂其君是進亦憂退亦憂然則何時而樂耶其必曰先天下之憂而憂後天下之樂而樂歟噫微斯人吾誰與歸

時六年九月十五日

歐陽修襄州穀城縣夫子廟記

釋奠釋菜祭之略者也古者士之見師以菜爲摯故始入學者必釋菜以禮其先師其學官四時之祭乃皆釋奠釋奠有樂無尸而釋菜無樂則其又略也故其禮亡焉而今釋奠幸存然亦無樂又不徧舉於四時獨春秋行事而已記曰釋奠必有合有國故則否謂凡有國各自祭其先聖先師若唐虞之夔伯夷周之周公魯之孔子其國之無焉者則必合於鄰國而祭之然自孔子沒後之學者莫不宗焉故天下皆尊以爲先聖而後世無以易學校廢久矣學者莫知所師又取孔子門人之高第曰顏回者而配焉以爲先師隋唐之際天下州縣皆立學置學官生員而釋奠之禮遂以著令其後州縣學廢而釋奠之禮吏以其著令故得不廢學廢矣無所從祭則皆廟而祭之荀卿子曰仲尼聖人之不得勢者也然使其得勢則爲堯舜矣不幸無時而沒特以學者之故享弟子春秋之禮而後之人不推所謂釋奠者徒見官爲立祠而州縣莫不祭之則以爲夫子之尊由此爲盛甚者乃謂生雖不得位而沒有所享以爲夫子榮謂有德之報雖堯舜莫若何其謬論者歟祭之禮以迎尸酌鬯爲盛釋奠薦饌直奠而已

故曰祭之略者其事有樂舞授器之禮今又廢則於其略者又不備焉然古之所謂吉凶鄉射賓燕之禮民得而見焉者今皆廢失而州縣幸有社稷釋奠風雨雷師之祭民猶得以識先王之禮器焉其牲酒器幣之數升降俯仰之節吏又多不能習至其臨事舉多不中而色不莊使民無所瞻仰見者怠焉因以為古禮不足復用可勝歎哉大宋之興於今八十年天下無事方修禮樂崇儒術以文太平之功以謂王爵未足以尊夫子又加至聖之號以褒崇之講正其禮下於州縣而吏或不能諭上意凡有司簿書之所不責者謂之不急非師古好學者莫肯盡心焉穀城令狄君栗為其邑未踰時修文宣王廟易於縣之左大其正位為學舍於其旁藏九經書率其邑之子弟興於學然後考制度為俎豆籩篚罇爵簠簋凡若干以與其邑人行事穀城縣政久廢狄君居之期月稱治又能載國典修禮興學急其有司所不責者諰諰然惟恐不及可謂有志之士矣

歐陽修峴山亭記

峴山臨漢上望之隱然蓋諸山之小者而其名特著於荆州者豈非以其人哉其人爲誰羊祜叔子杜預元凱是已方晉與吳以兵爭常倚荆州以爲重而二子相繼於此遂以平吳而成晉業其功烈已蓋於當世矣至於風流餘韻藹然被於江漢之閒者至今人猶思之而於思叔子也尤深蓋元凱以其功而叔子以其仁二子所爲雖不同然皆足以垂於不朽余頗疑其反自汲汲於後世之名者何哉傳言叔子嘗登茲山慨然語其屬以謂此山常在而前世之士皆已湮滅於無聞因自顧而悲傷然獨不知茲山待己而名著也元凱銘功於二石一置茲山之上一投漢水之淵是知陵谷有變而不知石有時而磨滅也豈皆自喜其名之甚而過爲無窮之慮歟將自待者厚而所思者遠歟山故有亭世傳以爲叔子之所游止也故其屢廢而復興者由後世慕其名而思其人者多也熙甯元年余友人史君中輝以光祿卿來守襄陽明年因亭之舊廣而新之既周以迴廊之壯又大其後軒使與亭相稱君知名當世所至有聲襄人安其政而樂從其游也因以君之官名其後軒爲光祿堂又欲紀其事於石以與叔

子元凱之名並傳於久遠君皆不能止也乃來以記屬於余余謂君知慕叔子之風而襲其遺迹則其爲人與其志之所存者可知矣襄人愛君而安樂之如此則君之爲政於襄者又可知矣此襄人之所欲書也若其左右山川之勝勢與夫草木雲煙之杳靄出沒於空曠有無之間而可以備詩人之登高寫離騷之極目者宜其覽者自得之至於亭屢廢興或自有記或不必求其詳者皆不復道也

歐陽修豐樂亭記

修既治滁之明年夏始飲滁水而甘問諸滁人得於州南百步之近其上豐山聳然而特立下則幽谷窈然而深藏中有清泉滃然而仰出俯仰左右顧而樂之於是疏泉鑿石闢地以爲亭而與滁人往遊其間滁於五代干戈之際用武之地也昔太祖皇帝嘗以周師破李景兵十五萬於清流山下生擒其將皇甫暉姚鳳於滁東門之外遂以平滁修嘗考其山川按其圖記升高以望清流之關欲求暉鳳就擒之所而故老皆無在者蓋天下之平久矣自唐失其政海內

分裂豪傑並起而爭所在爲敵國者何可勝數及宋受天命聖人出而四海一嚮之憑恃險阻剗削消磨百年之閒漠然徒見山高而水清欲問其事而遺老盡矣今滁介於江淮之閒舟車商賈四方賓客之所不至民生不見外事而安於畎畝衣食以樂生送死而孰知上之功德休養生息涵煦百年之深也修之來此樂其地僻而事簡又愛其俗之安閒既得斯泉於山谷之閒乃日與滁人仰而望山俯而聽泉掇幽芳而蔭喬木風霜冰雪刻露清秀四時之景無不可愛又幸其民樂其歲物之豐成而喜與予游也因爲本其山川道其風俗之美使民知所以安此豐年之樂者幸生無事之時也夫宣上恩德以與民共樂刺史之事也遂書以名其亭焉

曾鞏宜黃縣學記

古之人自家至於天子之國皆有學自幼至於長未嘗去於學之中學有詩書六藝弦歌洗爵俯仰之容升降之節以習其心體耳目手足之舉措又有祭祀鄉射養老之禮以習其恭讓進材論獄出兵授捷之法以習其從事師友以解

其惑勸懲以勉其進戒其不率其所以爲具如此而其大要則務使人人學其性不獨防其邪僻放肆也雖有剛柔緩急之異皆可以進之於中而無過不及使其識之明氣之充於其心則用之於進退語默之際而無不得其宜臨之以禍福死生之故而無足動其意者爲天下之士而所以養其身之備如此則又使知天地事物之變古今治亂之理至於損益廢置先後終始之要無所不知其在堂戶之上而四海九州之業萬世之策皆得及出而履天下之任列百官之中則隨所施爲無不可者何則其素所學問然也蓋凡人之起居飲食動作之小事至於修身爲國家天下之大體皆自學出而無斯須去於教也其動於視聽四支者必使其洽於內其謹於初者必使其要於終馴之以自然而待之以積久噫何其至也故其俗之成則刑罰措其材之成則三公百官得其士其爲法之永則中材可以守其入人之深則雖更衰世而不亂爲教之極至此鼓舞天下而人不知其從之豈用力也哉及三代衰聖人之制作盡壞千餘年之閒學有存者亦非古法人之體性之舉動惟其所自肆而臨政治人之方固不

素講士有聰明樸茂之質而無教養之漸則其材之不成夫疑固然（夫疑固然四字似當作固然無疑）蓋以不學未成之材而爲天下之吏又承衰敝之後而治不教之民嗚呼仁政之所以不行盜賊刑罰之所以積其不以此也歟宋興幾百年矣慶曆三年天子圖當世之務而以學爲先於是天下之學乃得立而方此之時撫州之宜黃猶不能有學士之學者皆相率而寓於州以羣聚講習其明年天下之學復廢士亦皆散去而春秋釋奠之事以著於令則常以廟祀孔氏廟廢不復理皇祐元年會令李君詳至始議立學而縣之士某某與其徒皆自以謂得發憤於此莫不相勵而趨爲之故其材不賦而羨匠不發而多其成也積屋之區若干而門序正位講藝之堂棲士之舍皆足積器之數若干而祀飲寢食之用皆具其像孔氏而下從祭之士皆備其書經史百氏翰林子墨之文章無外求者其相基會作之本末總爲日若干而已何其周且速也當四方學廢之初有司之議固以謂學者人情之所不樂及觀此學之作在其廢學數年之後唯其令之一唱而四境之內響應而圖之如恐不及則夫言人之情不樂於學者其

果然也歟宜黃之學者固多良士而李君之爲令威行愛立訟清事舉其政又良也夫及良令之時而順其慕學發憤之俗作爲宮室教肄之所以至圖書器用之須莫不皆有以養其良材之士雖古之去今遠矣然聖人之典籍皆在其言可考其法可求使其相與學而明之禮樂節文之詳固有所不得爲者若夫正心修身爲國家天下之大務則在其進之而已使一人之行修移之於一家一家之行修移之於鄉鄰族黨則一縣之風俗成人材出矣教化之行道德之歸非遠人也可不勉歟縣之士來請曰願有記故記之十二月某日也

曾鞏筠州學記

周衰先王之迹熄至漢六藝出於秦火之餘士學於百家之後言道德者矜高遠而遺世用語政理者務卑近而非師古刑名兵家之術則狃於暴詐惟知經者爲善矣又爭爲章句訓詁之學以其私見妄穿鑿爲說故先王之道不明而學者靡然溺於所習當是時能明先王之道者揚雄而已而雄之書世未知好也然士之出於其時者皆勇於自立無苟簡之心其取與進退去就必度於禮

義及其已衰而搢紳之徒抗志於強暴之閒至於廢錮殺戮而其操愈厲者相望於先後故雖有不軌之臣猶低佪沒世不敢遂其篡奪以上漢之學者自此至於魏晉以來其風俗之弊人材之乏久矣以迄於今士乃有特起於千載之外明先王之道以寤後之學者世雖不能皆知其意而往往好之故習其說者論道德之旨而知應務之非近議政理之體而知法古之非迂不亂於百家不蔽於傳疏其所知者若此此漢之士所不能及然能尊而守之者則未必衆也故樂易惇樸之俗微而詭欺薄惡之習勝其於貧富貴賤之地則養廉遠恥之意少而偷合苟得之行多此俗化之美所以未及於漢也以上今之學者夫所聞或淺而其義甚高與所知有餘而其守不足者其故何哉由漢之士察舉於鄉閭故不得不篤於自修至於漸摩之久則果於義者非強而能也今之士選用於文章故不得不篤於所學至於循習之深則得於心者亦不自知其至也由是觀之則上所好下必有甚焉者豈非信歟令漢與今有教化開導之方有庠序養成之法則士於學行豈有彼此之偏先後之過乎夫大學之道將欲誠意正心修身以

治其國家天下而必本於先致其知則知者固善之端而人之所難至也以今之士於人所難至者既幾矣則上之施化莫易於斯時顧所以導之如何爾（以上言漢宋雖異貴有化導之方）筠為州在大江之西其地僻絕當慶曆之初詔天下立學而筠獨不能應詔州之士以為病至治平三年蓋二十有三年矣始告於知州事尚書都官郎中董君儀董君乃與通判州事國子博士鄭君蒨相州之東南得亢爽之地築宮於其上齋祭之室誦講之堂休息之廬至於庖湢庫廄各以序為經始於其春而落成於八月之望既而來學者常數十百人二君乃以書走京師請記於予予謂二君之於政可謂知所務矣使筠之士相與升降乎其中講先王之遺文以致其知其賢者超然自信而獨立其中材勉焉以待上之教化則是宮之作非獨使夫來者玩思於空言以干世取祿而已（以上筠州立學請記）故為之著予之所聞者以為記而使歸刻焉

曾鞏徐孺子祠堂記

漢元與以後政出宦者小人挾其威福相煽為惡中材顧望不知所為漢既失

其操柄紀綱大壞然在位公卿大夫多豪傑特起之士相與發憤同心直道正言分別是非白黑不少屈其意至於不容而織羅鉤黨之獄起其執彌堅而其行彌厲志雖不就而忠有餘故及其既沒而漢亦以亡當是之時天下聞其風慕其義者人人感慨奮激至於解印綬棄家族骨肉相勉趨死而不避百餘年閒擅彊大覬非望者相屬皆逡巡而不敢發漢能以亡爲存蓋其力也以上言黨錮諸公之賢孺子於時豫章太守陳蕃太尉黃瓊辟皆不就舉有道拜太原太守安車備禮召皆不至蓋忘己以爲人與獨善於隱約其操雖殊其志於仁一也在位士大夫抗其節於亂世不以死生動其心異於懷祿之臣遠矣然而不屑去者義在於濟物故也以上言孺子與黨錮諸公事異而志同孺子嘗謂郭林宗曰大木將顛非一繩所維何爲棲棲不皇甯處此其意亦非自足於邱壑遺世而不顧者也孔子稱顏回用之則行舍之則藏惟我與爾有是夫孟子亦稱孔子可以進則進可以止則止乃所願則學孔子而易於君子小人消長進退擇所宜處未嘗不惟其時則見其不可而止此孺子之所以未能以此而易彼也以上言孺子之進退惟其時孺子

姓徐名穉孺子其字也豫章南昌人按圖記章水北逕南昌城西歷白社其西有孺子墓又北歷南塘其東爲東湖湖南小洲上有孺子宅號孺子臺吳嘉禾中太守徐熙於孺子墓隧種松太守謝景於墓側立碑晉永安中太守夏侯嵩於碑旁立思賢亭世世修治至拓跋魏時謂之聘君亭今亭尙存而湖南小洲世不知其嘗爲孺子宅又嘗爲臺也予爲太守之明年始即其處結茆爲堂圖孺子像祠以中牢率州之賓屬拜焉(以上敘修葺祠堂)漢至今且千歲富貴堙滅者不可勝數孺子不出閭巷獨稱思至今則世之欲以智力取勝者非惑歟孺子墓失其地而臺幸可考而知祠之所以視邦人以尙德故并采其出處之意爲記焉

曾鞏襄州宜城縣長渠記

荆及康狼楚之西山也水出二山之閒東南而流春秋之世曰鄢水左邱明傳魯桓公十有三年楚屈瑕伐羅及鄢亂次以濟是也其後曰夷水水經所謂漢水又南過宜城縣東夷水注之是也又其後曰蠻水酈道元所謂夷水避桓温

父名改曰蠻水是也。秦昭王二十八年。使白起將攻楚。去鄢百里。立堨壅是水爲渠以灌鄢。鄢楚都也。遂拔之。秦既得鄢。以爲縣。漢惠帝三年。改曰宜城。宋孝武帝永初元年。築宜城之大堤爲城。今縣治是也。而更謂鄢曰故城。鄢入秦而白起所爲渠因不廢。引鄢水以灌田。田皆爲沃壤。今長渠是也。(以上長渠之原)長渠至宋至和二年。久隳不治。而田數苦旱。川飲者無所取。令孫永曼叔率民田渠下者理渠之壞塞。而去其淺隘。遂完故堨。使水還渠中。自二月丙午始作。至三月癸未而畢。田之受渠水者。皆復其舊。曼叔又與民爲約束。時其蓄洩。而止其侵爭。民皆以爲宜也。(以上孫永治長渠)蓋鄢水之出西山。初棄於無用。及白起資以禍楚。而後世顧賴其利。酈道元以謂溉田三千餘頃。至今千有餘年。而曼叔又舉衆力而復之。使並渠之民。足食而甘飲。其餘粟散於四方。蓋水出於西山諸谷者其源廣。而流於東南者其勢下。至今千有餘年。而山川高下之形勢無改。故曼叔得因其故迹。興於既廢。使水之源流。與地之高下。一有易於古。則曼叔雖力亦莫能復也。夫水莫大於四瀆。而河蓋數徙。失禹之故道。至於濟水。又及(疑作)王莽時而絕況於衆流之細其通塞豈得而常而後世欲行水溉田者往往務躡古人之遺迹不考夫山川形勢古今之同異故用力多而收功少是亦其不思也歟（以上孫永修復古迹亦因山川高下之勢）初曼叔之復此渠白其事於知襄州事張瓌唐公公聽之不疑沮止者不用故曼叔能以有成則渠之復自夫二人者也方二人者之有爲蓋將任其職非有求於世也及其後言渠堨者蠭出然其心蓋或有求故多詭而少實獨長渠之利較然而二人者之志愈明也熙甯六年余爲襄州過京師曼叔時爲開封訪余於東門爲余道長渠之事而諉余以考其約束之廢舉余至而問焉民皆以謂賢君之約束相與守之傳數十年如其初也余爲之定著令上司農八年曼叔去開封爲汝陰始以書告之而是秋大旱獨長渠之田無害也夫宜知其山川與民之利害者皆爲州者之任故余不得不書以告後之人而又使之知夫作之所以始也（以上作記之由）

曾鞏齊州二堂記

齊濱濼水而初無使客之館使客至則常發民調材木爲舍以寓去則徹之既

費且陋。乃爲徙官之廢屋。爲二堂于濼水之上。以舍客。因考其山川而名之。蓋史記五帝紀謂舜耕歷山。漁雷澤。陶河濱。作什器于壽邱。就時于負夏。鄭康成釋歷山在河東。雷澤在濟陰。負夏衛地。皇甫謐釋壽邱在魯東門之北。河濱濟陰定陶西南陶邱亭是也。以予考之。耕稼陶漁。皆舜之初。宜同時。則其地不宜相遠。二家所釋雷澤河濱壽邱負夏。皆在魯衛之閒。地相望。則歷山不宜獨在河東也。孟子又謂舜東夷之人。則陶漁在濟陰。作什器在魯東門。就時在衛。耕歷山在齊。皆東方之地。合于孟子。按圖記皆謂禹貢所稱雷首山在河東。嬀水出焉。而此山有九號。歷山其一號也。予觀虞書及五帝紀。蓋舜娶堯之二女。乃居嬀汭。則耕歷山蓋不同時。而地亦當異。世之好事者。迺因嬀水出于雷首。遷就附益。謂歷山爲雷首之別號。不考其實矣。由是言之。則圖記皆謂齊之南山爲歷山。舜所耕處。故其城名歷城。爲信然也。今濼上之北堂。其南則歷山也。故名之曰歷山之堂。按圖泰山之北。與齊之東南諸谷之水。西北匯于黑水之灣。又西北匯于柏崖之灣。而至于渴馬之崖。蓋水之來也衆。其北折而西也悍疾尤甚及至于崖下則泊然而止而自崖以北至于歷城之西蓋五十里而有泉湧出高或致數尺其旁之人名之曰趵突之泉齊人皆謂嘗有棄糠于黑水之灣者而見之于此蓋泉自渴馬之崖潛流地中而至此復出也趵突之泉冬溫泉旁之蔬甲經冬常榮故又謂之溫泉其注而北則謂之濼水達于清河以入于海舟之通于濟者皆於是乎出也齊多甘泉冠于天下其顯名者以十數而色味皆同以予驗之蓋皆濼水之旁出者也濼水嘗見于春秋魯桓公十有八年公及齊侯會于濼杜預釋在歷城西北入濟濟水自王莽時不能被河南而濼水之所入者清河也預蓋失之今濼上之南堂其西南則濼水之所出也故名之曰濼源之堂夫理使客之館而辨其山川者皆太守之事也故爲之識使此邦之人尚有考也熙寧六年二月己丑記

曾鞏廣德軍重修鼓角樓記

熙寧元年冬廣德軍作新門鼓角樓成太守合文武賓屬以落之既而以書走京師屬鞏曰爲我記之鞏辭不能書反復至五六辭不獲乃爲其文曰蓋廣德

居吳之西疆故障之墟境大壤沃食貨富穰人力有餘而獄訟赴訴財貢輸入以縣附庸道路回阻衆不便利歷世久之太宗皇帝在位四年乃按地圖因縣立軍使得奏事專決體如大邦自是以來田里辨爭歲時稅調始不勤遠人用宜之而門閎隘庳樓觀弗飾於以納天子之命出令行化朝夕吏民交通四方覽示賓客弊在簡陋不中度程治平四年尚書兵部員外郎知制誥錢公輔守是邦始因豐年聚材積土將改而新之會尚書駕部郎中朱公壽昌來繼其任明年政成封內無事乃擇能吏揆時庀徒以畚以築以繩以削門阿是經觀闕是營不督不期役者自勸自冬十月甲子始事至十二月甲子卒功崇墉崛興複宇相瞰壯不及僭麗不及奢憲度政理於是出納士吏賓客於是馳走尊施一邦不失宜稱至於伐鼓鳴角以警昏昕下漏數刻以節晝夜則又新是四器列而樓之邦人士女易其觀聽莫不悅喜推美誦勤夫禮有必隆不得而殺政有必舉不得而廢二公於是兼而得之宜刻金石以書美實使是邦之人百世之下於二公之德尚有考也氣體頗近退之但少奇崛之趣

王安石慈谿縣學記

天下不可一日而無政教故學不可一日而亡於天下古者井天下之田而黨庠遂序國學之法立乎其中鄉射飲酒春秋合樂養老勞農尊賢使能考藝選言之政至於受成獻馘訊囚之事無不出於學於此養天下智仁聖義忠和之士以至一偏一技一曲之學無所不養而又取士大夫之材行完潔而其施設已嘗試於位而去者以爲之師釋奠釋菜以教不忘其學之所自遷徙偪逐以勉其怠而除其惡則士朝夕所見所聞無非所以治天下國家之道其服習必於仁義而所學必皆盡其材一日取以備公卿大夫百執事之選則其材行皆已素定而士之備選者其施設亦皆素所見聞而已不待閱習而後能者也古之在上者事不慮而盡功不爲而足其要如此而已此二帝三王所以治天下國家而立學之本意也（以上古立學之本意）後世無井田之法而學亦或存或廢大抵所以治天下國家者不復皆出於學而學之士羣居族處爲師弟子之位者講章句課文字而已至其陵夷之久則四方之學者廢而爲廟以祀孔子於天下斲

木摶土如浮屠道士法爲王者象州縣吏春秋率其屬釋奠於其堂而學士或不與焉蓋廟之作出於學廢而近世之法然也（以上學廢乃立孔子廟）今天子卽位若干年頗修法度而革近世之不然者當此之時學稍稍立於天下矣猶曰州之士滿二百人乃得立學於是慈谿之士不得有學而爲孔子廟如故廟又壞不治令劉君在中言於州使民出錢將修而作之未及爲而去時慶曆某年也後林君肇至則曰古之所以爲學者吾不得而見而法者吾不可以毋循也雖然吾之人民於此不可以無教卽因民錢作孔子廟如今之所云而治其四旁爲學舍講堂其中帥縣之子弟起先生杜君醇爲之師而與於學噫林君其有道者耶夫吏者無變今之法而不失古之實此有道者之所能也林君之爲其幾於此矣（以上林肇因廟立學）林君固賢令而慈谿小邑無珍產淫貨以來四方游販之民田桑之美有以自足無水旱之憂也無遊販之民故其俗一而不雜有以自足故人愼刑而易治而吾見其邑之士亦多美茂之材易成也杜君者越之隱君子其學行宜爲人師者也夫以小邑得賢令又得宜爲人師者爲之師而以修醇

一易治之俗而進美茂易成之材雖拘於法限於勢不得盡如古之所爲吾固信其教化之將行而風俗之成也夫教化可以美風俗雖然必久而後至於善而今之吏其勢不能以久也吾雖喜且幸其將行而又憂夫來者之不吾繼也於是本其意以告來者以上衆美悉備求爲可繼

王安石芝閣記

祥符時封泰山以文天下之平四方以芝來告者萬數其大吏則天子賜書以寵嘉之小吏若民輒錫金帛方是時希世有力之大臣窮搜而遠采山農野老攀緣狙杙以上至不測之高下至澗溪壑谷分崩裂絶幽窮隱伏人迹之所不通往往求焉而芝出於九州四海之閒蓋幾於盡矣至今上即位謙讓不德自大臣不敢言封禪詔有司以祥瑞告者皆勿納於是神奇之產銷藏委翳於蒿藜榛莽之閒而山農野老不復知其爲瑞也則知因一時之好惡而能成天下之風俗況於行先王之治哉太邱陳君學文而好奇芝生於庭能識其爲芝惜其可獻而莫售也故閣於其居之東偏掇取而藏之蓋其好奇如此噫芝一也

或貴於天子或貴於士或辱於凡民夫豈不以時乎哉士之有道固不役志於貴賤而卒所以貴賤者何以異哉此予之所以歎也

王安石度支副使廳壁題名記

三司副使不書前人名姓嘉祐五年尚書戶部員外郎呂君沖之始稽之衆史而自李紘已上至查道得其名自楊偕已上得其官自郭勸已下又得其在事之歲時於是書石而鑱之東壁夫合天下之衆者財理天下之財者法守天下之法者吏也吏不良則有法而莫守法不善則有財而莫理有財而莫理則阡陌閭巷之賤人皆能私取予之勢擅萬物之利以與人主爭黔首而放其無窮之欲非必貴強桀大而後能如是而天子猶爲不失其民者蓋特號而已耳雖欲食蔬衣敝憔悴其身愁思其心以幸天下之給足而安吾政吾知其猶不得也然則善吾法而擇吏以守之以理天下之財雖上古堯舜猶不能毋以此爲急務而況於後世之紛紛乎三司副使方今之大吏朝廷所以尊寵之甚備蓋今理財之法有不善者其勢皆得以議於上而改爲之非特當守成法吝出入

以從有司之事而已其職事如此則其人之賢不肖利害施於天下如何也觀其人以其在事之歲時以求其政事之見於今者而考其所以佐上理財之方則其人之賢不肖與世之治否吾可以坐而得矣此蓋呂君之志也

王安石遊褒禪山記

褒禪山亦謂之華山唐浮圖慧褒始舍於其址而卒葬之以故其後名之曰褒禪今所謂慧空禪院者褒之廬冢也距其院東五里所謂華陽洞者以其在華山之陽名之也距洞百餘步有碑仆道其文漫滅獨其爲文猶可識曰花山今言華如華實之華者蓋音謬也其下平曠有泉側出而記遊者甚衆所謂前洞也由山以上五六里有穴窈然入之甚寒問其深則雖好遊者不能窮也謂之後洞余與四人擁火以入入之愈深其進愈難而其見愈奇有怠而欲出者曰不出火且盡遂與之俱出蓋予所至比好遊者尚不能十一然視其左右來而記之者已少蓋其又深則其至又加少矣方是時予之力尚足以入火尚足以明也既其出則或咎其欲出者而予亦悔其隨之而不得極夫遊之樂也於是

予有歎焉古人之觀於天地山川草木蟲魚鳥獸往往有得以其求思之深而無不在也夫夷以近則遊者衆險以遠則至者少而世之奇偉瑰怪非常之觀常在於險遠而人之所罕至焉故非有志者不能至也有志矣不隨以止矣然力不足者亦不能至也有志與力而又不隨以怠至於幽暗昏惑而無物以相之亦不能至也然力足以至焉而不至於人爲可譏而在己爲有悔盡吾志也而不能至者可以無悔矣其孰能譏之乎此予之所得也余於仆碑又有悲夫古書之不存後世之謬其傳而莫能名者何可勝道也哉此所以學者不可以不深思而慎取之也四人者廬陵蕭君圭君玉長樂王回深父予弟安國平父安上純父至和元年七月某日臨川王某記

蘇洵張益州畫像記

至和元年秋蜀人傳言有寇至邊軍夜呼野無居人妖言流聞京師震驚方命擇帥天子曰毋養亂毋助變衆言朋興朕志自定外亂不作變且中起不可以文令又不可以武競惟朕一二大吏孰爲能處茲文武之閒其命往撫朕師乃

惟曰。張公方平其人。天子曰然。公以親辭。不可。遂行。冬十一月至蜀。至之日歸屯軍。撤守備。使謂郡縣寇來在吾。無爾勞苦。明年正月朔旦。蜀人相慶如他日。遂以無事。又明年正月。相告留公像於淨衆寺。公不能禁。眉陽蘇洵言於衆曰。未亂易治也。既亂易治也。有亂之萌。無亂之形。是謂將亂。將亂難治。不可以有亂急。亦不可以無亂弛。惟是元年之秋。如器之攲。未墜於地。惟爾張公。安坐於其旁。顏色不變。徐起而正之。既正。油然而退。無矜容。爲天子牧小民不倦。惟爾張公。爾繄以生。惟爾父母。且公嘗爲我言。民無常性。惟上所待。人皆曰。蜀人多變。於是待之以待盜賊之意。而繩之以繩盜賊之法。重足屏息之民。而以碪斧令。於是民始忍以其父母妻子所仰賴之身。而棄之於盜賊。故每每大亂。夫約之以禮。驅之以法。惟蜀人爲易。至於急之而生變。雖齊魯亦然。吾以齊魯待蜀人。而蜀人亦自以齊魯之人待其身。若夫肆意於法律之外。以威劫其民。吾不忍爲也。嗚呼。愛蜀人之深。待蜀人之厚。自公而前。吾未始見也。皆再拜稽首曰。然。蘇洵又曰。公之恩在爾心。爾死在爾子孫。其功業在史官。無以像爲也。且公意不欲。如何。皆曰。公則何事於斯。雖然。於我心有不釋焉。今夫平居聞一善。必問其人之姓名。與鄉里之所在。以至於其長短大小美惡之狀。甚者或詰其平生所嗜好。以想見其爲人。而史官亦書之於其傳。意使天下之人思之於心。則存之於目。存之於目。故其思之於心也固。由此觀之。像亦不爲無助。蘇洵無以詰。遂爲之記。公南京人。慷慨有節。以度量容天下。天下有大事。公可屬。系之以詩曰。

天子在祚。歲在甲午。西人傳言。有寇在垣。庭有武臣。謀夫如雲。天子曰嘻。命我張公。公來自東。旗纛舒舒。西人聚觀。于巷于塗。謂公暨暨。公來于于。公謂西人安爾室家。無敢或訛。訛言不祥。往卽爾常。春爾條桑。秋爾滌場。西人稽首。公我父兄。公在西囿。草木騈騈。公宴其僚。伐鼓淵淵。西人來觀。祝公萬年。有女娟娟閨闥閑閑。有童哇哇。亦既能言。昔公未來。期汝棄捐。禾麻芃芃。倉庾崇崇。嗟我婦子。樂此歲豐。公在朝廷。天子股肱。天子曰歸。公敢不承。作堂嚴嚴。有廡有庭公像在中。朝服冠纓。西人相告。無敢逸荒。公歸京師。公像在堂

蘇軾表忠觀碑

熙甯十年十月戊子。資政殿大學士右諫議大夫知杭州軍州事臣抃言。故吳越國王錢氏墳廟。及其父祖妃夫人子孫之墳在錢塘者二十有六。在臨安者十有一。皆蕪廢不治。父老過之有流涕者。謹按故武肅王鏐。始以鄉兵破走黃巢。名聞江淮。復以八都兵破劉漢宏。幷越州以奉董昌。而自居於杭。及昌以越叛。則誅昌而幷越。盡有浙東西之地。傳其子文穆王元瓘。至其孫忠顯王仁佐。遂破李景兵。取福州。而仁佐之弟忠懿王俶。又大出兵攻景。以迎周世宗之師。其後卒以國入覲。三世四王。與五代相終始。天下大亂。豪傑蜂起。方是時。以數州之地。盜名字者。不可勝數。既覆其族。延及於無辜之民。罔有孑遺。而吳越地方千里。帶甲十萬。鑄山煑海。象犀珠玉之富。甲於天下。然終不失臣節。貢獻相望於道。是以其民至於老死不識兵革。四時嬉遊。歌鼓之聲相聞。至於今不廢。其有德於斯民甚厚。皇宋受命。四方僭亂。以次削平。西蜀江南。負其嶮遠。兵至城下。力屈勢窮。然後束手。而河東劉氏。百戰守死。以抗王師。積骸爲城。釃血爲池竭天下之力僅乃克之獨吳越不待告命封府庫籍郡縣請吏於朝眎去其國如去傳舍其有功於朝廷甚大昔竇融以河西歸漢光武詔右扶風修理其父祖墳塋祠以太牢今錢氏功德殆過於融而未及百年墳廟不治行道傷嗟甚非所以勸奬忠臣慰荅民心之義也臣願以龍山廢佛寺曰妙因院者爲觀使錢氏之孫爲道士曰自然者居之凡墳廟之在錢塘者以付自然其在臨安者以付其縣之淨土寺僧曰道微歲各度其徒一人使世掌之籍其地之所入以時修其祠宇封殖其草木有不治者縣令丞察之甚者易其人庶幾永終不墜以稱朝廷待錢氏之意臣抃昧死以聞制曰可其妙因院改賜名曰表忠觀

銘曰

天目之山苕水出焉龍飛鳳舞萃于臨安篤生異人絕類離羣奮梃大呼從者如雲仰天誓江月星晦蒙強弩射潮江海爲東殺宏誅昌奄有吳越金券玉册虎符龍節大城其居包絡山川左江右湖控引島蠻歲時歸休以燕父老曄如神人玉帶毬馬四十一年寅畏小心厥篚相望大貝南金五朝昏亂罔堪託國

三王相承以待有德既獲所歸弗謀弗咨先王之志我維行之天胙忠孝世有爵邑允文允武子孫千億帝謂守臣治其祠墳毋俾樵牧愧其後昆龍山之陽巋焉新宮匪私于錢惟以勸忠非忠無君非孝無親凡百有位視此刻文

蘇軾超然臺記

凡物皆有可觀苟有可觀皆有可樂非必怪奇偉麗者也餔糟啜醨皆可以醉果蔬草木皆可以飽推此類也吾安往而不樂夫所謂求福而辭禍者以福可喜而禍可悲也人之所欲無窮而物之可以足吾欲者有盡美惡之辨戰乎中而去取之擇交乎前則可樂者常少而可悲者常多是謂求禍而辭福夫求禍而辭福豈人之情也哉物有以蓋之矣彼遊於物之內而不遊於物之外物非有大小也自其內而觀之未有不高且大者也彼挾其高大以臨我則我常眩亂反覆如隙中之觀鬭又烏知勝負之所在是以美惡橫生而憂樂出焉可不大哀乎余自錢塘移守膠西釋舟楫之安而服車馬之勞去雕牆之美而庇采椽之居背湖山之觀而行桑麻之野始至之日歲比不登盜賊滿野獄訟充斥

而齋廚索然日食杞菊人固疑余之不樂也處之期年而貌加豐髮之白者日以反黑余既樂其風俗之醇而其吏民亦安余之拙也於是治其園圃潔其庭宇伐安邱高密之木以修補破敗爲苟完之計而園之北因城以爲臺者舊矣稍葺而新之時相與登覽放意肆志焉南望馬耳常山出沒隱見若近若遠庶幾有隱君子乎而其東則盧山秦人盧敖之所從遁也西望穆陵隱然如城郭師尚父齊桓公之遺烈猶有存者北俯濰水慨然太息思淮陰之功而弔其不終臺高而安深而明夏涼而冬溫雨雪之朝風月之夕余未嘗不在客未嘗不從擷園蔬取池魚釀秫酒瀹脫粟而食之曰樂哉遊乎方是時予弟子由適在濟南聞而賦之且名其臺曰超然以見余之無所往而不樂者蓋遊於物之外也。

蘇軾石鐘山記自咸豐四年十二月楚軍水師在湖口爲賊所敗自是戰爭八年至十一年乃少定石鐘山之片石寸草諸將士皆能辨識上鐘巖與下鐘巖其下皆有洞可容數百人深不可窮形如覆鐘彭侍郎玉麐於鐘山之頂建立昭忠祠乃知鐘山以形言之非以聲言之酈氏蘇氏所言皆非事實也

水經云。彭蠡之口。有石鐘山焉。酈元以爲下臨深潭。微風鼓浪水石相搏聲如洪鐘。是說也人常疑之。今以鐘磬置水中。雖大風浪不能鳴也。而況石乎。至唐李渤始訪其遺蹤。得雙石於潭上。扣而聆之。南聲函胡。北音清越。枹止響騰餘韻徐歇。自以爲得之矣。然是說也。余尤疑之。石之鏗然有聲者。所在皆是也。而此獨以鐘名。何哉。元豐七年六月丁丑。余自齊安舟行適臨汝。而長子邁將赴饒之德興尉。送之至湖口。因得觀所謂石鐘者。寺僧使小童持斧於亂石閒擇其一二扣之。硿硿然。余固笑而不信也。至其夜月明。獨與邁乘小舟至絕壁下。大石側立千尺。如猛獸奇鬼。森然欲搏人。而山上棲鶻。聞人聲亦驚起。磔磔雲霄閒。又有若老人欬且笑於山谷中者。或曰此鸛鶴也。余方心動欲還。而大聲發於水上。噌吰如鐘鼓不絕。舟人大恐。徐而察之。則山下皆石穴罅。不知其淺深。微波入焉。涵澹澎湃而爲此也。舟迴至兩山閒。將入港口。有大石當中流。可坐百人。空中而多竅。與風水相吞吐。有窾坎鏜鞳之聲。與向之噌吰者相應。如樂作焉。因笑謂邁曰。汝識之乎。噌吰者。周景王之無射也。窾坎鏜鞳者。魏獻子之歌鐘也。古之人不余欺也。事不目見耳聞而臆斷其有無可乎。酈元之所見聞。殆與余同而言之不詳。士大夫終不肯以小舟夜泊絕壁之下。故莫能知。而漁工水師雖知而不能言。此世所以不傳也。而陋者乃以斧斤考擊而求之。自以為得其實。余是以記之。蓋歎酈元之簡而笑李渤之陋也。

蘇轍武昌九曲亭記

子瞻遷於齊安。廬於江上。齊安無名山。而江之南武昌諸山。陂陁蔓延。澗谷深密。中有浮圖精舍。西曰西山。東曰寒谿。依山臨壑。隱蔽松櫪。蕭然絕俗。車馬之迹不至。每風止日出。江水伏息。子瞻杖策載酒。乘漁舟亂流而南。山中有二三子。好客而喜遊。聞子瞻至。幅巾迎笑。相攜徜徉而上。窮山之深。力極而息。掃葉席草。酌酒相勞。意適忘反。往往宿於山上。以此居齊安三年。不知其久也。然將適西山。行於松柏之間。羊腸九曲。而獲少平。遊者至此必息。倚怪石。蔭茂木。俯視大江。仰瞻陵阜。旁矚谿谷。風雲變化。林麓向背。皆效於左右。有廢亭焉。其遺址甚狹。不足以席眾客。其旁古木數十。其大皆百圍千尺。不可加以斤斧。子瞻每至其下，輒睥睨終日，一旦大風雷雨，拔出其一，斥其所據，亭得以廣，子瞻與客入山視之，笑曰，茲欲以成吾亭耶，遂相與營之，亭成而西山之勝始具，子瞻於是最樂，昔余少年從子瞻遊。有山可登，有水可浮。子瞻未始不褰裳先之。有不得至。為之悵然移日。至其翩然獨往。逍遙泉石之上。擷林卉。拾澗實，酌水而飲之。見者以為仙也。蓋天下之樂無窮。而以適意為悅。方其得意。萬物無以易之。及其既厭。未有不灑然自笑者也。譬之飲食雜陳於前。要之一飽。而同委於臭腐。夫孰知得失之所在。惟其無愧於中。無責於外。而姑寓焉。此子瞻之所以有樂於是也。

歸有光項脊軒記

項脊軒，舊南閣子也，室僅方丈，可容一人居，百年老屋，塵泥滲漉，雨澤下注，每移案，顧視無可置者，又北向，不能得日，日過午已昏，余稍為修葺，使不上漏，前闢四窗，垣牆周庭，以當南日，日影反照，室始洞然，又雜植蘭桂竹木於庭，舊時欄楯，亦遂增勝，借書滿架，偃仰嘯歌，冥然兀坐，萬籟有聲，而庭階寂寂，小鳥時來啄食人至不去三五之夜明月半牆桂影斑駁風移影動珊珊可愛然余居於此多可喜亦多可悲先是庭中通南北爲一迨衆父異爨內外多置小門牆往往而是東犬西吠客踰庖而宴雞棲於廳庭中始爲籬已爲牆凡再變矣家有老嫗嘗居於此嫗先大母婢也乳二世先妣撫之甚厚室西連於中閨先妣嘗一至嫗每謂予曰某所而母立於茲嫗又曰汝姊在吾懷呱呱而泣孃以指叩門扉曰兒寒乎欲食乎吾從板外相爲應答語未畢余泣嫗亦泣余自束髮讀書軒中一日大母過余曰吾兒久不見若影何竟日默默在此大類女郎也比去以手闔扉自語曰吾家讀書久不效兒之成則可待乎頃之持一象笏至曰此吾祖太常公宣德閒執此以朝他日汝當用之瞻顧遺迹如在昨日令人長號不自禁軒東故嘗爲廚人往從軒前過余扃牖而居久之能以足音辨人軒凡四遭火得不焚殆有神護者項脊生曰蜀清守丹穴利甲天下其後秦皇帝築女懷清臺劉玄德與曹操爭天下諸葛孔明起隴中方二人之昧昧於一隅也世何足以知之余區區處敗屋中方揚眉瞬目謂有奇景人知之者其謂

與埳井之蛙何異余既爲此志後五年余妻來歸時至軒中從余問古事或憑几學書吾妻歸寧述諸小妹語曰聞姊家有閣子且何謂閣子也其後六年吾妻死室壞不修其後二年余久臥病無聊乃使人復葺南閣子其制稍異於前然自後余多在外不常居庭有枇杷樹吾妻死之年所手植也今已亭亭如蓋矣

姚鼐儀鄭堂記

六藝自周時儒者有說孔子作易傳左邱明傳春秋子夏傳禮喪服禮後有記儒者頗裒取其文其後禮或亡而記存又雜以諸子所著書是爲禮記詩書皆口說然爾雅亦其傳之流也當孔子時弟子善言德行者固無幾而明於文章制度者其徒猶多及遭秦焚書漢始收輯文章制度舉疑莫能明然而儒者說之不可以已也漢儒家別派分各爲耑門及其末造鄭君康成總集其全綜貫繩合負閎洽之才通羣經之滯義雖時有拘牽附會然大體精密出漢經師之上又多存舊說不掩前長不覆己短觀鄭君之辭以推其志豈非君子之徒篤

於慕聖有孔氏之遺風者與鄭君起青州弟子傳其學旣大著迄魏王肅駮難鄭義欲爭其名僞作古書曲傳私說學者由是習爲輕薄流至南北朝世亂而學益壞自鄭王異術而風俗人心之厚薄以分嗟夫世之說經者不蘄明聖學詔天下而顧欲爲己名其必王肅之徒者與曲阜孔君撝約博學工爲詞章天下方誦以爲善撝約顧不自足作堂於其居名之曰儀鄭自庶幾於康成遺書告余爲之記撝約之志可謂善矣昔者聖門顏閔無書有書傳者或無名蓋古學者爲己而已以撝約之才志學不怠又知足知古人之善不將去其華而取其實擴其道而涵其藝究其業而遺其名豈特詞章無足矜哉雖說經精善猶末也以孔子之裔傳孔子之學世之望於撝約者益遠矣雖古有賢如康成者吾謂其猶未足以限吾撝約也乾隆四十五年春二月桐城姚鼐記

經史百家雜鈔卷二十六

珍倣宋版

西元二〇二二年一月一日重製一版

經史百家雜鈔 冊四 （清曾國藩輯）

平裝四冊基本定價貳仟陸佰元正
（郵運匯費另加）

發行人 張敏君

發行處 中華書局

臺北市內湖區舊宗路二段一八一巷八號五樓（5FL., No. 8, Lane 181, JIOU-TZUNG Rd., Sec 2, NEI HU, TAIPEI, 11494, TAIWAN）

客服電話：886-8797-8396

公司傳真：886-8797-8909

匯款帳戶：華南商業銀行西湖分行
179100026931

印　刷：經典數位印刷有限公司
海瑞印刷品有限公司

No. N3103-4

國家圖書館出版品預行編目(CIP)資料

經史百家雜鈔/(清)曾國藩輯. -- 重製一版. -- 臺北市 :
中華書局, 2022.01
冊 ; 公分
ISBN 978-986-5512-70-5(全套 : 平裝)

830 110021464